Sebastian Glubrecht
Dreibettzimmer

CW01511509

PIPER

Zu diesem Buch

Caspar Hartmann lebt glücklich mit seiner Beziehungsphobie, während all seine Kumpels ihre Freiheit Frau und Kind geopfert haben. Jetzt winkt dem jungen Journalisten auch noch die begehrte Kolumnistenstelle, er muss bloß einen Verriss über das Ötztaler Familienhotel »Zum Wilden Mannle« schreiben. Zur Tarnung nimmt er seine Kollegin Anne, die emanzipierte Spezialistin für Familienthemen, und deren kleine Tochter Leonie mit. Damit der Schwindel nicht auffliegt, müssen sie gemeinsam im Familienwettbewerb um den »Goldenen Bubsi« antreten, Leonie windelfrei machen, einer entsicherten Tanztherapeutin die Stirn bieten und ein Saunaduell überleben. Als wäre das alles nicht genug, kommt der falschen Familie auch noch die Pressereferentin des Hotels dazwischen – ausgerechnet die Frau, die Caspar einst das Herz gebrochen hat …

*Sebastian Glubrecht* kam 1976 in Hannover zur Welt und wurde später leidenschaftlicher Wahlberliner. Noch vor seinem dreißigsten Geburtstag zog er nach München, wo er, allen Prognosen trotzend, immer noch wohnt – jetzt sogar mit Frau und Kind. 2007 wurde er mit dem Theodor-Wolff-Preis ausgezeichnet. Nach seinen beiden großen Erfolgen »Na servus!« und »Ja mei« ist »Dreibettzimmer« sein dritter Roman.

Sebastian Glubrecht

# **DREI**BETT ZIMMER

Roman

Piper München Zürich

*Mehr über unsere Autoren und Bücher:*
*www.piper.de*

MIX
Papier aus verantwor-
tungsvollen Quellen
FSC
www.fsc.org  FSC® C014496

Originalausgabe
August 2012
© 2012 Piper Verlag GmbH, München
Umschlaggestaltung: Eisele Grafik-Design, München, unter Verwendung eines Fotos
von GK Hart/Vikki Hart/GettyImages und booka/shutterstock
Satz: Kösel, Krugzell
Gesetzt aus der Minion
Papier: Munken Print von Arctic Paper Munkedals AB, Schweden
Druck und Bindung: GGP Media GmbH, Pößneck
Printed in Germany    ISBN 978-3-492-27425-8

*Für Fritzi*

# Prolog

## Guten Appetit allerseits

Schrill kreischend rennt Töchterchen Leonie aus dem Speisesaal auf uns zu – ein riesiges Brotmesser drohend über dem Kopf erhoben.

Von mir hat sie das nicht.

Ihr Gebrüll erinnert an das wilde Angriffsgeheul eines zu kurz geratenen Barbarenchefs in der finalen Schlacht um die Zivilisation. Das riesige Messer ergänzt dieses Bild hervorragend.

Die sonst so unerschütterliche Familie Fröhlich rückt in ihren Ledersesseln näher an die gekachelten Wände des Familienhotels, das Architektenpaar plant derweil neue Fluchtwege aus der Lobby.

»Ist nur eine Phase«, versuche ich, die Gäste zu beruhigen. Echte Eltern reden ja so.

Herr Béla, der Kellner, eilt hinter Leonie her und versucht, der Zweieinhalbjährigen den schwingenden Brotsäbel zu entreißen, ohne dabei verletzt zu werden. In meinem Journalistenhirn sehe ich bereits die Schlagzeile: »Massaker im Familienhotel – Täter werden immer jünger«. Oder: »Wie das Paradies zur Hölle wurde: Das Brotmesser-Baby greift an«.

Im Artikel dazu erklärt ein Experte neben einem Tortendiagramm, wie sich Leonie vor dem Büfett auf die Fußspitzen stellte, nach einer Scheibe Baguette tastete, aber stattdessen das Messer erwischte. Er fordert härtere Strafen für Verletzungen der Aufsichtspflicht und rückt die Angelegenheit in einen größeren gesellschaftlichen Zusammenhang. Das wird Anne nachher wohl auch versuchen, wenn ich mich dafür rechtfertigen muss, dass ich ihre Tochter mal kurz aus den Augen verloren habe.

Leonie kommt näher, uns trennen jetzt nur noch wenige Meter. Anne lächelt so verzückt, wie das nur eine Mutter kann.

»Schau, wie gut da schon jemand läuft!«

Ob sie wohl dasselbe über mich sagen würde, wenn ich jetzt schnell rausrenne? Wahrscheinlich nicht. Als guter Journalist beschließe ich, im Brennpunkt der Gefahr auszuharren.

Direkt vor ihrer Mutter bleibt Leonie stehen und betrachtet das riesige Messer in ihrer Hand. Eine plötzliche Erkenntnis flackert in ihren großen blauen Augen auf. Traurig schüttelt sie den Kopf.

»Kein Brot, leider.«

Eine Mutter zieht instinktiv die Dinkelkekspackung aus der Handtasche, um dieses verzweifelte Kind vor dem Hungertod zu retten. Wie von selbst beginnen die Hände einer anderen Mama, einen Apfel zu schälen. Die Blicke der Gäste richten sich auf uns. Ginge es nach ihren Mienen, gehörten Anne und ich in die Rabeneltern-Folterkammer einer englischen Gouvernante oder der Obhut eines Pädagogen übergeben, der voll auf Elektroschocks setzt.

Als Herr Béla Anne und mich entdeckt, nutzt er die Chance, sich aus dem nicht vorhandenen Staub zu machen. Wahrscheinlich ist ihm eingefallen, dass es jetzt wirklich Zeit wird, eine neue Portion »Familienglück« anzurühren.

Leonie deutet mit der freien Hand auf die Klinge und nickt. »Messer!«

Anne geht in die Hocke – auf Augenhöhe. »Richtig, Schatz. Das ist ein Messer. Und Messer, Gabel, Schere, Licht sind für kleine Kinder nicht.«

Die Gäste um uns herum nicken zustimmend.

Totenstille.

Meine vorgebliche Ehefrau streckt langsam die Hand aus. Dabei sieht sie ihre Tochter besänftigend an – als wäre Leonie der Geiselnehmer, ich die Geisel und Anne die Kommissarin.

»Gibst du Mama bitte das Messer?«, schmeichelt sie mit ruhiger Mutterstimme.

»Nein!« Leonie schiebt die Unterlippe vor und schaut trotzig nach unten, als überlegte sie, mit wem sie als Erstes »Täter und Opfer« spielen soll.

Dann hebt sie den Kopf und sieht von einem potenziellen Kandidaten zum nächsten. Ich weiche Leonies Blick aus. Ruckartig hebt sie ihre Hand und deutet auf mich. Dabei verfehlt die Klinge um ein Haar das Gesicht ihrer Mutter.

Leonie sieht mich an. Ein Lächeln zieht sich über ihr Gesicht.

»Papa!«, bestimmt sie.

Vor Schreck sacke ich auf die Knie.

So habe ich mir mein Ende nicht vorgestellt. Ich hatte gehofft, ich sterbe an einem Herzinfarkt in den Armen von mindestens einer Geliebten. Oder mit gebrochener Wirbelsäule nach einem furiosen Tanzschritt auf dem Dancefloor. Aber nicht von einem Kleinkind enthauptet in einem Familienhotel.

Anne und ich kauern vor der kleinen Leonie wie Delinquenten vor dem Henker. Im Raum ist es so still, dass ich das rhythmische Schmatzen der Babys an ihren Schnullern höre.

Leonie hebt das Messer.

Der Konferenzraum des Wochenmagazins »Der Münchner« liegt unter dem Dach – dort, wo die Luft entweder zu dünn oder zu dick ist. Wie die Kollegen. Vor jedem von ihnen stapeln sich Zeitungsausschnitte, Fotos oder Fundstücke: sogenannte Themenvorschläge. Diesmal bittet Chefredakteur Dr. Schade den Klatschreporter Landgraf, einen Platz weiterzurücken, weil er gern neben »seinem besten Mann« sitzen möchte.

Diesen Titel trug einst Kollege Landgraf, doch vor einem halben Jahr ist er Vater geworden und beschäftigt sich seitdem lieber mit Frauenthemen als mit Herrenwitzen, genau wie neunzig Prozent der Männer in dieser Redaktion. Statt sich neugierig grinsend auf Poolpartys herumzutreiben, planschen sie milde lächelnd beim Babyschwimmen und diskutieren danach den besten Weg, dem Kind den Schnuller abzugewöhnen, kontroverser als die Zukunft der europäischen Schuldenstaaten.

Deshalb bin ich neuerdings jener beste Mann: Caspar Hartmann, dreißig Jahre alt, Jungredakteur in Schades »Locals-and-Lifestyle«-Wochenmagazin.

Im Lokalteil.

Leider.

Ich muss die illegalen Tierversuche der örtlichen Kaninchenzüchtervereine zu Zuchterfolgen hochschreiben, die Niederlagen in der zwölften Fußballliga als Formschwächen kaschieren und bei Bezirksversammlungen, die länger dauern und pathetischer inszeniert sind als Wagners »Ring«, gegen den Schlaf ankämpfen. Neulich habe ich ein vierstündiges Interview über Taubenzucht geführt und dabei über meine Ohrstöpsel Musik gehört. Ist gar nicht aufgefallen. Vorgestern musste ich beruflich einen Stadtteil von München besuchen, von dem ich bisher dachte, er läge in Österreich. Heute musste ich das Gedicht einer Leserin redigieren, die seit fünfzig Jahren Abonnentin ist und ihre Freude über das bei uns gedruckte Gewäsch in Versmaß gezwungen hat. Ganz zu schweigen von dem »singenden Bäckermeister« oder den pickligen Strebern von »Jugend forscht«.

Ich hasse meinen Job. Viel lieber hätte ich den vom Kollegen Landgraf: Ich will die Nightlife-Kolumne, das einzig Coole in diesem blöden Piefblatt. Der ganze Familienwahnsinn geht mir nämlich da vorbei, wo die Mehrheit meiner Kollegen Windeln hinklebt. Keine Ahnung, was Menschen ab Ende zwanzig an Babys so süß finden – die sind doch schrumpelig, pupsen ständig und schreien nur rum. Außerdem habe ich auch schon erschreckend hässliche Exemplare gesehen. Ich stehe eher auf Frauen um die zwanzig. Mein Geld gebe ich lieber für Longdrinks und Leckereien aus als für Kuscheltiere und Kitagebühren.

Außerdem wäre die Nightlife-Kolumne eine echte Redakteursstelle. Ich bin nämlich bloß ein freier Jungredakteur, der den Launen des Chefs ausgeliefert ist. Wenn ich keine Aufträge bekomme, verdiene ich nichts.

Die Konferenz zieht an mir vorbei, die ewig gleichen Phrasen: »Lebt der noch?«, »Wenn man das mal weiterspinnt ...«, »Da müsste man mal was drüber machen«.

Laaangweilig.

Moderedakteurin Brigitte, die ihren Namen französisch Brischitt aussprechen lässt, echauffiert sich über die »aktuelle Kollektion« von irgendeinem neuen Designer, die »viel zu bequem« aussieht, was sie »absolut untragbar« findet.

Anne Germoser, unsere Betriebsrätin und Redakteurin für Frauenthemen, ballt die Fäuste in den zu langen Ärmeln ihrer sackartigen Strickjacke. Im Gegensatz zu Brischitt beurteilt sie gute Kleidung offensichtlich danach, ob sie einer ordentlichen Kochwäsche standhält. Seit sie Mutter geworden ist, achtet sie sicher auch noch darauf, ob sich erbrochener Babybrei mit einem Klecks Spüli abwaschen lässt und als wie reißfest sich der Saum erweist.

Kollege Landgraf tippt abwesend auf seinem Smartphone herum. Brainstorming macht heute anscheinend jeder für sich.

Selbst der Chef wirkt nicht ganz bei der Sache. Wahrscheinlich träumt er immer noch von dem verpatzten Ausflug mit jener unbekannten Geliebten, die bislang jeder hier für ein Hirngespinst hielt – bis das letzte Liebeswochenende mit ihr im Fiasko endete.

Über die Jahre war das Hotel »Zum Wilden Mannle« in den Ötztaler Alpen zu Schades bevorzugtem Liebesnest avanciert. Und dort wollte er auch mit seiner Unbekannten, wahrscheinlich einer sportlichen Witwe um die fünfzig, mal so richtig das wilde Mannle herauslassen. Eine absurde Vorstellung, etwa so abstoßend wie der Gedanke an die eigenen Eltern beim Koitus.

Die Vorfreude auf jenen Ausflug war Schade schon Wochen vor dem Termin anzumerken. Schlüpfrige Altherrenwitze häuften sich ebenso wie fliederfarbene Hemden. Blöderweise lief das Wochenende völlig anders, als es sich Herr Schade erträumt hatte. Das »Wilde Mannle« war den jungen Familien zum Opfer gefallen. Weil die nämlich unglaublich gern wandern, regionale Spezialitäten essen, abends beim teuren Lokalwein über Nachhaltigkeit plaudern und danach Kinder zeugen, hat das »Wilde Mannle« reagiert und sich in ein Familienhotel verwandelt.

Zwischen schreienden Babys, schwangeren Frauen und offenen Windeleimern verlor mein Chefredakteur die Lust und seine Geliebte ihren Sex-Appeal. Bereits nach der ersten Nacht reiste Dr. Schade erbost ab und macht seitdem seinem Hass auf junge Familien bei jeder Gelegenheit gehörig Luft. Die ganze Redaktion leidet seit Wochen unter seiner schlechten Laune.

Nadine, unsere attraktive Langzeitpraktikantin, wollte auch mal mit mir in ein Hotel fahren, zwecks Zukunftsplanung. Dabei habe ich ihr schon tausendmal erklärt, dass wir keine Zukunft haben. Zumindest nicht zusammen. Aber sie meint, so etwas Wichtiges könnten wir nur gemeinsam entscheiden. Außerdem hätte sie gern bald Kinder. Dabei haben wir nur ein- oder zweimal rumgeknutscht, als wir uns zufällig getroffen haben. Seitdem erzählt sie in der Redaktion herum, wir wären ein Paar. Ich habe schon versucht, sie bei Betriebsrätin Anne Germoser als Stalkerin anzuzeigen, aber die hat mich nur ausgelacht.

Nadine hat Jura und Journalismus an einer internationalen Uni in Budapest studiert, spricht vier oder fünf Sprachen und ist eine fiese Mischung aus schlau und schön. Wahrscheinlich hat Herr Dr. Schade ihr Praktikum aus Vorfreude auf einen Betriebsausflug im ganz kleinen Kreis einfach verlängert. Allerdings könnte sich auch Kollegin Anne Germoser für ihre Aufenthaltsgenehmigung beim »Münchner« eingesetzt haben. Sie hätte nämlich lieber einen Halbtagsvertrag und würde Nadine gern den Großteil ihrer Arbeit abtreten. Weiß jeder, außer Nadine.

Die sieht mir jetzt direkt in die Augen und schlägt vor, über »den Unterschied zwischen Männern und Frauen« zu diskutieren. »Ihr habt doch alle Beziehungen«, ermuntert sie die Runde. »Erzählt mal davon!«

»Wir verraten auch euren Frauen nichts«, ergänzt Anne. »Dann schlagen sie euch nicht zu Hause.« Sie klatscht mit Nadine ab.

Anne ist über dreißig, das nicht erst seit gestern, ungeschminkt, das jeden Tag, Mutter einer Tochter – und wenn sie sich nicht immer so über Männer aufregen würde, könnte sie locker die neue Familienministerin werden: Sie ist klug, kampflustig und so dermaßen politisch korrekt, dass es selbst die von ihr verteidigten Randgruppen nervt. In ihrer Freizeit meißelt sie die Kurven der großen Emanzen aus Stein.

»Beziehungen machen keinen Sinn«, kontere ich. »Das Überleben der Menschheit steht und fällt damit, dass wir regelmäßig unsere Sexualpartner wechseln.«

Nadine funkelt mich böse an. »Du bist echt so gestört!«

Nur weil ich nicht auf Beziehungen stehe? Okay, es gab da mal eine Frau, Adoré, die war so wunderschön und derart beknackt, dass ich mich Hals über Kopf in sie verliebte. »Amour fou« nennen die Franzosen das. Und die Franzosen müssen es wissen. Als ich mal kurz nicht aufpasste, hat Adoré mir das Herz herausgerissen. Kaum hatte es aufgehört, übermütig zu klopfen, ließ sie es fallen und schnappte sich das nächste.

Keine Ahnung, was aus Adoré geworden ist. Angeblich arbeitet sie irgendwo im Ausland. Genau wie mein Herz.

Landgraf seufzt, steckt sein Smartphone ein und steht auf.

»Sorry, Leute, ich will eure Diskussion ja nicht unterbrechen, aber ich muss meine Tochter aus der Kita abholen, ist ein Notfall. Die Kleine hat leichtes Fieber.«

Leichtes Fieber? Ein Notfall? Ich habe seit drei Tagen nicht geschlafen und schon wieder einen mordsmäßigen Kater – was würde ich für »leichtes Fieber« geben!

Hektisch stapelt Landgraf seine Unterlagen übereinander. Dabei segelt ein fliederfarbener Umschlag auf den Konferenztisch. Er sieht aus, als steckte darin die seit Jahrhunderten verschollene Einladung zur Hochzeit von Barbie und Ken.

»Ach ja.« Landgraf deutet auf den Umschlag. »Ich habe hier noch die Einladung zu einer zweiwöchigen Pressereise ins Hotel ›Zum Wilden Mannle‹.«

Er verstummt schlagartig, als ihm klar wird, dass jede Erwähnung des Ortes, an dem Herr Dr. Schade sein erotisches Waterloo erlebte, ihn endgültig den Kopf kosten kann. Ruckartig steht er auf.

»Na ja. Ich muss dann mal los.« Mit gebeugtem Rücken schleicht Landgraf von dannen, als würde er mit dieser Gangart weniger Aufsehen erregen.

Alle Augen richten sich auf den Chef. Der erwidert jeden Blick so eindringlich, als würde er abwägen, wie viel Abfindung er dem betreffenden Kollegen im Fall einer Kündigung im Affekt zahlen müsste. Dann öffnet er den Umschlag und nimmt eine Karte heraus. Sein Mund verzieht sich zu einem fiesen Grinsen. Sieht aus, als wäre ihm gerade der Coup des Jahrtausends eingefallen.

»Jede Frau will doch mal einen wilden Mann zähmen«, sagt er nachdenklich. »Wo geht das besser als in einem Familienhotel?« Er sieht sich um. »Wer ist denn bei uns der wilde Mann?«

Oje. Schnell schaue ich so unauffällig wie möglich zur Seite. Mir ist nie aufgefallen, was für eine schöne weiße Wand da steht. Sicherheitshalber tue ich so, als würde ich ganz unten in meiner Tasche etwas suchen. Trotzdem spüre ich, wie sich ein Kopf nach dem anderen in meine Richtung dreht. Ich wage es nicht aufzublicken.

Brauche ich auch nicht.

Schades Stimme klingt, als wollte sie mich ärgern. »Kollege Hartmann, wäre das nicht etwas für Sie?«

Genau wie meine Kollegen sehe ich ihn entsetzt an. Wie kommt er denn auf so eine abwegige Idee? Offenbar hat mein Chef auch leichtes Fieber.

»Bitte nein!«, rufe ich instinktiv. »Auf keinen Fall!«

Annes Mund klappt vor Staunen auf und fängt bei der Gelegenheit sofort an zu reden. »Das ist doch völlig absurd! Sie wollen den einzigen Mann, der hier nichts, aber auch gar nichts mit Familie am Hut hat, in ein Familienhotel schicken? Was soll er denn da?«

»Genau«, ergänze ich. »Was soll ich denn da?«

Zum ersten Mal, seit Anne aus der Elternzeit zurückgekehrt ist, sind wir einer Meinung.

Aber Schade lässt sich nicht beirren. »Caspar braucht Frau und Kind zur Tarnung. Wer hat Lust?«

Erneute Stille.

Nadine rutscht hoch motiviert auf ihrem Stuhl nach vorn. Sie hat zwar kein Kind, aber in ihrem Blick liegt die Aussicht auf *die* Chance, demnächst eines gemacht zu bekommen.

Wenn die wüsste! Ich kann keine Kinder zeugen. Wollte als Junge mal über einen Jägerzaun grätschen. Hat nicht geklappt. Vielleicht habe ich deshalb keine Lust auf Familie – wie gesagt, alles biologisch bedingt.

Schade sieht Nadine an und schüttelt den Kopf. Sein Blick wandert weiter zu Anne.

»Das wäre doch etwas für *Sie*?«

Unsere Frauenbeauftragte läuft vor Wut rot an. »Ha!«, ruft sie und zerbricht den billigen »Münchner«-Kugelschreiber in ihren Händen. »Ich will Caspar nicht von Dingen überzeugen, von denen er nichts versteht. Er ist kein Familienvater und wird auch nie einer werden. Außerdem heirate ich in drei Wochen meinen Verlobten!«

Ein Raunen geht durch die Kollegen, vor allem bei den Leuten, die nicht eingeladen sind.

Herr Schade hält Annes Blick. »Ist es immer noch wegen der Weihnachtsfeier?«

Anne nimmt Nadine blitzschnell deren Kugelschreiber aus der Hand und zerbricht ihn ebenfalls. Auf dem Tisch liegt nun ein kleiner Trümmerhaufen. Ein gutes Bild für unser Verhältnis seit jener Feier.

Sie fand im »Grande Principe« statt, einem dieser sündhaft teuren Lokale, die es cool finden, eine einzige enge Toilette für Männer und Frauen zu haben. Wir waren betrunken, hatten uns mal wieder gestritten, Anne stand vor dem Spiegel und machte sich frisch. Ich kam herein, streckte meine Hand an ihr vorbei zum Seifenspender. Ihre Hand war auch da. Wir sind dann irgendwie ineinandergerutscht. Erst die Hände, dann die Lippen und schließlich der Rest. Entscheidende drei Minuten später betrat Kollege Landgraf die Toilette. Von solchen Momenten träumen Klatschreporter ihr ganzes Leben lang. Am nächsten Tag waren wir die Breaking News des Flurfunks.

Anne und ich haben nie wieder darüber gesprochen. Was auf der Weihnachtsfeier passiert, bleibt auf der Weihnachtsfeier. Allerdings ist unsere Beziehung seit jenem Abend schlechter als die zwischen Israel und Palästina. Anne hat dann schnell einen Mann mit Haus kennengelernt, ihre Leonie bekommen und ist in Elternzeit verschwunden.

Seit ein paar Monaten arbeitet sie wieder, aber wir verstehen uns noch weniger als vorher. Über die Sache ist kein Gras gewachsen, weil das Fundament eine faulende, schwelende und vor allem ungeklärte Klärgrube ist.

»Caspar fährt mit Anne ins Familienhotel«, bestimmt Schade. »Sie soll ihm zeigen, wie erfüllend und wunderschön das Leben in geordneten Bahnen sein kann.«

Erfüllend und wunderschön? Mein Chef hat doch am eigenen Körper erfahren müssen, wie schrecklich es dort ist.

Auch Anne findet das nicht lustig. Sie spuckt ihm die Wörter nur so ins Gesicht: »Und warum bitte sollte *ich* mich darauf einlassen?«

»Weil Sie dafür Ihre Halbtagsstelle bekommen.«

Unsere Frauenbeauftragte stützt die Stirn in die Hände und lacht zynisch. Es klingt, als stünde sie an der Grenze zur Hysterie. Oder schon einen Schritt weiter.

»Ich habe Ihnen mit dem Betriebsrat gedroht«, presst sie heraus. »Das hat Sie nicht interessiert. Ich wollte kündigen – war Ihnen wurscht. Und jetzt kriege ich die Halbtagsstelle, wenn ich mit dem Idioten da zwei Wochen wegfahre? Wenn das wieder so ein Männerwitz ist, finde ich ihn echt nicht lustig.«

Herr Schade wirft einen Blick auf die fliederfarbene Einladung und sieht dann wieder hoch.

»Bis zu Ihrer Hochzeit sind Sie längst wieder da. Und Ihre Tochter nehmen Sie einfach mit. Sie beschweren sich ja dauernd über mangelnde Betreuungsmöglichkeiten.«

Anne überlegt, dann entspannen sich ihre Züge. Sie nickt.

»Ich bekomme meine Stelle – vor Zeugen«, postuliert sie und blickt die Kollegen an, die sich Mühe geben, so neutral dreinzuschauen wie die Mitglieder einer Grand Jury. Anne streckt die Hand aus. Schade ergreift sie quer über den Tisch.

»Und Sie, Caspar«, sagt er, »geben sich ein bisschen Mühe und lassen sich auf diese neue Welt ein. Ein bisschen Erholung wird Ihnen guttun. Sie waren die letzten Monate Tag und Nacht im Einsatz. Sehen Sie das hier einfach mal als Entspannungsurlaub.«

Wie bitte? Okay, ich habe tiefere Augenringe als ein Dortmunder Grubenarbeiter und wahrscheinlich ein gleichwertiges Alkoholproblem, aber wenn sich Schade ernsthaft um das Wohl seiner Mitarbeiter sorgen würde, wäre er nie Chef geworden. Was führt er im Schilde?

Es klopft an der Tür. Assistentin Nora Schnittchenmacher, deren Einstellungskriterien nicht bloß auf der Hand, sondern mitunter sogar auf der Tastatur liegen, steckt ihr Dekolleté herein. »Herr Dr. Schade, Sie haben einen Termin in fünf Minuten«, sagt das Dekolleté.

Schade sucht seine Zettel zusammen und erhebt sich. Die Konferenz ist beendet. Anne und ich sehen uns an wie Duellanten, die gerade erfahren haben, dass sie durch einen schlechten Scherz des Schicksals zwei Wochen in einem Zimmer wohnen müssen, bevor sie sich erschießen dürfen.

Die anderen Redakteure rücken mit den Stühlen herum und verlassen so schnell wie möglich den Raum. Als Letzte erhebt sich Anne und trottet wie in Trance der Herde hinterher.

Als ich aufstehen will, geht Schade zur Tür und schließt sie vorsichtig. Dann legt er mir die Hand auf die Schulter. »Einen Moment noch. Sie haben von meinem letzten Ausflug nach Tirol gehört?«

Oha! Dünnes Eis. Die Gesichtszüge meines Chefs verhärten sich, seine Augen werden schmal.

»Ich will Rache.«

Sicherheitshalber schaue auch ich böse und nicke.

»Dieses verschissene Hotel hat mir ein Wochenende verdorben, auf das ich mich seit Beginn des Sommerlochs gefreut habe.« Schade scheint die Doppeldeutigkeit gar nicht weiter aufzufallen. »In meinem Leben gibt es nicht mehr viele Höhepunkte. Das wäre einer gewesen.«

Fast tut mir mein Chef ein ganz kleines bisschen leid. Betreten schaue ich nach unten. Das Bild seines Höhepunkts geht einfach nicht aus meinem Kopf.

»Ich will, dass Sie einen Verriss über das ›Wilde Mannle‹ schreiben. Machen Sie den Laden fertig.«

»Aber Sie haben doch eben gesagt, ich soll ein Familienmensch werden.«

»Das hier ist eine geheime Mission, Hartmann.«

»Ich bin nicht Günter Wallraff«, gebe ich zu bedenken.

Herr Schade deutet mit dem Finger auf mich. »Nein, Sie sind James Bond. Der James Bond des Journalismus. Und ich bin Ihr M.«

Schweres Fieber, eindeutig. Er phantasiert in veralteten Metaphern. »M ist mittlerweile eine Frau.«

Kurz stutzt mein Chef, dann schüttelt er fatalistisch den Kopf. »Sehen Sie, das ist das Problem. Wir Männer werden weibisch – durch diese ganze Familienkacke. Schreiben Sie ein Loblied auf schlüpfrigere Zeiten, eine Enthüllungsgeschichte, die ihren

Namen verdient, ein Plädoyer für das Liebesnest, die Freiheit und den Hedonismus.« Er sieht mir tief in die Augen. »Das Problem des modernen Mannes ist die Familie. Schauen Sie sich unsere Redaktion an: lauter weichgespülte Daddyluschen. Und keiner traut sich, das auszusprechen.«

Kein Wunder. Wer sich gegen das Prinzip Familie stellt, wird sozial geteert, gefedert und zur freien Liebe in eine Vogelgrippe-zuchtfarm gesperrt.

»Aber ich kann doch nichts gegen Familien schreiben. Das ist schlimmer, als den Sommer nicht zu mögen oder grundsätzlich keinen Alkohol zu trinken. So etwas macht man nicht.«

Schade grinst. »Doch. Sie machen das. Für die Nachtleben-kolumne.«

»Ich kriege Landgrafs Job?«

Schade nickt. »Und zwar unbefristet. Sie haben mein Wort. Die neue Halbtagsstelle Ihrer Kollegin dagegen wird nächstes Jahr wahrscheinlich betriebsbedingt gekürzt. Das bleibt aber bitte unter uns.«

Als Journalist muss man ja immer flexibel sein – auch mora-lisch. Eigentlich klingt es zu schön, um wahr zu sein. Ich darf offen über die nervigen Familien lästern und kriege dafür mei-nen Traumjob. Warum eigentlich nicht?

»Aber wenn wir die Pressereise wahrnehmen, wissen die doch, dass wir Journalisten sind, oder?«

»Sie nehmen gar nicht offiziell an der Pressereise teil. Frau Schnittchenmacher bucht Ihnen ein Zimmer auf Redaktionskos-ten – inkognito. Sonst noch Fragen?«

Allerdings: Wie soll ich denn zwei Wochen mit unserer Frauen-beauftragten in einem Zimmer überleben? Wie kann ich mir auf so engem Raum ihr Kind vom Leib halten? Wo soll ich schlafen? Doch bevor ich etwas erwidern kann, klopft es erneut. Das Dekolleté verlangt jetzt dringend nach Herrn Schade. Der mus-tert mich.

»Hartmann, Sie sind mein bestes Pferd im Stall, ein wilder Hengst. Sie können es hier weit bringen. Nach so einer Titelge-schichte kann ich Sie ohne Probleme zum Kolumnisten machen.

Vielleicht stehen Sie irgendwann sogar einmal an meiner Stelle. Lassen Sie mich jetzt nicht hängen.«

Nie hätte ich gedacht, dass der erste Mensch, der mich einen wilden Hengst nennt, mein Chef sein wird. Er streckt die Hand aus und lacht kernig.

Ich ergreife sie und verkaufe ihm mit einem verlegenen Wiehern meine Pferdeseele.

## Lass alle Hoffnung fahren – oder fahre selbst

Annes Adresse, Wuermelingweg 11 b, liest sich, als wäre sie nach einer Kindergartengruppe benannt. Ist sie aber nicht. Franz-Josef Wuermeling war der erste Familienminister der Bundesrepublik: 1953 bis 1962. Stand auf dem Straßenschild. In dieser Familiensiedlung beginnt Bildung eben im Vorübergehen – Kinder achten ja noch auf Straßenschilder.

Hier sieht ein Reihenhaus aus wie das andere: klein, wenig Abstand zum Nachbarn, rotes Spitzdach, winziger Garten mit Hochbeet und Schaukel. Wie in einem Psychothriller.

Ein vorbeilaufender Junge bleibt stehen und starrt mich mit unbewegter Miene an. Er sieht aus wie dieser kleine Antichrist aus dem Horrorfilm »Das Omen«. Wahrscheinlich werde ich gleich von einer umstürzenden Schaukel erschlagen.

Reinkommen soll ich nicht, darauf hat Anne bestanden. Erstens sei das »nicht notwendig«, und zweitens gehe mich ihr Privatleben nichts an. Das kann ja heiter werden.

Der Junge ist verschwunden. Dafür werfen mir jetzt zwei Mütter, die ihre Kinderwagen nebeneinander auf dem schmalen Bürgersteig herummanövrieren, misstrauische Blicke zu. Liegt wahrscheinlich an meinem Wagen: ein schwarzer 68er Ford Mustang GT 390. Richtig, der von Steve McQueen. Das ist meine Liebe – also der Wagen, nicht der Schauspieler. Amerikanische Autos sind breiter, da legt man noch Wert darauf, dass jeder Platz für sich hat. Nicht wie in dieser Reihenhaussiedlung oder in dem Hotelzimmer, in das wir gleich fahren müssen.

Die Mütter schütteln echauffiert ihre Kurzhaarfrisuren und starren mich so feindselig an, als gehörte ich zu einer Rockergang, die in ihr Viertel eingedrungen ist. Jetzt kommen sie auf mich zu und bedeuten mir, das Fenster herunterzukurbeln.

»Wohnen Sie hier?«, fragt mich die eine, Typ alterndes Modell für Hautstraffungsprodukte. Eine Frau wie ein Lederhandschuh.

»Nein, zum Glück nicht.«

»Warum beobachten Sie dann vormittags unter der Woche die Häuser?«

Die andere Mutter, ihre Flankendeckung, nickt bestätigend. Sie scannt mein Gesicht, wahrscheinlich, um hinterher ein Fahndungsbild aus ihrer Erinnerung zu zeichnen.

Ich schaue sie höflich an. »Und warum gehen Sie nicht arbeiten? Vormittags unter der Woche?«

Die Mütter schauen empört, als hätte ich ihren Kindern eine vererbte Lernschwäche attestiert. Die Erste zeigt mir den Vogel, daraufhin klappe ich den Stinkefinger aus.

Die Mutigere von beiden mustert mich kopfschüttelnd.

»Sie sind ein Mann, der in den letzten Jahren nichts dazugelernt hat.«

»Ich pflege eben die Traditionen«, entgegne ich und kurbele das Fenster wieder hoch.

Die beiden drehen auf ihren absatzlosen Schuhen um und kehren zurück zu ihren Kinderwagen.

Dumme Menschen gibt es wirklich überall. Die Leute petzen, lügen und stehlen. Probleme im Nahen Osten, in Palästina, Syrien, Afghanistan, dazu Tsunamis, Tornados und Kernkraftwerke. Wie kann man in so eine Welt nur Kinder setzen? Verstehe ich nicht.

Das Archiv hat mir Rechercheunterlagen geschickt: In den vergangenen zwei Jahren kam es in der Saunalandschaft des »Wilden Mannle« zu einigen Todesfällen betagter Wirtschaftsgrößen. Gerüchten zufolge hat dabei Viagra eine tragende Rolle gespielt. Der alte Direktor dankte ab, die Hotelkette »Relaxation de luxe« setzte eine neue Leitung ein.

Die neue Chefin, Frau Sommer, baute alles um: Whirlpools zu Kinderbecken, die Saunalandschaft zum Familienspa, aus Zweibettzimmern wurden Dreibettzimmer. Silbergabeln und scharfe Messer tauschte sie gegen stumpfes Kinderbesteck mit Teddybären. Die weißen Leinentischtücher ersetzte sie durch abwaschbare Wachsdecken, für den Fall, dass sich ein dickes Kind nach dem dritten Schlumpfeis übergibt. Statt intimer Zweisamkeit schuf die neue Direktorin ein Familienprogramm, auf das die öffentlich-rechtlichen Fernsehsender neidisch gewesen wären.

Alles schön und gut, die Frage ist nur: Werden uns die Leute die Familienfassade abkaufen? Dass meine Kollegin und ich eher zänkisch als verliebt daherkommen, ist nicht das Problem – die meisten jungen Paare mit Kind erscheinen mir auch nicht gerade harmonisch. Aber ich zweifle stark an Leonies schauspielerischen Qualitäten.

Ein gellender Schrei aus der Nummer 11 b reißt mich aus den Gedanken. Klingt, als würde ein Kleinkind gekreuzigt. Kinder schreien schon mal laut, aber doch nicht so! Jetzt höre ich auch Annes kreischende Stimme. Was, wenn da ein Psychopath eingedrungen ist? Dann hat hinterher wieder niemand etwas bemerkt.

Ich springe aus dem Auto und über den viel zu niedrigen Gartenzaun. Noch zehn Meter bis zur Haustür. Soll ich sie eintreten? Egal, ist nur eine Tür. Neun Schritte, acht, sieben, sechs, fünf, vier, drei, Fuß hoch.

In diesem Moment öffnet jemand von innen, einen Spalt breit, so, als würde er mit letzter Kraft die Klinke herunterdrücken. Ein Stöhnen. Hoffentlich ist es noch nicht zu spät. Mit Schwung reiße ich die Tür auf und remple Anne um.

Jede Menge Sachen poltern zu Boden: eine große Reisetasche, ein aufgeblasenes buntes Planschbecken, ein Spielzeugbagger, ein grünes Töpfchen, eine dunkelhäutige Puppe, unzählige Bilderbücher mit dicken Pappseiten, von denen mich debile Tiergesichter höhnisch angrinsen. Annes Augen sind gerötet, ihre Wangen auch.

»Entschuldigung«, sage ich.

»Du solltest draußen warten!«, herrscht sie mich an. Doch bevor sie weiterschimpfen kann, unterbricht sie ein neuer Schrei aus einem der hinteren Zimmer. Sie rappelt sich auf, tritt dabei auf ein Spielzeugauto, das durch den Druck nach vorn fährt, rutscht erneut weg und fällt wieder hin – wie in einer Slapstickkomödie.

Ich ziehe die Augenbrauen hoch und deute in die Richtung, in der ich Leonie vermute. Jetzt ganz ruhig. Bloß nichts Blödes sagen. In den vergangenen Tagen habe ich viel über Eltern, Kinder und Kinderkrankheiten gelesen. Muss nur das passende Thema finden.

»Klemmt die Spreizhose?«

Anne schaut mich entgeistert an. »So etwas kriegen nur Säuglinge mit angeborener Hüftgelenksdysplasie. Leonie ist zweieinhalb Jahre alt und völlig gesund. Sie schreit einfach gern.« Offenbar kommt die Kleine ganz nach der Mutter.

»Warum kümmert sich dein Verlobter nicht um sie?«

»Das geht dich erstens nichts an, und zweitens muss er arbeiten. Drittens *wollte* er ja zu Hause bleiben, um zu sehen, mit wem ich da zwei Wochen lang ins Hotel fahre. Aber ich wollte nicht, dass er dich trifft. Er ist ein bisschen …« Sie druckst herum.

»Krumm gewachsen?«, vermute ich.

»Eifersüchtig – unbegründet natürlich. Aufbrausend. Er liebt den Wettkampf. Wenn es nach ihm ginge, würde er alle Männer in meinem Umfeld fertigmachen.« Sie weicht meinem Blick aus. Für eine Journalistin ist Anne echt eine schlechte Lügnerin. Die Frauenbeauftragte will den Macho heiraten? Von wegen. Ich glaube eher, der Kerl hat Haare auf der Nase und einen Buckel.

Meine Hand greift nach der größten Tasche. »Gib mal her!«

Doch Anne klammert sich an den Henkel, als wollte ich ihr die Beute eines Bankraubs entreißen. »Ich bin durchaus in der Lage, meine Sachen selbst zu tragen. Außerdem jammerst du doch immer über deinen Bandscheibenvorfall. Ich will unseren Job nicht gefährden, bloß weil du hier den starken Mann markieren musst.«

Wieder ein gellender Schrei aus dem hinteren Zimmer, diesmal drängender: »Mamaaa!«

Anne drückt mir die Tasche in die Hand und eilt zurück in Richtung Folterzimmer. »Hol schon mal den Wagen!«, befiehlt sie. Wir müssen dringend klären, wer hier den Harry und wer den Derrick gibt.

Nach dem ganzen Geschrei stehe ich der ersten Begegnung mit

meiner zukünftigen Tochter ein wenig skeptisch gegenüber. Dabei muss sie, will man Anne Glauben schenken, »ein wahrer Engel« sein. Von Leonies erstem Pups hat sie geschwärmt, als wäre er ein besonders kluger Gedanke, von den ersten Zähnen, als wären sie die Stigmata des Erlösers, und als Leonie ihre ersten Schritte ging, ist Anne eine Woche lang nur gehüpft. Im Gegensatz zu anderen Müttern hat sie die Kleine aber nie in der Redaktion herumgezeigt – zumindest nicht mir.

Nach dem Tetrisprinzip verstaue ich Leonies Sachen im Kofferraum. Hätte gar nicht gedacht, dass so viel Zeug in einen Mustang passt. Kombis braucht kein Mensch.

Anne kommt heraus, mit einem Kindersitz in der einen Hand und einer katzenkopfförmigen Sonnenblende in der anderen. Ich schaue fragend.

»Für die Fenster zum Anklippen.«

»So was kommt aber nicht in meinen Mustang!«, erkläre ich felsenfest.

»Dann kommt Leonie auch nicht in deinen Mustang«, antwortet Anne. »Es ist Sommer, wir fahren drei Stunden, und ich will nicht, dass sie einen Sonnenstich kriegt. Hast du eine Klimaanlage?«

Anstatt eine Antwort abzuwarten, marschiert sie zurück ins Haus. Seufzend klippe ich die Saugnäpfe der Katzenteile an die Fenster. Nun erinnert der Mustang eher an das Zeichentrickauto von »Tom & Jerry« als an den Wagen aus »Bullitt«.

Als Nächstes schleppt Anne zwei riesige karierte Plastiktaschen heran, die selbst politisch völlig korrekte Menschen als »Türkenkoffer« bezeichnen.

»Die auch?« Ich nehme ihr die Taschen aus den Händen. Ein Stich schießt durch meine Lendenwirbelsäule.

Anne sieht mir den Schmerz an, ignoriert ihn aber. »Ich hole die nächste Ladung.«

»Wir sind doch nur zwei Wochen weg«, bemerke ich, denn ich habe nur drei Jeans, ein paar Shirts und Hemden eingepackt, außerdem Unterwäsche und mein MacBook. Nicht mal Kondome. Wozu auch?

»Nein, wir sind zwei Wochen mit Kind weg.«

»Aber Leonie ist doch total klein! Wie kann sie schon so viel Gepäck haben?« Mir kommt ein sehr logischer Gedanke. »Oder hast du sie etwa auch in die ...?« Ich deute fragend auf die Plastiktaschen.

Anne schaut mich fassungslos an, schnaubt wütend und verschwindet im Haus. Wahrscheinlich schleppt sie zur Strafe für meine Nachfrage als Nächstes den Eichensekretär heraus.

Ich denke an meine Kolumne, seufze und beginne zu stopfen: Windeln, Feuchttücher, Wickelunterlagen, Schmusedecken, Kuscheltiere, Bilderbücher, Fläschchen, Messerchen, Gäbelchen, Tellerchen, eine Riesentasche mit Kinderkleidung, noch eine Riesentasche mit Kinderkleidung, noch eine Riesentasche mit Kinderkleidung und eine ebenso große Tasche mit Kinderkosmetik, obwohl sich Leonie wahrscheinlich auch nicht schminkt.

Wozu das ganze Zeug? Einen Großteil *meiner* Kindheit verbrachte ich in einem Ganzkörperplastikeinteiler mit integrierten Stiefeln, mit dem man mich nach dem Spielen unter die Dusche stellen konnte und in dem ich aussah wie ein kleiner Kammerjäger.

Der Kofferraum ist voll, mit letzter Kraft und unter Einsatz meines ganzen Körpergewichts gelingt es mir, ihn zu schließen. Annes silberfarbener Trolley passt nicht mehr hinten rein, den muss sie eben auf den Schoß nehmen. Gewicht auf den Oberschenkeln sind Eltern ja gewöhnt.

Meine neue Frau kommt mit einer monströsen Kreuzung aus Kinderwagen, Dreirad und Einkaufswagen um die Ecke, mit dem ich bisher nur joggende Eltern gesehen habe. In diesem hier thront Leonie.

Sie hat große blaue Augen, aus denen der Schalk blitzt, darüber lange schwarze Wimpern. Ihre geschwungenen Brauen wirken wie gezupft. Die obere Modelpartie ihres Gesichts steht in lustigem Kontrast zu ihren Pausbacken, dem Doppelkinn, dem aschblonden Lockenkopf und dem erstaunlich runden Bauch, den sie vorstreckt wie ein kleiner Buddha.

Auch ich habe blaue Augen, und wenn es regnet, kriege ich

ehrlich gesagt manchmal Locken. Zumindest nach außen hin könnten wir tatsächlich als Vater und Tochter durchgehen.

»Hallo, du bist also die Leonie«, schleime ich. »Für die nächsten beiden Wochen bin ich dein Daddy.«

Die Kleine hört mir offenbar konzentriert zu. Sie nickt mit dem Kopf. »Bitte Breze!«, sagt sie so ernst, als wäre das Gebäck der Schlüssel zu ihrer Zuneigung.

Ich lächle verlegen und krempel hilflos das Futter meiner Hosentaschen nach außen. »Tja, leider habe ich gerade keine Breze dabei.«

Mit einem Mal verändert sich ihr Gesicht: Die großen blauen Kulleraugen werden noch etwas größer, sie klimpert mit den tiefschwarzen Wimpern, eine dicke Träne rollt vom rechten Auge über die Pausbacke. Es sieht aus, als versuchte sie mit aller Kraft, die Enttäuschung wegzudrücken. So ein kleines manipulatives Biest.

»Bitte ... Breze«, wiederholt sie mit brüchiger Stimme.

Das ist ja der reinste Psychoterror! Ratlos schaue ich Anne an. Die ist damit beschäftigt, einen Kindersitz auf der Rückbank des Wagens zu installieren. Ich vergesse für eine Sekunde, dass mir das gar nicht passt, und wende mich wieder Leonie zu.

»Wir können ja noch an der Tanke halten«, schlage ich vor. »Die haben bestimmt einen Backshop!«

Aus dem Auto heraus höre ich Annes harte Stimme: »Es gibt jetzt keine Breze! Du kannst einen Apfel haben.«

Leonie fängt sofort an zu weinen. Anne streckt den Kopf aus dem Auto und schaut mich strafend an. »Was hast du jetzt schon wieder gemacht?«

»Gar nichts.«

Anne schüttelt abfällig den Kopf, nimmt Leonie aus dem Kinderwagen, legt sie an ihre Schulter und streichelt ihr über die Locken.

»Obi!«, befiehlt Leonie.

Ich sehe meine neue Frau fragend an. Beruhigt Leonie etwa der Anblick von Bohrmaschinen, Schmirgelpapier, Rindenmulch und neonfarbenen Wäscheständern? Ich dachte, daran erfreuen sich nur ältere Männer?

»Ihre Puppe, bitte«, erklärt Anne. »Der Name ist afrikanisch.«

Ich krame im Kofferraum. Ganz unten finde ich die Puppe und drücke sie Leonie in die Hand. Aber die starrt mich nur böse an.

»Du nicht«, schnauzt sie mich an und feuert die Puppe auf den Boden.

»Nicht werfen!«, ermahnt Anne ihre Tochter.

Ich zucke mit den Schultern, hebe den Obi auf und schmeiße ihn zurück in den Kofferraum. Sofort fängt Leonie wieder an zu weinen.

Ein weiterer strafender Blick meiner Kollegin. »Das mit dem Werfen gilt auch für dich«, sagt Anne, zieht einen Schnuller aus der Tasche und steckt ihn Leonie in den Mund. Sofort entspannen sich deren Gesichtszüge.

Anne deutet auf mich. »Das ist Caspar.« Ich winke und zwinge mich zu einem Friedensangebotsgrinsen. »Für die nächsten beiden Wochen ist *er* dein Papa«, erklärt sie.

Leonie starrt mich immer noch finster an und schüttelt den Kopf. »Nein!«

Was habe ich mir da nur eingebrockt? Die ist ja noch bockiger als ihre Frau Mutter. Kaum sitzt die Kleine im Kindersitz, höre ich von der Rückbank ihre fragende Stimme: »Wer war das?«

Die hat wohl zu viel gekifft. Anne seufzt, als hörte sie diese Frage nicht zum ersten Mal. Durch die Rückscheibe sehe ich, wie sie Leonie trotz Katzenschutz noch einmal einkremt und schließlich anschnallt. Als sie endlich damit fertig ist, fällt ihr Blick auf den Jogger.

»So, jetzt noch den Kinderwagen, und wir können los.«

»Der passt nicht mehr rein«, stelle ich fest.

Anne schüttelt den Kopf, was sie auch in den Themenkonferenzen immer macht, ich neue Clubs oder aktuelle DJs vorstelle. »Leonie braucht einen Kinderwagen. Oder willst du sie etwa die ganze Zeit über tragen?« Sie drückt sich mit der Hand ins Kreuz und ahmt meinen schmerzverzerrten Gesichtsausdruck nach.

»Lass uns wenigstens einen Buggy mitnehmen, den kann man zusammenklappen.«

»Die haben im Hotel sicher sowohl Buggys als auch Kinderwagen in allen Größen«, behaupte ich. »In Seniorenheimen gibt es auch überall Rollstühle und Gehwagen.«

»Ganz sicher?«

»Klar.«

»Wehe, wenn nicht.«

Anderthalb Stunden später: Leonie starrt mich durch den Rückspiegel vom Kindersitz aus an. Dabei zieht sie ihre kleinen Augenbrauen böse zusammen wie ein Mafiaboss beim Pokern.

Der Kindersitz in meinem Mustang ist leider noch nicht das Schlimmste: Schon an der ersten Raststätte droht unsere Mission vorzeitig zu scheitern, weil Anne einen »Baby an Bord«-Aufkleber kauft und darauf besteht, ihn an die Heckscheibe zu kleben. »Zur Tarnung.« Aber diesmal bleibe ich hart. Ich erkläre ihr die kulturelle Bedeutung meines Autos und kann sie schließlich einigermaßen überzeugen. Schmollend steigt sie wieder ein.

Als wir wieder unterwegs sind, will Leonie plötzlich herumlaufen, Anne verlangt eine Pinkelpause pro Stunde, und wenn ich eine rauchen will, soll ich das »bitte draußen machen«. Mitten auf der Autobahn. Und sehen soll es Leonie am besten auch nicht.

Als ich während der zehnten Pause rauchend am Kofferraum lehne, fällt mir ein dreieckiger Aufkleber an meiner Stoßstange auf: »Baby an Bord«.

Anne meint, wahrscheinlich habe Leonie ihn dorthin geklebt – gegen ihren Willen. Mit einem Lächeln erklärt sie sich bereit, den Aufkleber nach Ende der Mission eigenhändig zu entfernen. Den Rest der Fahrt über erzählt Anne von den Freuden des Familienlebens. Glaube ich. Bei Monologen schalte ich automatisch ab. Auch ein Grund, warum ich für Beziehungen nicht geeignet bin.

Ein blauer Touran rast hinter mir auf der linken Spur heran. Er fährt so dicht auf, dass ich den Fahrer erkennen kann: Sieht aus wie ein Software-Consultant, mit Karohemd und bunter Krawatte.

»Wenn diese Nerds ihre Krawatten zu eng binden, wird ein Nerv im Auge beeinträchtigt«, erkläre ich Anne. »Dann können sie Distanzen nicht mehr richtig einschätzen.«

Anne gibt sich unbeeindruckt. »Mein echter Mann trägt auch Krawatten. Ist aber kein Nerd.«

»Sondern?«, frage ich mäßig interessiert.

Jetzt blendet der Typ hinter mir auf. Dabei schaut er auf sein Smartphone. Wahrscheinlich spielt er gerade die Familienversion von »World of Warcraft«. Keine Ahnung, womit er lenkt.

»Er ist Manager. ›Mr. & Mrs. Perfect.‹«

»Mr. Perfect?«, frage ich ungläubig.

Anne verdreht die Augen. »Und Mrs. Perfect. So heißt seine Firma. Ein Fitnessstudio mit mütter- und väterfreundlichen Konditionen, also Kinderbetreuung, Kinderyoga – und ganz neu: Baby-Pilates! Er denkt sogar über eine Art Nacht-Kita nach. Sein Name ist Leonhardt. Deshalb auch Leonie.«

»Genial«, spotte ich und trete das Gas durch: hundertdreißig Stundenkilometer, neuer Rekord für meinen alten Mustang. Auf österreichischen Autobahnen darf man eh nicht schneller fahren. Der Touran macht es trotzdem. Ich werde mich hier aber nicht von einer Familienkarre überholen lassen. Ist mir zu symbolschwer.

Annes Stimme bekommt einen bewundernden Klang: »Leonhardt hat Philosophie studiert und danach sofort eine Dozentenstelle an der Uni Marburg bekommen.«

Der Touran schiebt mich gleich.

»Davon kann man auch nicht reich werden«, bemerke ich.

»Stimmt«, entgegnet Anne. »Deshalb verdient er sein Geld als Personal Trainer für Wirtschaftsgrößen.« Sie dreht sich zu dem Touran um. »Jetzt lass ihn halt überholen.«

Ich umklammere das Lenkrad mit beiden Händen und versuche, das Gaspedal durch das Bodenblech zu treten. So rostig, wie es ist, könnte mir das sogar gelingen.

»Das hier ist eine Sache zwischen ihm und mir.«

Anne runzelt die Stirn. »Was soll denn das?«, schimpft sie. »Wir fahren in den Familienurlaub. Du bist jetzt ein Familienvater. Hör auf, dich zu stressen! Hör auf, uns zu stressen!«

Vielleicht hat Anne recht. Ich muss mich an meine Tarnung gewöhnen. Also ziehe ich auf die rechte Spur und reihe mich zwischen den Lkw ein.

Die Heckscheiben des Touran sind tiefschwarz getönt, als würde darin ein Staatsoberhaupt chauffiert. Auf einem Sticker über dem Nummernschild klebt ein Smiley. Daneben steht: »Immer Fröhlich bleiben!«

Während der Touran vorbeizieht, winkt die Beifahrerin fanatisch. Anne winkt grinsend zurück – wahrscheinlich weil wir alle im Bescheuerte-Autoaufkleber-Club sind.

»Kennt ihr euch?«, will ich wissen.

»Nein, aber das war eine Familie, und wir sind auch eine Familie.« Als der Touran überholt hat, grüße ich ihn sicherheitshalber noch mal von hinten mit Fernlicht.

Der Fahrtwind weht laute Musik aus der Familienkutsche herein. Klingt wie Nena.

»Mukiz«, freut sich Leonie vom Kindersitz aus. Immerhin hat die Kleine Ahnung von Autos.

»Ja, der Touran hat Muckis. Ist der neue TDI.«

»Musik, meint sie«, erklärt Anne und dreht sich zu Leonie. »Möchtest du was singen, Süße?«

»Jaaa!« Leonie klatscht mit den Händen auf den Kindersitz.

»Neeein!«, rufe ich noch, aber da höre ich schon von hinten: »Aramsamsam, aramsamsam, gulligulligulligulligulli ramsamsam!«

Im Rückspiegel sehe ich erhobene Kinderhände.

»Araaabi, araaabi!« Leonie klatscht auf den Kindersitz. »Gulligulligulligulligulli ramsamsam!«

Arabi? Gulligulli? Schon klar.

»Deine Tochter ist Rassistin«, bemerke ich und schaue Leonie im Rückspiegel an. »Singt ihr zu Hause auch ›Zehn kleine Negerlein‹?«

Leonie: »Schwuli!«

Ich höre wohl nicht richtig. »Wie bitte?«

»Sie möchte ihren Schnulli«, erklärt Anne und steckt Leonie den Schnuller in den Mund. »Der Schn-Laut klappt noch nicht so ganz, aber sonst spricht sie schon ganz gut, oder?«

»Gut«, wiederholt Leonie, den Gummisauger jetzt bis zum Ansatz im Mund.

»Meinst du echt, dein Verlobter ist sauer, weil du mit mir zwei Wochen Liebesurlaub machst?«, stichele ich.

»Leonhardt findet das nicht sonderlich gut, akzeptiert aber meine Entscheidung, weil er weiß, wie wichtig mir die Rückkehr in den Job ist. Er unterstützt mich, wo er kann.«

Puh! Solche Phrasen wollte ich nie hören müssen.

Anne sieht mich an. »Und was sagt deine Freundin dazu? Hast du überhaupt eine?«

»Nein, ich habe keine Beziehung. Aus ideologischen Gründen.«

»Idiotischen …«, versucht es Leonie.

»Nein, Leonie, ideologisch«, erklärt ihre Mutter. »Das ist das Gegenteil von idiotisch. Eigentlich. Aber in diesem Fall passt beides.«

Ein Tempo-80-Schild bremst den Verkehr ab, der Touran wechselt auf meine Fahrbahn. Das ist die Chance: Ich beschleunige erneut auf hundertdreißig und schere aus, auf die Überholspur. Als ich schon fast am Touran vorbeigezogen bin, wird Anne laut.

»Hier ist achtzig!«, schimpft sie, als würden wir auf einen Abhang zurasen.

»Der Touran hat hundertsiebzig PS. Den kann ich nur im Tempolimit überholen.«

»Du hast ein Kind im Auto. Und das ist definitiv kein Ding zwischen dir und ihm. Wir sind jetzt eine Familie. Besser, du gewöhnst dich daran.«

Ich seufze, blinke und reihe mich wieder in die Karawane der Lkw ein.

»Schwuli«, nuschelt Leonie und schmatzt zufrieden an ihrem Schnuller.

Es dämmert bereits, als wir das Holzschild entdecken. Darauf prangt ein Männchen, das sich wild gebärdet, Arme und Beine in entgegengesetzte Richtungen wirft. Dazu würde ein Hinweis passen wie: »Irrenanstalt 50 Meter« oder »Zum Exorzismus bitte hier entlang!« Stattdessen steht da: »Familienhotel Zum Wilden Mannle«.

Drei Stunden sollte die Fahrt ins Ötztal dauern. Allerdings waren da Pinkelpausen, Schreipausen und Diskussionspausen genauso wenig eingerechnet wie Annes Abkürzungen. Zuerst dachte ich, sie wollte mich in den Wald locken und der Familiengöttin opfern, aber schließlich musste sie zugeben, dass wir uns heillos verfahren hatten. Leonie ist irgendwann einfach eingeschlafen – mitten in der 372. Strophe von »Aramsamsam«. Dafür kriege ich das Lied nicht mehr dem Kopf.

Vergangene Woche hat die ganze Redaktion versucht, mich zum Ötztalfan zu bekehren. Die Kollegen schwärmten von sattgrünen Wiesen, pittoresken Pfaden, rustikalen Almen, blauem Himmel und sonnengebräunten Menschen: Bäche, Bäume, Bullen und Bergseen. Es schien ihnen überhaupt nicht seltsam vorzukommen, dass dort alle schon mal Urlaub gemacht haben. Offenbar ist das Ötztal so was wie der Ballermann für Familien.

Auf dem Weg hierher habe ich nämlich nur Dörfer voller Touristen gesehen, Skiläden, Wander-Stores und Gaudihütten. Dicht an dicht standen Supermärkte neben Hotels, auf den Bürgersteigen Rentner mit Saunahaut, in den Serpentinen Fahrradfahrer mit verbissenem Gesicht und überall: Familien in identischer Goretex-Kleidung. Oben auf den Berghütten spielen die Einheimischen wahrscheinlich Neonjackenmemory.

Erst als wir die Touristenhochburgen hinter uns gelassen hatten, änderte sich das Bild: Wild- und Wiesenblumen in Lila und Türkis säumten die Straßen, Häuser und Hotels machten sich ebenso rar wie Gegenverkehr, und sogar der Himmel erschien mir hier weiß-blauer als über München.

Je höher wir kamen, desto weniger Bäume versperrten uns den Blick auf die Berge. Grüne Wiesen, gelbe Wiesen, braune Wiesen, Kühe, Ziegen, Schafe und immer wieder Frühlingsblumen. Ein Gefühl wie in den alten Heimatfilmen – und die habe ich nie gemocht.

Das Hotel liegt nur einige Kilometer entfernt vom kleinen Örtchen Vent. Der Berg Wildes Mannle ist deutlich weiter weg, eignete sich aber seinerzeit wohl besser zum Namenspatron für ein Liebesnest als andere Ötztaler Gipfel wie der Kirchenkogel oder die Verpeilspitze. Ich persönlich hätte das Hotel ja nach meinem Tiroler Lieblingsberg getauft, der Sexegertenspitze.

Die Ötzi-Fundstelle liegt nicht besonders weit entfernt. Vielleicht war die Mumie am Ende bloß ein entflohener Familienvater, den seine ihn verfolgende Ehefrau zu Tode gehetzt hat, als er sich davonmachen wollte. Hätte er geahnt, dass er fünftausenddreihundert Jahre nach seinem Tod zur wohl hässlichsten Werbeikone der Gegenwart avanciert, er wäre wahrscheinlich einfach daheim geblieben und hätte sich noch eine Pulle Beerenwein hinter die Augenbinde gekippt.

»Woran denkst du?«, will Anne wissen. Ich finde, dass diese Frage in unserer jungen und dazu noch fingierten Beziehung zu früh fällt.

»Nackte Weiber«, lüge ich.

Anne schaut mich voller Verachtung an. Sie hebt die schlafende Leonie aus dem Wagen, ich nehme eine Zigarette aus der Packung. Die habe ich mir nach dieser Höllentour echt verdient.

Auf dem Parkplatz vor dem Hotel parkt der blaue Touran. Ich erkenne ihn am »Immer Fröhlich bleiben«-Aufkleber. Hinter dem Parkplatz liegt ein riesiger, beleuchteter Sandkasten mit Spielgeräten darin – wahrscheinlich der Treffpunkt hilfloser Eltern, deren Kinder nicht aufhören wollen zu schreien, bis sie endlich auf der Schaukel sitzen.

An der gläsernen Eingangstür des Hotels prangt ein großes Schild mit einer durchgestrichenen Zigarette. War ja klar.

Anne deutet mit dem Kopf dorthin. »Es wäre toll, wenn du während unserer Dienstreise nicht rauchen würdest. Mir ist es ja egal, ob du Lungenkrebs riskierst, aber du gefährdest Leonie mit jeder Zigarette.«

Offenbar besteht wirklich ein Großteil der Gespräche von Paaren aus Kritik am anderen.

Ich ziehe noch einmal und schnippe die Kippe in die Dunkelheit. Anne reicht mir ein desinfizierendes Feuchttuch, mit dem ich mir die Finger abwischen soll, bevor ich Leonie anfasse. Dabei habe ich das gar nicht vor. Ist schließlich ihre Tochter.

Anne weckt Leonie, stellt sie auf die Beine, und wir betreten das Familienhotel »Zum Wilden Mannle«.

Die elektrischen Doppeltüren des gläsernen Windfangs erinnern an die Schutzvorrichtungen in Hochsicherheitsgefängnissen. Das Hotel sieht gar nicht so schlimm aus, wie ich erwartet hatte: Im kuscheligen Empfangsbereich aus hellem Holz mit Pflanzen ohne Stacheln gibt es Sitzgelegenheiten in allen Größen. Die Lesezirkelcover der Zeitschriften überdecken jede Blöße. Auf einem Tisch liegen Kinderbücher und Spielzeug, an den Wänden hängen Gemälde und Tierposter. Mir fällt ein Plakat mit einem Urzeitmenschen auf: Nächstes Wochenende soll hier der erste »Ötzi-Paleo-Cup« steigen. Von mir aus. Ich habe andere Sorgen.

»Willkommen im ›Wilden Mannle‹«, begrüßt uns die Empfangsdame so überschwänglich, als wollte sie uns in eine Falle locken. Leonie, die Annes Hand seit dem Aussteigen nicht mehr losgelassen hat, greift nun auch nach meiner. Bei der ungewollten Berührung zucke ich zusammen. Noch nie habe ich eine Kinderhand gehalten: eine klebrige, weiche, kleine Kekshand. Muss mir vielleicht echt noch die Hände waschen. Hinterher.

»Leonie keine Angst«, raunt die Kleine und mustert die Empfangsdame skeptisch. Auf deren Namensschild steht »Jeannie«.

»Wie war Ihre Anreise?«, will sie wissen.

»Gut«, antwortet Leonie mit kindlichem Ernst.

»Darf ich Ihnen einen kleinen Begrüßungscocktail anbieten?«
Jeannie deutet auf ein Tischchen gegenüber dem Empfangstresen. Dort steht eine Sektflasche in einem metallenen Kühler, davor einige Gläser mit orange schimmernder Flüssigkeit. Anne lehnt ab. Ich dagegen kann einen Aperol-Sprizz gut gebrauchen. Wenn ich schon nicht rauchen darf, sollte ich wenigstens trinken.

Ich greife mir ein Glas und leere es in einem Zug. Ein widerlicher Erdbeer-Orange-Geschmack zerlegt meine Geschmacksnerven und hinterlässt das Gefühl, ich hätte die flüssigen Vorstufen sämtlicher Hubba-Bubba-Sorten auf einmal im Mund, inklusive der neuen Sorte Hustensaft-Koriander.

Was ist denn das für ein Gesöff? Ich ziehe die Flasche aus dem Kühler: Robbybobbys Blubberspaß.

Ich hätte es wissen müssen. Aus Frust halte ich mir die Nase zu und kippe noch ein Glas.

»Möchten Sie dazu vielleicht noch ein paar Gummimannle?«, fragt Jeannie und hält mir eine Schale mit kleinen silbrig schimmernden Tütchen hin. Kondome? Seltsame Werbemaßnahme für ein Familienhotel. Jeannie sieht meinen ratlosen Blick und reißt ein Tütchen auf. Darin stecken lauter kleine Gummibärchen, deren Form mit viel gutem Willen an das irre Männchen auf dem Hotelschild erinnert. Ich stecke mir eines in den Mund, um den Geschmack vom Kindersekt zu übertünchen.

»Die Kleine auch?«, will Jeannie wissen. Aber Anne nimmt ihr schnell die Schale ab und stellt sie auf den Tresen.

»Auf keinen Fall! Wenn wir damit einmal anfangen, hört sie gar nicht mehr auf.«

Gut zu wissen. Jeannie und ich nicken verständnisvoll.

»Die anderen Familien sind noch auf der Vurmenta-Alm«, erklärt sie. »Da ist heute Kindertag. Aber keine Sorge ...« Sie beugt sich zu Leonie herab und grinst, dass wir auch ihre hinteren Backenzähne sehen können. »Bei uns ist jeden Tag Kindertag.«

Leonie fängt an zu weinen. Mir ist auch zum Heulen zumute.

Wir checken als »Familie Hartmann« ein. Ich frage Anne gar nicht erst, ob ihr ein Doppelname lieber wäre.

Ein junger Mann in einem weiten grauen Einteiler kommt freudestrahlend die Treppe neben der Rezeption heruntergelaufen. Sein Overall kann trotz des etwas unvorteilhaften Schnitts nicht die Athletenfigur darunter verbergen.

»Scheiße in 27 wegspült«, sagt er zu Jeannie, die kurz zusammenzuckt.

Der Mann hält sich die Hand vor den Mund. »Scheiße, ich wollte nicht fluchen.«

Jeannie schaut uns entschuldigend an. »Herr Béla hilft Ihnen mit dem Gepäck.« Sie deutet verlegen mit dem Kopf in seine Richtung. »Er ist Ungar.«

Ich nicke verständnisvoll.

»Isten hozott!«, sagt der Ungar fröhlich.

Wie bitte? Ungarisch ist ja eine Sprache, die auch zum Codieren von anderen Sprachen benutzt wird. Herr Béla zeigt ein offenherziges Lächeln und sucht nach Wörtern, die ich ebenfalls verstehe. Dabei erinnert er mich an die Handwerker aus Pornofilmen, die nie wissen, was sie sagen sollen, außer »Ich möchte hier ein Rohr verlegen« oder etwas ähnlich Dämliches. Jetzt ist ihm offenbar die deutsche Übersetzung von »Isten hozott« eingefallen, denn er sieht Anne erleichtert an.

»Herz, isch will kommen.«

»Das lässt sich bestimmt arrangieren«, meine ich freundlich.

Anne ignoriert mich – super, wir verhalten uns schon wie ein echtes Paar. Herr Béla schultert unser Gepäck. Er hat zwar auch nur zwei Hände, kann aber im Vergleich zu seiner Größe so viel schleppen wie eine Ameise. Mir bleibt nur Leonies Schmucktäschchen, in dem die Kleine jede Menge bunte Perlenarmbänder und Kettchen bunkert. Ob sie das Zeug bei den Einheimischen gegen Äcker und Vieh tauschen will?

»Ihr Zimmer heißt Holzplatz«, verkündet Jeannie mit verzücktem Gesicht.

Wir folgen ihr Richtung Fahrstuhl. Leider ist der mit Herrn Béla und unserem Gepäck bereits voll beladen. Doch der Ungar besteht darauf, mitsamt der Koffer wieder auszusteigen und zu Fuß zu gehen. Selber schuld.

Nachdem wir alle gut verstaut sind, drückt Jeannie den Knopf für den dritten Stock. Als sich die Tür schließt, ist Herr Béla bereits auf der Treppe nach oben verschwunden, und als der Fahrstuhl sich öffnet, steht er schon wieder vor uns.

Irgendwie riecht es hier ein bisschen streng, nach einer Mischung aus Pups und Babyöl. Nicht ganz so schlimm wie auf einer Hundewiese im Sommer, aber eben auch nicht so lavendelig oder sandelholzig wie in den Hotels, in denen ich mich früher mit flüchtigen Bekanntschaften durch die Laken gewühlt habe.

Auf dem Boden vor den Zimmern stehen die typischen Tabletts mit den Überbleibseln der vergangenen Nacht. Statt voller Aschenbecher und leerer Schampusflaschen sehe ich volle Windeln und halb leere Nuckelflaschen. Schlechter Tausch.

An den Wänden hängen Kritzeleien, die mit viel Phantasie an Dadaismus erinnern. Darunter stehen Namen wie Paula, Lenchen und Lukas. Demnächst sicher auch Leonie.

Unser Zimmer ähnelt der Bühne eines fast wegrationalisierten Kleinkunsttheaters. Vorhänge trennen pietätvoll die einzelnen Abschnitte: ein Doppelbett, breit genug, dass man sich darin nicht berühren muss, Vorhang, das Kinderbett, Vorhang, tolles Designersofa, Vorhang, ein begehbarer Kleiderschrank aus hellem Holz – alles so platzsparend eingerichtet, als läge das Hotel nicht im weitläufigen Tirol, sondern im überlaufenen Tokio. Als Mitglieder der Pressereise hätten wir bestimmt die Rockstar-Penthouse-Suite bekommen. Aber investigativer Journalismus ist eben kein Zuckerschlecken.

Anne wirft einen Blick auf das Bett. Es besteht aus zwei zusammengeschobenen schmalen Einzelbetten.

»Wir können die Matratzen sehr gern auseinanderrücken«, biete ich an, aber da hat Leonie das Bett schon zum Spielplatz erklärt und erobert.

»Hipfen«, ruft sie und springt munter auf der Hotelmatratze auf und ab, bis sie sich in die Kissen plumpsen lässt. Ich blicke mich suchend um.

»Wo ist denn das Bad?«

»Das Bad?« Jeannie schaut erschrocken. Sie haut sich mit der flachen Hand an die Stirn. »Mist, das haben wir total vergessen.«

Dann lacht sie schrill und haut mir auf die Schulter, als hätte sie einen besonders guten Witz gemacht. Sie räuspert sich, ihre Brust schwillt vor Stolz.

»Wir haben im Holzplatz ein ganz besonderes Einrichtungskonzept: die Echtholz-Beauty-Suite.« Sie öffnet den Riesenschrank. Darin stehen eine Dusche, ein Waschbecken und ein Klo.

Vor Staunen bricht es einfach aus mir heraus: »Wir sollen in den Schrank kacken?«

Anne macht mit der Rechten die Reißverschlussgeste vor ihrem Mund und deutet auf Leonie, die vom Bett gekrabbelt ist und nun ebenfalls in der Schranktür steht.

»Kacken«, plappert die Kleine stolz nach.

Aber was hätte ich denn sonst sagen sollen? »Ein Geschäft verrichten« klingt nach Börsengang, »auf Toilette gehen« bezeichnet nur den Weg dorthin, und Euphemismen wie »Bächlein« und »Häuflein« vermitteln einen völlig falschen Eindruck von der stinkenden Wahrheit.

Anne schaut Leonie ernst in die Augen. »Caspar meint: ein Konzert machen.«

Leonie nickt. Ich auch. Offenbar bestimmen die Kinder heutzutage, was die Eltern sagen dürfen, und nicht umgekehrt.

»Haben Sie nicht ein Zimmer mit einem richtigen Bad? Mit Belüftung und einer echten Tür?«

Jeannie klopft stolz auf das Holz. Klingt metallisch.

»Lärmschutztür«, versichert sie. »Da kommt kein Ton durch.« Sie überlegt, als müsste sie ihre Gedanken erst in den Gästejargon übersetzen: »Auch nicht bei großen Konzerten.«

Ist das unangenehm.

Anne nickt zustimmend und wendet sich wieder an Leonie. »Der Caspar ist bestimmt ein richtiger Konzertmeister. Ich meine, der Papa.«

Wenn Leonie jemals Respekt vor ihrem erfundenen Vater hatte, so hat sie ihn jetzt verloren. Aber die Kleine beachtet mich gar nicht. In der Hand hält sie einen gepolsterten ovalen Klodeckel in Quietschrot.

Anne klatscht erfreut in die Hände. »Was hast du denn da geholt, meine Süße? Willst du jetzt ein großes Konzert geben?«

Jeannie setzt ein liberales Lächeln auf und geht zur Zimmertür, wo sie sich in die Brandschutzverordnung vertieft. Ich dagegen schaue blöd aus der Wäsche.

»Willst du sie etwa jetzt stubenrein machen?«, wispere ich.

Anne wirft mir einen bösen Schulterblick zu. »Windelfrei heißt das, nicht stubenrein. Leonie ist doch kein Tier.«

Sie legt den Toilettenaufsatz auf die Klobrille.

»Leonie geht noch nicht so gern aufs Töpfchen«, erklärt sie, während sie ihrer Tochter erst die Schuhe auszieht, dann die Hose und zuletzt die Windel. »Das müssen wir noch üben. Auch mit dem Toilettenaufsatz hat es bisher noch nicht so gut funktioniert, aber wenn sie ihn jetzt schon selbst holt ...«

Sie öffnet Leonies Baumwollbody, klappt ihn nach oben und knöpft ihn über der linken Schulter wieder zusammen. Dann hebt sie Leonie auf die Schüssel und hockt sich davor. Was wird denn das jetzt?

»Jetzt drücken, Kleine, das kannst du! Komm schon, drücken, mmmm.« Anne steigert sich richtig hinein, kriegt selbst einen ganz roten Kopf. Ich schaue sie ebenso fasziniert an wie Leonie. Nie hätte ich gedacht, dass ich eines Tages mit unserer Frauenbeauftragten in einem Schrank hocken und ihr dabei zuschauen werde, wie sie ihrer Tochter das Kacken beibringt.

Nichts wie weg.

Mittlerweile bewundert Jeannie auch die Check-out-Zeiten im Eingang so interessiert, als sähe sie die zum ersten Mal. Als ich mich neben sie stelle, lächelt sie mich an.

»Erlauben Sie mir bitte eine Bemerkung. Sie haben wirklich eine bezaubernde Familie. Wer so viel Intimität miteinander teilt, muss überglücklich sein«, schmeichelt sie.

Ich ziehe einen Zwanziger aus meinem Portemonnaie und schmiere Jeannie aus dem Zimmer. Bevor sie die Tür schließt, fällt ihr noch etwas ein: »Ach ja, Frau Sommer begrüßt am Anreisetag ausgewählte Gäste persönlich zum Dinner. Ich stelle die Tischordnung zusammen.« Jeannie hält den Zwanziger hoch. »Sie haben sich gerade einen Platz erkauft.«

Auch das noch! Eigentlich wollte ich mich erst mal ein bisschen erholen, bevor ich in die Schlacht ziehe.

»Vielen Dank, das ist echt super«, heuchle ich und schließe schnell die Tür.

Anne findet es »höchst verdächtig«, dass die Hoteldirektorin uns an ihren Tisch bittet. Natürlich verschweige ich ihr meinen unglücklichen Bestechungsversuch. Nachdem sie Leonie in eine frische Windel gesteckt hat, packt sie die Afropuppe, ein paar Bücher und die Wickelutensilien in eine Art Erste-Hilfe-Tasche.

Unterdessen erfülle ich meine erste Vaterpflicht, reinige Leonies Schnuller und lege sie zum Desinfizieren in den hoteleigenen Vaporisator. Eines habe ich gelernt: Schnuller sind die Geheimwaffe der Eltern im Kampf um einen ruhigen Abend. Außerdem ist dieser Vaporisator leichter zu bedienen als ein römisches Dampfbad: Deckel auf, Schnuller rein, Deckel zu und »Play«.

Während Anne Leonies Locken mit Haarspangen bändigt, erklärt sie uns, dass eigentlich sowieso bald die Schnullerfee kommen und die Schnuller abholen werde. Leonie hat sich schon dazu bereiterklärt, ihre Schnuller bei jener Fee abzugeben – im Tausch gegen ihr erstes Gummibärchen. Anne seufzt. »Fragt sich nur, was schlimmer ist.«

Um halb sieben schließe ich nervös das Hotelzimmer von außen ab. Ach, wie gern würde ich jetzt eine rauchen! Am Zimmerschlüssel baumelt zur Zierde ein kleiner Schnuller aus Bernstein. Vielleicht sollte ich statt an einer Kippe ein bisschen daran nuckeln – nur zur Beruhigung. Aber bei meinem Glück infiziere ich mich bestimmt mit längst vergessenen Malariaviren, die irgendwelche winzigen, im Bernstein eingeschlossenen Urzeitmücken in sich tragen.

»Wird schon schiefgehen«, murmelt Anne. Da sind wir schon zum zweiten Mal einer Meinung. Sie greift Leonies Hand und marschiert zum Aufzug.

Der Speisesaal des Familienhotels erinnert zum Glück nicht an die Wohnküche bei den sieben Zwergen hinter den sieben Bergen, sondern eher an ein gutes Restaurant, das hauptsächlich von kleinwüchsigen Jägern besucht wird – wegen der Minihochsitze. Zum Glück überwiegen die Stühle in meiner Größe.

Am runden Tisch von Hoteldirektorin Sommer, dem größten im Speisesaal, haben etwa zehn Gäste Platz genommen. Vor dem Tisch liegt ein regloser Dackel. Sieht aus wie tot.

Als wir an den Tisch kommen, stehen alle auf – bis auf den Dackel. Leonie, die offensichtlich Angst vor Hunden hat, versteckt sich hinter Annes Bein und klammert die Afropuppe in ihre Armbeuge, als wollte sie das Teil erwürgen.

Frau Sommer ist eine blonde Dame um die fünfzig, deren Gesichtszüge ein seltsames Eigenleben führen: Während der Mund ständig lächelt, irrt ihr Blick im Raum herum, als wollte sie überprüfen, ob wirklich alles perfekt ist. Und sobald ihre rahmenlose Brille über die steile Nase rutscht, zieht Frau Sommer das Gestell durch Ohrenwackeln in die gewünschte Position.

Ich stelle der Runde »meine Frau Anne« und »meine Tochter

Leonie« vor. Als Leonie scheu hinter Annes Bein hervorlugt, rufen die Erwachsenen wie aus einem Mund: »Oooh, wie süß!«

Niemand scheint sich zu fragen, ob Anne und ich wirklich verheiratet sind. Oder?

»Sie sieht genauso aus wie der Papa«, stellt ein schwarz gekleideter Mann fest. Auch die anderen Erwachsenen bestätigen einhellig, dass Leonie »meine Augen« habe. Eine ältere Frau, die mir irgendwie bekannt vorkommt, steht sogar auf und begutachtet mich rundum, als wäre ich ein Pferd auf dem Viehmarkt. »Ihre kleinen Ohren hat sie auch.«

Anne presst die Lippen zusammen, bis sie weiß werden. Vielleicht sollte ich ihr später unter vier Augen die Geschichte vom Jägerzaun erzählen. Aber so gut kennen wir uns auch wieder nicht.

Frau Sommer legt ihr die Hand auf den Arm. »Keine Sorge, meine Liebe. Die Kinder sehen am Anfang immer aus wie der Papa. Das hat die Natur mit Absicht so eingerichtet – damit der Vater die Babys nicht totbeißt.«

Anne verzieht keine Miene. »Wenn er das versucht, lege ich ihn um«, murmelt sie.

Frau Sommer lacht, weil sie glaubt, das wäre ein Scherz.

Zuerst lernen wir die »ältesten Gäste« kennen, das Seniorenpaar Eisenstein, stolze Besitzer der Dackelleiche.

»Seit fünfzig Jahren frisch verliebt«, prahlt Herr Eisenstein, als wäre seine Beziehung ein Auto – seit fünfzig Jahren unfallfrei.

»Sehr erfreut«, sage ich.

Mein Gegenüber schaut mich verständnislos an und zeigt dann auf seine haarigen Ohren, in denen Hörgeräte stecken. »Wie meinen?«, fragt er.

»Selber schuld«, nuschele ich und nicke ihm dabei freundlich zu.

Die Oma deutet mit dem Kopf zur Seite: »Das ist unser Arschi!«

Ich sehe erneut zu Herrn Eisenstein. Arschi? Wie redet die denn von ihrem Gatten? Wahrscheinlich verlieren Kosenamen in fünfzig Jahren Ehe einfach an Charme.

»Der Dackel«, erklärt Oma Eisenstein. »Archibald von der Sommerwiese. Er ist unser Sohn.«

Annes Gesicht hellt sich auf. »Ooh, wie süß!« Offenbar die traditionelle Begrüßungsfloskel in Familienhotels.

Na, das kann ja heiter werden.

Neben den Eisensteins sitzt Herr Dr. Ainberger, Hotelpsychologe und »Juror des Familiencontests«. Bevor ich nachfragen kann, um welche Art »Contest« es sich hier handelt, verkündet der Psychologe: »Ich weiß, was Sie vorhaben«, während er meine Hand festhält. Ich versuche, mich zu befreien, aber der Griff des Kerls ist wie ein Schraubstock. Mir wird flau im Magen.

Plötzlich verzieht sich sein Mund zu einem Grinsen: »Sie wollen gut essen, in die Sauna gehen und Ihre Frau beglücken, sobald die Kleine eingeschlafen ist!«

Puh!

Erleichtertes Gelächter. Offenbar herrscht hier ein eher lockerer Umgangston. Sehr gut, da habe ich schnell ein paar griffige Zitate für meinen Verriss beisammen. Anne scherzt mit den Kleinen und findet ein paar nette Worte für die Großen. So gelassen habe ich sie in der Redaktion nie erlebt.

Am Tisch wird über das Essen und seine Auswirkungen auf die Beschaffenheit von Kinderkacke ebenso locker geplaudert wie über die Öffnung des Muttermundes während der Geburt. Hier genügt offenbar der kleinste gemeinsame Nenner, um sich zu verbrüdern. Wie auf dem Oktoberfest – nur mit weniger Alkohol.

Als Nächstes lernen wir den Mann in Schwarz und seine Frau kennen. Sie sind tatsächlich Architekten, ihre düstere Kleidung passt gut zu ihren Mienen. Ihr Kind ist dunkelhäutig und etwa in Leonies Alter. Es starrt den Trubel im Speisesaal völlig entgeistert an. Kann ich gut verstehen.

»Das ist der kleine Obi«, sagt sein Vater ernst. Offenbar ist das gerade der afrikanische Trendname.

»Der sieht genauso aus wie der Papa«, feixe ich im Elternplauderton.

Der Architekt schaut mich so entsetzt an, als hätte ich den Hitlergruß gemacht. »Na ja, ist zumindest zu vermuten«, rudere ich zurück. »Übrigens scheint Obi ja ein sehr beliebter afrikanischer Name zu sein ...«, beginne ich und verstumme, als der Architekt Anstalten macht, sich zu erheben. Seine Frau legt ihm beruhigend die Hand auf den Arm.

»Obi bedeutet Herz«, presst der Mann mit vor Zorn gerötetem Gesicht heraus. »Unser Sohn kommt aus Nigeria. Sie sollten wissen, dass dort Bürgerkrieg herrscht. Kinder sterben.«

Oje – jetzt haben sie mich auf dem Kieker. Anne wirft mir besorgte Blicke zu. Leonie sieht den Jungen an.

»Obi«, ruft sie und deutet lachend auf ihre dunkelhäutige Puppe. Auch das noch! Wenn sie die jetzt wieder auf den Boden schmeißt, können wir die nächsten vierzehn Tage auf dem Zimmer verbringen, während draußen die Tiroler Antifa Mahnwachen postiert. Das hat Anne nun von ihrer Political Correctness.

Leonie lässt Annes Hand los und stapft zu Obis Kinderstuhl.

»Mama, hoch!«, befiehlt sie. Anne hebt sie hoch, bis Leonies und Obis Gesichter auf gleicher Höhe sind. Leonie schaut Obi an und beugt sich vor.

»Bussi«, sagt sie und drückt ihm einen Kuss auf die Wange. Dann legt sie ihm die Puppe auf den Schoß. Obi erwacht aus seiner Starre, sieht Leonie an und lächelt. Das steckt die ganze Tischrunde an. Nur ich verspüre den dringenden Wunsch, Leonie den Umgang mit Jungs zu verbieten. Für die nächsten vierzig Jahre.

Die ältere Frau, die mir so bekannt vorkam, ist Chefredakteurin einer Münchner Frauenzeitschrift. Wahrscheinlich verbringt sie einen Großteil ihrer Arbeitszeit auf Pressereisen, denn ihr Teint glänzt so weich gezeichnet wie der eines Covermodels.

Neben ihr sitzt Familie Fröhlich, die aussieht, als wäre sie einem Werbefilm des Familienministeriums entsprungen oder einer Sparkassenanzeige. Der Vater ähnelt einer jüngeren Ausgabe von Peter Löwenzahn, die Mutter eher Reese Witherspoon. Ihr Sohn Paul scheint etwas älter zu sein als Leonie, er trägt Sommersprossen, eine kecke Igelfrisur und grinst brav. Kleiner Schleimer. Das ältere Mädchen, vielleicht ist sie fünf, haben die Eltern passenderweise Paula genannt. Sie trägt Pippi-Langstrumpf-

Zöpfe und blättert in einem dicken Wälzer, wahrscheinlich »Harry Potter«. Ich schaue auf das Cover. »Schuld und Sühne« von Fjodor M. Dostojewski.

»Unsere treuesten Stammgäste und die ersten Träger des Goldenen Bubsi«, verkündet Direktorin Sommer, als hätten die Fröhlichs den Friedensnobelpreis gewonnen.

»Des was?«

Pippi Blondzopf klappt ihren Schmöker zu. »Des Bubsi. So heißt der wichtigste Ötztaler Pädagogikpreis, die Trophäe des Familiencontests in diesem Hotel«, erklärt sie mit besserwisserischem Zähneblecken, für das ich ihr vor fünfundzwanzig Jahren meinen Kaugummi ins Haar geschmiert hätte.

Frau Sommer sieht sie mit wohlwollendem Blick an. »Die Familien beweisen sich in Disziplinen wie Erziehungspädagogik, Ernährung, Bekleidung funktional, positive Konfliktbewältigung, Strapazierfähigkeit, Multitasking oder Bewegung. Der Psychologe beurteilt, wie gut die Familie die verschiedenen Herausforderungen des Alltags bewältigt. Wie die Super-Nanny. Niemand weiß, was und wann gewertet wird.« Frau Sommer wirft einen verschwörerischen Blick zu Psychologe Ainberger. »Der Wettbewerb beginnt in dem Moment, in dem man erklärt, daran teilzunehmen. Er läuft während des Aufenthalts im Hotel ›Zum Wilden Mannle‹ gewissermaßen im Hintergrund. Fast alle unserer Gäste machen mit. Viele Familien reisen sogar extra dafür an.«

Für mich wäre das eher ein Grund, sofort wieder abzureisen. Meine Stärken liegen eher in den Disziplinen Feiern, Langschlafen, Kung-Fu-Filmeschauen und … äh … hatte ich Feiern schon erwähnt?

Am Tag der Abreise, erfahre ich, endet der Wettbewerb – nicht in einer großen Preisverleihung, sondern in einem persönlichen Gespräch mit dem Psychologen und den anderen beiden Juroren.

»Es ist eher eine Art spielerische Familiensupervision«, erklärt Frau Sommer. »Die Idee hat sich unsere neue PR-Spezialistin gemeinsam mit Herrn Ainberger ausgedacht. Ist bisher einmalig, aber wir haben schon Lizenzanfragen aus aller Welt.«

Der Träger eines Goldenen Bubsis erhält freien Eintritt in den Kooperationseinrichtungen des Hotels – der Family-Fun-Farm und der Furten-Therme – plus Prozente bei der Buchung des nächsten Urlaubs.

Die kleine Paula grinst erneut ihr Strebergrinsen. »Wir wollen dieses Jahr den Platinbubsi in Angriff nehmen.«

Frau Sommer lächelt. »Der wurde bisher noch nie verliehen, aber Ehrgeiz muss belohnt werden: eine der ersten Erziehungsregeln.«

»Ein gemeinsames Ziel ist gut für die Familienpower«, ergänzt Paula und klatscht der Reihe nach mit ihrem Bruder, der Mutter und dem Vater ab.

Ich kann mein Entsetzen kaum verbergen. Bin ich hier in einer fundamentalistischen Pädagogensekte gelandet? Spätestens wenn die zum Kollektivselbstmord aufrufen, um ihre Konsequenz zu beweisen, haue ich ab.

»Schauen Sie doch nicht so schlecht gelaunt.«

Herr Fröhlich hält mir die Hand hin. »›Immer Fröhlich bleiben‹ ist unser Motto.« Alles klar: Das ist der Mann mit dem Touran. Mit dem habe ich eh noch eine Rechnung offen.

Während ich abklatsche, grinst er so dämlich, als würde sein Gehirn schon einmal Dehnübungen machen, um sich auf die erste Kategorie vorzubereiten: Schlechtere Väter blöd dastehen zu lassen.

»Sind Sie dabei?«

»Ich weiß nicht«, entgegne ich vorsichtig. Dieser Wettbewerb würde unsere falsche Identität wahrscheinlich sofort auffliegen lassen. Hilfe suchend sehe ich zu Anne hinüber. Aber die ist gerade beim Psychologen in Behandlung.

»Sie haben nichts zu verlieren«, insistiert Herr Fröhlich. »Außer Ihrer Ehre. Und ein paar Pfunden.« Daraufhin gackert seine Familie los wie eine Kiste Lachsäcke in einem Ein-Euro-Laden und startet die zweite Abklatschrunde.

In diesem Moment lässt Herr Béla, diesmal in Livree, ein schweres Tablett voller Sektgläser auf den Tisch fallen.

»So! Alle Freunde, jetzt saufen«, ruft er.

»Trinken heißt das, Herr Béla«, korrigiert ihn die Chefin.

»Bitte Verzeihung«, murmelt Herr Béla aufrichtig geknickt und schaut mit traurigem Gesicht in die Runde. »Kollegen haben gesagt, so geht deutscher Trinkspruch.«

»Wir sind hier aber in Österreich!« Frau Sommer sieht entschuldigend in die Runde. »Gutes Personal ist heutzutage schwer zu bekommen. Herr Béla schiebt schon Doppelschichten, weil der Großteil unserer weiblichen Mitarbeiter schwanger geworden ist.«

Die Familienseuche grassiert also auch in Tirol. Frau Sommer sieht Herrn Béla stolz an.

Der hebt abwehrend die Hände. »Ich war's nicht.«

»Schon okay«, meint die Chefredakteurin, hebt ihr Glas und schaut in die Runde. »Alle Freunde, jetzt saufen!«

Wir stoßen an. So habe ich noch etwas Zeit, mir Gedanken über diese Supervision zu machen.

Die Direktorin schiebt eine selbst gedruckte Frühstücksbroschüre zu mir herüber. »Das ist unser Magazin«, erklärt sie stolz, während Jeannie gesalzene Butter und einen Brotkorb vor uns auf den Tisch stellt.

»Der ›Familienurlaub‹. Die Texte werden von den Gästen geschrieben. Familie Fröhlich habe ich bereits verpflichtet. Außerdem erwartet uns in den nächsten Ausgaben eine Analyse der Tiroler Architektur. Jeannie ist übrigens die Chefredakteurin. Falls Sie Lust haben, auch etwas beizutragen ...«

Ich mustere sie. Ist das ein Test? Ahnt sie, dass ich investigativer Journalist bin und kein echter Familienvater?

»Das würde ich furchtbar gern machen, aber ich habe es nicht so mit Worten. Bin eher der praktisch veranlagte Typ: Automechaniker. Den Mustang auf dem Parkplatz hab ich selbst zusammengeschraubt.«

Auf den Gesichtern der anderen Gäste macht sich freundliches Desinteresse breit. Anne legt ganz selbstverständlich ihre Hand auf meinen Arm, wie es die Frau des Architekten eben gemacht hat. Die Hand fühlt sich trocken und kalt an.

»Sie sollten mal seine Geburtstagskarten sehen: voller Rechtschreibfehler, Satzbauschwächen und ohne jeden Sinn für Struktur. Irgendwie rührend – aber leider kaum lesbar.«

Frau Sommer legt die Broschüre beiseite und wirft mir einen verächtlichen Seitenblick zu.

»Keine Sorge, wir sind hier nicht in der Schule. Legasthenie kommt in den besten Familien vor«, erklärt sie. »Habe ich mal gelesen.«

Ich nicke beschämt und schaue sicherheitshalber so treudoof wie möglich.

Als Jeannie mir Wein einschenkt, verschüttet sie einen Tropfen, der wie eine Träne am Bauch meines Glases herunterperlt.

Die Direktorin räuspert sich und stellt die Highlights der kommenden zwei Wochen vor: »Bewegung und Tanz mit Eltern und Kids«, »Papa & Kind-Yoga«, »Babyschwimmen«, »Ausflug in die Furten-Therme« und, darauf ist sie besonders stolz, den »Ötzi-Paleo-Cup«.

»Mehr wird noch nicht verraten«, erklärt Frau Sommer mit verheißungsvollem Lächeln. »Ein bisschen Überraschung muss ja auch sein.«

Finde ich nicht. Zum Glück kommt jetzt der erste Gang: Fischstäbchen auf Limonenschaum.

Leonie isst nur die Panade und entlässt das Fischfilet unter den Tisch in die Freiheit. Dann malt sie mit dem Finger Gesichter in den Limonenschaum. Die Kinder der Familie Fröhlich dagegen können besser mit Messer und Gabel umgehen als ich – kein Wunder, als Träger des Goldenen Bubsi. Paula schiebt ihr Teddybesteck weit von sich und verlangt ein Fischmesser.

Anne unterhält sich währenddessen mit dem Architekten über patriarchalische Gebäudestrukturen. Ob ihm schon einmal aufgefallen sei, wie viele Schornsteine in Wirklichkeit Phallussymbole seien?

»Die hätte man ja auch brustförmig bauen können«, schlägt Frau Fröhlich vor. Keine schlechte Idee. Muss mir unbedingt ihre Handynummer besorgen.

Oma Eisenstein lächelt gütig und sieht Leonie über den Tisch großmütterlich an.

»Leider waren uns keine eigenen Kinder vergönnt«, erklärt sie. »Das Einzige, was unserem Leben fehlt.«

»Sie können ja Leonies Oma sein, während wir hier im Hotel sind«, schlägt Anne vor.

Die Augen der alten Frau hellen sich auf. Geniale Idee: ein Gratisbabysitter. Außerdem wird eine Oma unsere Tarnung perfekt ergänzen.

Oma Eisenstein deutet der Reihe nach auf Anne, mich und zum Schluss auf sich selbst. Dabei erklärt sie: »Mama, Papa und Oma.«

Leonie beobachtet sie konzentriert und schüttelt den Kopf.

»Papa zu Hause.« Mein Herz klopft so laut, dass es die anderen bestimmt hören. Die Oma stutzt und deutet auf mich. »Aber da sitzt der Papa doch!«

Leonie schaut mich an. »Nicht der Papa!«, ruft sie.

»Doch, meine Kleine. Das ist der Papa.«

Auch die anderen Gäste schauen überrascht. Ich will Leonie väterlich über den Kopf streicheln, aber sie duckt sich weg. Misstrauische Blicke. Nur Frau Fröhlich nickt mir aufmunternd zu.

»Da gab es doch mal diese Kinderserie mit den vermenschlichten Dinosauriern – das Baby hat den Vater immer ›Nicht die Mama‹ genannt.«

Dankbar greife ich nach dem Rettungsring: »Ja, genau, die schaut Leonie immer.«

Aber jetzt verdüstern sich die Mienen erst recht.

»Sie lassen ein zweijähriges Kind eine Fernsehserie schauen?«, fragt die Architektin und schüttelt entsetzt den Kopf.

Der Psychologe zückt einen kleinen Lederblock und notiert sich etwas.

»Keine Thriller«, erkläre ich.

Anne winkt ab. »Das war nur einmal ganz, ganz kurz. Zum Haareschneiden, damit sie stillhält.«

Ein verständnisvolles »Aaaah« von allen Seiten.

Hier ist ja mehr Glatteis als oben auf dem Wilden Mannle!

Zum Glück nimmt das Essen ohne weitere Zwischenfälle seinen Lauf. Leonie schaufelt mit dem kleinen Obi um die Wette.

Nach den Lachsalven verschmähen beide die Buchstabensuppe, und beim Kinderschnitzel haben sie sich schon so gut angefreundet, dass sie versuchen, dem anderen die Fleischstücke quer über den Tisch in den Mund zu werfen. Oma Eisenstein hätte ihr das wohl glatt durchgehen lassen, aber Anne ist strenger.

»Wir sind doch hier nicht bei den Hottentotten!«, schimpft sie und wirft einen besorgten Blick zum Architekten. »Das war jetzt nicht irgendwie rassistisch gemeint oder so.«

Mein Gott, warum müssen Eltern immer so verdammt korrekt sein?

Zum Nachtisch bringt Herr Béla den Kindern eine »Spezialität aus Österreich: Tiroler Topfen«, wie er fröhlich verkündet. Er stellt Leonie ein Schüsselchen hin. »Einmal Vanille«, erklärt er und geht dann weiter zu Obi: »Und einmal Schoko.«

Jetzt achtet keiner mehr auf Anne. Frau Sommers Gesicht wird winterlich. Die Architekten stehen auf.

»Wir müssen los«, verkünden sie synchron und heben Obi aus dem Stuhl.

»Wir schließen uns an«, sagt Anne. »Die Kleine muss um acht im Bett liegen, und heute ist der Papa dran mit der Gutenachtgeschichte.«

Sie sammelt das restliche Spielzeug auf und bittet mich, auch Leonie aus dem Kinderstuhl zu nehmen.

Oh nein! Ich hatte doch noch nie ein Kind auf dem Arm. Aber bevor ich erneut ins Abseits schlittere, gehe ich zu Leonie, ziehe den Hochstuhl vorsichtig vom Tisch weg, stelle mich davor und fasse ihr beherzt unter die Achseln. Kurz und schmerzlos: hau ruck! Mit Schwung hieve ich Leonie hoch. Aber ihre Beine bleiben im Stuhl stecken, der nun am Kind in der Luft hängt.

Leonie starrt mich aus entsetzten Augen an und stößt einen markerschütternden Schrei aus. Obi erschrickt und stimmt brüllend ein, als hätte Leonies Geschrei sein Bürgerkriegstrauma ausgelöst. Die Gäste an unserem Tisch springen vor Schreck auf. Ich stehe da, drücke Leonie an meine Brust, während ihre Bestuhlung in den Raum ragt.

Plötzlich steht Herr Fröhlich neben mir. »Runter!«, befiehlt er, als hätte es eine Bombenwarnung gegeben. Bei dem autoritären Tonfall gehorche ich sofort und setze die Leonie-Stuhl-Kombination wieder ab. Die Erwachsenen am Tisch starren mich entsetzt an.

Herr Fröhlich stellt sich hinter Leonie, umfasst ihre Flanken, fixiert mit einem Fuß das Stuhlbein, hebt Leonie ganz leicht aus dem Sitz und reicht sie an Anne weiter. Das alles mit der routinierten Präzision einer Feuerschutzübung.

Aus dem Augenwinkel sehe ich, wie der Psychologe erneut in sein kleines, in braunes Leder gebundenes Büchlein schreibt. Dabei sieht er zu Fröhlich hinüber und bewegt zufrieden den Kopf auf und ab. Herr Fröhlich setzt sich wieder zu seinen Liebsten und wirft mir einen verächtlichen Seitenblick zu.

»Sie haben recht. Der Familiencontest ist wirklich nichts für Sie«, tadelt er abschätzig.

In diesem Moment habe ich einen Geistesblitz. Dieser Familiencontest könnte der perfekte rote Faden für meinen Verriss sein: Falls ich durchfalle, bin ich einfach nicht zum Vater geeignet. Sollte ich diesen Platinbubsi wider Erwarten gewinnen, führe ich das ganze System Familienhotel ad absurdum. Eine Bewertung durch den Psychologen liefert mir dazu gute Steilvorlagen für den Text. Und Anne wird glauben, ich nehme nur ihr zuliebe teil, um mich tatsächlich zum besseren Menschen bekehren zu lassen.

»Einen Moment«, rufe ich. »Familie Hartmann fordert die Familie Fröhlich zum Kampf um den Blubsi in Platin heraus!«

»Den Bubsi, nicht den Blubsi«, korrigiert Pippi Blondzopf und schlägt die Hände über dem Kopf zusammen.

Anne sieht mich so verblüfft an, als hätte ich soeben meine Kandidatur um das Amt des Papstes verkündet.

»Du hast sie wohl nicht mehr alle!«, stellt sie fest, macht auf dem Absatz kehrt und eilt mit Leonie auf dem Arm in Richtung Fahrstühle. Ich sehe noch, wie die Kleine mit dem Finger auf mich deutet. Aus der Ferne höre ich ihr Stimmchen fragen: »Wer war das?« und Anne antworten: »Dein Papa!«

Der Psychologe hebt beschwichtigend die Hände.

»Meine Herren, beim Familiencontest geht es um das Miteinander, nicht um das Gegeneinander«, erklärt er. »Deshalb weiß auch keine Gastfamilie von der anderen, ob sie teilnimmt. Wir wollen keine Konkurrenz unter den Gästen erzeugen. Sie sind hier im Urlaub, nicht auf der Arbeit.« Wenn der wüsste.

Pippi Blondzopf strahlt angriffslustig wie eine Katze, die von einer betrunkenen Maus zum Ringkampf gebeten wurde.

»War ja auch nur ein Scherz, oder?«, fragt sie.

Ich beuge mich zur Familie Fröhlich hinüber und grinse. »Ganz genau«, sage ich und schaue nun dem Vater in die Augen. »Ich mache das ausschließlich für mich und meine Familie.«

Und für meine Karriere, sollte ich ehrlicherweise ergänzen.

Herr Fröhlich streckt mir erneut seine Rechte entgegen. Wir drücken uns die Hände, so fest wir können. Für einen Familienvater hat der Kerl einen ganz schön festen Griff. Während die anderen Gäste wieder Platz nehmen, murmelt er leise: »Sie glauben gar nicht, wie gern die Familie Fröhlich diese Herausforderung annimmt.« Sein drohender Unterton macht klar, dass es hier eher um eine Vernichtung als um eine Herausforderung geht.

Der Platinbubsi! Was für eine bescheuerte Idee. Diese Auszeichnung werde ich ordentlich durch den Kinderkakao ziehen. Und dann wollen wir mal sehen, wer hier zuletzt lacht.

»Die erste große Hürde beim Bubsi ist für viele Väter der Tanzkurs«, stichelt mein Gegner. »Was ist denn diesmal das Thema?«, erkundigt er sich bei seiner Tochter.

Die kleine Paula schlägt ein Programmheft mit dem Logo des Hotels auf. »Tempelkatzentanzen – entdecke die ägyptische Familienseele«, zitiert sie und klatscht voller Freude in die Hände.

»Kein Problem«, entgegne ich. Ist wahrscheinlich so was wie Balkanpop à la Disko Partizani. »Wann geht es los?«

»Übermorgen«, verkündet Direktorin Sommer. »Wir freuen uns über jeden Mann, der da mitmacht.«

Auch Herr Fröhlich nickt zufrieden. Ich lasse seine Hand wieder los, nicke zum Abschied in die Runde und eile möglichst unbeschwert pfeifend meiner Familie hinterher.

Am Fahrstuhl habe ich sie eingeholt.

Gerade will ich Anne erklären, warum uns kein anderer Ausweg blieb, da kommt uns Jeannie entgegen. Genau wie Anne sieht sie maximal verärgert aus. Was ist denn hier los? Ich dachte, in Familienhotels ginge es streng harmonisch zu?

»Der Aufzug funktioniert gerade nicht, wir hatten einen Brandalarm«, erklärt sie. »In Ihrem Zimmer.«

Anne zuckt zusammen. Auch das noch. Hoffentlich ist meinem MacBook nichts passiert. Jeannie schaut Anne vielsagend an.

»Ihr Vaporisator hat gebrannt«, erklärt sie. »*Jemand* hat vergessen, Wasser einzufüllen. Die Schnuller sind verschmort.«

Meine offizielle Frau atmet tief durch und tritt mir gegen das Schienbein.

»Das war für die Schnuller ...«

Ich beiße die Zähne zusammen. Der zweite Tritt trifft exakt dieselbe Stelle.

»Und das ist für die Teilnahme an dieser ›spielerischen Supervision‹.«

Mein Bein tut sauweh, aber wahrscheinlich habe ich das echt verdient.

Anne atmet auf. »Jetzt geht es mir besser.«

Jeannie nickt zufrieden. »Mir auch.«

Auf der Treppe versuche ich, Anne zu erklären, dass ich nur an dieser Supervision teilnehme, um mich mit Leib und Seele auf das Thema Familie einzulassen. Annes Mund bleibt ein schmaler Strich, aber ich glaube, sie hat den Köder geschluckt.

Als ich oben die Zimmertür öffne, stinkt es nach verbranntem Gummi, obwohl das Fenster sperrangelweit offen steht. Ich bringe sicherheitshalber mein Schienbein außer Annes Reichweite und erwähne beiläufig, dass eine Zigarette dem Raumklima jetzt vielleicht zuträglich wäre.

»Dem Klima zwischen uns beiden wäre es zuträglich, wenn du ein paar neue Schnuller organisieren könntest«, meint Anne und verschwindet mit Leonie im Schrank, um sie »bettfertig« zu machen.

Ich rufe an der Rezeption an. Jeannie erklärt, dass sie »vor einer Minute« den letzten Schnuller weggegeben hat, und verspricht, gleich morgen Herrn Béla loszuschicken, um neue zu besorgen. Mit sarkastischem Unterton wünscht sie mir eine gute Nacht.

Ich lege auf und nutze Annes kurze Abwesenheit, um ein paar Notizen in den Computer zu tippen. Vater zu sein, schlaucht mehr, als sich im Nachtleben herumzutreiben. Und gegen Leonies Trotzgeschrei kommt mir mein Lieblingsclub so ruhig vor wie ein Schweigekloster.

Der Abend hat mich in meiner Haltung noch bestärkt. Als Familienvater muss ich mich mit Leuten abgeben, mit denen mich nichts verbindet außer der Tatsache, dass wir ein Kind haben. Da könnte ich mich ebenso gut mit den Überlebenden des Gaddafi-Clans verbrüdern. Und diese ewige Korrektheit! Total anstrengend.

Ich lege meine Finger auf die Tastatur. Der erste Satz ist immer der schwerste: »Wie ein gutes Gefängnis kommt ein Familienhotel ohne sichtbare Gitter aus. Erst wenn man genauer hinsieht ...«

»Was tippst du denn da?«, fragt Anne und schaut mir neugierig über die Schulter.

Ich klappe den Computer zu. »Eine Ausrede«, murmele ich. »Für den Familiencontest.«

Anne schließt das Fenster und legt Leonie in ihr Gitterbett. »Aus der Nummer kommen wir nicht mehr raus. Dein Machogehabe war einfach blöd, schon dafür hast du dir den Tritt verdient. Diese Supervision ist aber gar nicht so schlecht für unsere Geschichte. So musst du dich auf die Familie einlassen! Wenn du dich wirklich änderst, können wir diesen Preis gewinnen. Ein Happy End würde sich doch gut in der Story machen, oder?«

Offenbar sind wir uns ähnlicher, als ich dachte – auch wenn ich gegen und sie für die Familie schreiben will.

Ich streiche mir nachdenklich über die Bartstoppeln am Kinn. »Um ehrlich zu sein, hatte ich mir das auch schon gedacht.«

»Wie schön. Dann erzähl Leonie eine Gutenachtgeschichte. Da kannst du deiner Phantasie freien Lauf lassen, denn sie schläft leider nur sehr schlecht ohne Schnuller ein. Aber unsere sind blöderweise alle verschmort.« Sie gibt ihrer Tochter einen Gutenachtkuss. Dann nimmt sie ihr Handy.

»Ich rufe jetzt Leonhardt an und erzähle ihm, was für ein toller Vater er ist«, sagt Anne und deutet auf Leonie. »Schaffst du das?«

»Nein«, antworte ich ehrlich.

»Dann versuch es wenigstens.« Sie schließt die Tür hinter sich.

Leonie starrt mich ängstlich an. »Bitte Schwuli«, sagt sie leise. Ich schaue mich suchend im Zimmer um. Mein Blick fällt auf den Schlüssel, den Schlüsselanhänger, den Bernsteinschnuller. Warum nicht? Kinder werden doch ständig gegen die kleinsten Erreger geimpft. Da ist bestimmt auch eine Malariaprophylaxe dabei.

Ich entferne das Teil vom Schlüsselbund, wasche es sicherheitshalber gründlich ab und reiche es Leonie. Die steckt den Bernsteinschnuller, ohne zu zögern, in den Mund und nuckelt. Es schmatzt nicht so wie sonst, scheint aber zu funktionieren.

Ich schaue Leonie an, deute auf mich und sage: »Papa.« Doch sie starrt einfach nur geradeaus durch mich hindurch. Ganz leise höre ich hinter ihrem Bernsteinschnuller ein »Nein«.

Also wiederhole ich: »Papa!«

»Nein!«, diesmal etwas lauter. So wird das nichts.

Mein Blick fällt auf den Couchtisch. Dort liegt eine kleine, silberne Packung Gummimannles. Hat wahrscheinlich die Putzfrau dort hingelegt. Wie war das noch gleich mit der pawlowschen Konditionierung im Biologieunterricht? Forscher Pawlow hatte beobachtet, dass bei Hunden im Zwinger allein die Schritte des Herrchens, das Futter bringt, Speichelfluss auslösen.

Ich schaue von der Packung zu Leonie. Die lächelt.

Also nehme ich das Tütchen und halte es hoch.

»Weißt du, was Gummibärchen sind, Leonie?«

Annes Tochter, die offenbar merkt, dass ich da etwas Verbotenes habe, streckt die Hand aus. Ich öffne das Päckchen und gebe ihr ein Gummimannle. Leonie lutscht erst misstrauisch auf der Süßigkeit herum, doch dann werden ihre Augen immer größer. Wie eine Süchtige streckt sie die Finger nach dem kleinen Silbertütchen aus.

»Bitte, Caspar«, sagt sie.

»Papa«, souffliere ich.

Leonie nickt. »Bitte, Papa.«

Wenig später hat sie die Tüte geleert und mich zehnmal als ihren Vater bezeichnet.

Als Leonie wieder zufrieden am Bernsteinsauger nuckelt, erzähle ich meine erste Gutenachtgeschichte. Darin sucht Prinz Julio sein Königreich. Leider begegnet er der etwas älteren Problemprinzessin Anne Mosität, die von einem Terrorgnom besessen ist. Der hüpft ständig auf ihrem migränegeplagten, ungeschminkten Kopf herum. Der Terrorgnom will auch Prinz Julio befallen, obwohl der als einsamer Ritter, der rauchend dem Sonnenuntergang entgegenreitet, viel besser dran ist.

Bevor ich mir das Ende ausdenken kann, höre ich Leonie ganz sachte schnarchen. Offenbar sind meine Geschichten langweiliger, als ich dachte. Der Bernsteinschnuller ist ihr aus dem Mund geglitten, ich nehme ihn weg und hänge ihn wieder an den Zimmerschlüssel.

Sie sieht eigentlich ganz süß aus, wie sie da so friedlich schläft. Kommt wohl doch nicht so sehr nach ihrer Mutter. Leonie atmet so monoton und zufrieden, dass auch mir die Lider zufallen. Eigentlich wollte ich ja noch arbeiten, aber vielleicht mache ich mal kurz die Augen zu.

Irgendwann weckt mich Anne, um mir zu erklären, dass sie die Betten zusammenschieben muss, weil Leonie »ins große Betti« kommen will. »Wahrscheinlich liegt es an deiner Gutenachtgeschichte, dass sie nicht schlafen kann. Oder daran, dass du ihre Schnuller verbrannt hast.«

Als sie die Kleine in unser Ehebett hebt, stehe ich auf und sehe an mir hinab.

»Schläfst du eigentlich immer so?«, fragt Anne spöttisch, während sie die Betten zusammenrückt und Leonie behutsam in die Besucherritze legt.

»So kann ich jederzeit abhauen«, antworte ich.

»Mach doch!«, entgegnet Anne bockig und legt Leonie auf meine Betthälfte. Da ist jetzt kein Platz mehr für mich.

Am ersten Abend meiner Ehe werde ich ausquartiert. Ohne ein weiteres Wort zu verlieren, verlasse ich das Dreibettzimmer. Den meisten echten Vätern ergeht es jede Nacht so.

Auf dem Flur ist es so still wie kurz vor dem Mord in einem Horrorfilm. Aus journalistischen Gründen lausche ich an der nächstbesten Tür. Nichts, nicht mal ein Schnarchen. Entweder sind die Mütter und Väter um diese Uhrzeit noch gar nicht zurück im Hotel, sondern tummeln sich noch im Speisesaal und an der Bar, oder – und das klingt fast so unwahrscheinlich wie der Gedanke, dass ein Bevölkerungsdezimierungsvirus alle Familien ausradiert hat – sie sind alle schon schlafen gegangen. Um halb zehn.

An der Rezeption fährt Jeannie den Computer herunter, eine Putzfrau staubsaugt den Eingangsbereich, nur am Ende der Lobby brennt noch Licht.

Herr Schade hat mir vor meiner Abreise von verzweifelten Vätern berichtet, die sich nachts betrinken, wenn Frau und Kind endlich schlafen, um dem Familienwahnsinn wenigstens im Rausch zu entgehen. Einer dieser Männer habe ihm erzählt, so eine Familie sei, milde ausgedrückt, »die Hölle«. Ein anderer habe geschworen, wenn er noch einmal von vorn anfangen könnte, würde er nie Kinder zeugen. So ist mein Chef überhaupt auf die Idee zu dem Verriss gekommen. Und solche Zitate brauche ich.

Tatsächlich liegt auf der hölzernen Bar anstelle von Kinderpunsch ein Mann mit dem Kopf auf seinen überkreuzten Armen. Im Gegensatz zu Herrn Fröhlich trägt er bereits die typische Vaterwohlstandswampe. Gerade wird sie von einem weiteren Schluchzer geschüttelt.

Sieht aus wie der perfekte Informant: betrunken, enthemmt und allein. Ich stelle mein Handy auf Aufnahme, lege es mit dem Display nach unten neben ihn auf die Bar und setze mich. Den Kerl werde ich ordentlich ausquetschen. Der Barkeeper, er sieht dem ungarischen Hausmeister erstaunlich ähnlich, wirft mir einen fragenden Blick zu. Ich bestelle zwei Schnaps und stelle einen vor den Verzweifelten. Der hebt seinen Kopf und mustert mich dankbar.

»Auf die Familie«, sage ich listig und hebe mein Glas. Wir stoßen an. Er trinkt nur die Hälfte, dann bricht er in Tränen aus.

»Ist es so schlimm?«, frage ich ihn. Er sieht mich aus glasigen Augen an, legt den Kopf schief und mustert mich.

»Mir können Sie es erzählen«, wage ich mich vor. »Ich verstehe, was Sie fühlen – besser, als Sie vielleicht glauben.«

Plötzlich zieht ein Lichtblick über sein Gesicht. »Sie auch?«

Ich nicke, jetzt strahlt er noch mehr.

»Sie werden auch zum zweiten Mal Vater?«

»Äh, ja, also, ich weiß nicht«, stottere ich.

Der Mann macht eine abwiegelnde Geste. »Schon in Ordnung, vor dem dritten Monat dürfen Sie es sowieso niemandem erzählen. Ich traue meinem Glück ja selbst noch nicht. Obwohl heute der letzte Tag des dritten Monats ist. Vor Freude könnte ich die ganze Zeit heulen.«

Der letzte Tag des dritten Monats? Ist das irgend so ein Elternfeiertag? Er greift sein Schnapsglas und hält es mir zum Anstoßen hin. »Auf das zweite Kind.«

Ich zögere. Dann lassen wir die Gläser klirren.

Anstatt den Vater auszufragen, werde nun ich ausgequetscht. Wie oft wir »es« probiert haben, ob »es« beim ersten Kind leichter war, wann Anne angefangen hat, Folsäure zu schlucken, ob wir uns schon über einen Namen Gedanken gemacht haben, wie lange das Baby bei uns im Bett schlafen soll, wie wir Leonie auf ihr Geschwisterchen vorbereiten, ob wir langfristig aus der Stadt aufs Land ziehen wollen und welches neue Auto wir uns kaufen werden. Die meisten Fragen beantworte ich mit einem entschiedenen Schulterzucken.

Als ich noch einen Schnaps bestellen will, um seinen Redefluss zu unterbrechen, winkt er ab.

»Alkohol ist für dich ab sofort verboten – aus Solidarität mit deiner Frau.« Er winkt dem Barkeeper. »Eine Flasche Robbybobbys Blubberspaß, mein Guter! Jetzt lassen wir die Korken knallen! Wir haben etwas zu feiern.« Ich versuche abzulehnen, aber da hat er schon seinen Arm um meine Schulter gelegt.

»Keine Sorge«, versichert er mir. »Da ist kein Alkohol drin.«

Das ist ja gerade meine Sorge.

Von nun an versuche ich im Minutentakt zu fliehen, aber der werdende Vater hat mich fest in der Mangel. Wenn der weiter so strahlt, kann sich seine Frau heute Nacht das Babylicht sparen.

Er redet so detailliert über die Geburt seines ersten Kindes, dass mir kurz übel wird. Offenbar ähnelt die, was Blut und Schmerz angeht, eher einer Tortur als dem viel zitierten freudigen Ereignis. Mit aller Kraft versuche ich mich vor Worten wie »Muttermund gerissen«, »Nachgeburt« und »zugenäht« zu verschließen, aber der Vater hört nicht auf und erzählt auch noch begeistert vom »Aufstoßen«, dem »Kindspech« und riesiger Krankenhausunterwäsche.

»Muss ein Paar alles zusammen erlebt haben«, findet er.

Gerade will ich ihm widersprechen, da klingelt hinter der Bar das Telefon. Der Barkeeper-Hausmeister reicht den Hörer wortlos an den Vater weiter.

Dessen Miene wandelt sich blitzschnell von überdreht zu devot. Dabei sagt er in einer Tour: »Ja, Schatz, natürlich, Schatz.« Mit einem »Bis gleich, Schatz« gibt er dem Hausmeister den Hörer zurück, umarmt mich fahrig und rennt in Richtung Aufzug, als wäre gerade die Fruchtblase seiner Frau geplatzt.

Ich seufze und bedeute dem Barkeeper, mir noch einen Schnaps zu bringen. Aber der schaut mich nur abfällig an und schüttelt den Kopf.

## Familientag

Um sechs Uhr morgens werden auf allen Etagen Kinder gejagt – zumindest klingt es so. Ein Geschrei, Gerenne und Gestampfe wie bei einer Hetzjagd. Schon nach kurzer Zeit erkenne ich ein Muster: Erst machen die Kinder Lärm, dann sagen die Eltern, die Kinder sollen bitte noch »einen Moment« liegen bleiben und ruhig sein. Daraufhin stehen die Kinder auf und schreien lauter, bis sich schließlich auch die Eltern aufrappeln, hinter ihnen herlaufen und ebenfalls schreien. Am Ende weinen erst die Kinder und dann die Eltern, weil es ihnen leidtut und man ja nicht schreien soll. Das alles vor dem Frühstück.

»Ich will Joghurt!«, brüllt Leonie auf dem Bett ihre Mutter an, ohne es überhaupt erst freundlich zu versuchen. Kurz darauf steht Anne auf und verschwindet mit ihr im Bad.

Zehn Minuten später stehen beide ausgehfertig vor mir. Kaum zu glauben: zwei Frauen, nur zehn Minuten im Bad – das muss ein Traum sein.

»Caspar, aufstehen, frühstücken! Wir sind spät dran. Es ist neun.«

Neun Uhr? Das ist ja mitten in der Nacht! Ich dachte, wir sind im Urlaub.

»Geh schon mal vor«, entgegne ich und schließe die Augen.

»Wir sind hier eine Familie«, höre ich Annes Stimme, »wir frühstücken zusammen!«

»Lass uns altmodisch sein: Ich verdiene das Geld, du kümmerst dich um die Kinder.«

Einen Moment ist es totenstill im Zimmer. Gerade schlummere ich wieder ein, da spüre ich ein Kratzen auf meiner Stirn. Offenbar tastet Leonie mit ihren kleinen Fingerchen mein Gesicht ab, um zu überprüfen, ob ich wirklich schlafe. Das habe ich als Kind auch immer bei meinen Eltern gemacht. Aber so leicht lasse ich mich nicht zum Aufstehen bewegen. Das Kitzel-kratzen geht von der Stirn über die Augenlider zur Nase, erst rechts, dann links zum Jochbein und schließlich zum Kinn.

»Was hast du denn da Schönes gemalt?«, fragt Anne interessiert.

»Eine Katze«, erklärt Leonie stolz.

Anne kichert. »Jetzt nimm den roten Edding und male noch ein Katzenbaby dazu, okay?«

Ich schrecke hoch und brülle: »Habt ihr sie noch alle?«

Leonie versteckt sich hinter Anne.

»Das sind die ältesten Partyregeln der Welt: Wer einschläft, wird angemalt.« Anne sieht mich an und grinst. »Armer schwarzer Kater.«

Aus dem Stand springe ich hoch, keine zwei Sekunden später stehe ich im Schrankklo vor dem Spiegel: Mein Gesicht ist ungewaschen, unrasiert – und unbemalt.

»Und *das* ist der älteste Kindertrick der Welt. Aber da du jetzt eh im Bad bist, wasch dich schnell, zieh dir saubere Klamotten an, und komm zum Frühstück. Wir warten im Speisesaal, ich bestelle dir Kaffee. Lass ihn nicht kalt werden!«

Die Zimmertür fällt ins Schloss.

Beim Frühstück sitzen wir diesmal zum Glück allein. »Wahrscheinlich weil wir spät dran sind«, vermutet Anne. »Wenn du Kontakt zu anderen Vätern knüpfen willst, musst du früher aufstehen.«

»Habe ich alles gestern erledigt«, murmele ich, während ich mein Rührei mit Speck in mich hineinstopfe.

Der werdende Zweifachvater von gestern steht gar nicht weit von uns entfernt. Offenbar hat er mit seiner Familie gerade das Frühstück beendet. Seine Frau trägt ein Baby auf dem Arm und einen kleinen Bauch unter dem Kleid. Keine Ahnung, wie es rechnerisch möglich ist, so kurz hintereinander zwei Kinder zu kriegen. Auch er hat mich erkannt. Sie kommen zu uns herüber.

»Herzlichen Glückwunsch, ihr drei!«, ruft er und breitet die Arme aus. Anne steht verwundert auf. Einen Moment starre ich den Kerl überrascht an, dann fällt mir der gestrige Abend auch inhaltlich wieder ein, und ich verschlucke mich an meinem Rührei. Der Vater nutzt die Zeit, um Anne zu umarmen.

»Ich weiß, es ist noch nicht offiziell, aber alles, alles Liebe für euch!« Stolz legt er die Hand auf den Bauch seiner Frau und sieht mich auffordernd an. Ich wage es nicht, Anne anzuschauen. Verlegen lächelnd lege ich meine Hand auf Annes Bauch. Die wirkt wie paralysiert. Sie ist so erschrocken, dass sie gar nicht auf die Idee kommt, meine Hand wieder wegzunehmen. Ich zucke vorsichtig mit den Schultern.

»Es ist mir eben so rausgerutscht, Schatz.«

Die werdende Mutter nimmt Annes Hand. »Keine Sorge, wir behalten euer kleines Geheimnis für uns.« Dann wendet sie sich an Leonie. »Wünschst du dir lieber ein Brüderchen oder ein Schwesterlein?«

»Ein Gummibärchen«, entgegnet Leonie trotzig.

Die beiden Eltern halten sich kichernd in den Armen. Dann zückt der Vater ein Ultraschallbild.

»Wir sagen auch immer unser Gummibärchen, hihi.«

Anne will zum Büfett fliehen. »Ich hole mir jetzt einen Prosecco. Ist gut für den Kreislauf.«

Der werdende Vater sieht sie an wie ein Verkehrspolizist, der einen betrunkenen Raser erwischt hat. »Das sollten Sie nicht tun. Für Sie ist Alkohol ab sofort tabu«, bestimmt er. Wahrscheinlich leitet er daheim die Anonymen Alkoholiker.

»Ich denke, ich bin alt genug, um das selbst zu entscheiden«, protestiert Anne.

Jetzt legt ihr die werdende Mutter auch noch die Hand auf den Bauch. »Es geht nicht mehr nur um Sie.«

Anne durchbohrt mich wutschnaubend mit nicht jugendfreien Blicken. Aber sie reißt sich zusammen.

Leonie hat unterdessen nur noch ein Ziel im Kopf. »Bitte Gummibärchen!«, insistiert sie.

Rasch zückt der Vater eine Tüte Gummimannles aus der Tasche, reißt sie auf und schaut fragend zu Anne und mir.

»Sie darf doch?«

»Ja«, antworte ich.

»Nein«, entgegnet Anne.

Der Vater stutzt kurz, sieht seine Frau an, die nickt jovial, und schon liegt ein aufgerissenes Silbertütchen Gummimannles vor Leonie. Die greift in die Tüte, stopft sich die Hälfte in den Mund und sieht den werdenden Vater an.

»Danke, Papa.« Jetzt schaut Anne so richtig erstaunt. Mein Zechkumpan von gestern Nacht ebenfalls. Er deutet auf mich.

»Dort sitzt dein Vater, Mäuschen.«

»Nein«, entgegnet Leonie. Nicht schon wieder.

»Doch«, entgegne ich, aber die werdende Mutter winkt ab.

»Die ist bestimmt gerade in ihrer Nein-Phase, oder?«

»Ja.« Anne und ich nicken erleichtert.

»Nein«, meint Leonie.

»Darf sich meine Frau bitte kurz setzen?«, fragt der Vater zuvorkommend.

»Nein«, antwortet Leonie.

Trotzdem rücken wir zusammen. Der Vater zieht sich einen Stuhl heran.

»Lassen Sie sich nicht stören, machen Sie einfach so weiter wie immer.«

Ich zucke mit den Achseln und schaufele also weiter mein Rührei in mich herein. Leonie versucht unterdessen, das von Anne zur Hälfte mit Butter bestrichene Brot zu vervollständigen – aber vergebens. Sie schafft es einfach nicht, die Butter mit der Schneide aus dem Silberpapier zu balancieren und gleichmäßig auf der Brötchenhälfte zu verteilen. Aber das wird sie schon noch lernen.

Anne tritt mir unter dem Tisch auf den Fuß. Wahrscheinlich aus Versehen. Ich esse konzentriert weiter. Jetzt starren mich vier Augenpaare an.

»Was ist denn?«, frage ich.

»Ja, wollen Sie Ihrer Tochter denn nicht helfen?«, fragt der werdende Vater. Ich schaue Leonie an, die wieder ihren Trotzblick aufgesetzt hat. Allmählich wird mir diese Elternnummer echt zu viel.

»Nein, will ich nicht.«

»Der Caspar tut nur so«, winkt Anne ab. »Weil er jetzt endlich mal Urlaub hat. Daheim macht er nichts lieber als abwaschen und kochen. Er ist ein echter Hausmann, Autos und Fußball interessieren ihn überhaupt nicht.«

»Ich dachte, er ist Automechaniker«, entgegnet der Vater.

Anne errötet. »Stimmt, aber im Moment nimmt er sich gerade eine Familienauszeit, nicht wahr, Schatz?«

Zum Glück fängt in diesem Moment das Baby an zu schreien und zieht alle Aufmerksamkeit auf sich. Während ich Leonies Toast daumendick mit Nutella beschmiere, lässt Anne ihren Kopf in die Hände sinken.

»Stört es Sie, wenn der kleine Ben auch isst?«, fragt die Mutter.

»Nein, ganz und gar nicht«, entgegne ich. Hauptsache, ich muss nicht noch ein Kind bedienen und kann mich endlich wieder meinem Rührei widmen.

Plötzlich holt die Frau ihre linke Brust heraus und steckt sie dem Kind in den Mund, als wären wir hier am FKK-Strand. So etwas haben Frauen in meiner Gegenwart noch nie gemacht. Klar haben die sich ausgezogen, und natürlich weiß ich über Stillen Bescheid, aber den Vorgang an sich habe ich noch nie live miterlebt.

»Starren Sie mir auf die Brust?«

»Nein!«, entgegne ich entsetzt und versuche, meinen Blick auf Leonie zu richten. Die hat sich unterdessen die erste Hälfte Nutellabrötchen in den Mund gestopft.

»Ihr Kind hat einen gesunden Appetit«, beglückwünscht mich der Vater.

»Danke gleichfalls«, murmele ich verlegen. Zum ersten Mal ist mir eine nackte Brust unangenehm. Dabei bin ich doch sonst nicht so schüchtern.

»Wie alt ist Ihre Tochter denn?«, will er wissen.

Gute Frage. »Zwei«, rate ich.

»Zweieinhalb«, korrigiert Anne.

Leider kann ich mich gar nicht konzentrieren, solange diese nackte Brust in unserer Runde sitzt. Auch Leonie schaut dem kleinen Baby gebannt beim Trinken zu. Die Stille am Tisch wird nur durch genüssliches Schmatzen unterbrochen.

»Schade, dass wir heute schon fahren«, bemerkt der Vater schließlich. Ich sehe Anne erleichtert an.

Zum Glück fängt das Baby erneut an zu weinen, und seine Mutter steht auf, um es etwas herumzutragen. Auch Leonie wird unruhig und will unbedingt in dem riesigen Sandkasten vor dem Hotel spielen.

Beim Abschied bittet mich die Frau, ihrem Mann meine Handynummer zu geben, weil »der dringend mal wieder einen trinken gehen sollte«. Seit die beiden verheiratet seien, habe er den Kontakt zu seinen Kumpels abgebrochen und hocke nur noch zu Hause vor dem Fernseher, erzählt sie mir, während ihr Mann daneben steht. Ich nicke verständnisvoll und gebe ihm die Handynummer meiner Stalkerin Nadine. Die steht ja auf Familien.

Oben auf dem Zimmer stampft Anne vor Wut mit dem Fuß auf. »Wie kommst du bloß auf die Idee herumzuerzählen, dass ich schwanger sei? Und das auch noch vor dem dritten Monat?«

Ich erkläre ihr, dass der Typ wohl irgendetwas missverstanden haben muss, aber Anne glaubt mir kein Wort. Sie ist total sauer und meint, sie müsse jetzt »sofort ins Spa«.

Ich soll unterdessen mit Leonie im Sandkasten vor dem Hotel spielen, damit sie sich an mich gewöhnt und wir uns ein bisschen besser kennenlernen. Außerdem könne ich da beobachten, wie andere Väter mit ihren Kindern umgehen.

Anne drückt mir einen Zettel in die Hand. Darauf stehen Leonies wichtigste Daten: von Geburtsdatum, Körpergröße, Gewicht und Alter über Impfungen, Lieblingsessen und Lieblingsbücher bis hin zum Namen ihrer Lieblingskopfbedeckung: der Fützelmütz.

Gemeinsam verlassen wir das Zimmer. Anne hat uns einen Rucksack mit Vollkornkeksen, Obst, Windeln, Sandförmchen und anderen Kinderutensilien gepackt – als würden Leonie und ich zum Spielen mal eben die Zivilisation verlassen.

An der Rezeption treffen wir doch noch mal den werdenden

Vater und seine Frau. Zum Glück ist die jetzt vollständig angezogen. Gerade haben sie ausgecheckt und tauschen Adressen mit Familie Fröhlich. Anne gibt schnell den Schlüssel ab, winkt mir zum Abschied und rennt in Richtung Spa.

»Halt!«, ruft ihr der werdende Vater hinterher. »Sie wollen doch nicht etwa in die Sauna?« Die Blicke der Anwesenden richten sich interessiert auf meine Frau. »In den ersten drei Monaten reagiert das ungeborene Kind stark auf ungewohnte Umwelteinflüsse. Durch bestimmte Düfte oder einen Aufguss können sogar Wehen ausgelöst werden.«

Herr und Frau Fröhlich schauen überrascht. So viel zum Thema Diskretion.

»Das lassen Sie mal meine Sorge sein«, flötet Anne lächelnd und nimmt lieber die Treppen, anstatt auf den Fahrstuhl zu warten. Jetzt richten sich die Blicke auf Leonie und mich.

»Wollen Sie Ihre Frau denn nicht aufhalten?«, fragt der Vater besorgt.

Ich schüttele den Kopf. »Frauen kann man nicht aufhalten.«

Jetzt nicken die beiden Männer synchron.

»Andererseits ist Saunieren ja auch gut gegen Wassereinlagerungen«, konstatiert Frau Fröhlich.

Ihr Mann nickt. »Regelmäßige Saunabesuche entspannen die Muskeln und bereiten den Körper auf die Geburt vor.«

»Nur niedrige Temperaturen und viel trinken«, ergänzt die Schwangere.

»Ich muss dann los«, verkünde ich mit bedeutungsschwangerem Seitenblick auf Leonie.

»Ja, klar«, sagt Herr Fröhlich und zwinkert mir zu. »Herzlichen Glückwunsch zum Zweiten.«

Seine Frau knufft ihn scherzhaft am Arm, dann sieht sie mich ebenfalls lächelnd an: »Mit dem zweiten Kind steigen Sie in die Liga der echten Eltern auf.«

Auf den Bänken, die rund um den Sandkasten aufgestellt sind, sitzen einzelne Väter oder Mütter in Zweier- und Dreiergrüppchen. Ich kenne hier nur den Architekten. Er baut mit Obi eine

Sandburg, nein, er baut die Burg allein. Obi sitzt einfach nur da und schaut zu. Gerade setzt der Architekt eines von acht identisch langen Zweigchen als Stützbalken ein. Wahrscheinlich hat das Anwesen sogar einen Keller mit Pool.

»Obi!«, ruft Leonie begeistert und rennt auf ihren Freund von gestern zu. Bevor sie bei ihm angekommen ist, fällt ihr Blick auf die Burg. Ihre Augen gleiten von Turm zu Turm über die Zinnen zum Innenhof. Ohne zu zögern, hebt sie den rechten Fuß und tritt gegen den Turm, der ihr am nächsten ist. Der Terrorgnom schlägt zu. Dann lässt sich Leonie mit ihrem ganzen Gewicht auf die Burg plumpsen und reißt mit ihren kleinen Händchen eine Mauer nach der anderen ein. In weniger als zehn Sekunden hat sie die Burg dem Erdboden gleichgemacht.

Der Architekt schnappt nach Luft. Leonie liegt auf dem Boden und wischt mit ihren Gliedmaßen hin und her – wie Kinder, die Engelsfiguren in den Schnee wischen. »Engelchen«, ruft sie dabei und zeigt ihre Milchzähne. »Engelchen!«

Der Architekt sieht aus, als hielte er Leonie eher für ein Teufelchen, das gerade seine Sixtinische Kapelle plattgemacht hat. Obi dagegen lacht und klatscht in die Hände. Wahrscheinlich hatte er den gleichen Plan.

»Kinder!«, sage ich matt, biete dem Architekten eine Zigarette an und stecke mir eine zwischen die Lippen. Muss es ausnutzen, dass Anne mich gerade nicht sieht. Außerdem sind Obi und Leonie nun vollauf damit beschäftigt, in den Trümmern von Ground Zero ein Loch zu graben.

Der Architekt schüttelt entsetzt den Kopf. »Das ist ein Kinderspielplatz, Sie dürfen hier nicht rauchen.«

»Hier steht aber kein Schild.«

»Das muss es auch nicht. Eltern wissen so etwas. Sie etwa nicht?«

»Es ist kompliziert«, entgegne ich.

Leonie schnappt den Satz auf und versucht, das schwere Wort zu wiederholen: »Es ist kompi... klompitz...«

»Kompliziert«, erkläre ich etwas genervt, schnippe die Zigarette in den Sandkasten und trete sie aus. Kaum habe ich meinen

Fuß von dem Stummel genommen, hebt ihn der Architekt auf und hält ihn mir vorwurfsvoll hin, als wäre er der Beweis für meine Verdorbenheit.

»So eine Zigarette kann ein Kind vergiften! Was sind Sie nur für ein Vater?«

Die um den Sandkasten sitzenden Eltern nicken beifällig. Zum Glück ist der Psychologe nicht hier.

Wahrscheinlich hat er recht. Wahrscheinlich haben sie alle recht. Anne auch. Ich muss mich auf das Thema Familie einlassen und mich um meine Tochter kümmern wie ein guter Daddy. Sonst kann ich die ganze Geschichte vergessen. Also nehme ich die Kippe und befördere sie vor den Augen aller in den Mülleimer am Eingang. Dann greife ich in meine Tasche, hole meine letzte Schachtel Zigaretten heraus, halte sie hoch, dass alle sie sehen können, zerknülle sie und schmeiße sie hinterher. Der Architekt im Sandkasten nickt zufrieden.

Leonie breitet die Arme aus und rennt auf mich zu. Ich fange sie vorsichtig auf und hebe sie hoch.

»Was willst du denn spielen, meine Süße?«

Leonie deutet auf die Rutsche. Ich stelle sie vor die Leiter, aber sie traut sich noch nicht, allein hochzuklettern. Während sie dort steht, bildet sich hinter ihr eine kleine Schlange. Geduldig erkläre ich den anderen Kindern, dass Leonie noch klein ist und sie als die Großen bitte ein wenig warten können. Die anderen Eltern schauen selig zu uns herüber oder wenden sich wieder ihren Zeitschriften und Gesprächspartnern zu.

Sprosse für Sprosse helfe ich Leonie, die Rutsche hinaufzusteigen. Oben angekommen, strahlt sie wie ein Honigkuchenpferd über ihren kleinen Triumph. Ehe ich um die Rutsche herumlaufen kann, flitzt sie schon mit aufgerissenem Mund hinunter und knallt ungebremst in den Sand. Sofort fängt sie bitterlich an zu weinen.

»Mama!«, ruft sie. »Maaamaaa!« Eine Schocksekunde lang stehe ich hilflos da. Dann sehe ich vor meinem inneren Auge das Bild von Herrn Fröhlich, wie er Leonie aus dem Hochstuhl hebt. Ich nehme die Kleine auf den Arm.

»Diese Scheißrutsche«, flüstere ich dabei und streiche Leonie die Sandkörner vom Kinn. »Und dieser verschissene Sand.«

Leonie ruft abwechselnd nach ihrer Mama und ihrem Schnuller, aber ich habe gerade keines von beidem da. Also fische ich ein Gummimannle aus der Hosentasche und stecke es ihr in den Mund.

»Danke, Papa.«

Wir setzen uns ein wenig abseits. Auf der Bank neben mir wickelt der Architekt gerade Obi. Leonie beruhigt sich ein bisschen und schaut interessiert zu. Sie wird mir schon sagen, wenn sie selbst eine frische Windel braucht.

Wenig später will Leonie wippen. Ich setze sie auf die eine und mich auf die andere Seite. Sofort sinke ich in den Sand, während Leonie in die Höhe schießt. Als ob ich so schwer wäre!

Der Architekt, der mich beobachtet hat, kommt mit Obi hinzu, und ich tausche mit dem Jungen den Platz. Jetzt ist die Wippe im Gleichgewicht. Einen Moment lang wippen die beiden Kinder einträchtig, dann lässt Leonie plötzlich die Bügel los und sich hintenüberfallen. Sie plumpst in den Sand, fängt wieder an zu weinen, Obi stimmt ein. Diesmal hebe ich sie sofort hoch und drücke sie an mich.

Zum Glück habe ich jede Menge Gummimannles dabei. Aus den Augenwinkeln sehe ich, wie die anderen Eltern registrieren, dass sich Leonie beruhigt, sobald ich sie auf den Arm nehme. Je mehr ich mich um die Kleine kümmere, desto mehr mögen sie mich. Von nun an werde ich einfach nicht mehr von ihrer Seite weichen.

Die nächste Stunde spielt Leonie ganz friedlich im Sand. Sie leiht sich hier ein Förmchen und da ein Bobbycar. Wenn sie Durst hat, nimmt sie sich einfach eine Trinkflasche, die am Sandkastenrand steht, oder läuft zu einem Elternteil, das gerade sein Kind füttert, und schnorrt sich etwas zu essen. Sie ist wirklich selbstständiger, als ich dachte.

Mittlerweile ist auch Herr Fröhlich mit seinem Sohn Paul dazugestoßen. Der Kleine ist ein echter Racker: Sobald sein Vater wegschaut, schubst und haut er die anderen Kinder. Ich starre ihn nur böse an, damit er und sein Vater uns nicht zu nahe kommen. Aber Herr Fröhlich gesellt sich eh zum Architekten, der nun ganz damit beschäftigt ist, Paul davon abzuhalten, seinen kleinen Obi zu verprügeln.

Irgendwann will Leonie schaukeln. Als ich sie frage, ob sie das denn schon allein könne, schüttelt sie ehrlich den Kopf.

Das Holzgerüst mit den Schaukeln ist das Zentrum des Spielplatzes. Ganz brav stehen die Kinder mit ihren Eltern Schlange. Jeder darf etwa eine Minute schaukeln, dann ist das nächste Kind an der Reihe. Nur der kleine Paul drängelt sich vor.

»Hey«, rufe ich streng. »Hinten anstellen. Wir sind hier nicht im Klub.«

Der Junge schaut mich böse an, geht zu Leonie und schubst sie. Leonie fällt um, und prompt füllen sich ihre großen Kulleraugen mit Tränen. Obwohl ich den starken Drang verspüre, dem verzogenen Kerlchen zu zeigen, wer hier der Stärkere ist, muss ich mich an meine neue, väterlich-pädagogische Richtung halten. Ich nehme Leonie ein wenig beiseite und flüstere ihr ins Ohr, was sie als Nächstes machen soll. Leonie nickt.

Dann geht sie zu Paul, der direkt vor ihr in der Schlange steht, und klopft ihm von hinten auf die Schulter. Als er sich umdreht, zeigt sie ihm ihr schönstes Lächeln – und boxt ihn in den Bauch. Das zeigt leider nicht so viel Wirkung, wie ich erhofft hatte, aber immerhin setzt sich der Junge erstaunt auf den Hosenboden. Am Rand des Sandkastens springt Herr Fröhlich auf und stapft über Förmchen, Schäufelchen und Kinder hinweg auf mich zu wie ein Bulle in der Arena.

»Ihre Tochter hat meinen Sohn geschlagen, ich habe es genau gesehen!«, brüllt er. »Das werde ich Herrn Ainberger melden.«

»Der Kleine ist doch Träger des Goldenen Bubsi«, frotzele ich, »da wird er wohl einen Stupser von einem Mädchen wegstecken.«

Leonie marschiert an Paul vorbei, der noch immer verdattert im Sand sitzt. Dann hockt sie sich neben ihn und fängt an, ein neues Sandloch zu buddeln. Paul hilft sofort mit, der Streit scheint vergessen.

Ich deute auf die beiden. »Sehen Sie.«

Bevor Herr Fröhlich etwas erwidern kann, steigt das Kind vor uns von der Schaukel, und wir sind an der Reihe. Ich schnappe mir Leonie und nehme sie auf den Schoß. Herr Fröhlich will uns unbedingt anschubsen. Wenn es ihm Freude macht.

Wir schaukeln ein paarmal hoch, etwas höher und noch etwas höher. Leonie jauchzt vor Freude. Plötzlich höre ich den Balken über mir knarren. Ich drehe mich über die Schulter zu meinem Anschubser, aber der scheint voll in seinem Element.

Die Kinder in der Schlange rufen: »Höher, höher!«

»Caspar, stopp!«, bittet Leonie plötzlich. In dem Moment springt eine Öse der Schaukelkette aus dem Querbalken. Die linke Kette peitscht zur Seite, die Schaukel fällt quer hinterher, ich purzele zu Boden und Leonie auf mich drauf.

Ein Stich fährt durch meinen Rücken, ein erschrockenes »Huch!« geht durch die Reihen der Eltern, ich zähle die Sekunden, bis Leonie anfängt zu weinen. Aber die grinst mich nur fröhlich an.

»Lustig, oder?«, fragt sie eifrig. Ich nicke erleichtert.

Herr Fröhlich reicht mir die Hand. »Sachen gibt's«, stellt er mit schlecht gespieltem Erstaunen fest und deutet mit dem Kopf zur Seite. »Ist echt gefährlich hier.«

Ich sehe ihm tief in die Augen und nicke. Eines hatte ich offenbar vergessen: Der Spielplatz ist die Arena der kleinen Leute.

Mein Gegner beugt sich über uns und schnüffelt. »Irgendwer hat sich hier in die Hose gemacht: Sind Sie das?«

Ein paar Eltern lachen. Ich rieche an Leonie. Sie stinkt tatsächlich.

»Dann werde ich sie mal wickeln gehen«, verkünde ich. Auch wenn ich keine Ahnung habe, wie das geht. Zur Not lasse ich einfach Anne ausrufen.

Herr Fröhlich und Paul winken zum Abschied.

Leonie winkt zurück.

Ich nicht.

Zum Glück ist Anne schon auf dem Zimmer. Sie macht sich Notizen, wahrscheinlich schreibt sie ihren ersten Triumph über mich auf. Um ehrlich zu sein, hätte ich mir so einen Sandkasten-ausflug mit Leonie nicht zugetraut.

Anne nimmt ihre Tochter gleich auf den Arm. »Hast du mich vermisst?«

»Nein!«

»Wie ist es denn so ohne mich, nur mit Caspar?«

»Es ist kompiziert«, antwortet die Kleine.

Meine Kollegin und ich lächeln wie stolze Eltern. Aber sofort haben wir uns wieder im Griff.

Den Rest des Tages verbringen wir zusammen im Spa. Dort entdecke ich heute nur die Familien mit ganz kleinen Kindern. Die größeren backen wahrscheinlich gemeinsam Pizza – das stand zumindest auf dem Tagesprogramm. Anne dagegen setzt sich gegen »jede Art von Kinderarbeit« ein, Leonie ist das Thema offenbar gleich, und ich werde nicht gefragt.

Was auffällt im Spa: Die meisten Mütter haben bessere Figuren als die Väter. Auch Anne könnte statt des ollen Badeanzugs locker einen Bikini anziehen. Die Architekten tragen selbst im Spa schwarze Bademäntel und darunter schwarze Badesachen.

Leonie planscht nur mit Schwimmwindel und Schwimmflügeln bekleidet herum. Anne wirft sie hoch und fängt sie auf. Ich bleibe lieber auf dem Liegestuhl und beobachte das Ganze vom Trockenen aus, denn ich weiß noch aus eigener Erfahrung, wie gern ich als Kind ins Becken gepinkelt habe.

Diesmal bringen wir Leonie noch vor dem Abendessen ins Bett. Sie ist von der frischen Luft und der Bewegung so müde, dass sie ohne Schnuller und Gutenachtgeschichte einschläft.

Die zweite gute Nachricht des Abends ist, dass wir diesmal nicht am großen Tisch der Direktorin sitzen können, weil der Empfang des Babyfons nicht durch die dicken Hotelwände dringt. Immer wieder laufen Anne und ich wie Amateurfunker auf der Suche nach außerirdischem Funkverkehr durch den Speisesaal, drücken Knöpfe an dieser Persiflage eines Walkie-Talkies, aber es bringt nichts: Der letzte Balken verschwindet kurz hinter dem Katzentisch am Eingang, auf dem der Käse steht.

Schließlich deckt Herr Béla dort für uns ein – sehr zum Bedauern von Frau Sommer, die es nicht so gern sieht, »wenn das Gesamtbild in Unruhe kommt«, aber schmallippig hinzufügt, dass sie »natürlich für alles Verständnis« habe.

Immerhin vermeiden Anne und ich so mögliche weitere Blamagen in ihrer Runde. Wir verzichten auf Vorspeise, Salate und Pausen zwischen den restlichen Gängen. Stattdessen fragt mich Anne die Fakten zu Leonie ab, als wären wir in einer Quizshow ohne Humor. Leider gibt es als Hauptgericht heute die von den Kindern gebackene Pizza aus dem Nachmittagsprogramm. Nachdem ich den Wissenstest halbwegs bestanden habe, erzähle ich von meinem Tag mit Leonie, und wir lassen den Beginn unserer Mission Revue passieren.

Zur Feier der ersten überstandenen Tage bestellen wir zwei Gläser Wein und stoßen an. Aber richtige Wärme will zwischen uns einfach nicht aufkommen. Als ich Anne vorschlage, der Tarnung halber doch einfach von nun an in einem Bett zu schlafen, schüttelt sie so entsetzt den Kopf, dass der ganze Tisch wackelt und ihr Weinglas umkippt.

Wenig später stehen wir auf und verabschieden uns von Frau Sommer. Die scheint erleichtert, dass wir den Platz für den Käse räumen, bevor ihre Gäste sich aus alter Gewohnheit an unserem Tisch anstellen. »Ja, gehen Sie ruhig ins Bett, damit Sie morgen fit für den Tanzkurs sind.«

Herr Fröhlich, der sich nach dem Zwischensieg offenbar ein Gläschen Alkohol gegönnt hat, zwinkert Anne zu.

»Gönnen Sie sich ein bisschen Schlaf. Das tut dem Nachwuchs gut.«

Was gäbe ich dafür, mal wieder in einem richtigen Bett schlafen zu können. Als Anne im Schrankklo verschwindet, springe ich blitzschnell auf die Matratzen. Aber kaum ist sie zurückgekehrt, verweist sie mich so vehement aufs Sofa, dass Leonie aufwacht. Ohne dass die Kleine darum gebeten hat, hebt Anne sie aus dem Kinderbett und legt sie auf meine Seite.

So habe ich mir die Ehe immer vorgestellt: Man spricht ungehemmt über Körperausscheidungen und schläft nicht gern im gleichen Bett. Auch wenn der Tag mit Leonie im Sandkasten, sagen wir mal, außergewöhnlich war – Herr Dr. Schade hatte recht. Junge Familien sind unerträglich.

Ohne mich zu verabschieden, schwinge ich meine Beine aus dem Bett. Kaum haben sie den Boden berührt, fährt ein stechender Schmerz durch die Fußsohlen über die Knie nach oben, offenbar hat jemand meine Hotelschlappen vor dem Bett durch Reißzwecken ersetzt. Das Gefühl, barfuß auf ein Stück Lego zu treten, ist nichts dagegen.

»Autsch!«, rufe ich.

Hinter dem Vorhang knipse ich die Sofalampe an. In meinem einen Fuß steckt ein Nashorn – ein kleines, aus Plastik. Im anderen hängt eine Straßenlaterne. Der Traktor hat es nicht durch die Hornhaut geschafft.

Die Plastikfigürchen sollen nicht kaputtgehen, deshalb stelle ich sie lieber auf Annes Seite. Die freut sich morgen früh bestimmt darüber.

Dann ziehe ich mich mit letzter Kraft auf das tolle Designersofa zurück und wünschte, es wäre bloß ein Schlafsofa.

»Der Tanzkurs beginnt in zehn Minuten«, ruft Anne.

Ich reiße die Augen auf. Anne und Leonie stehen ausgehfertig vor mir.

»Leonie und ich haben schon gefrühstückt, wir wollten dich mal ausschlafen lassen. Wie ich sehe, bist du schon angezogen, dann können wir ja los.«

Ich schaue Leonie fragend an, nicke zu Anne hinüber und zucke mit den Schultern. Die Kleine macht es mir nach.

»Ich würde mir gern noch eben die Zähne putzen«, wende ich ein.

Anne rennt durchs Zimmer und sammelt Zeug in Leonies Wickeltasche. Sie schaut auf die Uhr: »Noch sieben Minuten – ich laufe schon mal runter und melde uns an. Wir sehen uns unten!«

Fünf Minuten später hebe ich Leonie im Fahrstuhl hoch, damit sie auf den Knopf drücken kann. Während wir nach unten rauschen, betrachten wir uns im Spiegel: wie Vater und Tochter. Ich habe einen Zahnpastabart, Leonie einen Milchbart.

Der Tanzraum liegt im Spa-Bereich des Hotels. Er ist gleichzeitig der Yoga-, Meditations- und Bewegungsraum. Davor steht ein Flipchart mit einem grünen Plakat, von dem aus drei rotgetiegerte Katzen in den Posen ägyptischer Pyramidenmalereien in den Raum starren.

Leonie deutet traurig auf die Tiere. »Katzen aua«, stellt sie fest. Tatsächlich sehen die armen Biester aus, als hätte ihnen jemand mit Photoshop die Beine gebrochen und danach die Pfoten ausgekugelt.

Hinter mir höre ich eine hohe Stimme: »Nein, mein Kindlein. Sie tanzen sich frei. Diese Geste ist Ausdruck weiblicher Kraft und Würde.«

Die Stimme gehört einer Frau in den Fünfzigern, die aussieht wie Bud Spencer, hätte er sich für eine Travestiekarriere entschieden. Sie trägt wallende Gewänder und Schleier in Knallrot, Dunkelgrün und verschiedenen Lilatönen – offenbar hat sie versucht, mit ihrem Look die gesamte Farbpalette abzudecken. Das Potpourri krönt ein mit arabischen Mustern verziertes Kopftuch, unter dem eine wallende graue Lockenmähne hervorschaut.

»Ambra«, stellt sie sich vor und verbeugt sich. »Mit wem habe ich die Ehre?«

»Caspar und Leonie – entschuldigen Sie die Verspätung.«

Der riesige Paradiesvogel zeichnet mit dem rechten goldfarben glitzernden Ballerina ein imaginäres Kreuz auf den Boden.

»Legt hier eure Namen ebenso ab wie eure Hast. Und wählt dafür die Ruhe und neue Namen.« Der ist wohl damals beim Pyramidenbau ein Quader auf den Kopf gefallen.

»Ich würde gern bei meinem Namen bleiben«, erkläre ich.

Ambras Lächeln ist unerschütterlich. »Dann darfst du hier nicht herein.«

Na toll. Wenn ich den Kurs nicht absolviere, kriege ich Ärger mit Anne, jetzt, da wir uns gerade etwas annähern. Außerdem bedeutet Fernbleiben wahrscheinlich Minuspunkte im Familiencontest. Herr Fröhlich, mit dem ich noch mindestens eine Rechnung offen habe, ist sicher auch in dem Kurs.

»Okay, nennen Sie uns, wie Sie wollen.«

Ambra streckt den Arm aus und legt ihre gespreizten Finger ungefragt auf Leonies Kopf. Sie schließt die Augen wie beim Gläserrücken. Mit ihrer übersinnlichen Art erkennt sie in Leonie bestimmt sofort den Terrorgnom und nennt sie »Bombinchen« oder »Stressine«.

»Du bist Leonita, die kleine Löwin.« Ambra dreht sich zur Seite und holt einen gelben Schleier aus einer Kiste, der mir verdächtig nach einer gebatikten Stoffwindel aussieht. Den bindet sie Leonie um ihre kleinen Hüften. Ehe ich mich versehe, liegt ihre Hand auf meinem Kopf.

»Und du bist Nerm. Das bedeutet sanft und weich.« Klingt eher wie eine Abkürzung für Neurodermitis.

»Welcher Name bedeutet denn cool und lässig?«

Ambra sieht mich so verständnislos an, als hätte ich sie nach ihrem Ägyptischdiplom gefragt.

»Tralalala«, singt sie, statt zu antworten, und dreht uns tänzelnd den Rücken zu, um die nächsten Ankömmlinge zu begrüßen. Auch wenn Annes Tochter erst zweieinhalb ist: Dass diese Frau einen Knall hat, begreift selbst ein Kleinkind.

Im Tanzraum erkenne ich einige Gäste und einen Großteil des Personals wieder: Frau Sommer, Psychologe Ainberger, der gerade eine Liste durchgeht, und die Architekten. Herr Béla fehlt beim Tanzkurs. Entweder er muss mal wieder irgendwo aushelfen, oder Frau Sommer befürchtet, dass er beim Tanzen ihren ungeschwängerten Mitarbeiterinnen auf die Pelle rückt.

Anne sitzt im Schneidersitz auf dem mit Futons ausgelegten Boden.

»Gestatten, Nerm und Leonita«, stelle ich uns vor. »Und Sie sind?«

Meine Kollegin sieht mich traurig an und schüttelt den Kopf. Leonita und ich setzen uns neben sie auf den Boden.

»Lukrezia? Gundel? Mimosa?«, rate ich.

Mit gesenkten Augen flüstert sie: »Shakira.«

Ich beiße die Zähne zusammen und male mir die schlimmsten Albtraumszenarien aus, um meine Mundwinkel im Zaum zu halten: Die Welt geht unter, das Universum implodiert, ich werde in eine Außenredaktion nach Oberbayern versetzt.

»Shakira klingt zumindest nicht nach Hüftgelenksdysplasie«, stelle ich fest.

Um Punkt elf Uhr steht das Männer-Frauen-Verhältnis bei drei zu zweiundzwanzig, die Teenagerjungs zählen ja noch nicht.

Ambra schließt die Tür zum Tanzraum und sieht sich voller Vorfreude um – wie ein Menschenfresser, der eine Eltern-Kind-Gruppe zum interkulturellen Austausch begrüßt.

Da öffnet sich die Tür. Herr Fröhlich betritt mit seiner Familie den Raum und murmelt eine Entschuldigung.

»Ein echter Sultan!«, freut sich Ambra. »Mit seiner ganzen Familie!«

Die Fröhlichs setzen sich direkt neben Anne. Mit gefletschten Zähnen nickt mir mein Gegner zu. Ich bleibe höflich und stelle ihn meiner Frau vor.

»Sultan, das ist Shakira, Shakira, Sultan.«

»Halt die ...«, zischt Anne.

Ambra breitet die Arme aus. »Liebe Pharaonen, liebe Fatimas, ihr kleinen Wunderlampengeister, ich lade euch ein in die Welt des ägyptischen Familientanzes.«

Sie verschwindet kurz hinter einem Vorhang und kommt Sekunden später wieder zurück, mit drei täuschend echt aussehenden, offenbar ausgestopften rothaarigen Katzen unter dem Arm.

Dazu hat Ambra noch kleine Schminkstifte mitgebracht. Damit sollen wir uns alle gegenseitig »ein Katzenschnäuzchen« schminken, »zur Einstimmung«. Ein Raunen geht durch die Reihen der Kinder. Hoffentlich hat Leonie ihren Edding auf dem Zimmer gelassen. Ehe ich mich versehe, hat mir Anne rechts und links an die Mundwinkel je drei dicke Barthaare gemalt. Super!

Zögernd lasse ich meinen Blick über die Mütter schweifen, aber keine von ihnen scheint meinen Look ungewöhnlich zu finden. Ambra ordnet die drei Tiere hintereinander an, sodass sie aussehen wie tanzende ägyptische Reliefzeichnungen.

»Tempelkatzen sind die Töchter und Söhne von Bastet, der Katzengöttin«, raunt sie verschwörerisch. Gegen meinen Willen erfahre ich, dass jene Bastet auch für Liebe und schwangere Frauen zuständig ist. Mit diesen Qualifikationen könnte sie hier glatt einen Job kriegen.

Herr Fröhlich zwinkert mir zu, zeigt auf Anne und steckt sich ein Kissen unter das Shirt. Zum Glück sieht Anne nach vorn.

»Katzen sind wie wir«, verkündet Ambra. »Sie brauchen liebe Menschen, damit ihre Familienseele im Feuer der Wahrhaftigkeit entflammt. Wollt ihr alle eure Familienseele entflammen?«

»Jaaa!«, posaunt Herr Fröhlich, und die anderen Eltern nicken eifrig. Bis auf mich.

»Damit ihr euch besser in eure Tempelkatzenseele einfühlen könnt, zeige ich euch einige überlieferte Bewegungen«, kündigt

Ambra an und setzt sich die erste der Katzen auf den Schoß. Sie nimmt eine Pfote in jede Hand und dreht sie mit einem Ruck zu beiden Seiten auseinander. Es knackt.

Ein erschrockenes »Huch!« fährt durch die Kursteilnehmer. Es ist, als hätte Ambra mal eben ein Exempel statuiert. Offenbar verbirgt sich im Innern der toten Katzen ein barbieartiges Plastikskelett. Allerdings bin ich mir nicht sicher, ob man die Gelenke der Tiere schon immer in alle Richtungen drehen konnte.

Nach und nach zieht, quetscht und knickt Ambra die Pfoten der Katzen in die gewünschte Position: drei Katzen, die hintereinander die Arme in verschiedene Richtungen ausstrecken.

Ohne sich groß mit den Grundregeln der Demokratie aufzuhalten, erklärt sie Anne, Leonie und mich zu Freiwilligen, die »den Tempeltanz« vormachen sollen.

Ambra stellt Musik an, die so klingt wie aus dem Hinterzimmer eines Import-Export-Ladens in Kreuzberg. Ich stehe hinter Anne, die sich hinter ihrer Tochter postiert hat. Offenbar hat Ambra mit ihrer Musikauswahl den Geschmack meiner Kollegin getroffen, denn Annes Hüftbewegungen machen Shakira tatsächlich alle Ehre. Leonie dreht sich erstaunt zu ihrer Mama um, ahmt sie dann aber brav nach.

»Anne, du musst die Arme auch nach unten drehen«, erkläre ich ihr. »Sonst verdeckst du mich doch.«

Aber Anne scheint von Shakiras Geist besessen. Statt mir zu folgen, lässt sie weiter ihr Becken kreisen. Dazu hebt und senkt sie die Arme wie die zehnarmige Göttin Kali.

Was soll's? Ist ja erstens nur ein Tanz, zweitens totale Spinnerei, und drittens fühlt es sich gar nicht so schlecht an, wie Anne ihre Kehrseite gegen meine Hüften drückt. Leonie steht zum Glück einen halben Meter vor uns und kriegt nicht mit, dass ihre offiziellen Eltern hier eine hip-hop-videotaugliche Engtanznummer hinlegen. Obwohl ich nie gut darin war, mit Frauen zu tanzen, finden Anne und ich seltsamerweise schnell unseren Rhythmus. Wenn wir uns verlieren, wirkt es eher spielerisch, schon mit dem nächsten Kreisen sind wir wieder eins.

Ambra hält mahnend ihre Katzen hoch. Aus Spaß drosseln

Anne und ich unser Tempo ein wenig und probieren die ägyptischen Posen.

»Gut so!«, höre ich Anne. Keine Ahnung, was dann passiert, aber irgendwo unterhalb meines Bauchnabels wird es warm – nichts Sexuelles, sondern eher so, als würde von dort eine seltsame, friedliche Kraft durch mich hindurchströmen. Sie läuft wie an unsichtbaren Hosenträgern von meinem unteren Bauch durch die Lunge nach oben, zu den Schlüsselbeinen.

Obwohl ich weiß, dass eine ganze Menge anderer Frauen zusehen, gebe ich mich der Musik hin. Das fühlt sich seltsamerweise sehr schön an. Nicht, dass ich jetzt esoterisch werden will, aber irgendwie scheinen Anne, Leonie und ich zum ersten Mal zu harmonieren. Ich könnte stundenlang so weitertanzen.

Doch dann landet Leonies rechter Zeigefinger nach einer kreisenden Bewegung plötzlich in ihrer Nase. Sie bleibt stehen, hält inne und zieht langsam einen dicken Popel heraus, an dem eine zentimeterlange gelbe Schleimspur hängt.

»Popel gefunden!«, verkündet sie freudestrahlend, wischt das Prachtexemplar an ihrem farblich passenden Hüftschleier ab und macht sich auf die Suche nach Nachschub.

Der Tanzlehrerin entgleisen die Gesichtszüge. Mit einem großen Schritt geht sie auf Leonie zu und zieht ihr den Finger aus der Nase.

»Weitertanzen sollst du, kleine Tempelkatze«, befiehlt sie ernst. »Nicht popeln.«

Leonie fängt an zu weinen. Sofort greift Anne nach Ambras Hand. In ihren Augen funkelt jetzt mehr Feuer als in ihrem Hüftschwung. Die schöne ganzheitliche Stimmung ist dahin.

»Haben Sie etwa gerade meine Tochter angefasst?«, fragt sie drohend. »Wissen Sie, was mit Hotelangestellten passiert, die kleine Kinder von Gästen anfassen? Wenn sie ganz viel Glück haben, werden sie nur gefeuert und müssen die Prozesskosten tragen. Aber vielleicht haben Sie ja auch das Kind einer Frau angefasst, die gute Verbindungen zur Presse hat? Dann kann es nämlich richtig böse ausgehen ...«

Die anderen Kursteilnehmer haben längst aufgehört zu tanzen

und warten gespannt, ob sich Ambra gleich auf Anne werfen wird, um ihren sozialen Absturz noch zu verhindern. Ich muss Anne stoppen, bevor sie noch ihren Presseausweis zückt und unsere Tarnung auffliegen lässt.

Zum Glück schreitet die Hoteldirektorin ein.

»Gisela, jetzt reicht es. Das Maß ist voll.«

Die Tanzlehrerin fängt plötzlich an zu schluchzen. Sie greift in ihre graue Mähne und zieht sie mitsamt den drapierten Schleiern herunter: eine Hutperücke.

»Es tut mir so leid«, jammert sie. »Wenn ich eine so glückliche Familie wie euch drei sehe, erinnert mich das immer an das, was ich verloren habe.«

Glückliche Familie? Wie bitte? Ich höre wohl nicht richtig. Ambra lässt sich auf den großen Hintern plumpsen und wälzt sich aus den Schleiern.

»Ihr braucht eure Familienseele nicht zu finden, ihr tragt sie so deutlich in euch, dass sie alles überstrahlt.«

Das sehe ich aber anders.

Ambra erzählt, dass sie schon vor zehn Jahren im alten »Wilden Mannle« gearbeitet habe, als »Exotiktänzerin«. Damals sei sie schön, schlank und so selbstbewusst gewesen, dass ein reicher Gast um ihre Hand angehalten habe. Sie heirateten, bekamen Kinder, die wurden größer und Gisela älter. Irgendwo dazwischen erlosch der Familienfunke, und ihr Mann legte sich eine Geliebte zu. Gisela wurde krank, er wurde krank, dann reichten sie endlich die Scheidung ein.

»Wir machen eine kurze Pause«, unterbricht die Hoteldirektorin sie und nimmt die schluchzende Frau beiseite. Ich nutze die Zeit, um Anne zu beruhigen.

»Ich könnte diese Fettwurst erwürgen«, presst sie hervor.

»Gewalt ist kein Mittel zur Konfliktlösung«, höre ich mich sagen. »Außerdem ist sie schon ganz unten.«

Anne holt tief Luft und sagt einen Satz, den ich ihr nie zugetraut hätte: »Du hast ja recht.«

Frau Sommer räuspert sich ins Mikrofon. Etwa die Hälfte der Teilnehmer des Kurses hat die unfreiwillige Pause dazu genutzt, sich aus dem Staub zu machen. In den Blicken der Übrigen liegt statt anfänglicher Irritation die Vorfreude auf eine weitere peinliche Enthüllung.

Aber auf der Bühne steht nur noch Frau Sommer.

Gisela-Ambra hat unterdessen ihre Sachen zusammengesucht. Sie wirft einen letzten suchenden Blick in den Raum, erkennt aber offenbar, dass sie hier nichts mehr verloren hat, und verschwindet deutlich leiser, als sie gekommen ist.

»Bitte entschuldigen Sie die kleine Unterbrechung«, sagt Frau Sommer. »Es gibt eine kurzfristige Programmänderung. Unsere Gisela, ich meine, Ambra arbeitet ab sofort nicht mehr für unser Haus. Auf eigenen Wunsch.«

Frau Sommer wirkt sehr allein dort oben. Plötzlich scheint ihr ein Geistesblitz zu kommen. Sie geht zur Stereoanlage, kramt eine CD hervor, und wenig später dröhnen die ersten Takte eines Achtzigerjahre-Hits aus den Boxen: »I need a Hero« von Bonnie Tyler. Übergangslos wirft die Hotelchefin ihre distinguierte Zurückhaltung über Bord, springt auf die Tanzfläche und geht ab wie eine Rakete.

Entweder sie will die schlechte Stimmung im Raum mit einer Überdosis Ausgelassenheit bekämpfen, oder eines der älteren Kids hat ihr in der Pause Ecstasy in den roten Tee geschmissen. Aber offenbar hat es genau so einen Ausraster gebraucht, um die Reserviertheit der Gäste aufzuheben, denn einige Kinder lassen sich von der entsicherten Direktorin anstecken, die Eltern folgen.

Auch ich will Anne auf die Tanzfläche ziehen, denn irgendwie war es schön, sich mit ihr und Leonie zu bewegen. Doch Herr Fröhlich hat von der anderen Seite bereits Annes Hand genommen. Seine Frau tanzt unterdessen mit den Kindern. Meine Frau wirft mir einen entschuldigenden Blick zu.

»Nur einen Freudentanz mit der werdenden Mutter«, bittet Herr Fröhlich. Also schnappe ich mir Leonie und drehe mich mit ihr, dass sie nur so jauchzt. Anne und Herr Fröhlich tummeln sich unterdessen in einem sehr sportlichen Discofox. Perfekt ausgeführt, aber seelenlos. Dabei grinst der Kerl wie ein Tanzlehrer. Anne dagegen sieht nicht sehr glücklich aus.

Als der Song leiser wird und schließlich unwiderruflich im letzten Takt endet, packen die ersten Eltern ihre Kekse, Kuscheltiere und Trinkfläschchen zusammen. Nach dieser nur mäßig geglückten Tanzkursrettungsaktion scheint es allen recht zu sein, wenn wir die Angelegenheit vertagen – um ein paar Jahrhunderte. Aber Direktorin Sommer greift zum Mikrofon. Sie wirkt etwas unsicher.

»Wollt ihr etwas singen?«

Im Gegensatz zu den Eltern kennen die Kinder diese Frage aus ihren Krippen, Horten und Kitas nur zu gut. Sie wissen, dass es darauf nur eine Antwort gibt: »Jaaaa!«

Die Gesichter der Eltern rufen das Gegenteil.

»Wenn alle zusammen singen, dann kommt gleich Freude auf«, verkündet Frau Sommer wie aus einem Wandervögelleitfaden. »Erst mal sind die Eltern dran: Jeder stimmt ein lustiges Lied an, das er noch aus der Kindheit kennt, und die anderen singen mit.«

Jetzt reicht's. Ich mache mich hier nicht länger zum Affen. Leonie sitzt auf Annes Schoß und schaut gebannt nach vorn. Herr Fröhlich diskutiert leise mit seiner Frau, und die anderen sind eh mit sich beschäftigt: Zeit zu gehen.

Kaum bin ich aufgestanden, höre ich Frau Sommers Stimme durch die Boxen: »Da haben wir ja schon den ersten Freiwilligen: Herrn Hartmann! Brauchen Sie ein Mikrofon?«

Auf einmal stehe ich im Mittelpunkt. Vehement schüttele ich den Kopf und strecke abwehrend die Hände aus. »Nein danke, ich wollte nur schnell mal raus!«

Ein enttäuschtes »Oooh!« läuft durch die Reihen der Mütter und Väter. Aber ich werde hier auf keinen Fall ein Lied zum Besten geben. Mich plagt ein Vorsingtrauma, seit mein Stimmbruch vor zwanzig Jahren ausgerechnet im Sommerkonzert des Schulchors einsetzte.

Die Eltern, die nah an meinem Weg zur Tür sitzen, rücken jetzt in meinen Notausgang und versperren mir den letzten Ausweg.

»Das gibt Extrapunkte«, zischt mir Frau Sommer zu. Offenbar wird der Bubsiwettbewerb hier als Standarddrohung missbraucht. Muss ich mir merken, wenn Anne mich das nächste Mal aufs Sofa verbannt.

Ich suche ihren Blick, damit sie mir zur Hilfe eilt und den ersten Gesangspart übernimmt. Mütter können so etwas ja immer. Stattdessen nickt mir Anne aufmunternd zu, und Leonie plinkert mit ihren großen Augen.

»Bitte, Papa«, sagt sie mitten in die Stille.

Mit einer langen Geste, die ich mir wahrscheinlich in einem vorherigen Leben bei Julio Iglesias abgeschaut habe, deute ich durch den ganzen Raum und ende auf der Kleinen. Dazu säusele ich: »Das Lied ist für dich, meine Tochter …«

Leider ist mir auch am Ende der langen Geste noch immer kein Lied eingefallen: nur ein paar Charthits aus meiner Jugend und »Schlaf, Kindlein, schlaf«. Aber wenn ich hier weiter tatenlos herumstehe, sind die eh alle eingeschlafen. Hauptsache, im Lied kommt das Wort »Kind« vor oder »Kleines« oder so. Ich öffne einfach mal den Mund und schaue, was rauskommt.

»Come, baby, come, baby, baby, come, come!«

Erstaunte Blicke mustern mich. Ein paar Väter grinsen, ein Teenager mit Baggypants tut so, als würde er sich den Finger in den Hals stecken, aber davon lasse ich mich nicht entmutigen.

»Well, you gotta gimme lovin' and you gotta gimme some«, rappe ich weiter.

»Das ist doch lächerlich«, ruft Herr Fröhlich. Von wegen. Der hat doch überhaupt keine Ahnung von Hip-Hop. Der Refrain ist schon mal ganz gut angekommen, wie beginnt der Song noch mal? Genau!

»Bounce, come on, bounce«, fordere ich die Leute zum Springen auf. Leonie steht aus dem Schoß ihrer Mutter auf und hüpft. Obi macht es ihr nach.

Jetzt steht sogar Herr Fröhlich auf. Die Adern an seinen Schläfen treten deutlich hervor. »Das ist doch totaler Mist!«

Ich stutze. Wie bitte? Mist? Das war der Sommerhit des Jahres 1993!

Mein Widersacher baut sich direkt vor Leonie auf und beginnt mit fester Baritonstimme zu singen: »Es tanzt ein Bi-Ba-Butze-mann in unserem Haus herum, fidibum.«

So nicht, mein Lieber. Jetzt bin ich an der Reihe, auch wenn ich mich nicht darum gerissen habe.

Ich habe diesen Auftritt als Rapper angefangen, ich werde diesen Auftritt als Rapper zu Ende bringen.

»Willst du Beef mit mir?«

Er grinst. »Beef? Zum Abendessen vielleicht.«

Keiner lacht. Schon gar nicht ich. Am liebsten würde ich Herrn Fröhlich mit Schimpfwörtern überschütten, die altgediente serbische Freischärler zum Weinen bringen, aber dann wäre ich ein schlechter Vater. Muss in meiner Rolle bleiben und trotzdem Rapper sein. Schwierige Aufgabe.

»Dummkopf«, zische ich ihm leise zu. Das wird ja wohl noch erlaubt sein. Herr Fröhlich schaut erschrocken.

»Blödi«, kontert er und blickt gleich ängstlich in die Runde. Ein paar Kinder kichern. Seine Frau nickt ihm auffordernd zu.

»Doofi«, entgegne ich.

»Spargeltarzan.«

»Heulsuse.«

»Dumme Nuss.«

»Blödmann!«

»Angsthase!«

»Pfeffernase!«

»Mamabubi!« Das saß. Herr Fröhlich wirkt plötzlich gar nicht mehr so fröhlich, sondern eher kampflustig. Da habe ich wohl einen wunden Punkt getroffen.

»Du Wichser!«, entfährt es ihm.

Wo kam das denn jetzt her? Er presst sich die Hand vor den Mund. Zu spät. Sofort drehen sich zehn kleine Gesichter fragend zu ihren Müttern. Auch Frau Fröhlich schüttelt erschrocken den Kopf. Tochter Paula dagegen grinst bis über beide Ohren. Schon höre ich das erste Stimmchen. Es gehört Obi.

»Wichser, Wichser«, wiederholt er fröhlich. Die Architekten-mutter funkelt Familie Fröhlich wütend an. Psychologe Ainber-ger trennt eine ganze Seite in seinem Lederbuch heraus, knüllt sie zusammen und wirft sie in einen Mülleimer. Aus einer Ecke höre ich den Architekten erschrocken flüstern: »Mixer, der Mann hat Mixer gesagt.«

»Hat er nicht.«

Herr Fröhlich schlurft hängenden Kopfes zu seiner Familie, die ihn wie den Viertplatzierten aufnimmt. Das ist der Träger des Goldenen Bubsi wohl nicht gewohnt.

Anne nickt mir stolz zu und reckt den Daumen nach oben. Zum ersten Mal in meinem Leben fühle ich mich pädagogisch wertvoll. Man kann Konflikte tatsächlich mit Worten lösen. Die erste große Hürde zum Platinbubsi ist genommen.

Ein paar Mütter stehen auf und verlassen mit ihren Kindern den Raum. Leonie kommt zu mir und greift meine Hand.

»Come, baby, come«, brabbelt sie und zieht mich nach draußen.

Autsch, ich habe Rücken. Kann mich nicht bewegen. Verdammte Designercouch. Und das alles nur, weil dieses Kind nicht einmal im eigens dafür vorgesehenen Gitterbett schlafen kann! Ich versuche, mich aufzurichten. Ein stechender Schmerz schießt von der Mitte meiner Wirbelsäule nach unten bis in die Zehen und nach oben in den Nacken.

Langsam öffne ich die Augen. Die Sonne scheint durch die dünnen weißen Gardinen ins Zimmer. Kleine Staubpartikel tanzen in einem Lichtstrahl, der auf Annes Bett fällt. Meine Kollegin schläft noch, aber ihre Tochter ist schon wach und versucht, die winzigen Staubsternchen zu fangen, grapscht in den Lichtstrahl, schaut in ihre leere Hand und greift erneut. Ein friedliches Lächeln liegt auf ihren Lippen.

Leonies langsame, fließende Bewegungen sehen aus wie Tai-Chi. Ich will sie eigentlich gar nicht stören, aber wenn jemand Anne schnell wecken kann, dann ihre Tochter.

»Leonie!«, zische ich. Sie schaut zu mir herüber. Als sich unsere Blicke treffen, lächelt sie vorsichtig.

»Schnee!«, erklärt sie mit ernstem Gesicht und versucht, den nächsten Staubpartikel zu fangen.

»Hilfe«, hauche ich.

Leonie sieht mich verständnislos an.

»Hipfe?«, fragt sie.

»Hilfe!«, wiederhole ich – auch wenn mir ein zweieinhalbjähriges Kind wohl kaum helfen wird.

Leonie nickt langsam. Dann zeigt sie ein Grinsen, das aussieht wie Milchzähnefletschen.

»Hüpfen!«, ruft sie, rutscht in Bauchlage über die Bettkante, steht kurz wackelig auf dem Boden und rennt auf mich zu.

»Nein, ich ... Leonie ... Hilfe!« Mit beiden Händen zieht sie sich auf das Sofa, kniet auf meinem Rücken und gluckst vor Freude.

»Nicht hüpf…«, beginne ich flehentlich, aber da springt sie schon auf meiner Wirbelsäule herum, als wäre ich der Freizeitpark Oberreith und mein Rücken das Kindertrampolin.

Ich schreie vor Schmerzen. Leonie brüllt mit mir um die Wette. Ganz klar, sie hat meine Geschichte vom Terrorgnom zum Vorbild genommen. Aus den Augenwinkeln sehe ich, wie sich Anne aus dem Bett erhebt. Sie reibt sich die Augen.

»Was ist denn das für ein Lärm?«

»Hilfe!«, wiederhole ich.

Anne sieht zu uns herüber. »Wie schön! Ihr habt euch angefreundet!«


Nach zwei Stunden im Massageraum beruhigt der Bademeister meinen Rücken schließlich mit einer wärmenden Moorpackung.

»Ist bloß ein Hexenschuss«, diagnostiziert er.

»Ich wüsste schon, von welchem Hexchen«, bemerke ich und schaue zu Leonie und Anne hinüber, die sich auf einer Yogamatte mit einem wurstartigen Stillkissen eine Art Trutzburg gebaut haben.

»Sie wollte doch nur spielen«, behauptet Anne.

»Das sagen die Kampfhundebesitzer auch immer.«

Das Hexchen umklammert das Bein ihrer Mutter, schiebt die Unterlippe vor und schlägt die Augen nieder. Eine dicke Träne rollt an ihrer linken Pausbacke hinunter. Anne sieht mich mit strafendem Blick an. Schon kapiert.

»Komm, Terrorgnom«, locke ich versöhnlich. »Ich bringe dir ein neues Wort bei.« Die Kleine schaut scheu hinter ihrer Mutter hervor. Ich lasse meine Augen durch den Massageraum schweifen. Mein Blick bleibt an dem Plakat eines Pärchens beim Saunagang hängen. Die beiden tragen ja nur Handtücher um die Hüften. Unter dem Motiv steht »Sauna für die Seele«. Ich deute auf die Brust der Frau.

»Das ist ein Busen, Leonie«, sage ich.

»Busen«, wiederholt sie und nickt.

Anne schaut mich mahnend an und macht die Reißverschluss-geste.

Leonie deutet auf das Dekolleté ihrer Mutter. »Mama kleiner Busen«, stellt sie fest.

Anne kneift grimmig die Augen zusammen.

Der Bademeister und ich grinsen uns einen. Meinem Rücken geht es gleich um einiges besser.

»Bewegung und Wärme tun Ihnen gut. Sie sollten sich heute viel bewegen und in die Sauna gehen«, rät mir mein neuer Freund und dreht mich auf die linke Hüfte, sodass ich mich aufrichten kann. »Sieht aber schon viel besser aus.«

Stolz lächle ich Anne und Leonie an. Die Kleine deutet mit dem Zeigefinger auf meinen nackten Oberkörper und grinst ebenso stolz.

»Caspar großer Busen«, stellt sie fest.

Jetzt ist es Anne, die mit dem Bademeister um die Wette grinst. Dabei hat der deutlich mehr Oberweite als ich.

Auf dem Rückweg durch die Lobby greift Leonie mit links die Hand von Anne und mit rechts die meine. Ein fremder Vater nickt mir zu, ein anderer lächelt anerkennend. Das Architekten-paar grüßt, und sogar Obi winkt. Die perfekte Tarnung! Sollte irgendjemand daran gezweifelt haben, dass wir eine echte Fami-lie sind, so haben wir ihn jetzt überzeugt.

An der Rezeption checkt gerade ein grau melierter Manager mit auffällig breitem Kreuz ein. Er trägt eine lederne Reisetasche über der stämmigen Schulter.

»Ich würde Ihnen ja gern ein anderes Apartment anbieten«, erklärt ihm Jeannie, »aber wir haben leider keine günstigen Ein-zelzimmer mehr frei.«

Der Anzugheini entgegnet: »Geld spielt keine Rolle.«

Nach der Massage bin ich einfach zu entspannt, um mich über so einen Prahlhans zu ärgern. Gleichmütig lächle ich zu Anne hinüber und deute mit dem Kopf verächtlich zu dem Schlipsträ-ger. Dann fasse ich mit der anderen Hand Leonies Ellbogen und bedeute Anne, das Gleiche zu tun.

Ich erkläre Leonie das Spiel »Engelchen, Engelchen, flieg«, das ich als Kind geliebt habe: an der Hand von Mama und Papa hoch in die Luft zu steigen. Aber Anne macht keine Anstalten mitzuspielen. Sie starrt mit offenem Mund zum Schlipsträger hinüber.

Ich sehe Leonie an. »Möchtest du mit Mama und Papa ›Engelchen, Engelchen, flieg‹ spielen?«

»Papa«, sagt Leonie leise. Geht doch.

Blöderweise sieht sie dabei nicht mich an, sondern starrt wie ihre Mutter zur Lobby hinüber. Jetzt lässt Leonie unsere Hände los.

»Papa!« ruft sie erneut – und rennt voller Freude zu dem großen Fremden. Der Bodybuilder geht in die Knie, breitet seine dicken Arme aus, fängt Leonie auf und drückt sie an sich.

»Überraschung!«, ruft er und freut sich, als wäre er selbst überrascht worden. Anne zuckt entschuldigend mit den Achseln und rennt dem Kerl ebenfalls in die Arme.

»Was machst *du* denn hier?«, ruft sie.

Der Kerl strahlt breit zurück und säuselt keck: »Ist rein beruflich.«

Ich stehe da und überlege, mal allein eine Runde »Engelchen, flieg« zu spielen. Und zwar aufs Zimmer. Aber noch haben die anderen Gäste nichts gemerkt. Vielleicht denken sie, wir haben einen guten Bekannten getroffen. Irgendwie wird es mir schon gelingen, mich aus der Nummer rauszuquatschen.

Jetzt küsst Anne den guten Bekannten auf den Mund, streichelt ihm zärtlich über das Gesicht und flüstert mit kaum glaubhafter Empörung: »Ich habe dir doch gesagt, dass du mich hier nicht überraschen sollst.« Noch ein langer Kuss, wie beim Happy End einer TV-Romanze.

»Aber ich habe dich doch so, so, so doll vermisst, mein kleiner Dickmops«, säuselt der Typ.

Ade, perfekte Tarnung, willkommen, Annes Verlobter. Wahrscheinlich hat sie ihm in ihren Telefonaten so sehr die Ohren vollgenölt, dass er persönlich das Revier abstecken wollte. Auch ich bekomme Herzklopfen – allerdings eher aus Angst, dass alles auffliegen könnte. Ich will meine Nachtlebenkolumne!

Jeannie sieht vom Empfangstresen erstaunt zu mir herüber. Ich grinse und nicke gleichmütig, als wären wir eine große Hippie-familie und ich mit den Regeln der freien Liebe bestens vertraut. Bin ich aber nicht.

Es gibt ja so Typen, die kann man auf den ersten Blick nicht leiden. Auf den zweiten wird es leider auch nicht besser. Was hat der hier zu suchen? Er gefährdet unseren Auftrag. Als ich vor ihm stehe, mustern wir uns wie Obama und Osama oder wie Angelina Jolie und Jennifer Aniston. Doch statt ihm die Flasche Robby-bobbys Blubberspaß über den Kopf zu hauen und ihn anschließend mit dem scharfkantigen Flaschenhals aufzuschlitzen, strecke ich ihm die Hand hin.

Da er meine angebliche Tochter in der einen und meine angebliche Frau in der anderen Hand hält, hat er keine mehr für mich frei und wirft mir nur einen gekünstelt-entschuldigenden Blick zu. Also stecke ich meine Hand wieder weg.

»Caspar Hartmann«, stelle ich mich vor. »Sie müssen Mr. Perfect sein?«

Mein Gegenüber lächelt wie ein Sieger, dem gerade der Zweit-platzierte gratuliert.

»Leonhardt«, sagt er und deutet auf die Kleine. »Wie Leonie, nur größer und härter. Ich bin ihr Vater.«

Mit hochgezogenen Augenbrauen überspielt Jeannie an der Rezeption höchst mäßig, dass sie jedes Wort verstanden hat. Anne löst sich endlich aus der Umarmung und kehrt zögernd zurück an meine Seite. Leonie dagegen bleibt auf Papas Arm. Ich schaue Annes Verlobten erstaunt an, als hätte ich ihn vorhin nicht richtig verstanden.

»Ihr Vater, sagten Sie? Wie schön. Dann haben wir ja etwas gemeinsam.«

Mr. Perfect scheint den Subtext nicht begriffen zu haben, denn er sieht mich fragend an. Anne flüstert ihm etwas ins Ohr. Jetzt geht ihm ein Licht auf, und er zwinkert mir zu, als wäre das Ötz-tal Moskau und wir beide amerikanische Geheimagenten. Er setzt Leonie auf den Boden.

»Komm, Leonie, Süße, geh mal, hihi, zum Papa«, sagt er grin-send.

Widerwillig kehrt Leonie zu mir zurück.

Nun stehen wir da, wie Adoptiveltern vor dem leiblichen Vater, der sich nicht von seinem ehemaligen Kind trennen kann.

Jeannie, die bis eben voll und ganz mit ihrem Computer beschäftigt war, durchbricht die Stille.

»Die Reicher-Onkel-Suite wäre noch frei«, erklärt sie. Wir schauen verdutzt. Die Rezeptionistin zuckt verlegen mit den Schultern. »Früher hieß die Präsidentensuite, aber seit wir ein Familienhotel sind, hat unsere PR-Managerin für alle Zimmer neue Namen erfunden.«

»Bestimmt eine tolle Frau«, vermute ich ätzend. Meine Laune ist im Keller, drittes Untergeschoss.

»Sie werden sie lieben«, murmelt Jeannie und unterdrückt ein Kichern. Doch für Albernheiten habe ich jetzt keine Zeit. Ich muss zusehen, dass ich meine Tarnung auf die Reihe und Mr. Perfect aus dem Weg kriege.

»Reicher Onkel passt super«, meint mein Kontrahent und unterschreibt, ohne hinzuschauen, die Formulare von Jeannie so jovial, als würde er den Urlaubsantrag seiner Sekretärin abzeichnen. Dabei verspricht er mir im Flüsterton, dass er den Schein wahren wolle – »für Anne und ihre Halbtagsstelle, nicht für dich«. Einerseits hasse ich Leute, die mich ungefragt duzen, andererseits gehört er ja zur Familie.

»Tut einfach so, als wäre ich nicht da. Ich verhalte mich ganz unauffällig.« Wahrscheinlich hat er deshalb die Präsidentensuite gebucht. Er gibt Jeannie das Formular zurück und starrt sie an, als wäre er Hypnotiseur.

»Ich bin übrigens der Patenonkel von der Kleinen und habe sie so sehr vermisst, dass ich sie unbedingt sehen musste.«

»Er mag sie halt so«, ergänzt Anne.

Jeannies Augenbrauen bleiben hochgezogen. »Natürlich.«

Mr. Perfect schultert seine Ledertasche.

»Ich werde mich mal frisch machen. Und ihr?«

Ich schaue Hilfe suchend zu Jeannie und bleibe an dem kleinen Aufsteller mit Wanderflyern hängen.

»Wir gehen wandern«, beschließe ich. Hauptsache, weg von

diesem Typen. Anne sieht mich irritiert an und imitiert wieder diese Rückenleidengeste, die sie schon bei der Abreise nachgeäfft hat. Ich rolle mit den Augen.

»Der Bademeister hat gesagt, ich soll mich bewegen.«

Sie deutet hinüber zu Leonie. »Und was ist mit ihr?«

»Kommt in den Kinderwagen«, bestimme ich und fühle mich allmählich wieder etwas mehr wie der Paterfamilias.

»Auf dem Hinweg habe ich ein paar dunkle Wolken überholt«, mahnt Mr. Perfect. »Vielleicht solltet ihr lieber nur einen kurzen Spaziergang machen.«

Das hätte er wohl gern. Ich würde am liebsten so weit von ihm wegwandern wie möglich. Außerdem strahlt der Himmel in verlockend wolkenlosem Hellblau.

»Danke, aber ich gehe nicht zum ersten Mal zu Fuß«, kontere ich. Als Kind musste ich immer mit meinen Eltern in den Alpen herumkraxeln, obwohl ich die Latscherei gehasst habe. Dass diese Urlaube mittlerweile zwanzig Jahre her sind, braucht er nicht zu wissen.

Mr. Perfect zuckt so locker mit der Schulter, als würde er das Gewicht seiner Tasche darauf überhaupt nicht bemerken.

»Dann ist ja alles prima«, sagt er, gibt Leonie und Anne noch je einen Kuss und geht zu den Aufzügen. Wäre kein Wunder, wenn er stecken bleibt. Sein Ego wiegt schwerer als die zulässige Gesamtpersonenzahl.

»Das tut mir total leid«, flüstert mir Anne ins Ohr. »Ich habe dir ja gesagt, dass er mit anderen Männern in meiner Nähe nicht so gut klarkommt.«

»Alles im Griff«, beruhige ich Anne, die mich verlegen ansieht. Ich stelle mich an die Rezeption, zücke mein Portemonnaie und lege einen Fünfzig-Euro-Schein auf die Theke. Jeannie schaut verwundert.

»Der ist für Ihre Diskretion«, sage ich und nicke ihr aufmunternd zu. Sie zögert, deshalb wiederhole ich mit der einen Hand die bewährte Reißverschlussgeste, während ich mit der anderen hinter Mr. Perfect herdeute.

»Nicht, dass es wichtig wäre, aber das ist tatsächlich Leonies

Patenonkel, Annes Bruder, mein Schwager, nur falls jemand fragt.«

Mr. Perfect steigt in den Lift. Der Psychologe tritt heraus. Jeannie lässt schnell das Geld unter ihrer Hand verschwinden und nickt kurz.

Ainberger bleibt direkt vor uns stehen und mustert mich mit einem Blick über den Brillenrand.

»Stehen Sie unter starkem psychischem Stress? Sie atmen so flach.« Wenn der mitkriegt, dass Leonies echter Vater angereist ist, kann ich den Familiencontest vergessen. Geistesgegenwärtig zieht Anne eine Windel aus ihrer Umhängetasche und deutet damit auf Leonie.

»Mein Mann hat eine sehr sensible Nase«, lügt sie. »Er riecht eine volle Windel vor allen anderen.« Ich nicke treudoof und schaue so naiv wie möglich.

»Ich wollte damit sogar schon mal zu ›Wetten, dass ...?‹«, erkläre ich. Jetzt nickt Anne drauflos, als hätte ich gerade das klügste Statement der Menschheit abgegeben. Die Hand des Psychologen wandert weg vom Lederbüchlein. Er grüßt und geht weiter.

Ich deute dem Chefjuror hinterher. »Hat er eigentlich die Sache mit den Schnullern mitbekommen?«, frage ich Jeannie.

»Noch nicht.«

Ein weiterer Fünfzig-Euro-Schein wechselt den Besitzer.

»Eine Frage noch: Wo stehen eigentlich die Kinderwagen?«

»Im Kinderwagenraum.«

»Kann ich mir da einfach einen nehmen?«

»Nein, das wäre Diebstahl. Den anderen Eltern würde das nicht gefallen. Haben Sie denn keinen eigenen mitgebracht?«

»Siehste!«, zischt Anne und verdreht die Augen.

»Sie können die Kleine doch in die Kinderbetreuung im ersten Stock geben«, schlägt Jeannie vor. »Die geht bis heute Abend um sechs.« Kind abgeben klingt super. Ich beschließe, mich später mal kurz in sie zu verlieben – sobald ich geschieden bin.

»Das ist doch eine gute Idee, Schatz. So können wir endlich mal wieder etwas zu zweit unternehmen.«

Anne dreht auf dem Absatz um und zieht Leonie hinter sich

her in Richtung Aufzug. Im Lift hängt noch der Herrenduft von Mr. Perfect: »Le Male« von Gaultier. Ich kann ihn wirklich nicht riechen.

Die knallrote Tür zur Kinderbetreuung steht weit offen. Anne, Leonie und ich betreten ein etwa dreißig Quadratmeter großes Zimmer. Darin stapeln sich Kindermobiliar, Spielzeug, Bücher, eine Tafel mit bunter Kreide, ein Kaufladen, eine Miniküche, sogar eine kleine Schaukel hängt an Seilen von der himmelblau bemalten Decke. Auf dem Boden liegt ein großer bunter Teppich, der offenbar aus Restbeständen ausgemisteter Kinderzimmer zusammengeflickt wurde. Ich identifiziere einen eingearbeiteten Spiegel, eine Rassel, mehrere Kuscheltiere, Knisterfolie und sogar durchsichtige Plastikstücke. Was mich aber am meisten irritiert, sind die kleinen Ausbeulungen, die aussehen, als würden sich unter dem Teppich Mäuse verstecken. Oder Reste von Kindern, die nach der letzten Saison unter den Teppich gekehrt wurden. Es gibt nur einen Weg herauszufinden, was unter den Hügeln steckt: Ich trete einfach mal drauf.

Es quietscht. Leonie, die mich staunend beobachtet hat, lässt Annes Hand los, begibt sich auf Mäusetritttour und hüpft von einer Erhöhung zur nächsten. Das Zimmer gefällt ihr offenbar sehr gut, hier gibt es ja auch alles, was das Kinderherz begehrt. Nur keine Betreuerin. Ich lasse meinen Blick durchs Zimmer schweifen. Vielleicht wurde sie versehentlich in den Teppich eingenäht?

Leonie bleibt ein paar Meter vor uns stehen und mustert einen großen Schrank mit Bilderbüchern. Sie ist ganz aufmerksam, irgendetwas daran scheint sie zu fesseln. Aber was?

Plötzlich springt ein Mann mit einer Papphundemaske hinter dem Schrank hervor.

»Buh!!!«, brüllt er und stampft wenige Zentimeter vor Leonie mit dem Fuß auf, dass es nur so rumst. Leonie erschrickt fast zu Tode, ihre Gesichtszüge verharren eine Millisekunde in Schockstarre, dann brüllt sie los, wie ich es noch nie gehört habe.

Der Kerl trägt die einteilige graue Arbeitskluft des Hausmeisters. Ich gehe in Kampfstellung. Habe früher mal Karate gemacht, mit etwas Glück lande ich den ersten Schlag, bevor sich Hasso in meinen Fuß verbeißen kann. Vor meinem inneren Ohr höre ich schon das lustige Quietschen, das der Teppich von sich geben wird, wenn der Kerl gleich aufschlägt.

»Aus!«, ruft Anne laut.

Anstatt mich anzugreifen, bleibt der Typ einfach stehen wie ein begossener Pudel. Anne nimmt die rhythmisch schluchzende Leonie auf den Arm und versucht, sie zu beruhigen. Der Hundemann breitet die Arme aus. Leonie heult noch lauter.

»Habe ich Mist gebaut, Scheiße«, höre ich eine todtraurige Stimme hinter der Maske. Sie hat einen ungarischen Akzent.

»Sseiße«, wiederholt Leonie zwischen zwei Schluchzern. Anne hält ihrem heulenden Kind die Ohren zu.

»Herr Béla, sind Sie das?«

Mit beiden Händen nimmt der Mann die Maske ab. Darunter kommt der Hausmeister und Kellner des Hauses zum Vorschein. Offenbar ist er neuerdings auch noch Kindermädchen.

»Was soll denn diese Verkleidung?«, herrsche ich ihn an. »Sie haben Leonie fast zu Tode erschreckt!«

»Erzieherin ist jetzt auch schwanger. Muss ich einspringen.«

»Ja, aber das sollten Sie nicht so wörtlich nehmen.«

»In Ungarn Kinder mögen Erschrecken.«

»Ja, hier auch, aber mit etwas weniger Einsatz, bitte. Was soll diese Verkleidung?«

»Ist grau. Wie Hunde im Sprichwort.«

»Sie meinen, wie in: Nachts sind alle *Katzen* grau?«

Herr Béla zeigt Leonie seine Maske. »Hund?«, fragt er versöhnlich.

Leonie wirft sich in den nächsten Brüllanfall.

»Die reparieren wir«, meint Herr Béla und will Leonie auf den Arm nehmen, aber Anne dreht sich mit ihr weg. Durch zusammengebissene Zähne zischt sie mir zu: »Ich werde meine Tochter auf gar keinen Fall allein mit diesem Irren ...«

»Ungar«, beharrt Herr Béla treuherzig. »Ich bin Ungar.«

»Sie können froh sein, dass ich meine Tochter auf dem Arm habe, sonst würde ich Sie erwürgen, Sie Muskelprotz«, ruft Anne wütend. »Hundert Watt in den Armen, aber in der Birne brennt kein Licht!«

Ob sie das auch schon mal zu ihrem Verlobten gesagt hat?

Herr Béla lächelt, wie er es offenbar immer macht, wenn er kein Wort verstanden hat. Anne dreht sich auf ihren absatzlosen Schuhen um und stürmt mit der schluchzenden Leonie aus der Kinderbetreuung.

»Frauen«, sage ich und zucke mit den Schultern.

Herr Béla sieht mich mit entrücktem Gesichtsausdruck an.

»Sie ist toll. So stolz.«

Kurz überlege ich, ihm ein Leckerchen zu geben, weil er Anne aus der Reserve gelockt hat. Andererseits habe ich seinetwegen nun doch Leonie an der Backe.

Ich verlasse nachdenklich das Zimmer. Herr Béla sieht mir hinterher. Als ich mich noch einmal umdrehe, ist er verschwunden, wahrscheinlich wieder hinter den Schrank.

An der Rezeption steht Anne neben Jeannie und Leonie. Aus dem Mund der Kleinen ragt der weiße Pappstiel eines Lutschers. Auf dem Boden steht eine Art Cabriorucksack.

»Was ist denn das?«, will ich wissen.

Die Frauen sehen mich erstaunt an. Anne hebt das Teil hoch. »Eine Kraxe, du Depp. Für Leonie.«

Ich muss an die Bilder von Eingeborenen denken, die ihren Nachwuchs in Bambusgestellen auf dem Buckel herumschleppen. Hatte nicht sogar Ötzi, die traurige Mumie des Ötztals, so ein Ding dabei? Ist er vielleicht sogar unter dem Gewicht seiner Kraxe tot zusammengebrochen?

Anne wühlt die Verschlüsse, Riemen und Taschen beiseite, dann setzt sie Leonie in die Trage.

»Aber mein Rücken«, wende ich ein.

»Du musst das Gewicht auf den Hüftgurt verlagern, dann belastet es dein Kreuz nicht.«

Sie befiehlt mir, mich vor die Kraxe auf den Boden zu hocken, das Ding umzuschnallen und hochzukommen.

»Oder soll ich Leonhardt bitten, uns zu helfen?«

»Auf gar keinen Fall.«

Der Weg in die Armschlaufen erweist sich als Kraftakt. Dann bin ich drin. Vorsichtig lehne ich mich nach vorn, um Leonies Gewicht auszugleichen. Mit einer Hand greife ich den Empfangstresen und ziehe mich hoch. Kaum habe ich mich aufgerichtet, höre ich direkt hinter meinem Kopf ein Glucksen und dann Leonies Stimme: »Bin groß geworden.«

Anne lacht erleichtert. Mir ist allerdings nicht nach Lachen zumute, denn ich habe das Gefühl, mir hämmert jemand kleine Nägel in die Wirbelsäule. Wahrscheinlich Leonie. Aber lieber schleppe ich im Alleingang meine Alibitochter im Rucksack über die Berge, anstatt sie hier den ganzen Tag mit Mr. Perfect zu teilen. Job ist Job.

Wir lassen uns von Jeannie erklären, wo wir den »Familienwanderweg zur Marendalm« finden.

Die Sonne strahlt, als wir das Hotel verlassen, der blaue Himmel lässt mich kurz das Gewicht vergessen, das auf meinen Schultern lastet.

Doch schon an der ersten Kreuzung scheiden sich die Geister. Anne glaubt, zur Marendalm müsse man die kleine Asphaltstraße nehmen, die links neben dem herrlich steinigen Bergweg in die Natur gefräst wurde.

»Wir stimmen ab«, schlägt sie vor. Ohne meine Reaktion abzuwarten, zeigt sie mit dem Finger auf Leonie, dann auf sich und zählt: »Eins, zwei für links.« Dann deutet sie auf mich: »Leider nur eine Stimme für rechts. Keiner sonst?« Anne dreht sich suchend um, zuckt mit den Schultern und begibt sich nach links auf den Asphaltweg.

Moment einmal, wir sind hier nicht im italienischen Parlament.

»Du weißt doch gar nicht, wofür Leonie stimmt. Sie zieht die ganze Zeit an meinem rechten Ohr, also will sie nach rechts gehen.«

Anne bleibt stehen. »Ich bin ihre Mutter.«

»Und ich bin ihr Vater.«

»Bist du nicht. Links ist richtig, hat Jeannie gesagt.«

»Später ist links richtig. Erst mal müssen wir auf einen Wanderweg kommen. Dein Weg sieht eher so aus, als führte er direkt auf die Autobahn.«

»Na gut, wenn du dir so sicher bist. Aber wehe, wir verlaufen uns!«

»Ist es eigentlich üblich, dass man sich in einer Beziehung ständig bedroht?«

»In unserer schon.«

Anne schimpft noch etwas weiter, aber das höre ich zum Glück nicht mehr, denn Leonie hat mir ihre kleinen Finger bis zum zweiten Knöchel in die Ohren gesteckt.

Schweigend gehen wir die nächsten hundert Meter bergauf. Leonie scheint den Ausflug zu genießen, entstöpselt meine Ohren, deutet auf alles, was sie sieht, und plappert munter drauflos. Sie entdeckt einen »Taktor«, dann: »Oh, eine Kuh!« Ich versuche Leonie mal wieder dazu zu bringen, mich Papa zu nennen – jetzt wo wir uns auch körperlich so nah sind. Wenigstens, um Mr. Perfect zu ärgern. Aber sie weigert sich. Leider habe ich die Gummimannles im Hotel vergessen.

Also starre ich weiter mit gebeugtem Rücken auf meine Füße, die sich Schritt um Schritt nach oben kämpfen. Ich muss mich auf regelmäßiges Atmen konzentrieren. Anne marschiert straff vorneweg.

»Na, wer ist jetzt das wilde Mannle?«, foppt sie mich. Das muss ich mir nicht bieten lassen. Ich mobilisiere alle meine Kräfte. Auf der ersten Anhöhe habe ich sie eingeholt. Blöderweise endet der Weg hier in einer Wiese.

»Wir können ja einen Eingeborenen fragen«, schlage ich vor. Leider ist weit und breit kein Mensch zu sehen – nicht mal Eltern mit Kindern. Die trifft man ja sonst überall. Anne deutet den Weg hinunter, den wir uns gerade mühevoll hochgekämpft haben.

»Unten war ein Wegweiser. Lass uns noch mal zurückgehen.«

Ich nicke schweigend und beschließe, ihr von nun an einfach hinterherzulaufen. Anne deutet zum Horizont. Am Rand des blauen Himmels ziehen ein paar Wölkchen auf.

»Wir können auch gleich wieder zurück«, meint sie. »Das sieht nach Regen aus.«

»Da hinten?« Ich schüttele entschieden den Kopf. »Dass ich nicht lache. Wir sind gerade erst losgegangen, jetzt wird gewandert, basta.«

Auch auf dem Rest der Strecke gibt es immer einen oberen und einen unteren Weg. Meinem Gefühl nach ist immer der obere Weg richtig, Anne will lieber den unteren gehen. Wie im echten Leben. Obwohl ich total außer Puste bin, streite ich mich alle fünfhundert Meter mit meiner Kollegin, die aus jeder Abzweigung eine Grundsatzdiskussion macht. Manchmal habe ich das Gefühl, sie ist nur aus Prinzip anderer Meinung. Ich werde mich jedenfalls nicht um des lieben Friedens willen fügen. Auch aus Prinzip.

Schließlich kommen wir doch noch auf der Marendalm an – über Umwege, da bin ich mir sicher. Wir essen Dampfnudeln mit Vanillesoße. Schmeckt köstlich, ich kann mir gar nicht erklären, warum wir die einzigen Gäste sind. Die Marendalm erinnert mich an die Skiurlaube meiner Kindheit mit der ganzen Familie. Damals mochte ich die Vater-Mutter-Kind-Nummer noch.

Allerdings kann ich mich nicht daran erinnern, dass ich schon nach zehn Minuten mit gelangweiltem Gesicht den Teller weggeschoben und so lange geschrien hätte, bis mich meine Eltern auf den Boden setzten – so wie Leonie.

Aber nicht mal das kann mich aus der Ruhe bringen. So ungern ich das auch sage, die Kollegen hatten recht: Die Berge wirken erholsam. Der Stress der vergangenen Monate fällt allmählich ab.

Auf dem Rückweg ziehe ich die gesunde Luft tief in meine Lungen. Leonie singt fröhlich »Grün, grün, grün sind alle meine Kleider« vor sich hin.

Auf einmal rotten sich über uns die Wolken wie Wölfe zusammen. Von allen Seiten zerrt schwülwarmer Wind an uns. Ich muss aufpassen, dass ich nicht das Gleichgewicht verliere.

Plötzlich öffnet sich der Himmel, und es strömt Regen auf uns herab, als würde der liebe Gott sein gigantisches Kinderplanschbecken ausleeren. Wir sind nass, bevor wir empört nach oben schauen können. Anne zieht eine Plane aus einem Geheimfach der Kraxe und spannt sie über Leonie. Die schlingt vor Schreck ihre Arme um meinen Kopf und hält mir dabei die Augen zu. Gleichzeitig bläst der Wind in die Plane und weht mich wie ein Segelboot hin und her. Ich strauchele, kann mich aber gerade noch fangen.

»Wie weit ist es noch?«, brüllt Anne.

»*Du* hast doch immer den Überblick«, schreie ich zurück. »Oder nicht?«

Aber Anne sieht sehr verloren aus.

»Mir nach!«, bestimme ich und stapfe los. Diesmal folgt mir Anne ohne Widerworte. Auch Leonie ist ganz still geworden und hat ihre kalten Hände jetzt unter meinem Kinn gefaltet. Leider kann ich den Verlauf des Wegs kaum erkennen, die Sicht geht bestenfalls noch bis zum nächsten Baum. Zum ersten Mal ahne ich, was es bedeutet, Verantwortung für eine Familie zu haben. Gefällt mir gar nicht.

Fünf Minuten später sind wir klitschnass. Ich höre Leonie in der Kraxe niesen. Meine Turnschuhe sind so glitschig, dass jeder meiner Schritte quietscht.

»Hör mal, ein Frosch«, versuche ich sie aufzumuntern, werde aber von einem Blitz unterbrochen. Es folgt ein gewaltiger Donnerschlag, der von den Bergwänden widerhallt. Leonie schluchzt und murmelt bibbernd: »Keine Angst.« Sie klammert sich an mich.

Ich beiße die Zähne zusammen. Von Regentropfen kann man hier gar nicht mehr sprechen, das sind eher Wasserfälle. Leonie niest erneut.

»Halt!«, höre ich Anne hinter mir. »Wir müssen uns unterstellen, sonst holt sich Leonie eine Lungenentzündung.«

»Unter die Bäume? Bei Gewitter?«

Anne zuckt mit den Achseln. Hilflos breitet sie die Arme aus.

»Ich weiß es doch auch nicht! Okay, dein Weg ist der richtige, du hast gewonnen! Aber zeig ihn uns bitte!«

Ich lasse den Kopf hängen. Warum wollte ich auch unbedingt wandern?

Als ich den Kopf wieder hebe, sehe ich zwei Autoscheinwerfer. Sie gehören einem Pick-up, der sich mit Allradantrieb durch tiefe Pfützen und über hohe Steine den Berg heraufkämpft. Anne und ich winken wie Schiffbrüchige, die in der Ferne das Traumschiff gesichtet haben. Der Wagen kommt näher und hält direkt vor uns. Ein Kerl in orangefarbenem Regencoat springt heraus, in der Hand hält er einen Schirm. Ich laufe zu ihm hin, um die Verhandlungen zu übernehmen. Um ehrlich zu sein, würde ich ihm sogar Anne und Leonie anbieten, um hier wegzukommen.

Irgendwoher kommt mir der Fahrer bekannt vor. Auf seinem Schirm erkenne ich das Logo eines Arm in Arm joggenden Pärchens und darunter den Schriftzug *Mr. & Mrs. Perfect*.

Schützend hält Annes Verlobter den Schirm über mich. Nein, er hält ihn über Leonie. Das abperlende Wasser läuft direkt in meinen Kragen.

Anne fällt ihm um den starken Hals.

»Hat es doch angefangen zu regnen, was?«, fragt er spöttisch. »Konnte niemand ahnen, oder?«

Ich schüttele stumm den Kopf.

»In den Bergen ändert sich das Wetter von einer Sekunde zur anderen«, belehrt er mich und sieht sich um. »Ihr seid die einzigen Wanderer weit und breit.« Mr. Perfect hebt Leonie aus der Kraxe. Sie kuschelt sich sofort an seine rettende Brust. »Jetzt kommt erst mal rein, ich habe Handtücher, heißen Tee und trockene Sachen mitgebracht.« Verwunderlich, dass er nicht zufällig auch noch ein Vier-Sterne-Menü und elektrische Heizkissen dabeihat.

Anne, Leonie und Mr. Perfect steigen ein. Kurz bevor ich ebenfalls in den Wagen klettern kann, zieht Mr. Perfect von innen die Tür zu, tritt aufs Gas und fährt los. Will der mich hier etwa zum Sterben zurücklassen? Ich renne dem Auto hinterher. Da geht die Beifahrertür auf. Ich steige ein, ehe es zu spät ist. Mr. Perfect sieht mich an, grinst und knufft mit seiner Bärenfaust gegen meine Schulter.

»Scherzchen gemacht«, freut er sich. »So viel Zeit muss sein.« Dann tritt er endlich aufs Gas.

Nach zwei Saunagängen haben meine Knie aufgehört zu zittern, und meine Füße sehen nur noch ein bisschen blau aus. Anne und Leonie haben es sich währenddessen in Mr. Perfects Suite gemütlich gemacht. Im Spa-Bereich schenke ich mir ein Glas Limonenwasser ein und bereite mich mental auf die Vorwürfe von Anne vor.

Das war heute echt ein bisschen viel. Selbst einen Saunagang mehr hätte ich wahrscheinlich nicht verkraftet. Fühle mich irgendwie seltsam kribbelig. Hoffentlich habe ich mir bei der Kraxenschlepperei keinen Nerv eingeklemmt.

Egal, erst mal rauf ins Zimmer und schauen, wie es meiner Fake-Familie geht. Ich öffne die Tür zum Badebereich und renne direkt in Mr. Perfect. Der macht das wohl mit Absicht. Anstatt sich zu entschuldigen, sieht er mir in die Augen.

»Lust auf einen Aufguss?«, fragt er. »Oder hattest du davon heute schon genug?«

Eigentlich hatte ich das tatsächlich, aber nach Mr. Perfects Rettungsaktion schulde ich ihm mehr als einen Gefallen. Und der Bademeister hat gesagt, dass Wärme meinem Rücken hilft.

Also mache ich auf meinen Hotellatschen kehrt, ziehe meine Badehose wieder aus und greife mir ein neues Handtuch.

Mr. Perfect kommt aus der Dusche und präsentiert stolz seine Muckis. Wir mustern uns. Als mein Blick an seinem massiven Brustmuskel hängen bleibt, wünsche ich mir kurz Leonie herbei, damit sie ihm einen »Riesenbusen« attestiert.

»Arbeitest du eigentlich an deinen Problemzonen?«, fragt er mit der unverblümten Direktheit eines Fitness-Coachs. Er deutet an sich herunter. »Hättest du nicht auch gern so einen Sixpack?«

Ich lächle verlegen. »Ach, um ehrlich zu sein, hätte ich nach diesem Tag lieber so einen Sixpack.« Ich mache mit ausgestrecktem Daumen und Zeigefinger die Trinkergeste.

Mr. Perfect schüttelt den Kopf. »Das sieht man. Aber darüber können wir später noch mal reden. Jetzt ist erst mal Lindenblütenaufguss in der Finnischen angesagt, Sportsfreund.«

Na ja, das klingt ja ganz entspannt.

Vor der finnischen Sauna steht ein riesiger Holzbottich, in dem ein erwachsener Mann leicht Platz hat. Auf den Entspannungsliegen davor hat sich Familie Fröhlich mit vier großen und kleinen Körben voller Spa-Equipment niedergelassen. Mist, ich hatte gehofft, Frau Fröhlich in der Sauna zu sehen. Ich grüße sie mit einem Kopfnicken, aber sie schließt simultan mit ihrem Mann und ihren Kindern die Augen und dreht den Kopf zur Seite.

Durch eine dicke Glastür, an der innen Schweiß kondensiert, betreten wir die Sauna. Der riesige Raum ist bis auf den letzten Holzplatz besetzt: Schwitzende Schultern kleben an perlenden Oberarmen und Schenkeln. Auf drei Etagen reiht sich altes und junges, festes und wabbeliges Fleisch der Gäste um einen großen Steinhaufen.

Kaum haben wir die Tür geöffnet, schlägt mir eine glühende Hitzewelle entgegen, wie ich sie sonst nur aus Backöfen kenne. Mit halb geschlossenen Augen schaue ich kurz umher, erkenne aber nur den Hotelpsychologen. Der ist, was nackte Körper angeht, bestimmt an die ärztliche Schweigepflicht gebunden.

Auf der untersten Holzstufe sind noch einige Plätze frei. In der Hoffnung auf ein wenig Luftzug setze ich mich nah an den Ausgang.

Mr. Perfect dagegen steigt die Saunaebenen mit großen Schritten empor und verkündet: »Lassen Sie mich durch, ich bin Arzt!« Ob Anne wohl weiß, wie der sich benimmt, wenn sie nicht dabei ist?

Mr. Perfect quetscht sich ganz oben zwischen zwei junge Mütter. Die Frauen schauen betreten zur Seite.

»Na, meine Damen?«, schäkert er und beäugt sie, wie er eben mich gemustert hat. »Bei schlechtem Bindegewebe im Hüftbereich sprechen wir Mediziner übrigens auch von Planschbecken.«

Eine der Mütter steht auf. »Was fällt Ihnen ein?«, beginnt sie sich zu ereifern, doch Mr. Perfect kommt ihr zuvor: »Ein Trainingsplan für dich, Dickerchen, der fällt mir ein. Hat meiner Frau nach der Geburt auch geholfen.«

Nun steht auch die andere Frau auf.

»Männer!«, zischen sie und verlassen die Sauna. Zum Glück kennt mich hier niemand.

»Caspar«, ruft Mr. Perfect. »Hier ist ein Platz mit guter Aussicht.«

Es wird nichts helfen, mich taub zu stellen. Beim zweiten »Caspar« nehme ich mein Handtuch und bahne mir den Weg durch die Reihen der Nackten, wobei ich versuche, nicht auf nassen Schenkeln auszurutschen.

Nach vier »Sorrys« komme ich neben Mr. Perfect in der dritten Etage an, nah am Steinhaufen. Dieser Platz ähnelt von der Atmosphäre her dem ersten Wagen einer Achterbahn.

Ich schaue nach links. Direkt neben mir sitzt Ehepaar Eisenstein. Mit aller Kraft zwinge ich mich, den Blick auf ihren Gesichtern ruhen zu lassen. Frau Eisenstein grüßt mich mit ihrem gütigen Lächeln. Offenbar haben die beiden kein Wort von dem verstanden, was sich Mr. Perfect eben geleistet hat. Die alte Frau bewegt ihren faltigen Oberschenkel etwas zur Seite, sodass ich sie beim Hinsetzen nicht berühre. Ihr Mann streichelt ihr zärtlich über den krummen Rücken.

Kaum habe ich mich hingesetzt, fühle ich mich wie mittags in der Sahara unter einem Heizpilz. Der Platz hier ist tatsächlich die Hölle. Von oben kann man die Problemzonen der anderen Gäste noch deutlicher erkennen als von unten. Leider bin ich so eingepfercht, dass ich den Aufguss wohl bis zum Ende aussitzen muss.

Jetzt betritt der Bademeister den Raum. Er trägt einen hölzernen Eimer mit einer Kelle und um die Lenden nichts als ein Handtuch. Die vielen Aufgüsse haben seine Haut ledrig rot gefärbt. Sein Gesichtsausdruck hat alles Gütige verloren, keine Spur mehr von Wellness, Ayurveda oder Wohlfühlmassage. Sein Blick schweift über die Wartenden wie der des Opfermeisters einer Saunasekte über die Jungfrauen, die gleich ins Feuer geworfen werden. Ich grüße ihn mit einem Kopfnicken, aber er scheint mich nicht zu erkennen. So muss die Hexe geschaut haben, als sie Hänsel und Gretel backen wollte.

»Hohoho!«, ruft der Mann. »Seid ihr bereit, durch die Hölle zu gehen?«

Die Hölle? Ich dachte, das hier sei der Lindenblütenaufguss? Ich schüttele den Kopf. Aber das interessiert niemanden.

Der Bademeister fährt in ernstem Ton fort: »Wenn irgendwem schwindelig wird, bitte rausgehen. Wenn jemand Herzrasen kriegt, bitte sofort raus – vor allem die Herren. Die Damen dürfen gern hier drin umkippen, dann belebe ich sie wieder.« Er macht einen Kussmund und zwinkert ironisch.

Die Gäste lachen – wie erwartet. Mr. Perfect klatscht sich sogar mit der Pranke auf den Oberschenkel, dass ein paar Schweißperlen auf meinem Bauch landen.

»Und schon geht es los«, kündigt der Zeremonienmeister an und gießt genüsslich eine große Kelle Wasser aus dem Kübel auf den Steinhaufen. Es zischt. Noch eine Kelle, noch ein Zischen. Die Hitze steigt, meine Haut brennt. Kelle, Zischen, Kelle, Zischen. Kann kaum noch atmen. Auch die anderen Gäste kneifen die Augen zusammen. Ein älterer Mann setzt seine Brille ab, ein anderer steigt von der dritten auf die zweite Etage hinunter.

Mr. Perfect grinst unbeirrt. Schweißperlen kullern über die verschiedenen Wölbungen seines Körpers. Bei mir wachsen sie aus der ersten Bauchfalte, kullern in die zweite Bauchfalte und verschwinden in der dritten. Ich kann jede Pore meiner Haut genau erkennen, wie unter einem Mikroskop.

»Bitte anschnallen, ich starte den Propeller«, kündigt der Bademeister an und nimmt das weiße Saunahandtuch von den Schultern. Wie ein Cowboy wirbelt er es über seinem Kopf, während er durch den Raum schreitet. In Schüben peitschen die Hitzewellen auf uns ein. Offenbar wedelt der Kerl den Sauerstoff hinaus, denn ich kriege kaum noch Luft. Muss schneller atmen. Meine Finger kribbeln, die Beine auch. Tiefer Luft holen.

Der nächste Aufguss. Die ersten Gäste verlassen bereits die Sauna, darunter der Psychologe.

»Feiglinge«, ruft Mr. Perfect ihnen hinterher. »Flüchtlinge!«

Der Bademeister grinst, Frau Eisenstein nickt gesellig. Mir wird ein bisschen schwindelig, deshalb stütze ich mich mit den Ellbogen auf meinen Knien ab. Sind bestimmt die Entzugserscheinungen vom Nichtrauchen.

Vor jeder Reihe, in der starke Männer sitzen, wedelt der Bademeister eine Extrarunde. Das ist die dunkle Seite der Männlichkeit: immer ans Limit, ganz egal, ob beim Saufen oder in der Sauna. Vielleicht sollte ich doch mal kurz frische Luft schnappen? Nein, ich werde mir vor Mr. Perfect keine Blöße geben.

Jetzt steht der Bademeister direkt vor uns. Er sieht mich etwas besorgt an. »Alles okay?«, fragt er.

Ich nicke. Meine Knie sind mittlerweile eh zu weich, um aufzustehen. Und ich möchte auf keinen Fall beim Rausgehen straucheln. Ist bestimmt gleich vorbei. Mein Herz klopft so laut, dass die anderen es eigentlich hören müssen.

»Dann mal her mit der Hitze, junger Mann«, sagt Oma Eisenstein und nickt dem Bademeister voller Vorfreude zu. Mr. Perfect, der auch schon ordentlich schwitzt, reckt den Daumen nach oben. Sogar ich ringe mir ein Nicken ab.

Der Bademeister grinst. In bester Autoscooter-Manier ruft er: »Bitte aaanschnaaallen, die letzte Runde beginnt!«

In einem Schwall schüttet er den Rest Wasser aus dem Eimer über die Kohlen. Das Zischen ist unerträglich, die Luft verdampft. Ich muss an die Wirtschaftsbosse denken, die in dieser Sauna ihr Leben gelassen haben. Mir wird so schummerig, dass ich den Kopf nicht mehr heben kann. Mein Puls rast. Raus. Doch ich kann nicht aufstehen.

Der Bademeister beginnt, sein Handtuch zu schwingen. Ich ringe nach Luft. Mr. Perfect schaut mich an. Seine Lippen bewegen sich, aber ich verstehe ihn nicht.

Mit letzter Kraft drehe ich mich weg von ihm, zu Frau Eisenstein. Die nickt mir freundlich zu. Ich versuche ein Lächeln. Dabei verliert mein Körper auch das letzte bisschen Spannung, und ich spüre gerade noch, wie ich mit dem Gesicht voraus in Oma Eisensteins nackten Schoß kippe.

Auf dem Frühstückstisch liegt die aktuelle Ausgabe der Hotelbro-schüre »Familienurlaub«. Eigentlich stehen darin nur Wander-tipps, Wellnessangebote, Hotelwitze und der Wetterbericht. Dies-mal aber prangt auf der ersten Seite ein großes Foto: Mr. Perfect, der mich aus der Sauna trägt. Meine Arme hängen schlaff her-unter, um uns herum stehen entsetzte Eltern, die ihren Kindern die Augen zuhalten.

Vielleicht sollte ich eine Gegendarstellung erwirken, die fest-hält, dass mein Penis normalerweise größer ist, wenn er nicht durch die Saunahölle gehen musste.

Über dem Foto steht in fetten Lettern die Schlagzeile: »Leon-hardt Löwenherz – Lebensretter«. Text und Fotos stammen von Herrn Fröhlich.

Ich lasse meinen Kopf auf die Tischplatte sinken.

»Caspar ist müde«, stellt Leonie fest.

»Papa«, hauche ich schwach. »Anne, bitte bring ihr bei, dass ich ihr Papa bin.«

Aber Anne ist gerade viel zu sehr damit beschäftigt, Leonies echten Vater anzuhimmeln, an dessen Brust ein grüner Pappma-scheeorden mit der Aufschrift »Gast der Woche« prangt. Auf der Verleihung nach dem Abendessen hat er wahrscheinlich keine Gelegenheit ausgelassen, sich offiziell als »Leonies Patenonkel und Annes starke Schulter« vorzustellen – zum Entzücken der anderen Gäste. Vermutlich kriegt er den Platinbubsi auf Lebens-zeit hinterhergeschmissen.

Leider kann ich mich kaum an das Saunafiasko erinnern: Das Letzte, was ich weiß, ist, dass Frau Eisensteins nackter Großmut-terschoß auf mich zuraste. Dann wurde alles schwarz. Oder grau meliert.

Meine nächste Erinnerung ist eiskaltes Wasser – überall. So

muss sich ein Lachs fühlen, der versehentlich aus dem Polarmeer gehüpft ist und nun völlig neben sich auf der glitschigen Eisscholle liegt. Unter mir spürte ich die harten Fliesen des Spa-Bereichs. Ich schlug die Augen auf: Etwa zwanzig Menschen in Bademänteln starrten mich an. Einer von ihnen, Herr Fröhlich, hielt eine Kamera auf mich gerichtet. Blitz! Mr. Perfect stand direkt vor mir, eine Hand an dem mannsgroßen leeren Holzbottich. Ein Bad in Fußpilzwasser – davon hatte ich immer schon geträumt!

Mein ehemaliger Kumpel, der sadistische Aufgussmeister, schaute mir besorgt in die Augen: »Du siehst echt nicht gut aus. Einen ganz schönen Schrecken hast du uns eingejagt, vor allem der älteren Frau.«

Er deutete zu den Entspannungsliegen. Auf der ersten lag Oma Eisenstein. Wer hier wem den Schrecken eingejagt hat, muss noch geklärt werden. Ihr Mann fächelte ihr mit einer Frauenzeitschrift Luft zu. Als er merkte, dass ich sie anstarrte, ließ er die Hand seiner Frau los und machte die Kehle-durchschneiden-Geste.

»Ich habe mir Gedanken über die Sache in der Sauna gemacht«, sagt Anne gerade mit ernstem Gesicht und putzt Leonie die marmeladenbeschmierten Finger ab. »Wahrscheinlich wolltest du einfach wieder zurück in den Mutterschoß.«

»Eher in den Großmutterschoß«, feixt Mr. Perfect.

Anne prustet los. Leonie sieht sie erst überrascht an, stimmt dann aber lauthals ein. Ihr Lachen verletzt mich am meisten.

Ich höre, wie der kleine Obi ein paar Tische weiter mitkichert. Leider fühle ich mich zu schwach, um seinen Eltern eine Szene zu machen. Habe immer noch Herzrasen. Das Ding ist wohl nicht an so viel Familie gewöhnt.

»Es könnte echt sein, dass ich irgendeine Herzschwäche habe«, bemerke ich und stehe auf, gebeugt wie ein alter Mann.

»Das würde zumindest deine Beziehungsprobleme erklären«, vermutet Anne nassforsch.

»Wenn ihr wieder bereit seid, wie Erwachsene zu reden, könnt ihr mir ja Bescheid sagen«, blaffe ich und mache mich auf in Richtung Frühstücksbüfett.

Ein greller Blitz nimmt mir die Sicht. Direkt vor mir steht Herr Fröhlich mit einem Monstrum von Fotoapparat in der Hand.

»Für die Nachberichterstattung«, grinst er und hält mir die Hand zum High five hin. Ich zeige ihm den Mittelfinger, was er sofort in einem zweiten Bild dokumentiert. Vielleicht kann ich ihm das später für meinen Artikel abkaufen.

Die Metallschüsseln am Büfett sind so leer wie mein Kopf. Nur den Heringssalat hat niemand angerührt. Davor treffe ich den Psychologen und Chefjuror.

»Möchten Sie darüber sprechen?«, fragt er.

»Über Fisch zum Frühstück?«

»Mir gegenüber brauchen Sie nicht den starken Mann zu spielen. Ich bin nicht nur Juror und Erfinder des Familiencontests, ich bin auch Arzt.«

»Aber ich bin nicht krank.«

Statt mich am Kopf zu kratzen, was er sofort als Verlegenheitsgeste entlarven würde, schaufele ich Heringssalat auf meinen Teller.

Der Psychologe ignoriert meinen spöttischen Blick und nimmt sich auch etwas aus der Schüssel.

»Sie haben keine Ahnung, was das war?«, fragt er und deutet mit dem Kopf in Richtung Saunabereich.

Ich zucke mit den Schultern. »Ich bin umgekippt, keine große Sache – ist sogar schon Chuck Norris passiert, in ›Delta Force 2‹, glaube ich.«

»Entspannung, Analyse, Konfrontation«, erklärt der Psychologe, als wollte er mich für ein äußerst lukratives Geschäftsmodell begeistern. Ich verstehe kein Wort. Er nimmt sich mit der freien Hand einen Brotkorb und legt den Kopf etwas schräg.

»Ich bin für das Wohlergehen der Gäste in diesem Haus zuständig. Wenn ich Ihnen also irgendwie helfen kann, bin ich für Sie da. Das gebietet mir mein hippokratischer Eid.« Er zwinkert vertraulich.

»Danke, echt kein Bedarf«, entgegne ich und wende mich ebenfalls zum Gehen. Der wird sich wundern, wenn mein Verriss erscheint – auch wenn ich darin mein Missgeschick nicht erwähnen werde. So weit kommt es noch, dass ich zum Psychologen gehe! Wenn ich reden will, rufe ich meine Kumpels an. Und die rufen zurück – wenn ihre Kinder schlafen.

Am Frühstückstisch hat sich meine falsche Familie wieder beruhigt. Leonie ist vollauf damit beschäftigt, ihr Mineralwasser mit einem Löffel aus der Tasse zu schöpfen und in meinen Tee zu füllen.

Während ich mich der bitteren Säure des Heringssalats stelle, liest Mr. Perfect schon wieder den Artikel über sich. Oder immer noch. Jetzt klappt er das Blatt so um, dass ich noch einmal das Foto meiner entwürdigenden Nacktheit vor Augen habe.

Anne sieht mich mitleidig an. »Das kann doch jedem mal passieren«, sagt sie so verständnisvoll wie die Liebhaberin eines älteren Mannes.

Ob in den wilden Zeiten des Hotels auch die Leichen der Manager, die ihr Leben beim Saunasex aushauchten, in der Hotelbroschüre abgebildet wurden? Nein, wahrscheinlich gab es damals einfach normale Centerfolds mit ein paar Witzen auf der Rückseite. Aber selbst der Gedanke daran kann mich nicht aufheitern. Ich senke meinen Blick auf die Rubrik »Reisetipp«.

»Entspannung für die Großen, Action für die Kleinen, Spaß für alle auf der Family-Fun-Farm in Furten!« Klingt nach entsetzten Vätern, quengelnden Kindern und streitenden Paaren: Kanonenfutter für meinen Artikel. Der Gedanke an meine große Geschichte verleiht mir gleich neuen Schwung.

»Lasst uns heute doch einen Familienausflug machen«, schlage ich vor und deute auf den Artikel. »Alle zusammen.«

Anne sieht mich überrascht an, Mr. Perfect schüttelt den Kopf. »Ich kann nicht, ich habe geschäftlich zu tun.« Anne schaut ihn verwundert an. So, als wäre das anders besprochen gewesen.

»Aber Leonie würde sich so freuen«, bittet sie.

Mr. Perfect blickt skeptisch über seine Lektüre.

»Wenn er nicht will …«, werfe ich ein. »Das ist bestimmt nichts für so harte Kerle.«

Mr. Perfects Blick schwenkt böse zu mir. Er faltet die Zeitung zusammen. »Ist besser, wenn ich mitkomme – falls Caspar noch mal umkippt. Du kannst ja schlecht beide tragen.«

Schon gestern in der Sauna habe ich mich daran erinnert, dass Anne gesagt hat, ihr Verlobter liebe den Wettkampf. Aber macht der auch mal Pause? Was findet sie überhaupt an diesem Fatzke? Ist wahrscheinlich eher was Physisches. Darf gar nicht daran denken.

Ganz unten im »Familienurlaub« steht das Motto des Tages: »Nur wer sich fallen lässt, wird glücklich.«

Auf dem Weg zum Zimmer gehe ich am Ehepaar Eisenstein vorbei. Ich nicke den beiden freundlich zu. Im Vorübergehen höre ich Oma Eisenstein etwas wispern, ein verschwörerisches »Pst« wie von einem Drogenhändler.

Opa Eisenstein ist in den Artikel über Mr. Perfect vertieft. Seine Frau deutet auf das Cover und zwinkert mir zu. Sie bewegt die Lippen. Was flüstert sie da? Ich komme näher, um sie besser zu verstehen. Jetzt sehe ich, dass ihre Lippen einen Kussmund formen! Offenbar hat sich die gute Frau heute Morgen in der Tablettenschachtel geirrt und die Viagra ihres Mannes erwischt. Mir wird ganz flau im Magen.

Mr. Perfect schlägt vor, dass wir seinen Wagen nehmen, weil der geräumiger sei als der Mustang und eine Klimaanlage habe. »Da können wir bei dem schwülen Wetter die perfekte Temperatur für Leonie einstellen.«

Ein Audi RS 5, um die 400 PS. Leider fährt er die auch in den Serpentinen voll aus.

»Karussell«, freut sich Leonie, wenn uns die Schwerkraft wieder von innen gegen die Türen presst. Ihr Jauchzen stachelt Mr. Perfect noch mehr an. Dessen Fahrweise wiederum stachelt meinen Magen an.

Als wir wenig später vor dem Eingang zur Family-Fun-Farm-Furten parken, ist mir so übel wie damals nach dem Apfelkorn-wettsaufen auf der Mittelstufenparty.

Die Fun-Farm-Furten bietet laut einer schatzkartenartigen Informationstafel am Eingang »das Beste aus allen Welten«: ein bisschen Disneyland, ein bisschen Abenteuerspielplatz, ein bisschen Zoo hier, ein wenig Natur da, grellbunter Nippes überall.

Am Eingang treffen wir Familie Fröhlich. Bei ihrem Anblick wird mir gleich noch elender zumute.

»Hallöchen, Popöchen«, grüßt Herr Fröhlich überschwänglich und blitzt mir schon wieder mit seinem Fotoapparat ins Gesicht. Seine Tochter scharwenzelt um Leonie herum und versucht sie auf den Arm zu nehmen, obwohl sich die Kleine nach Leibeskräften wehrt. Erst Frau Fröhlich gelingt es, Paula von Leonie abzulenken, indem sie ihre Tochter bittet, doch auszurechnen, ob wir alle zusammen mit Gruppenrabatt oder jeweils zu fünft mit Familienrabatt günstiger dran sind. Wie befürchtet, bietet sich für uns alle der Gruppenrabatt an – allerdings gilt der nur, wenn wir zusammen kommen und auch zusammen gehen.

»Vielleicht wollt ihr ja viel länger bleiben?«, wage ich mich vor.

»Dann bleibt ihr eben auch noch«, beschließt Herr Fröhlich und fügt oberlehrerhaft hinzu: »Eure Tochter wird es euch danken.«

Wir zahlen hundert Euro mit Gruppenrabatt, was mir eher wie ein Aufpreis vorkommt – weil ich zahle. Erstaunlich routiniert vergisst Herr Fröhlich, mir mein Geld sofort zurückzugeben, und vertröstet mich auf unsere Rückkehr.

Direkt hinter dem Eingang lockt ein riesiges Bällebad. Dagegen wirkt das von Ikea wie eine Kinderbadewanne. Anne stellt sich zwischen Leonie und das Becken. »Wenn sie da einmal drin ist, kriegen wir sie nie wieder heraus.«

Danke für die Idee.

Gerade will ich Leonie in Richtung Bällebad schieben oder rufen: »Schau mal, was da ist!«, da bimmelt das erste Fahrgeschäft direkt in unser Blickfeld. Nein, es hüpft: ein grüner Zug, der aussieht, als hätte er einen Motorschaden. Die Familien in den kleinen Anhängern werden hin und her geschleudert. Die Kinder lachen, die Erwachsenen dagegen wirken so, als müssten sie sich gleich übergeben. Das Bild würde sich prima als Aufmacher für meine Story eignen.

»Oh, ein Frosch!«, ruft Leonie und jauchzt. Der Family-Fun-Farm-Furten-Frog hält direkt vor uns.

»Bitte ein Familienfoto!«, dränge ich Herrn Fröhlich, schiebe Mr. Perfect beiseite und stelle mich mit Anne und Leonie vor den Zug. Artig posieren sie, während im Hintergrund die kreidebleichen Eltern an den Händen ihrer Kinder aus dem Zug steigen. Hoffentlich ist die Auflösung von Fröhlichs Kamera so gut, dass wir sein Bild nachher doppelseitig drucken können.

Vor lauter Aufregung vergesse ich meine eigene Übelkeit.

»Bitte noch ein zweites quer, damit man auch die anderen Familien im Hintergrund sieht«, fordere ich und rücke mit meiner Leihfamilie noch etwas näher an den Zug. Anne schaut mich verwundert an, lächelt aber brav in die Linse. Ich dagegen mache ein gequältes Gesicht, für das ich mich nicht mal verstellen muss. Anne wird mich später dafür hassen, aber mein Chef wird mich lieben.

Hinter Herrn Fröhlich hakt nun ein Mann im Froschkostüm eine rote Schnur zwischen den Fahrgästen und Zuschauern ein und trennt Fröhlich von seiner Familie. Aber anstatt schnell zurückzuspringen, begibt er sich lachend mit uns in den Zug. Offenbar hat selbst der perfekte Vater nichts gegen ein bisschen Zeit ohne seine Liebsten.

»Wir treffen uns dann später dahinten«, ruft Frau Fröhlich und deutet in Richtung Bällebad, woraufhin Paula und Paul losstürmen, als gäbe es dort Konsolen mit Ballerspielen geschenkt.

Wenig später sitzen wir mit Herrn Fröhlich im Fun-Farm-Furten-Frog. Einerseits finde ich das Gefährt gar nicht schlecht, um mir einen Überblick zu verschaffen. Andererseits ist mir als Kind schon auf einer normalen Schaukel übel geworden.

Kaum ist der Fun-Frog losgeruckelt, spüre ich erneut meinen Magen rebellieren. Blöderweise habe ich im Gegensatz zu Leonie keine Wechselwäsche dabei. Nach dem Saunatiefpunkt kann ich mir nicht noch ein Fiasko erlauben. Vor allem nicht in Gegenwart von Herrn Fröhlich, diesem selbst ernannten Chronisten des Familienwahnsinns.

Dem scheint die Ruckelei überhaupt nichts auszumachen, genauso wenig wie Anne und Mr. Perfect. Aber die sind ja auch schon länger Eltern. Gott, ist mir schlecht. Verdammter Heringssalat!

Herr Fröhlich unterhält sich mit Anne von Mutter zu Mutter, knipst den Park, das kleine Affengehege, die Hüpfburg, die Riesenrutsche, verschiedene Sandkastenlandschaften und ein Trampolin, an das die Kinder mit Seilen festgebunden werden, um nicht wegzufliegen. Dabei murmelt er immer wieder blöde Sprüche wie »Sonne lacht, Blende acht« oder »Grinse, grinse, in die Linse«.

Letzteres kriege ich mehr als einmal zu hören, denn unglücklicherweise bin ich sein Lieblingsmotiv. Wahrscheinlich wittert er, dass ich für einen potenziellen Schnappschuss gut bin.

Streitende Pärchen, deren Schimpftiraden ich für meinen Artikel notieren könnte, sehe ich leider nirgendwo.

Rund dreißig Hüpfer später halte ich eher nach Kotztüten Ausschau, leider vergeblich. Ich beiße die Zähne zusammen. Das einzige Gefäß in der Nähe ist Leonies grüner Ranzen mit dem Proviant, und der kommt nicht einmal für absolute Notfälle infrage. Als der Furten-Frog um die nächste Kurve biegt, muss ich sauer aufstoßen.

»Caspar krank«, stellt Leonie fest und flüstert verschwörerisch: »*Papa* krank.« Ich nicke schwach und stecke ihr zur Belohnung ein Gummimannle zu, obwohl sich beim Gedanken an das süße Zeug mein Magen umdreht. Herr Fröhlich schießt noch ein Foto, sieht es sich auf seiner Kamera an, schaut zu mir und lacht erleichtert auf.

»Puh! Sie sind ja echt so grün! Ich dachte schon, mein Farbfilter wäre kaputt.«

»Ist alles okay?«, fragt mich Anne. Wie ich diese Frage hasse!

Wenig später ist es in der Bahn still geworden, offenbar bin ich nicht der Einzige, dem die Fahrt auf den Magen schlägt. Nur Leonie kiekst munter auf Mr. Perfects Schoß, der kleine Ranzen steht auf dem Boden. Ein erneuter Ruck schaltet die Waschmaschine in meinem Magen auf Schleudergang. Ich spüre, wie ich allmählich mein Hemd durchschwitze, was Herr Fröhlich sofort dokumentiert. Zum Glück ist diese Fahrt gleich zu Ende.

»Möchte jemand einen Keks?«, fragt mich Anne und kramt in Leonies kleinem Rucksack. Tabletten gegen Reiseübelkeit wären mir lieber.

»Ich hätte ja mehr Lust auf ein Fischbrötchen«, stichelt Mr. Perfect. »Vielleicht eines mit Heringssalat – so richtig schön matschig.« Meine Kehle schnürt sich zu. Ich unterdrücke einen Rülpser und presse die Hand vor den Mund.

»Darf ich?«, flüstere ich und greife nach Leonies Rucksack. Anne merkt sofort, was ich vorhabe, und versucht, mir das Teil zu entreißen.

»Du wirst nicht in den Ranzen meiner Tochter kotzen!«, höre ich ihre hysterische Stimme. Mein Magen krampft sich zusammen. Etwas Säuerliches steigt in mir hoch. Schnell nimmt mir Anne den Rucksack weg. Ich schaue mich Hilfe suchend nach einem Gefäß um, entdecke aber nur die rote Notbremse und ziehe sie.

Der Zug bremst mit metallischem Quietschen und einem letzten Ruck, der mir den Rest gibt. Herr Fröhlich klammert sich an eine grüne Metallstange. »Vorsicht, Kinder!«, mahnt er lächelnd.

»Was macht ihr denn für einen Quak?«, höre ich die Stimme des Froschmannes. Er sieht uns an, wie nur ein Frosch schauen kann, begreift offenbar, dass ihm womöglich eine zusätzliche Schicht für die Reinigung seines Zuges bevorsteht, und packt mich am Schlafittchen.

»Sofort raus aus dem Fun-Frog!«, befiehlt er, aber da bin ich schon aus dem Wagen gesprungen, presse die Zähne zusammen und renne los, ohne zu wissen, wohin. Ich drücke mir die Hand auf den Mund, halte ihn zu. Verdammt, weit und breit keine Toilette in Sicht, nicht mal ein Mülleimer. Nur das riesige Bällebad.

An dessen Rand steht Paula Fröhlich und winkt.

Zwanzig Minuten später sitzen Anne, Mr. Perfect, Leonie und ich wieder in Mr. Perfects Audi und fahren so vorsichtig durch die

Serpentinen, dass sich hinter uns Autoschlangen wütender Tiroler bilden. Auch im Wagen herrscht dicke Luft.

»Hausverbot im Family-Land!« Anne haut fluchend mit der flachen Hand auf die Ablage. »Und wir waren keine Stunde drin!«

»Wie kann man nur ins Bällebad kotzen?«, stimmt Mr. Perfect fassungslos vom Fahrersitz ein. »Du hast die kleine Paula voll erwischt! Die kannst du jetzt wegschmeißen!« Ich hätte Lust, mich noch mal zu übergeben: in die Lüftung seines Audis. Aber mein Magen ist völlig leer.

Anne sieht ihn mahnend an und macht die Reißverschlussgeste. Ja, so einen Reißverschluss hätte ich vorhin gebraucht.

»Caspar ein Bollerchen gemacht, okay?«, verteidigt mich Leonie. »Groooßes Bollerchen!«

Ich nicke dankbar. Leider geht dieses bescheuerte Zittern schon wieder los. Offenbar habe ich mir echt einen Virus eingefangen. Aber was, wenn mit meinem Herzen etwas nicht stimmt? Meine Hände verkrampfen sich schon wieder. Das gleiche Gefühl wie in der Sauna.

»Entschuldigung«, bitte ich Anne und Mr. Perfect. Jeder Atemzug kostet mich unendlich viel Kraft. »Können wir wohl bitte in ein Krankenhaus?«

Wenig später biegen wir in die Einfahrt zur Notaufnahme ein. Mit Mühe öffne ich die Tür. Anne holt Leonie aus dem Kindersitz.

»Wahrscheinlich kannst du nicht laufen, oder?«, fragt Mr. Perfect. Mittlerweile rast mein Puls so sehr, dass ich mir sicher bin: Ich habe einen Herzinfarkt. Da kann man auf männliche Eitelkeiten keine Rücksicht nehmen. Außerdem verliere ich wahrscheinlich gleich wieder das Bewusstsein, und dann muss Mr. Perfect eh ran.

»Bitte tragen«, keuche ich.

Er seufzt und zuckt mit den Achseln. »Dich habe ich in den letzten zwei Tagen öfter über Türschwellen gehoben als meine echte Frau in unserer gesamten Beziehung«, stellt er fest, während er mich wie einen Sack Kartoffeln über die Schulter wirft.

Drinnen misst der Arzt meinen Puls, legt mich gleich an den Tropf und bittet Anne, Leonie und Mr. Perfect ins Wartezimmer. Kaum bin ich in der sterilen Sicherheit des Krankenhauses, fühle ich mich etwas besser.

Drei Stunden später, als eine Kardiologin mit einem Ultraschallgerät mein Herz untersucht, hat sich mein Puls vollends beruhigt. Anne und Mr. Perfect stehen fasziniert vor dem kleinen schwarzen Bildschirm.

»Können Sie schon erkennen, was es wird?«, fragt Anne mit gespieltem Ernst.

»Bestimmt ein Mädchen«, versichert Mr. Perfect feixend und legt ihr den Arm um die Schulter. Am liebsten würde ich sie rausschmeißen lassen. Zum Glück bleibt wenigstens die Ärztin ernst und lässt ihren Blick nicht vom Bildschirm, auf dem meine Herzorgane nun in verschiedenen Farben aufleuchten. Schließlich wischt sie die Sonde mit einem Papiertuch ab und schaut mich an.

»Sie haben ein sehr zartes Herz.«

»Danke«, hauche ich.

Anne und Mr. Perfect prusten los. Auch Leonie lässt ihr helles Lachen durch den Raum schallen.

Mit einem strengen Blick schickt meine Ärztin das Trio Infernale aus dem Zimmer. Offenbar will sie bei der Diagnose mit mir allein sein. Sie atmet tief ein und aus.

Oh Gott, Herzmuskelentzündung, Herzschwäche? Brauche ich einen Bypass oder gar einen Herzschrittmacher? Zahlt meine Krankenkasse das?

Die Ärztin sieht mir tief in die Augen. »Sie sind völlig gesund«, erklärt sie und versucht ein Lächeln, das allerdings ahnen lässt, dass der Diagnose ein Rattenschwanz folgen wird. »Körperlich.«

Ich schaue sie fragend an. Was soll denn das jetzt heißen?

»Hatten Sie in der Vergangenheit viel Stress?«, will sie wissen. Ihr argwöhnischer Blick erinnert mich an die Profiler in diesen amerikanischen Krimiserien.

»Ich habe mit dem Rauchen aufgehört. Beruflich hatte ich auch eine Menge um die Ohren.«

Sie sieht mich gleichzeitig so ernst und anteilnehmend an, wie das nur Mediziner können. »Dazu wahrscheinlich pushende Getränke: Kaffee, Alkohol, vielleicht psychische Stressoren. Jetzt im Urlaub kommen Sie herunter. Da brauchen Sie sich nicht schwach zu fühlen. Ist ganz normal.«

»Was ist normal?«

»Sie hatten eine Angstattacke.«

Wie bitte? Eine Angstattacke? So etwas kriegen doch nur amerikanische Soldaten, die aus Afghanistan zurückkehren. Die Ärztin hat sie wohl selbst nicht mehr alle.

»Ich habe gedacht, ich sterbe.«

Sie nickt. »Ich weiß. Angst stammt noch aus der Urzeit, als wir vor wilden Tieren flüchten mussten. Das sympathische Nervensystem aktiviert Muskeln und Kreislauf und sorgt dafür, dass uns mehr Energie als sonst zur Verfügung steht, um zu fliehen oder zu kämpfen: Die Knie werden weich, der Puls geht hoch, Blut schießt in die Muskeln, Sie schwitzen. Und weil Sie nicht wissen, was da mit Ihnen passiert, deuten Sie die Symptome falsch. Sie denken: Mein Herz klopft schneller als sonst – und schon klopft es tatsächlich schneller. Angstpatienten geraten in einen Teufelskreis, den sie durchbrechen müssen.« Sie sieht mich eindringlich an.

Ich nicke. Ja, genau, Teufelskreis durchbrechen.

»Wie Ihnen geht es heutzutage vielen jungen Vätern im Angesicht der neuen Verantwortung.«

Das Zitat muss ich mir unbedingt aufschreiben. Ich sehe die Ärztin aufmerksam an. Darauf hat sie nur gewartet.

»Die schlimmste Form der Angstattacke ist die Panikattacke. Dabei können Sie sogar ohnmächtig werden. Dann schaltet das parasympathische Nervensystem mal kurz alles ab und sorgt für Erholung und Entspannung – vielleicht etwas radikal, aber völlig ungefährlich. Sind Sie in letzter Zeit ohnmächtig geworden?«

Wieder nicke ich. Dabei würde ich viel lieber entsetzt den Kopf schütteln. Ich, Caspar Hartmann, abgebrühter Journalist, bekennender Hedonist, Wolf unter Lämmern, soll aus Angst umgekippt sein? Angst wovor denn? Vor kleinen Kindern?

Okay, ich hatte beruflich viel um die Ohren, der Tinnitus, dann Nadine und ihre Familienphantasien und jetzt die große berufliche Chance, aber bis jetzt bin ich noch mit allem fertig geworden.

»Wie kann ich so etwas wieder loswerden?«, druckse ich herum.

»Medikamente oder Psychotherapie?«, will die Ärztin wissen.

Vor meinem inneren Auge sehe ich mich in der Lobby des »Wilden Mannle« auf der Chaiselongue liegen, hinter mir Psychologe Ainberger, der etwas in sein ledernes Familiencontestbüchlein notiert, während ich vor den anderen Gästen meine Bindungsangst gestehe.

»Medikamente, bitte.«

Sie geht zu einem Blechschrank und holt eine Tablettenpackung heraus. Wo bei Verdauungstabletten ein illustrierter Darm den Wirkungsbereich markiert, ziert hier ein stilisierter Kopf die Packung. Er ist mit einem schwammartigen Wulst gefüllt, der die zwei Gehirnhälften darstellen soll. Sie strahlen in hellem Rot.

Die Ärztin öffnet die Packung und drückt eine Tablette heraus. »Wenn Sie die genommen haben, sollten Sie kein Auto mehr fahren«, verordnet sie mit ernstem Blick. »Und seien Sie vorsichtig im Umgang mit Ihrer Nichte.«

»Leonie ist meine Tochter.«

Wieder dieser argwöhnische Profilerblick.

»Wie Sie meinen.«

Ich schlucke die Tablette hinunter und beschließe, niemandem von der Diagnose zu erzählen. Im Wartesaal will meine falsche Familie natürlich wissen, was die Ärztin gesagt hat.

»Kleine Lebensmittelvergiftung«, lüge ich.

Auf dem Rückweg ins Hotel schweigen wir. Seltsam, ich war mir vorhin ganz sicher, ich würde an Herzversagen sterben. So sicher, dass ich mich gefragt habe, was der Nachwelt von mir erhalten bleiben wird. Meine Artikel über den singenden Bäckermeister? Meine kurzen Affären? Meine meterlange Plattensammlung? Ganz sicher nicht. Der Bäckermeister wird verstummen, die Affären werden vergessen, die Plattensammlung verkauft.

Die Antwort auf diese Frage war kurz, klar und nicht unbedingt logisch: Leonie.

Beim Abendessen, diesmal wieder am Tisch von Frau Sommer, herrscht betretene Stille. Mein Malheur im Bällebad hat sich herumgesprochen. Wegen der traumatisierten Paula Fröhlich musste ich mit ihren Eltern reden.

»Wahrscheinlich wird sie nie wieder einem Erwachsenen winken«, vermutete ihr Vater grimmig.

Dabei habe ich mich bei ihm und Paula so umfangreich entschuldigt, wie ich es noch nie zuvor bei Menschen gemacht habe – nicht einmal, als ich nach einer durchfeierten Nacht versehentlich die Freundin meiner Begleiterin geküsst habe. Oder als ich auf der Hochzeit meines besten Freundes in die Torte gefallen bin.

Jedenfalls habe ich Paula als Entschädigung einen H&M-Gutschein über dreihundert Euro versprechen müssen. Dass ich von ihrem Vater noch Geld für den Eintritt bekomme, habe ich unter den Tisch fallen lassen.

Trotz des Ärgers herrscht in meinem Kopf seltsamerweise die fröhliche Gedämpftheit einer rosa Wolke. Mit diesen Tabletten kann man bestimmt super feiern gehen.

Frau Fröhlich und ihre Kinder scheinen die Erlebnisse des Tages ganz gut verkraftet zu haben. Paula hat schon wieder einen gesegneten Appetit. Wahrscheinlich freut es sie insgeheim, dass mein heutiges Verhalten mich wieder ein ganzes Stück vom Platinbubsi entfernt hat.

Ihr kleiner Bruder taxiert mich, als überlegte er, wie er aus mir ebenfalls einen Einkaufsgutschein herausholen könnte. Nur Herr Fröhlich sitzt nicht mit am Tisch, seine Frau meint, er brauche gerade »mal etwas Zeit für sich«.

»Na, eine Geliebte wird er in dieser Bergwelt schon nicht aufreißen«, kalauere ich drauflos. »Es sei denn, er steht auf Ziegen.«

Aus den Augenwinkeln sehe ich, wie sich Frau Sommer an ihrem allabendlichen Welcome-Drink verschluckt. Verdammt, diese Tabletten machen mich ganz meschugge.

Leonie, die nach dem ganzen Trubel endlich mal ausgepowert scheint, schaut sich mit Obi ein Bilderbuch an. Die Augen fallen ihr schon fast zu.

Opa Eisenstein fixiert mich böse über den Tisch hinweg. Ich trinke aus Verlegenheit schneller, als ich sollte. Oma Eisenstein hilft mir, die erste Flasche Weißwein noch vor dem »Gruß aus der Küche« zu leeren. In der Kategorie Trinken liege ich im Gegensatz zu den anderen Vätern auf jeden Fall vorn. Muss unbedingt eruieren, ob es auch die Disziplinen Medikamentenmissbrauch oder Weinglasstemmen gibt.

Heute ist Jeannie die Kellnerin. Als sie Kindercracker unter marinierten Rinderfiletschnipselchen serviert, stülpt Oma die leere Rieslingflasche verkehrt herum in den Kühlkübel, drückt ihn Jeannie in die Hand und lässt ihn mit »schönem Gruß an die Küche« zurückgehen.

Ich steige auf Rotwein um, weil diese Flasche noch halb voll ist.

»Was halten Sie denn von dem Artikel im ›Familienurlaub‹?«, will der Architekt von mir wissen und grinst mich an.

»Ach, was diese Journalisten immer so schreiben ...«, nuschele ich. Kann mich gar nicht richtig konzentrieren, seine Zahnreihen leuchten so unschuldig weiß wie Engelsflügel.

»Das war ein toller Text«, findet Mr. Perfect und lehnt sich nach vorn. »Wahrer Journalismus!« Er hält seinen Löffel vor der Brokkolispargelcremesuppe erhoben. »Ein Klient von mir, hohes Tier bei einer großen deutschen Bank, immer nur geraucht und getrunken, der steht im Urlaub auf den Seychellen am zweiten Tag vor dem Pool – und zack!« Er lässt den erhobenen Löffel in seine Suppe plumpsen. »Da haut's ihn um: kopfüber in den Pool. Seine Frau hat ihn gerettet.« Er blickt zu Anne hinüber. Alter Schleimer. »Sei dankbar, Caspar, dein Körper hat dir ein Zeichen gegeben.«

Der Psychologe sieht zu mir herüber, notiert etwas in sein Lederheftchen und steht auf. Würde ich auch gern machen.

Vielleicht hat Mr. Perfect ja recht, und der Zusammenbruch war wirklich ein Zeichen: Mein Körper mag einfach keine Familien. Lieber schaltet er komplett ab, als hier in der Masse der Fortpflanzer zu versauern. Aber ich muss diesen Job durchziehen. Für Dr. Schade, für meine Nachtlebenkolumne und für die alleinstehenden Männer dieser Welt. Wenn Schade mitkriegt, dass ich unter Panikattacken leide, degradiert er mich vom wilden Hengst zum Angsthasen. Und Angsthasen schreiben keine Nachtleben-kolumnen.

»Der kleinen Paula hat Caspars Körper auch ein Zeichen gege-ben«, leitet Mr. Perfect die nächste Runde ein. »Es war bunt und roch nach Heringssalat.«

Ich brauche jetzt eine Zigarette, sonst drehe ich wirklich durch. Mit unsicheren Griffen falte ich meine Serviette, lege sie auf den Tisch und nicke Anne zu.

»Bis später, Schatz.«

Mr. Perfect sieht mich spöttisch an. »Soll ich dich lieber rauf-tragen?«

Auf dem Weg nach draußen begegne ich dem Psychologen. Er grüßt freundlich und will gerade zurück an unseren Tisch gehen, aber ich halte ihn am Arm fest.

»Bitte werten Sie meine Schwäche nicht zu unseren Unguns-ten. Anne und Leonie können doch nichts dafür. Vielleicht lag es ja an der finnischen Sauna. Die war falsch eingestellt, kaum Luft drin.«

Ainberger schüttelt lächelnd den Kopf. »Tut mir leid, aber das Problem sind Sie. Auch wenn Sie das nicht wahrhaben wollen.«

Diesmal schaut er mir nicht nur in die Augen, sondern starrt mir regelrecht in die Pupillen – wie ein Verkehrspolizist.

»Nehmen Sie Psychopharmaka?«

»Natürlich nicht!«

»Das ist gut. Denn falls Sie so was genommen hätten«, er sieht mich an wie ein Hausmeister, der einen Lausbuben beim Rau-chen ertappt hat, »sollten Sie jetzt auf keinen Fall noch mehr Alkohol trinken. Diese Pillen machen aus einem intelligenten, nun ja, Automechaniker einen abgestumpften Zombie – ent-schuldigen Sie meine Ehrlichkeit.«

Ich schlucke. Sogar die Spucke schmeckt nach Wein. »Na, ein Glück, dass ich keine genommen habe, nicht wahr?«

Wenig später stehe ich vor der Hoteltür. Es weht ein schwüler Wind, und zwar so stark, als würde er ein Jahrhundertgewitter ankündigen. Blöderweise habe ich meine letzte Schachtel Kippen in den Spielplatzmülleimer geschmissen, und der ist bestimmt schon geleert. Hier ist auch weit und breit kein Automat in Sicht: Rechts von mir beleuchten Laternen die alleeartige Ausfahrt, links liegen dunkle Wiesen. Der Ort ist zwei Kilometer entfernt. Bei dem Rückenwind schaffe ich den Weg dorthin in zehn Minuten.

Eine halbe Stunde später erblicke ich am Straßenrand das Leuchtschild einer Bar: »Bei Anton«. Zur Skisaison tobt hier bestimmt die Hüttengaudi. Jetzt erinnert der Schankraum eher an eine Mischung aus Heimat- und Horrorfilm: helles Holz, Eckbänke, schummriges Licht. An den abgeschrammten Tischen sitzen nur wenige Gäste. Der Barkeeper ist gerade damit beschäftigt, die Flaschen im Regal mit dem Handtuch abzustauben.

»Entschuldigung, wo finde ich denn den Zigarettenautomaten?«, will ich wissen.

»Im Klo«, antwortet Herr Béla. Was macht der denn hier? Verfolgt er mich?

Nein, es gibt nur eine Lösung. »Sie arbeiten so viel, um Ihre arme Familie in Ungarn zu ernähren, stimmt's?«

Er schüttelt den Kopf. »Ich will reich werden, damit ich eine gute Frau kaufen kann.«

»Machen Sie das lieber nicht«, rate ich ihm. »Sie würden es bereuen. Allein ist man noch am besten dran.«

Aber Herr Béla lässt sich nicht beirren. »Ein Mann braucht eine Frau«, behauptet er. Selber schuld.

Auf dem Rückweg von den Toiletten komme ich an einem Gast im Karohemd vorbei, der versunken vor seinem Glas sitzt.

»Was machen Sie denn hier?«, fährt er mich an. Es ist Herr Fröhlich. Er sieht zornig aus.

»Ich wollte nur Zigaretten holen«, stammle ich, »bin gleich wieder weg. Tut mir echt leid wegen Ihrer Tochter.«

»Setzen Sie sich«, befiehlt Fröhlich und winkt Herrn Béla, mir auch ein Glas von dem Gesöff zu bringen, das vor ihm steht. Eigentlich hatte ich erwartet, dass er gleich mit mir vor die Tür gehen will. Wahrscheinlich möchte er mich erst psychisch brechen und dann physisch. Oder hat er es auf noch mehr Geld für seine Tochter abgesehen? Auf jeden Fall habe ich gerade echt andere Sorgen als diesen überambitionierten Vater.

Herr Béla stellt mir ein Glas hin.

»Was ist denn das?«, will ich wissen.

»Papa Ice Tea.«

Ich seufze. Schon wieder dieser Kindersekt, nein, diesmal wohl ein Kindercocktail. »Ohne Alkohol?«

Herr Béla schüttelt den Kopf und grinst. »Papa ist der Kosename meines Heimatdorfes. Der ganze Name ist zu lang für die Getränkekarte.« Er sieht Fröhlich fragend an.

Der deutet auf seinen Deckel. »Heute gehen alle Drinks auf mich. Ich schulde dem Mann noch Geld.«

Der will die kompletten fünfzig Euro versaufen, die er mir vom Eintritt schuldet? Na, dann Prost. Aber immerhin zivilisierter, als sich zu prügeln.

»Stanley«, sagt er und nimmt sich, ohne zu fragen, eine Zigarette aus meiner Schachtel. Ich murmele meinen Vornamen und tue es ihm gleich. Wir stoßen an und trinken. Der Papa Ice Tea schmeckt wie ein guter Drink, der ohne unalkoholische Geschmacksverstärker auskommt. Es schüttelt mich sogar kurz. Eine Weile rauchen wir schweigend, während mein Gegenüber offenbar seinen Gedanken nachhängt. Irgendwann drückt Stanley seine Kippe aus und zündet sich eine zweite an.

Ich räuspere mich. »Wir hatten einen schlechten Start – der Stress im Sandkasten, der Ärger im Tanzkurs –, du kannst mir gern noch eine reinhauen, aber bitte erst, wenn ich ein paar von diesen Drinks intus habe.«

Er schaut mich erstaunt an und winkt ab. »Ich hab gerade andere Sorgen. Emma und ich haben uns gestritten.« Will der jetzt echt mit mir ein Männergespräch führen?

»Lass mich raten: wegen des Gutscheins für Paula. Tut mir echt leid, dass ich sie heute, nun ja, wie sagt man das am besten? Mit einem großen *Bollerchen* bedacht habe?«

»Ach, Blödsinn. So was ist mir früher auf Partys ständig passiert.«

Auf Partys? Diesem Spießer? Ich glaube ihm kein Wort.

Er seufzt, als lastete die Entscheidung über ein drittes Kind auf seinen Schultern. »Wegen der Tattoos.«

Jetzt muss ich wirklich lachen. Offenbar wollen mich heute alle zum Narren halten. Dafür habe ich jetzt echt keinen Nerv. Ich stecke meine Zigaretten ein und will gehen. Aber Stanley bleibt ernst.

»Ich will mir seit Jahren die Unterarme tätowieren lassen, aber meine Frau meint, das gehöre sich nicht für einen höheren Beamten.«

»Ich glaube dir kein Wort.«

»Dass ich Beamter bin?«

»Na ja, das schon.«

Wortlos öffnet er sein Karohemd. Nur zwei Knöpfe – und schon sehe ich Kirschblüten und die grüngelben Schuppen eines asiatischen Drachens über seinem Schlüsselbein. Ich muss an die japanischen Yakuza denken, die ihre Tätowierungen verstecken, damit die Gesellschaft ihr wahres, wildes Wesen nicht auf den ersten Blick erkennt.

»Mit Stock gestochen«, erklärt Stanley Fröhlich. »Zeckt ganz schön, ist aber original.« Sein ganzer Oberkörper sei tätowiert, erklärt er. »Bis zum Hintern – wie ein T-Shirt und Shorts.« Zum Beweis krempelt er die entsprechenden Kleidungsstücke hoch. Nun wolle er sich endlich auch die Unterarme stechen lassen, aber seine Frau sei dagegen. Seit seinem achtzehnten Lebensjahr liebe er seine Tattoos. »Emma habe ich erst zehn Jahre später kennengelernt.«

Der Kerl wird mir gerade sympathisch. Und wenn er tatsächlich der Familie abschwört, um sich tätowieren zu lassen, habe ich den perfekten Protagonisten für meine Reportage gefunden.

Herr Fröhlich fährt mit dem kleinen Finger die Silhouette des Drachenrückens auf seinem linken Oberarm entlang.

»Früher habe ich keine Party ausgelassen. Aber dann kam eins zum anderen, und ehe ich mich versah, war ich Gewinner«, sein Ton klingt verächtlich, »des Goldenen Bubsi.«

Wer hätte gedacht, dass auch Familienväter ab und zu den Ruf der Wildnis spüren? Jetzt könnte ich ihn auf meine Seite ziehen.

Aber offen gesagt, bin ich dazu schon viel zu betrunken und will jetzt nicht ans Arbeiten denken. Außerdem mag ich seine Tattoos, und das hier ist der erste anständige Abend seit Langem. Vor allem aber habe ich mich heute schon auf seine Tochter übergeben, das reicht eigentlich an Zumutung.

»Bleib du lieber bei deiner Familie, Stanley Fröhlich, bevor Herr Béla sie dir abkauft.« Ich deute zum Barchef, der das zum Anlass nimmt, sich zu uns zu setzen.

Ist eh kein Gast mehr da außer uns. Weil wir schon zu viel getrunken haben und in bester Herrenrundenstimmung sind, weise ich den Ungar darauf hin, dass er sich besser eine Frau nehmen sollte, die er nicht kaufen muss.

Aber der Ungar will nicht von seiner These abrücken. »Jeder Mann zahlt. Viele geben das Geld nur nicht auf einmal aus.«

Das sollte ich mir für meinen Artikel merken. Jetzt aber halte ich erst mal eine vom Papa Ice Tea entflammte Laudatio auf die Freiheit des Mannes, den Alkohol, durchzechte Nächte, wilde Partys und das Grundrecht auf Polygamie. Die beiden anderen sehen mich verwundert an.

»Du haust ja ganz schön auf die Kacke für einen Vater«, findet Stanley. Der Psychologe hatte recht, was diese Pillen angeht. Zum Glück sind auch die anderen beiden schon betrunken, und so einigen wir uns schnell darauf, einfach auf die guten, alten Zeiten anzustoßen, als man noch jung und wild war – einmal, zweimal, zehnmal.

Im Lauf des Abends verspricht mir Stanley Fröhlich, zu seiner Frau zurückzukehren und sich mit ihr zu vertragen. Herr Béla will von nun an auf sein Herz hören und seine wahre Liebe suchen. Ich dagegen gebe den beiden mein Wort, mich nicht mehr nachts in Clubs herumzutreiben.

»Wahrscheinlich bist du deshalb überhaupt erst in der Sauna umgekippt«, vermutet Stanley.

»Ich hatte eine Panikattacke.«

Mein Gegenüber schaut mich aufmerksam an und schüttelt ungläubig den Kopf. »Wovor soll ein Kerl wie du denn Panik haben? Vor dem zweiten Kind?«

Ich atme tief durch. »Wir kriegen kein zweites Kind, Stanley«, erkläre ich ihm. »Dieser andere Vater hat da irgendetwas falsch verstanden. Es ist nicht leicht, so ein Missverständnis aufzuklären.«

Stanley Fröhlich wird mit einem Mal sehr ernst. »Tut mir leid. Manchmal bin ich so sehr mit meiner Familie beschäftigt, dass ich gar nicht richtig mitkriege, was um mich herum passiert.« Er greift über den Tisch und nimmt meine Hand. »Keine Sorge. Das klappt schon noch.« Er hebt sein Glas und ich meines.

Irgendwann löscht Herr Béla die Lichter der Bar. Die vergangene halbe Stunde habe ich gar nicht mehr so richtig mitbekommen. Stanley hat tatsächlich alle Drinks bezahlt.

Ich glaube, er hat auch angefangen, mich für den Familiencontest zu coachen. Erinnere mich nur noch an Begriffe wie »Erziehung«, »Bildung«, »Sozialisation« – und was war da noch? Hoffentlich fragt er mich morgen nicht ab. Herr Béla bringt uns zu Fuß ins Hotel. Wir brauchen eine Stunde.

Als ich mich in der Lobby von meinen neuen Freunden verabschiede, bin ich so betrunken, dass ich tapse, anstatt zu gehen. Kurz überlege ich, noch bei der heißen Frau Fröhlich zu klopfen, ins Bett will ich nämlich noch nicht. Denn erstens schnarcht Anne so laut, dass man sie schon wirklich lieben muss, um neben ihr schlafen zu können, zweitens finde ich es unmoralisch, in der Gegenwart von kleinen Kindern betrunken zu sein. Aber wohin? Vielleicht liegt es an den Tabletten, am Papa Ice Tea, an meinem Familienplädoyer oder einer Kombination aus alledem – jedenfalls komme ich auf die beste Idee seit Langem: ein Zimmertausch mit Mr. Perfect.

Er wird ja wohl lieber bei seiner Familie schlafen als allein in der Reicher-Onkel-Suite. Bei mir ist es umgekehrt. Und weil er mich in den letzten Tagen ein paarmal auf Händen getragen hat, bin ich ihm etwas schuldig.

Im Fahrstuhl drücke ich die oberste Taste. Die Fahrt dauert nicht lang. Angekommen im sechsten Stock, stütze ich mich abwechselnd rechts und links an den Wänden ab und hinterlasse Handflächenabdrücke, die glatt als Höhlenmalereien durchgehen würden. Egal – morgen fällt der Verdacht sicher auf die Kinder, und denen wird eh verziehen.

Die Suite liegt am Ende des Gangs. Wie in den Filmen. Ich klopfe. Nichts. Sicherheitshalber horche ich an der Tür. Aber drinnen ist es absolut still. Ich klopfe lauter. Als sich immer noch nichts tut, hämmere ich gegen die Tür und rufe: »Zimmerservice!« Genau genommen ist das nicht mal gelogen.

Ich höre Schritte im Zimmer.

Mr. Perfect öffnet die Tür. Zumindest hat der Kerl vor mir seine Statur. Von seinem Gesicht kann ich nichts erkennen, denn es besteht offenbar aus Quark. Dazu hat er sich wirklich zwei Gurkenscheiben auf die Augen gelegt. Ich dachte, so etwas macht man nur im Film. Der Quark wird in der Mitte von einer Zornesfalte zerfurcht.

»Willst du schon wieder umkippen, oder was?«, fährt mich der Gurkenmann an. Eindeutig Mr. Perfect.

Ich senke meinen Blick, um nicht in schallendes Gelächter auszubrechen. Gleichzeitig befremdet mich der Gedanke, von einem Mann noch am Mittag als Mädchen beschimpft zu werden, der abends Gesichtsmasken aus Frauenzeitschriften anrührt.

»Nein, dafür würde ich nicht extra hier hochgurken, also, ich meine fahren.«

»Bist du betrunken?«

»So ein Quark! Ich meine Mist. Nein!«

»Was willst du?«

Ich nehme alle Kraft zusammen und sehe ihn an. »Mich bedanken. Du hast so viel für mich getan, und ich halte dich nur davon ab, mit deiner Familie zusammen zu sein. Das ist nicht richtig. Du bist ein guter Mensch. Du tust so viel für die Mütter und Väter dieser Welt. Ich wollte dir mein Zimmer anbieten, als Dank. So kannst du bei deiner Familie schlafen.«

Keine Ahnung, was unter der ganzen Schmiere vor sich geht. Mr. Perfect steht einfach nur da, die Gurkenscheiben auf mich gerichtet.

»Ist schon ein bisschen spät.« Er macht Anstalten, die Tür zu schließen.

Ich traue meinen Ohren nicht. Der Kerl soll der perfekte Ehemann und Vater sein? Er scheint ganz glücklich ohne seine Familie. Ich zucke mit den Schultern und wende mich zum Gehen.

»Na gut, dann werde ich das Anne mal so ausrichten.«

Hinter mir höre ich ein tiefes Seufzen.

Wenig später liege ich auf der besten und breitesten Matratze des Hotels. Was für ein Luxus! Es gibt sogar eine vom Bad getrennte Toilette!

Auf Mr. Perfects Schreibtisch liegen irgendwelche Grundrisse. Der Typ hört wohl nie auf zu arbeiten. Leider verschwimmen alle Zahlen und Linien vor meinen Augen.

Die Anspannung fällt von mir ab. Wer hätte gedacht, dass der Tag doch noch so endet? Ob ich mir Champagner bestellen soll? Ich wähle die Nummer des Zimmerservice und wundere mich nicht, als Herr Béla abnimmt.

Kurz darauf klopft es an der Tür. Das ging ja schnell. Oder ist es Mr. Perfect, der seinen Gurkenquark vergessen hat? Hoffentlich will er nicht sein Zimmer zurück. Am besten, ich bleibe einfach liegen.

Es klopft erneut. Eine Frauenstimme flüstert so laut es geht: »Mr. P.! Pst, ich bin es!«

Seltsamerweise bekomme ich eine Gänsehaut. Meine Knie werden weich, diesmal allerdings vor Aufregung. Woher kenne ich denn diese Stimme? Stanleys Frau ist es garantiert nicht, oder?

Langsam stehe ich auf und gehe zur Tür. Meine Hand schwitzt, während sie die Klinke herunterdrückt. Die Tür öffnet sich einen Spalt.

Ich traue meinen Augen nicht: Da steht Adoré.

Sie ist älter geworden, kein Zweifel, es ist ja auch zehn Jahre her, dass sie mich von einem Tag auf den anderen verlassen hat. Wahrscheinlich ist sie bloß eine Alkohol-und-Psychopharmaka-bedingte Halluzination. Aber sosehr ich auch zwinkere, sie will nicht weggehen.

Weil ich wie versteinert im Türrahmen stehe, streckt sie die

Hand aus – mit einer mädchenhaften Geste und einem Lächeln, das mich sofort wieder genauso verzaubert wie vor zehn Jahren.

»Guten Abend, entschuldigen Sie die Störung. Ich wollte zu Mr. Perfect, ich habe einen Termin.«

Ihre Arme führen ein paar engagierte Joggingbewegungen vor.

»Fitness«, erklärt sie. »Ich wusste nicht, dass er noch einen Kunden hat.« Sie schüttelt den Kopf, als sei ihr etwas Wichtiges eingefallen. »Ich habe mich nicht vorgestellt, bitte entschuldigen Sie: Ich bin die Pressefrau des Hotels.« Sie streckt ihre Hand aus. Die fühlt sich auch an wie damals. Ich sehe ihr in die Augen.

»Mein Name ist Adoré Baroudel«, sagt sie.

»Ich weiß«, entgegne ich und bitte sie herein.

Im Zimmer zieht sie ihre Jacke aus und mustert mich. Sie legt den Kopf ein wenig schief, betrachtet mich lange, atmet dann tief ein und aus. Wie ein Seufzer, nur viel zärtlicher. Das Lächeln weicht nicht von ihren Lippen. Sie lässt meine Hand los und streicht über mein Gesicht, als wäre ich ein ausgestorbenes Tier.

»Caspar Hartmann«, flüstert sie ebenso leise wie verwundert. Keine Ahnung, wie sie das macht, jedes ihrer Worte, jede Geste dringt direkt in mein Herz.

Ich bin verloren.

Schon wieder.

»Wo hast du denn die ganze Zeit gesteckt?«, fragt sie leise lockend.

Wir sind füreinander bestimmt.

»Ich war immer hier«, sage ich – keine Ahnung, warum.

Bin wie ferngesteuert.

Kann nicht nachdenken, auch nicht reden.

Also küsse ich einfach.

Es ist hell, zu hell. Elektrisches Licht strahlt von oben auf die zerwühlten weißen Decken, draußen zeigt die Welt ihre dunkle Seite. Adoré ist verschwunden, dafür steht Mr. Perfect vor meinem Bett, als wäre es sein Bett, was es ja auch irgendwie ist. In der Hand hält er ein Handy. Herr Schade ist dran.

Anne hat unseren Chef angerufen, ihm erzählt, ich wolle mich um das Familienthema drücken.

Petze.

Statt einem Kaffee auf einem Silbertablett bekomme ich einen Einlauf via iPhone serviert. Mr. Perfect steht mir dabei die ganze Zeit gegenüber und sieht zu, wie ich zusammengeschissen werde. Aber all das kann meine seit gestern Nacht wirklich sensationelle Laune nicht trüben. Als wäre Adoré nie weg gewesen. Große Liebe bleibt halt große Liebe. Endlich hat sie das auch verstanden. In meinem Bauch vögeln Schmetterlinge. In mein Ohr schreit Dr. Schade.

»Ab jetzt machen Sie, was Anne sagt. Sie müssen wissen, worüber Sie schreiben, sonst können Sie es nicht glaubhaft verreißen! Und gewinnen Sie diesen Familienpupsi! Das ist der Höhepunkt Ihrer Geschichte. Der Höhepunkt! Haben Sie mich verstanden?«

»Aye, aye, Sir!«, salutiere ich.

Mein Chef legt auf, und ich drehe mein Gesicht ins Kissen. Es riecht immer noch nach Adoré. Da liegt auch eines von ihren langen Haaren. Wahrscheinlich musste sie heute früh arbeiten und ist still und leise hinausgeschlichen, wie sie es früher auch immer gemacht hat. Ich picke das Haar mit Daumen und Zeigefinger auf. Mit der anderen Hand gebe ich Mr. Perfect sein Telefon zurück.

»Raus hier!«, sagt er. Offensichtlich ist ihm die Nacht mit seiner Familie nicht so gut bekommen.

»Etwas mehr Höflichkeit, bitte«, fordere ich.

»War gestern noch jemand hier?«, will er wissen.

Wir mustern uns. »Ja«, verkünde ich grinsend. »So ein kleiner Typ, weiße Jacke, Kinnbart, graue Hose.«

Mr. Perfect schaut verdutzt.

»Sa…, Sa…, Sander hieß er. Nein, irgendwas anderes mit Sand… Sandro? Nein, der Sandmann war es, ja genau.«

»Anne will, dass du sofort wieder nach unten kommst.«

Er geht zum Schrank, holt ein paar Joggingsachen heraus und zieht sich so selbstverständlich um, als wäre das hier die Kabine eines seiner Fitnessstudios.

»Darf ich noch duschen, Schatz?«

»Nein.«

Seufzend zwänge ich mich in die nach Rauch stinkenden Kleider. Trotzdem fühle ich mich großartig. Mr. Perfect reicht mir meine Schuhe. Als ich meinen Arm danach ausstrecke, lässt er sie fallen, schnellt vor, kneift mir in die Wange und schlackert daran.

»Der Kleine hat ja ganz rote Bäckchen. Wo warst du denn gestern Abend? Hast du in dieser Einöde einen Puff gefunden?«

Schon wieder so ein ungepflegter Herrenwitz. Der Typ muss entweder schizophren sein oder im tiefsten Innern ein Arsch. Eine kluge, wenn auch schrullige Frau wie Anne müsste ihn doch locker durchschauen, oder? Offenbar nicht, sonst würde sie ihn wohl kaum heiraten.

»War mir eine Freude«, ätze ich tonlos zum Abschied.

»Mir nicht.«

Offenbar stinkt ihm meine Anwesenheit ebenso sehr wie mir die seine. Was will er hier überhaupt noch? Jedes Kind kann sich ausrechnen, dass er Leonies echter Vater ist, und dann kann ich mich von der Kolumne verabschieden. Dazu kommt, dass ich so aufgeblasene Typen wie Mr. Perfect noch nie ausstehen konnte. Ich baue mich vor ihm auf, nicht Nase an Nase, dafür ist er zu groß, aber immerhin meine Nase an seinem Kinn – wenn ich mich ein bisschen strecke.

»Setz dich, Arnie.«

»Damit du mir in die Augen schauen kannst?«, frotzelt er.

»Was ist dein Problem?«, frage ich.

Er sieht mich spöttisch an und winkt ab. »Kein Problem. Was stört es die Eiche, wenn sich ein Schwein an ihr reibt?«

Mist, kein schlechter Spruch. Muss kurz nachdenken.

»Wenn das Schwein lange genug reibt, fällt die Eiche«, kontere ich halblaut.

Mr. Perfect lächelt siegesgewiss und beugt sich zu meinem Ohr herunter. »Hör mal, Caspar. Wir können die Sache gern unter Männern austragen. Ich will dich aber nicht verletzen.«

Deine ganze Anwesenheit hier verletzt mich schon seit Tagen, will ich rufen, aber stattdessen flüstere ich leider: »Wähle die Waffe.«

Jetzt grinst er noch etwas breiter und raunt drohend: »Lindenblütenaufguss.«

Ich schaue ihn fragend an.

Mr. Perfect grinst. »Wer am längsten in der Sauna bleibt.«

Ich komme schon mal ins Schwitzen. Vielsagend ziehe ich die Augenbrauen hoch, nicke, bedanke mich versehentlich für die Nacht in seiner Suite und schreite auf etwas wackeligen Beinen den Herausforderungen des Tages entgegen.

Anne räumt mit starrem Gesicht das Zimmer auf, als wäre es ihr durcheinandergeratenes Leben. Keine Ahnung, was da gestern Nacht zwischen ihr und Mr. Perfect vorgefallen ist. Paare streiten sich ja eh ständig. Ich setze mich in den Sessel und sehe ihr zu.

»Was ist los?«

Als hätte sie nur auf ein Stichwort gewartet, fährt sie herum und stemmt die Hände in die breiten Hüften.

»Du kippst um, übergibst dich, wir fahren dich in die Notaufnahme, und dann verschwindest du einfach für eine Nacht? Dir hätte sonst was passieren können.«

Ich versuche einen Hundeblick, aber Anne ist kein Tierfreund. »Mr. Perfect, ich meine, Leonhardt hat mich doch gesehen. Ich habe ihn ja runtergeschickt.«

Kurz stutzt sie. Alles klar, er hat ihr nichts davon erzählt.

»Außerdem stinken deine Kleider nach Rauch. Wir hatten vereinbart, dass du mit dem Rauchen aufhörst.«

»Das kann dir doch egal sein«, halte ich dagegen.

Anne baut sich vor mir auf. »Gestern wollte ich mit Leonie üben, dass sie Papa zu dir sagt. Doch dieser Papa war nicht hier! Du setzt unsere Geschichte aufs Spiel, unsere Jobs! Aber das kann mir wahrscheinlich auch egal sein.«

Meine Güte, sie steigert sich wirklich etwas zu sehr in ihre Rolle hinein. Wahrscheinlich hat sich Mr. Perfect vorhin Ähnliches anhören müssen. Wenn die so weitermacht, fange ich auch noch an zu joggen. Ist eh nur eine gesellschaftlich tolerierte Form, um mal kurz vor seiner Familie zu flüchten.

»Gestern habe ich recherchiert«, erkläre ich.

»In irgendeiner Bar oder einem Bett vermutlich.« Sie beginnt wie manisch, die Kissen und die Decke auszuschütteln und in Form zu klopfen. Das wird ja immer unheimlicher. Wenn sie gleich ein Kissen mit akkuratem Handkantenschlag spaltet, fliehe ich.

»Wo ich war, geht dich überhaupt nichts an«, halte ich entgegen. »Wir sind ja nicht verheiratet.«

»Sind wir doch!« Anne hebt drohend das Kissen wie ein Wurfgeschoss.

»Nein!«

»Doch!«

»Nein!«

»Doch!«

»Das ist kindisch!«

Anne wirft. Das Kissen trifft mich am Bauch und fällt herunter. Ich schaue sie abschätzig an. Seit ich Adoré wiedergesehen habe, ist mir meine Kollegin, offen gesagt, noch gleichgültiger als zuvor. Die arme Leonie. Wo steckt sie überhaupt? Ich habe sie noch gar nicht gesehen. Suchend blicke ich mich im Zimmer um.

»Wo ist Leonie?«

Anne stutzt. Die Zornesfalte macht einer hämischen Miene Platz. »Vermisst du sie?«

»Nein.«

»Sie ist bei ihrer neuen Oma in der Lobby.«

»Du lässt sie allein mit einer fremden Frau?«

»Kann dir doch egal sein.«

»Anne, lass uns bitte professionell bleiben.«

»Du gefährdest unsere Aufgabe! Anstatt draußen herumzu- irren, solltest du dich auf den Familiencontest vorbereiten.«

»Habe ich gemacht. Mit Herrn Fröhlich. Er heißt übrigens Stanley und ist sehr nett.« Seit wann muss ich mich überhaupt für mein Verhalten rechtfertigen? Das ist genau der Grund, warum ich nicht scharf auf eine Beziehung bin. Aber das sage ich jetzt natürlich nicht. Stattdessen verhalte ich mich wie einer dieser Kerle, die das Vertrauen ihrer Frau bereits vollends verloren haben.

»Wenn du mir nicht glaubst, frag ihn doch.«

»Das mache ich auch.«

»Hast du echt unseren Chef angerufen?«, will ich wissen.

Anne nickt trotzig.

»Hast du ihm von Mr. Perfect erzählt?«

Nein. Stattdessen hat sich Anne über meinen mangelnden Eifer beklagt. Jetzt bestimmt sie also offiziell, wo es langgeht. Wie in jeder modernen Beziehung.

Wortlos nehme ich meine Sachen, verschwinde ins Bad und dusche den allzu verführerischen Duft von gestern Nacht ab.


Leonie sitzt unten in der Lobby auf dem Schoß von Oma Eisen- stein und blättert sehr interessiert in einer Frauenzeitschrift namens »Ladylike«. Ihren Mann hat die Oma in den Regen geschickt – mit dem Hund.

»Danke, dass Sie auf Leonie aufpassen konnten«, sagt Anne. Dann stutzt sie. Leonies Gesicht ist von blassroten Punkten über- sät. Annes Stimme rutscht sofort eine Oktave höher.

»Schatz, was ist denn mit dir passiert?«

»Windplocken!«, entgegnet Leonie stolz.

Anne stellt sie sofort auf den Boden, sucht deren Arme und Beine nach verräterischen Pusteln ab und hält ihr die Hand zum Temperaturtest an die Stirn. Dann zieht sie Leonies T-Shirt hoch.

Oma Eisenstein zwinkert mir vieldeutig zu. »Soll ich bei Ihnen auch mal unter dem T-Shirt nachschauen?«

»Nicht nötig, ich hatte die schon als Kind.«

Anne betrachtet ihre Handinnenfläche, leckt ihre Daumenspitze an und wischt einmal quer über Leonies Stirn: Die Pusteln verschwinden. Auf dem Zeitschriftentisch steht ein kleines Schminkkofferchen. Oma Eisenstein nickt lächelnd. »Sie wollte sich unbedingt mal schminken, und einer muss es ihr ja zeigen.«

»Ja, von Schminken haben Sie offensichtlich mehr als genug Ahnung«, schimpft Anne und beginnt, die Windpocken aus Leonies Gesicht zu wischen. Ihre Tochter wehrt sich mit Händen und Füßen.

»Meine Windplocken!«, ruft sie und haut Anne ins Gesicht.

Die setzt ihre Tochter auf den Hosenboden. »Du schlägst mich nicht noch einmal, Fräulein!«, fährt sie Leonie an, die sich daraufhin auf den Boden wirft und sich hin- und herrollt wie das wilde Mannle persönlich. Dabei tritt sie gegen das Schienbein von Adoré, die gerade den Pressetisch mit neuen Hochglanzmagazinen bestücken wollte. Sie macht kurz ein schmerzverzerrtes Gesicht, hat sich aber gleich wieder im Griff und lächelt Leonie so wunderschön an, dass die sogar kurz aufhört zu schreien. Unsere Blicke treffen sich, es kribbelt in meinem Bauch, als läge gestern Nacht erst ein paar Minuten zurück und meine Pubertät nicht viel länger. Wie zufällig berühren sich unsere Handrücken. Ich bekomme eine Gänsehaut.

»Tut mir leid«, entschuldigt sich Anne überfordert und versucht, Leonie hochzuheben, woraufhin die gleich wieder losschreit.

Da nimmt Adoré das oberste Hochglanzmagazin vom Stapel, die »Ladylike« mit Sarah Jessica Parker auf dem Cover, und reicht das Heft Leonie. Augenblicklich beruhigt sich das Kind.

»Hier, meine Kleine«, säuselt sie hypnotisch, »die ›Ladylike‹ mögen alle Frauen. Da stehen tolle Schminktipps drin.«

Natürlich könnte ich Adoré jetzt erklären, dass das totaler Quatsch sei, weil Leonie noch gar nicht lesen kann und viel zu jung ist, um sich zu schminken – stattdessen versuche ich wieder, sie zu küssen.

Aber sie weicht mir aus und deutet auf Anne. Die schaut mich nun noch verdatterter an.

Oma Eisenstein nutzt die Schrecksekunde, um sich Leonie mitsamt der Zeitschrift wieder auf den Schoß zu setzen. »So, Leonie, du entschuldigst dich jetzt bitte bei deiner Mutter und machst ei, ei. Dann male ich dir mal was richtig Tolles.« Leonie beruhigt sich sofort, gehorcht, geht zu ihrer Mutter und streichelt ihr über die Wange. Dabei flüstert sie leise: »Schuljung.«

Adoré hält mir die aktuelle Ausgabe des »Münchners« hin.

»Hier, du bist doch noch Journalist, oder?«

Ich schüttele den Kopf. »Automechaniker.«

Adoré schaut ungläubig, zuckt mit den Schultern, legt die Ausgabe wieder zu den anderen Zeitschriften und geht zur Rezeption.

Anne sieht ihr hinterher, konzentriert sich dann aber lieber auf Oma Eisenstein, der sie einen halb eifer-, halb streitsüchtigen Blick zuwirft, welcher allerdings in großmütterlicher Großherzigkeit verpufft.

»Gehen Sie doch mal zu zweit frühstücken«, schlägt Oma Eisenstein vor. »Sie haben bestimmt einiges zu besprechen. Ich passe hier auf.«

Anne schaut so skeptisch, als wäre Oma Eisenstein eine berüchtigte Kindesentführerin. Aber ich nicke ihr dankbar zu und ziehe die Mutter mit.

»Komm, Schatz, ist doch toll, wenn sich die beiden gut verstehen.«

»Wenn sich diese Oma noch mal in meine Erziehung einmischt«, murmelt Anne und ballt die Faust, »zeige ich ihr, wie sich der Generationenkonflikt anfühlt.« Sanft schiebe ich sie in Richtung Frühstück.

Als ich mich noch einmal umdrehe, hat Oma Eisenstein die »Ladylike« neben Leonie aufgestellt, hält einen Kajalstift in der Hand und versucht, Leonie wie Sarah Jessica Parker zu schminken.

Im Speisesaal halte ich nach Adoré Ausschau, kann sie aber nirgends entdecken. Familie Fröhlich bevorzugt heute einen kleineren Einzeltisch. Stanley sieht schlimm verkatert aus, aber auf seinem Gesicht liegt ein glücklicher Schimmer. Gerade lässt er die Hand seiner Frau los, um mit Kugelschreiber Linien auf seine Unterarme zu zeichnen. Sie schaut ihn so liebevoll an, als wäre auch er ihr Sohn.

»Familiencontest?«, rufe ich und recke den Daumen in die Höhe. Stanley dreht seinen Kopf zu mir, winkt kurz und erwidert die Geste.

»Siehste«, sage ich zu Anne. Auch die Architekten haben einen neuen Tisch am Fenster, wo sie mit Obi in ein Klatschspiel vertieft sind.

Der Stammtisch, an deren Kopf wie immer Frau Sommer thront, ist neu besetzt. Dort hat ein rothaariger Familienclan Platz genommen, der aus etwa zwanzig bis dreißig Personen besteht, zu einem Drittel erwachsen, der Rest aufgeteilt in viele, viele Kinder und einige Jugendliche, die einander wie aus dem sommersprossigen Gesicht geschnitten sind. Alle haben rotblonde Haare und knallrote Wangen.

»Das ist der Irenclan«, erklärt Stanley, als er auf dem Weg zum Büfett an uns vorbeikommt. »Die nehmen bestimmt nicht am Contest teil.«

Den kleinen Wolken-, Sonnen- und Regenillustrationen in der Frühstücksbroschüre zufolge wird die nächste Woche endlich einmal alle Klimazonen abdecken. Laut dem Artikel im »Familienurlaub« kann das Wetter den Biorhythmus durcheinanderbringen. Egal, meiner ist schon durcheinander.

»Ich brauche jetzt Nervennahrung«, verkündet Anne und begibt sich zum Büfett. Kaum ist sie weg, steht Herr Ainberger an meinem Tisch.

»Wie geht es Ihnen?«, will er wissen.

»Blendend.«

»Das muss nichts heißen«, entgegnet er und lässt mich sitzen. Noch ehe ich über den Geisteszustand des Psychologen nachdenken kann, ist Anne schon wieder da. Auf ihrem Teller sehe ich Rührei mit Speck, Pancakes mit Ahornsirup, kleine Nuss-Nougat-Croissants, Käse und Erdbeeren.

»Mr. Perfect würde dir das sofort aus dem Ernährungsplan streichen«, stelle ich fest.

»Der ist gerade beim Joggen«, murmelt Anne kauend. »Warum versuchst du eigentlich plötzlich, das Hotelpersonal zu küssen?«

Schnell nehme ich ein Croissant, stopfe es zur Hälfte in den Mund und bedeute ihr, dass ich erst herunterschlucken muss.

Anne ist eine Journalistin und wird nicht aufhören zu bohren, ehe sie eine befriedigende Antwort bekommen hat. Also erzähle ich ihr kurz, dass Adoré eine alte Bekannte ist und ich mich am Abend meines plötzlichen Verschwindens wieder in sie verliebt habe, nachdem wir »ein bisschen rumgeknutscht haben«.

»Rumgeknutscht? Wie Teenies?«

»Ja, in der Reicher-Onkel-Suite. Nachdem ich mit Stanley Fröhlich für den Familiencontest gepaukt habe. Da stand sie plötzlich vor der Tür. Wie eine gute Fee.«

»Wieso?«

Darüber habe ich gar nicht mehr nachgedacht. Hilflos ahme ich die Joggingbewegungen nach, die mir Adoré an jenem Abend vorgeführt hat. Aber eigentlich kann das nur einer erklären.

»Das musst du Mr. Perfect fragen.«

Anne nickt und isst grübelnd weiter. »Du bist echt verliebt in die, oder?«

Ich nicke ertappt.

»Wichtig ist, dass sie unsere Tarnung nicht gefährdet. Hast du ihr von unserer Mission erzählt?«

Ich schüttele den Kopf.

»Hast du ihr von Leonie und mir erzählt?«

Kopfschütteln.

»Dann solltest du das machen. Oder ich mache es.«

Ich verspreche, Adoré bei nächster Gelegenheit meine falsche Familie vorzustellen. Anne hat ja recht. Es ist gut, die Dinge zwischen uns zu klären. Offenbar waren wir beide etwas überreizt. Ich entschuldige mich für mein gestriges Verschwinden, und Anne entschuldigt sich für ihren Ausraster. Sie erklärt mir, dass Dr. Schade sie schon vor unserer Abreise enorm unter Druck gesetzt habe: »Wenn Sie diesen Macho nicht zähmen, können Sie sich von Ihrer Halbtagsstelle verabschieden«, hat er Anne gedroht. Offenbar soll sie mich so sehr nerven, dass ich meinen ganzen Frust in den Artikel stecke. Ob Manager so etwas in Mitarbeiter-Demotivations-Seminaren lernen?

Und als ich nachts verschwunden war, sah Anne ihr schönes neues Teilzeitmodell in sich zusammenbrechen. Ich senke verständnisvoll die Augen. Wir beschließen, das Kriegsbeil für die Zeit unseres Aufenthalts zu begraben und von nun an absolut offen miteinander umzugehen.

»Was findest du eigentlich an Mr. Perfect?«, frage ich deshalb geradeheraus. »Ist es sein Körper?«

Anne verschluckt sich an ihrem Fruchtjoghurt und muss fürchterlich husten. Ich klopfe ihr ein paarmal freundschaftlich auf den Rücken, wie man das bei Kumpels macht.

»Warum willst du das wissen?«

Klar, eigentlich geht es mich nichts an, mit wem sich Anne privat herumtreibt, aber erstens sind wir hier ja beruflich, und zweitens ist der Typ ein solcher Arsch, wie ich es nur selten erlebt habe.

»Na ja, er verhält sich manchmal ein bisschen grobschlächtig.«

»So ein Blödsinn. Gut, er kann schon ein bisschen, nun ja, direkt sein, aber er ist Leonie ein guter Vater und unterstützt mich, wo er kann.«

»Reicht das, um ihn zu heiraten?«

»Bist du eifersüchtig?«

»Nein. Ich finde nur, Leonie hat so einen Kerl nicht verdient – und du auch nicht.«

Anne schaut überrascht, dann wird sie zornig.

»Das musst du gerade sagen, der Abschlepper und Lügner vor dem Herrn! Das ist jetzt wieder so ein Alphamännchending, oder?«

Ganz abstreiten kann ich das leider nicht. Keine Ahnung, warum, aber wenn andere Männer schöner, stärker oder eloquenter sind als ich, lege ich mich gern mit ihnen an – vor allem wenn sie sich auch noch als Lügner und Arschlöcher entpuppen.

»Er versteht mich, er versteht die Frauen, er versteht Familien«, behauptet Anne. »Und er will etwas an unserer gesellschaftlichen Situation ändern: ein emanzipierter Mann. In seinen Studios ermöglicht er alleinerziehenden Müttern, für kleines Geld zu trainieren. Du weißt doch, wie wichtig den meisten Frauen ihre Figur ist. Er hat sein Angebot voll an die Bedürfnisse moderner und gleichberechtigter Menschen angepasst.« Sie trinkt einen Schluck Cappuccino. Es wundert mich überhaupt nicht, dass Leonhardt in seinen Studios alleinerziehende Frauen um sich schart. So ein Schlitzohr.

»Vor allem ist Leonhardt ehrlich«, behauptet Anne. »Und das kann man heute von den wenigsten Männern behaupten.«

»Und was war der Grund, dass Adoré vor seiner Tür stand?«

»Dafür gibt es bestimmt eine logische Erklärung.«

Ich nicke betreten und denke daran, dass Annes Halbtagsstelle in ein paar Monaten weggekürzt wird. Ehrlicherweise sollte ich ihr das sagen. Aber dann reist sie bestimmt sofort ab, und ich kann meine Kolumne vergessen.

Heute steht eine Kutschfahrt auf dem Programm. Wir beschließen, spontan mitzufahren, weil Leonie neben allen anderen Tieren auch Pferde liebt. Mr. Perfect nehmen wir ebenfalls mit, damit er sich um Leonie kümmern kann und wir uns um die Arbeit. Aber vorher müssen wir Leonie noch abschminken.

Gegen Mittag versammeln sich die Familien vor dem Hotel. Adoré hat die Kooperation mit einer lokalen Brauerei organisiert, die ihre riesigen alten Bierfässerkutschen für Familienfahrten zur Verfügung stellt. Sie notiert die Namen der Familien und drückt jedem Teilnehmer als Willkommensgeschenk eine Papptüte mit drei Flaschen Bier in die Hand – eine davon alkoholfrei, »für die Kids«.

Wir sind die Letzten in der Schlange. Haben etwas länger gebraucht, weil sich Leonie partout nicht abschminken lassen wollte und erst bestochen, zurechtgewiesen, getröstet und belohnt werden musste.

Als ich endlich vor meiner großen Liebe stehe, fehlen mir die Worte.

»Hallo«, sage ich. Diese Augen!

»Hallo zurück«, flüstert sie mit verlegenem Lächeln. Dies ist die vorhin besprochene »nächste Gelegenheit«. Eigentlich müsste ich ihr jetzt von meiner falschen Familie erzählen, aber das bringe ich einfach nicht übers Herz. So stehen wir einen Augenblick schweigend da. Bis sich Anne bei mir einhakt.

»Möchtest du uns nicht vorstellen?«, fragt sie und mustert Adoré interessiert.

Die zeigt ihr Marketinglächeln. »Adoré Baroudel, Pressefrau im ›Wilden Mannle‹.«

»Anne Germoser, Ehefrau«, sie nickt zu mir herüber, »von diesem wilden Mannle. Ich habe meinen eigenen Nachnamen behalten – für alle Fälle.«

Adoré schaut mich überrascht an. »Du hast mir gar nicht erzählt, dass du verheiratet bist!«

Oje. Wie soll ich das bloß erklären? Am besten gar nicht.

»Ja, das habe ich wohl vergessen«, murmele ich.

Mr. Perfect nickt Adoré zu. »Wir kennen uns schon länger.« Erklärend fügt er hinzu: »Frau Baroudel war eine meiner VIP-Klientinnen in München.«

Anne wirft mir einen Dies-ist-eine-logische-Erklärung-Blick zu. Adoré schaut von ihm zu Anne.

»Ich dachte, Sie beide wären ...«

»Nein«, winkt Anne ab. »Leonhardt ist mein Bruder und Leonies Patenonkel.«

Adoré schaut skeptisch. »Ihr Bruder? Und er ist extra hierher zu Besuch gekommen?«

»Ich habe sonst so wenig Zeit, die Kleine zu sehen«, meint Mr. Perfect jovial grinsend.

»Er mag sie halt so gern«, erklärt Anne.

»Ist kompiziert«, ergänzt Leonie und zieht an meiner Hand. »Papa, bitte Arm nehmen!«

Einen besseren Moment, mich mal Papa zu nennen, hätte sich die Kleine nicht aussuchen können! Auch Mr. Perfect reißt die Augen auf, seine breite Brust hebt und senkt sich nun deutlich schneller. Was soll ich machen?

Ich hebe Leonie hoch, und sie kuschelt sich tatsächlich an meine Schulter. Ich krame in meiner Hosentasche nach den Gummimannles und stecke ihr heimlich eines in den Mund.

Adoré schaut von mir zu Leonie. Ihr Mund lächelt, doch ihre Mimik ist starr geworden.

»Sie hat deine Augen, Caspar.«

Hinter Adorés Fassade zeichnet sich eine Härte ab, die ich das letzte Mal gesehen habe, als sie sich von mir getrennt hat. Ende Gelände.

»Hat mich sehr gefreut«, lügt Adoré ein paar Stimmlagen zu hoch und reicht uns die Papptüte mit dem Bier. »Die Kutschfahrt geht gleich los. Ihr habt die letzten Plätze. Viel Spaß! Leider kann ich nicht mitkommen, ich habe noch ein paar dringende Termine. Wir sehen uns hoffentlich später.«

Sie marschiert eilig davon und verschwindet mit gesenktem Kopf im Hotel.

Auch Anne und Mr. Perfect wirken nicht gerade glücklich. Kann ich verstehen. Ich würde es auch nicht mögen, wenn meine eigene Tochter in meinem Beisein einen anderen Mann als ihren Papa bezeichnet. Aber er musste ja unbedingt seiner Frau hinterherreisen. Ich greife in die Willkommenstüte und nehme das erste Bier heraus.

Leonie hat gestern die ganze Kutschfahrt über, das ganze Abendessen lang und schließlich die ganze Nacht gejammert und gewimmert.

»Hast du Kaka?«, fragt Anne vor dem Frühstück. Leonie schüttelt nur traurig den Kopf. Ich auch. Eine Journalistin sollte sich echt gewählter ausdrücken. Außerdem fällt Verdauung unter Privatsphäre. Wenn mich Anne eines Morgens beim Verlassen des Schrankklos fragen würde, ob ich »Kaka habe«, würde ich mich sofort von ihr scheiden lassen. Auch Leonie scheint das Thema unangenehm zu sein. Sie entfernt sich immer wieder ein paar Meter von Anne und mir, hält sich am Bett oder am Schreibtisch fest und drückt mit zusammengepressten Lippen so sehr, dass ihr Tränen in die Augen treten. Irgendwann wimmert sie vor Schmerz. Alles klar: Verstopfung.

»Wir müssen das irgendwie aus ihr rauskriegen«, stellt Anne sachlich fest, als wäre sie ein Raumschiffcaptain, dessen Assistentin von Aliens geschwängert wurde. Aus den Augenwinkeln beobachte ich die beiden, während ich im Internet nach Tipps des Familienministeriums suche. Dort finde ich »Das Ah und Oh beim schreienden Kind«, »Wickeln ein- und beidhändig«, »Das perfekte Schlaflied«, aber keine »Tipps zum Lockern von Verstopfung«.

Anne geht auf Leonie zu, aber die weicht zurück. Kann ich verstehen.

»Ich will dir doch nur helfen.«

Leonie schiebt die Unterlippe vor und dreht scheu ein Bein zur Seite. Sie flüstert etwas.

»Wie bitte?«, fragt Anne. »Wenn du etwas willst, musst du lauter sprechen.« Sie wendet sich zu mir und erklärt: »Kleine Kinder wissen oft am besten, was ihnen hilft. Wenn Leonie bei uns zu

Hause Verstopfung hat, trinkt sie immer die Vinaigrette aus der Salatschüssel.«

»Wie überaus interessant«, erwidere ich und widme mich wieder meinen Recherchen. Da spüre ich, dass mich Leonie und Anne anstarren.

»Sag das noch mal«, flüstert Anne tonlos.

Leonie schaut mich traurig an. »Caspar bitte helfen.«

Das kann jetzt nicht ihr Ernst sein. Wie soll ich denn einer Zweieinhalbjährigen beim Stuhlgang assistieren? Rizinusöl einflößen? In der Armbeuge Furzgeräusche imitieren?

»Ich kann ja mal aus der Küche einen doppelten Espresso holen, der hilft meistens. Oder eine filterlose Zigarette.«

»Caspar bitte Kolette machen!«, sagt Leonie.

Ich sehe Anne fragend an, aber die zuckt nur mit den Schultern. »Mich will sie nicht dabeihaben.« Sie holt den Toilettenaufsatz aus der Tasche und drückt ihn mir in die Hand. »Stell dich nicht so an, sie ist nur ein Kind.«

Leonie kommt auf mich zu und streckt die Hand aus. Also klappe ich den Computer zu. Das war die Theorie, jetzt kommt die Praxis.

Im Schrank lege ich den Toilettensitz auf die Brille.

»Windel ausziehen«, verlangt Leonie. Na gut, wird schon nicht so schwer sein. Also: Schuhe und Hose aus, dann knöpfe ich den Body über ihrer Schulter zusammen, wie ich das bei Anne gesehen habe. Zuletzt setze ich Leonie auf den Toilettensitz und mich davor. Leonie starrt mich an, als wollte sie mich hypnotisieren. Ihre Beine reichen nicht mal bis zum Boden. Ich erinnere mich an Annes Du-musst-drücken-Präsentation, atme ein und presse die Luft in den Bauch. Leonie fixiert mich weiterhin.

»Na gut, Leonie, was soll ich machen?«

Keine Reaktion. Wir starren uns an wie Henry Fonda und Charles Bronson in »Spiel mir das Lied vom Tod«, bevor die beiden losballern. Draußen klopft jemand an der Tür. Von wegen schalldicht! Gedämpft höre ich Annes Schritte, dann Adorés Stimme, die nach mir verlangt. Meine Retterin.

Leonie stöhnt.

Anne erklärt Adoré da draußen, dass ich gerade »sehr beschäftigt« sei. Eigentlich würde ich meine Angelegenheiten am liebsten selbst regeln, aber ich kann Leonie nicht hängen lassen. Vielleicht stört sie einfach nur der blöde Toilettensitz? Könnte ich verstehen, darauf sitzt man ja wie auf dem Präsentierteller. Also hebe ich die Kleine hoch, stupse den Aufsatz vom Klo und setze sie wie einen Erwachsenen direkt auf die Brille. Leonie stützt sich seitlich mit beiden Händen ab, was ihr offenbar ganz leichtfällt. Geht doch!

Draußen erklärt Anne Adoré gerade irgendetwas. Wenn Männer nicht dabei sind, sprechen Frauen ja viel offener. Ich horche nach guter alter Indianerart direkt am Furnier. Was reden die beiden da nur? Muss mich konzentrieren. Das fällt mir allerdings zusehends schwer, weil es plötzlich stinkt. Ich drehe mich um.

Leonie steckt bis zu den Schultern in der Schüssel. Offenbar ist sie ins Klo gefallen und hat sich dabei so erschreckt, dass sie ihre Verstopfung losgeworden ist. Anstatt zu weinen, strahlt Leonie über das gelungene »große Konzert« wie eine Stardirigentin nach der Premiere.

Vorsichtig hebe ich sie hoch, stelle sie auf den Toilettenrand und putze ihr den Po ab. Dabei atme ich nur durch den Mund. Wer immer behauptet hat, Kinderkacke würde nicht stinken, hat garantiert nicht Leonie gemeint.

Anne klopft gegen die Tür. »Ist alles okay da drinnen? Ihr habt die Feuchttücher vergessen.«

Wenig später sitzen wir beim Frühstück. Anne ist unendlich stolz auf Leonie und seltsamerweise auch auf mich. Dabei versuche ich nur, das Erlebte zu vergessen. Aber Leonie wird nicht müde, ihrer Mutter von dem erfolgreichen Geschäft zu berichten. Dass ihre Tochter ins Klo gefallen ist, hält Anne für kindliche Flunkerei. Mich interessiert viel mehr, was Adoré vor der Tür gemacht hat. Anne meint, sie habe nur mit mir persönlich reden wollen. Wahrscheinlich ist sie bereit für unser nächstes Date.

Wie zufällig taucht auch Mr. Perfect auf und setzt sich zu uns an den Tisch, obwohl Anne ihm Abstinenz befohlen hat. Mich nervt der Kerl mit seinem falschen Getue. Außerdem ist das

Frühstücksbüfett vom irischen Clan komplett leer geräumt. Denen steckt wohl noch die letzte Hungersnot in den Knochen. Also verkrümele ich mich zum Lesen in die Lobby. Dort sitzt Adoré, als würde sie auf mich warten.

Sie will mit mir spazieren gehen.

»Können wir uns nicht heute Abend sehen?«, frage ich mit mindestens zweideutigem Unterton. »Vielleicht in deinem Zimmer?«

Aber Adoré schaut nur traurig aus ihren schönen Augen. »Wir müssen reden.«

Ich sehe nach draußen: Es regnet schon wieder.

Unter dem romantischen Dach eines Schirms mit dem Aufdruck »Zum Wilden Mannle« erklärt sie mir, dass »alles ein Fehler« war. Sie sagt, der Sex sei eine einmalige Sache gewesen, um der guten alten Zeiten willen – nicht weiter von Bedeutung. Ich glaube ihr kein Wort.

Und da sie schon einmal dabei ist, erzählt sie mir gleich noch, warum sie mich vor Jahren einfach wortlos verlassen hat. Sie sei damals verlobt gewesen und habe ihre Beziehung nicht zerstören wollen. Toll, das hätte sie mir ruhig mal *damals* sagen können. Außerdem hat sie sich wirklich nicht sehr verlobt benommen.

»Ein Jahr später habe ich mich scheiden lassen«, erklärt Adoré. »Nicht deinetwegen, du warst nur einer von vielen Gründen.« Autsch.

»Ich kann mich ja auch scheiden lassen«, entgegne ich. »Schon in einer Woche. Ist echt kein Problem.«

Sie schüttelt traurig den Kopf. »Du bist nicht nur verheiratet, du hast eine Tochter, die ihren Vater braucht. Den will ich ihr nicht nehmen.«

»Es ist nicht so, wie es aussieht«, setze ich an, aber Adoré winkt schon ab.

»Du bist mit Frau und Kind in einem Familienhotel. Heute Morgen warst du mit deiner Tochter auf dem Klo. Willst du mir sagen, das sei alles nur gespielt?«

Kurz denke ich an Herrn Schade, an die Kolumne, an Anne

und ihre Halbtagsstelle, an meine berufliche Zukunft. Will ich all das für eine Frau aufs Spiel setzen?

»Ja«, sage ich. »Das ist alles nur gespielt. Ich bin hier undercover.«

Adoré lächelt. »Du hast mich immer zum Lachen gebracht, Caspar. Aber es ist zu spät. Du hast eine Familie, für die du sorgen musst. Ich werde dich nicht daran hindern.«

Sie nimmt mir den Schirm ab, bleibt stehen und stoppt auch meinen Schritt mit ihrer Hand auf meiner Brust. Dann gibt sie mir einen Kuss auf den Mund.

»Sehen wir uns später?«, frage ich verzweifelt.

Sie schaut mir tief in die Augen. Sind das darin Tränen oder Tropfen?

»Adieu«, haucht sie theatralisch und lässt mich im Regen stehen.

Wie ein angeschossener Zombie stapfe ich zurück ins Hotel. Im Speisesaal sitzen Anne und Leonie beim Kaffee. Allein. Mr. Perfect hat der Hoteldirektorin versprochen, sich mal das hauseigene Fitnesscenter anzusehen.

Ich setze mich zu meiner Fake-Familie.

»Caspar aua«, erkennt Leonie auf den ersten Blick.

Anne nickt. »Ich hole dir was Süßes, dann reden wir«, beschließt sie.

Als sie aufgestanden ist, leere ich eine ganze Packung Gummimannles vor Leonie aus. Sie steckt sich je einen in den Mund und sagt immer wieder: »Danke, Papa.« Das tröstet mich ein bisschen. Als Leonie einmal ein Gummimannle aus dem Mund fällt und ich mich bücke, um es aufzuheben, sehe ich am anderen Ende des Saals Adoré. Sie sitzt mit Frau Sommer am Tisch, offenbar haben die beiden eine berufliche Besprechung. Meine Laune sinkt um vierhundert Prozent.

Nur ein paar Tische von uns entfernt sitzen ein paar Iren, starren zu mir herüber und ziehen betrübte Gesichter. Als sich unsere Blicke treffen, steht ein irischer Vater auf und kommt mir mit gezücktem Taschentuch entgegen. Super, verarschen kann ich mich selbst. Genau genommen mache ich das gerade rund um die Uhr. Als der Mann direkt vor mir steht, simuliert er einen Nieser, den er mit dem Taschentuch auffängt. Dann hält er mir das karierte Stofftuch hin: »Don't cry, little boy«, sagt er mit sarkastischem Unterton.

Aber da kommt Anne schon mit zwei großen und einer kleinen Schüssel voller weißem Sahnequark zurück. Sie sieht dem Iren hinterher, der sich nach seinem Scherz gleich zu seiner johlenden Familie verkrümelt hat.

»Inzest kann tatsächlich erschreckende Auswirkungen aufs Gehirn haben«, kommentiert Anne trocken und stellt mir das Dessert hin. »Das hier sollte dich entweder aufmuntern oder vergiften. Nennt sich ›Familienglück‹ – offenbar eine Art ungarische Quarkspeise.«

Ich seufze. In der Tat bin ich gerade ganz dankbar, hier mit Anne und Leonie zu sitzen. Ist fast so gut, wie sich mit Schnaps unter den Tisch zu saufen. Und das »Familienglück« schmeckt gar nicht mal so schlecht. Anne stellt auch Leonie eine Schüssel hin.

»Ausnahmsweise!«, erklärt sie fest. »Damit sich Mama und Caspar unterhalten können.« Sie füttert Leonie mit dem ersten Löffel. Leonie sperrt den Mund auf wie ein kleiner Vogel, verschlingt das »Familienglück« mit einem Happen und zeigt ihrer Mutter grinsend die Milchzähne.

»Danke, Papa.«

Anne schaut mich überrascht an. »Hast du das gehört?«

Ich nicke abwesend und schaue zu Adoré hinüber. Die scheint meinen Blick zu spüren, denn sie dreht sich kurz zu mir um, mustert mich und wendet sich wieder ihrer Chefin zu.

»Wie war denn dein Spaziergang?«, will Anne wissen. »Hast du mehr über das Hotel erfahren? Oder über die Liebe?«

Lässt die denn nie locker? Leider bin ich zu schwach, um zu lügen. Also sage ich nur: »Es ist vorbei.«

Anne wirkt nicht überrascht. Sie schaut zu Adoré hinüber. »Glücklich sieht sie aber nicht aus.«

»Da haben wir etwas gemeinsam.«

»Du musst um sie kämpfen.«

»Ich muss schon um diesen Bubsi kämpfen.«

»Ich meine es ernst.«

»Das hat keinen Sinn. Sie denkt, ich bin verheiratet.«

Anne nickt und überlegt. »Wir machen sie eifersüchtig.«

Ich stutze. Was meint sie denn mit *wir*? Außerdem wäre das sicherlich die falsche Taktik.

Doch Anne grinst nur. »Überlass das mir. Ich habe etwas mehr Ahnung von Frauen als du. Gerade für solche Modelmädchen gilt: Wenn du sie ignorierst, werden sie ganz verrückt nach dir.«

Wie gern würde ich ihr glauben. Aber gerade ignoriert Adoré eher mich – was mich verrückt macht. Anne taucht ihren Löffel in das »Familienglück«, lädt eine kleine Portion auf und hält ihn mir lockend vor die Nase. Ist sie jetzt völlig verrückt geworden?

Ich weigere mich, den Mund zu öffnen. Habe ja schon davon gehört, dass Zärtlichkeit zwischen Paaren irgendwann zu infantilem Quatsch kippt, aber erstens sind wir kein echtes Paar, und zweitens bin ich kein Baby. Aber Anne bleibt beharrlich. Jetzt fliegt sie mit dem Löffel vor meiner Nase herum und macht dabei: »Brrrrrrrr – Flugzeug will landen. Tower, erbitte Landeerlaubnis.«

Leonie klatscht vor Freude in die Hände. Ich würde das Flugzeug am liebsten mit einer Luft-Boden-Rakete abschießen. Aber leider sind wir hier nicht in Afghanistan.

Leonie schaut ganz verwundert und sperrt ihren Mund vorbildlich weit auf. Dabei macht sie »Aaaaah!« Aber das Flugzeug will diesmal nicht bei ihr landen.

Plötzlich greift Anne mit der linken Hand nach vorn und hält mir die Nase zu. Ich schnappe nach Luft – und drin ist der Löffel.

»Mach mit«, zischt Anne mir zu. »Die hat schon herübergeschaut.«

»Sie denkt, wir hätten ein Kind, da wird ein bisschen Füttern kaum ihre Meinung ändern.«

»Was hast du zu verlieren?«

Jetzt reicht es. Ich lasse mich doch hier nicht für blöd verkaufen. Mal schauen, wie weit Anne bereit ist zu gehen. Als das Flugzeug beim zweiten Mal heranrauscht, greife ich ihr Handgelenk und halte es fest. Anne hält erstaunt inne und sieht mir in die Augen. Darin erkenne ich nicht nur Abneigung.

»Wird das jetzt eine Flugzeugentführung?«, säuselt sie mit einer überraschend weichen Stimme, die ich ihr nach all den Streitereien der vergangenen Tage gar nicht zugetraut hätte. »Dann bin ich ja jetzt völlig in Ihrer Gewalt.«

Ich habe dieses Spiel schon oft genug gespielt. Die ersten Anzeichen weiblicher Verführungskunst bringen mich nicht mehr aus dem Konzept. Meine Finger streichen Annes nackten Unterarm entlang zum Ellbogen und wieder zurück zum Handgelenk. Die kleinen blonden Härchen an Annes Arm stellen sich auf, als sich eine Gänsehaut über ihren Arm zieht. Sie schließt genießerisch die Augen und öffnet sie wieder. Ihr Wimpernschlag verdrängt Adoré tatsächlich für den Bruchteil einer Sekunde aus meinem Kopf. Ist das hier tatsächlich noch meine ökige Emanzenkollegin, mit der ich seit Jahren im Streit liege und in letzter Zeit wenn nicht das Bett, so doch immerhin den Tisch teile?

»Flirtest du mit mir?«, fragt sie leise. In ihrer Stimme liegt mehr Süße als in einer doppelten Portion »Familienglück«. Meine Finger gleiten von ihrem Unterarm über das Handgelenk zu Annes Handteller und zeichnen die Lebenslinie nach.

»Wie das Leben manchmal so spielt«, flüstere ich unverbindlich. Eigentlich wollte ich etwas tiefer und bestimmter sprechen, aber meine Stimmbänder bringen nur ein scheues Krächzen heraus. Anne hält meinen Blick und lässt ihre Finger in meine gleiten. Unsere Ellbogen ruhen auf dem Tisch, die Finger spielen miteinander, ineinander, lösen sich aber nie völlig voneinander.

Leonie lässt ihren Löffel scheppernd in die leere Dessertschüssel fallen.

»Fertig!«, verkündet sie stolz. Dann sieht sie uns an. »Bitte Bussi!«

Anne beugt sich, ohne meine Hand loszulassen, zu ihr und haucht ihr einen zarten Kuss auf die Wange, der sehr, sehr weit von einem Mutter-Tochter-Schmatzer entfernt ist. Dabei lässt sie mich nicht aus den Augen. Ich ertappe mich bei dem Gedanken, dass vielleicht auch ich gern so einen Kuss auf die Wange bekommen hätte. Leonie schüttelt den Kopf.

»Nein, Caspar Bussi.«

Anne grinst mich an. »Du hast sie gehört.«

Ich seufze und drücke Leonie auch einen Kuss auf die Backe, einen echten Schmatzer, wie es sich geziemt. Aber auch damit ist Leonie nicht zufrieden. Sie haut mit beiden Patschehändchen auf die Tischplatte und sieht uns mit kindlichem Ernst fast schon ein wenig tadelnd an.

»Nein!«, erklärt sie. »Nicht Leonie. Mama und Caspar Bussi. «

Unsere Blicke, die sich gerade kurz verloren hatten, finden sich wieder. Gegen meinen Willen muss ich lächeln. Anne auch. Sie schlägt die Augen nieder. Gehört das noch zum Plan, Adoré eifersüchtig zu machen? Oder haben wir gerade ein neues Spiel begonnen? Vielleicht bin ich emotional etwas durcheinander, oder ich projiziere meine Gefühle für Adoré auf die nächstbeste weibliche Person, nämlich auf meine Kollegin, oder ...

»Leonie, ich weiß nicht, ob das so eine gute Idee ist«, sagt Anne. Wusste ich es doch, sie spielt nur. Wie alle Frauen. Jetzt bin ich am Zug.

»Komm schon«, necke ich sie. »Oder traust du dich nicht? Wir sind doch offiziell verheiratet, was hast du zu verlieren? Ich dachte, du wolltest Adoré eifersüchtig machen?«

Anne legt ihre Ellbogen auf den Tisch und beugt sich vor.

»Forderst du mich jetzt hier rein beruflich dazu heraus, meine Tarnung unter Beweis zu stellen?«

Auch ich komme näher, bis unsere Köpfe nur noch eine Hand breit voneinander entfernt sind.

»Bussi, bitte!«, höre ich Leonies Stimme etwas fordernder. Ich sehe Anne lächeln und kann nicht anders, als es zu erwidern. Irgendetwas zieht mich zu ihr.

»Ich will euch Turteltäubchen ja nicht stören ...«, höre ich Mr. Perfects Stimme direkt neben uns. Anne schreckt zurück und zupft ihre Kleider zurecht, als hätte uns ihr Verlobter in flagranti erwischt.

»Das war rein beruflich«, erklärt sie in dieser beherrschten, etwas hektischen Stimme, die so gar nicht der vorherigen ähnelt. »Stimmt's, Caspar?« Sie sieht mich Hilfe suchend an.

»Absolut«, bestätige ich. »Wir waren gerade in einer Besprechung und würden damit jetzt auch gern weitermachen.«

Anne steht auf und stellt sich demonstrativ neben Mr. Perfect. »Wegen dieser Pressefrau ...«, setzt sie an und deutet zu Adorés Tisch, auf dem Jeannie gerade eine neue weiße Tischdecke drapiert.

»Eben saß sie doch noch dort, oder, Caspar?«

»Absolut«, bestätige ich erneut.

Mr. Perfect sieht von Anne zu mir, dann zu Leonie und wieder zu seiner Verlobten. »Ich habe mir das Fitnessstudio angesehen und in einem Kabuff etwas Schwimmspielzeug gefunden. Habt ihr Lust auf ein bisschen Bewegung?«

»Jaaaa!«, ruft Leonie, die schon lange genug in ihrem Kindersitz hockt. Auch Anne nickt.

»Ich trinke noch in Ruhe meinen Kaffee aus«, behaupte ich.

Mr. Perfect hebt Leonie aus dem Sitz, verabschiedet sich mit Zeige- und Mittelfinger an der Stirn und schiebt Anne in Richtung Spa. Ich bleibe noch ein paar Minuten sitzen, um das alles sacken zu lassen. Dann hole ich mir noch eine kleine Portion »Familienglück«.

Anstatt mit dem Lift auf mein Zimmer zu fahren, steige ich die sechs engen Treppen hinauf, was meine Laune gleich wieder Richtung Nullpunkt senkt. Aber die Iren haben offenbar so oft auf die Nothalttaste gedrückt, dass der Aufzug nun tatsächlich kaputt ist. Dabei müssen die gerade echt Pluspunkte sammeln, nicht nur wegen der morgendlichen Lärmerei. Im Hotel munkelt man, dass sie bei einem Ausflug in den Streichelzoo, den sie gestern auf eigene Faust unternommen haben, ein Schaf verprügelt hätten. Der Clanchef hat als Entschuldigung offenbar nur gesagt, dass die Wahrscheinlichkeit, von einem Schaf angefallen zu werden, bei ihnen zu Hause höher sei, als sich in Nordirland eine Kugel einzufangen. Außerdem habe das Schaf sie provoziert. Jedenfalls wollte sich nach dem Zwischenfall kein Tier mehr von ihnen streicheln lassen.

Am frühen Abend gabeln mich Anne und Leonie in der Lobby auf. Ihre Gesichter sind bestens durchblutet, und Leonie gähnt bereits. Mr. Perfect lässt sich entschuldigen. »Er will noch ein paar Geräte testen. Außerdem ist er seit Neuestem auf Diät und möchte von nun an abends nichts mehr essen«, erklärt Anne etwas gequält. Nichts dagegen, aber offenbar haben sie und ich nun jeweils ein Beziehungsproblem.

Während wir essen, musiziert mitten im Raum ein Jazztrio mit Kontrabass, Geige und Oboe. Die Musiker sehen südländisch aus und marschieren lächelnd zu dritt zwischen den Tischen hindurch. Leonie und ein paar andere Kinder laufen ihnen im Sicherheitsabstand von ein paar Metern hinterher. So haben Anne und ich heute schon zum zweiten Mal etwas Privatsphäre.

»Woher kennst du die Pressefrau eigentlich?«, will Anne wissen.

»Vom Studium. Sie war meine erste große Liebe. Hat mich entjungfert. Ist schon lange her, also das vorletzte Mal.«

»Ist sie der Grund dafür, dass du so geworden bist?«

Verdammte weibliche Intuition.

»Dass ich wie geworden bin?«

»Beziehungsphobiker, Frauenhasser und Zukunftsfeind.«

Ich lächle wieder. Anne trinkt einen Schluck Wein. Muss mich zusammenreißen.

Das Trio spielt jetzt eine Jazzversion des Klassikers »Lord of the Dance«. Ich sehe zu den Iren hinüber. Sie sind aufgestanden und klatschen zur Musik in die Hände, so laut, dass Leonie ängstlich zu uns flieht. Ein irischer Vater stellt ein kleines Mädchen im Kleid auf den Tisch, das beim Stepptanzversuch gleich mehrere Gläser durch die Gegend tritt. Ich deute mit dem Kopf zur Direktorin hinüber, die lächelnd aufsteht und die Scherben einsammelt. Aber Anne lässt sich nicht ablenken.

»Wenn sie deine große Liebe ist, muss ich das wissen.«

»Weil sie unseren Auftrag gefährden könnte?«

»Nein. Weil sie dich wieder glücklich machen kann.«

Ich lache spöttisch, als hätte Anne mir gerade erzählt, alle verfeindeten Ethnien dieser Welt müssten bloß gemeinsam in eine riesige Familiensauna gehen – und schon herrsche Weltfrieden.

Seltsamerweise schaffen wir es heute Abend nicht, uns länger als einen Sekundenbruchteil in die Augen zu sehen. Müssen wir auch nicht, denn die Iren fangen nun an, lauthals mitzugrölen. Einige Gäste schauen echauffiert hinüber, ich dagegen bin dankbar für die Ablenkung.

»Schau dir die Iren an. Keine guten Vorbilder, oder? Ob die wohl am Contest teilnehmen?«

»Ja, wie alle unsere Stammgäste«, antwortet die Direktorin, die plötzlich direkt hinter mir steht. Offenbar ist ihr die irische Ausgelassenheit an ihrer Tafelrunde etwas zu viel geworden. »Ist alles zu Ihrer Zufriedenheit?«

Ich falte die Serviette zusammen und nicke. »Ist wirklich ein ganz tolles Familienhotel. Gibt es eigentlich auch Kurse ausschließlich für Väter?«

Frau Sommer schaut überrascht, dann gewinnt ihr diplomatisches Lächeln die Überhand. »Nein, noch nicht. Aber vielleicht könnten Sie ja einen anbieten? Bei uns ist so viel ausgefallen, dadurch haben wir Platz für Ideen unserer Gäste. Vielleicht so ein richtig männlicher Kurs – Boxen oder Fußball?«

Anne schaut von der Direktorin zu mir und grinst süffisant. »Er kann Karate«, prahlt sie, ganz die stolze Ehefrau. Blöde Kuh.

»Karate?« Frau Sommer scheint gleichzeitig erstaunt und erfreut. »Das ist ja toll!«

»Aber ich habe gar keinen Anzug hier, den müsste ich mir erst aus München schicken lassen …«

Doch Frau Sommer ist bereits Feuer und Flamme. »Super. Sobald er angekommen ist, plane ich Sie ein. Ihrem Punktekonto wird eine Schulung im Bereich Bewegung und Koordination bestimmt den entscheidenden Aufschwung verschaffen.«

Ich stutze. Den Bubsi hatte ich ganz vergessen. Wie bescheuert wäre das denn, wenn ich den tatsächlich gewinnen sollte? Für die Geschichte kriege ich am Ende vielleicht sogar einen richtigen Journalistenpreis. Lust auf Karate habe ich auch. Es hat mich als Kind so ausgepowert, dass ich keine Lust mehr auf Randale hatte. Außerdem lenkt es mich sicher davon ab, wegen Adoré Trübsal zu blasen. So ein bisschen Kampfsport macht sich auch gut in meiner Reportage. Dabei kann ich endlich mal mit den anderen Vätern unter vier Augen über ihre Probleme reden – ohne dass Anne etwas davon mitbekommt.

»Abgemacht.« Frau Sommer und ich besiegeln den Deal mit Handschlag.

Wie zur Bestätigung meines Statements beendet das Jazztrio in diesem Moment seinen Ausflug in die Folkmusik. Die Iren applaudieren frenetisch, heben die Gläser zum Anstoßen in die Luft und werfen sie dann hinter sich, wo Jeannie und Herr Béla entweder die Gläser fangen oder die Scherben wegfegen. Die ersten Eltern bringen ihre Kinder in Sicherheit. Frau Sommer klatscht artig. Die Musiker beratschlagen flüsternd, welchen Song sie als Nächstes bringen sollen.

Doch bevor das Trio erneut beginnen kann, höre ich Leonies glockenhelles Stimmchen: »Drei Chinesen mit dem Kontrabass saßen auf der Straße und erzählten sich was. Da kam die Polizei und fragt: Was ist denn das? Drei Chinesen mit dem Kontrabass.«

Nach und nach stimmen auch die anderen Kinder ein. Sehr treffend. Die drei sind zwar keine Chinesen, haben aber unverkennbar Migrationshintergrund.

Einige Eltern grinsen, nur die Mienen der Architekten wirken so starr wie die Deutsche Oper. Während Frau Sommer den Iren Genese und Bedeutung dieses Volkslieds zu erklären versucht, stimmt Leonie die erste Variation an: »Dro Chonoson mot dom Kontroboss …« Dabei strahlt sie auffordernd den Kontrabassisten an.

»Mukiz, ja?«, fragt sie. Wenigstens eine hat ihre gute Laune nicht verloren. Der Musiker lässt sich nicht lange bitten und greift in die Saiten. Wenig später singt der ganze Saal von den dro Chonoson, den dra Chanasan und den dri Chinisin mit dim Kintribiss und schließlich noch eine neue, gälische Variante, die ich nicht verstehe, aber bei der ich trotzdem mitsinge.

## Die Gedanken sind Brei

Herr Béla kratzt den letzten Rest »Familienglück« aus der großen blütenweißen Porzellanschüssel, füllt ihn in ein Schälchen und hält es mir auffordernd hin.

Ich lehne aus vollem Herzen ab.

»Danke, ich hatte schon genug davon.«

Der Blick des Kellners wandert zu Leonie, die gerade mit hochrotem Kopf am Büfetttisch hängt und offenbar versucht, die große Schüssel von dort oben herunterzuziehen. Als sie sieht, dass Herr Béla bereits ein Dessert in der Hand hält, strahlt sie ihn an, als wären wir nicht im Urlaub, sondern auf einem Casting für Kinderzahnpasta.

Herr Béla deutet auf das Welpengesicht am Rand des Schälchens. »Hund?«, fragt er. Muss er sie denn unbedingt an das Schrecktrauma in der Kinderbetreuung erinnern?

Doch Leonie hat nur Augen für das Dessert.

»Wauwau«, antwortet sie artig, lässt den Tisch los, landet auf dem Boden und rudert kurz mit den Ärmchen, bis sie auf den Dielen ihr Gleichgewicht gefunden hat. Dann nimmt sie Herrn Béla das Schälchen aus der Hand.

»Bitte«, sagt sie, meint damit »danke« und stapft auf ihren kleinen Beinen davon, wackelig wie ein winziger Stuntman, der soeben aus der Kanone geschossen wurde.

»In Ungarn Vater isst Reste von Kindern«, belehrt mich Herr Béla von der Seite. »Nicht umkehrt.«

Klar könnte ich jetzt dagegenhalten, dass die Ungarn heutzutage überhaupt keine Kinder mehr essen, nicht mal Reste von ihnen, oder auch, dass ich gar nicht Leonies Vater bin. Stattdessen stelle ich meinen Teller zwischen den Thunfisch-Zucchini-Salat und das Spinat-Poularden-Risotto. Gestern Abend waren das übrigens noch je zwei eigenständige Gerichte. Morgen steht auf dem Büfett wahrscheinlich nur noch eine große Schüssel »Familiensalat«.

»Herr Béla, Leonie ist nicht Ihre Tochter.«

Er sieht mich mit einem Ihre-Tochter-auch-nicht-Blick an. Ich spüre, wie mir das Blut in den Kopf schießt.

»Und hören Sie bitte mit diesem Hund-Wauwau-Unsinn auf! Leonie ist jetzt zweieinhalb Jahre alt, sie kennt noch andere Tiere. Wobei ich mir bei Ihnen da mittlerweile nicht mehr so sicher bin.«

»Warum sind Sie so böse?«

Okay, vielleicht bin ich ein bisschen sauer, weil die Iren neuerdings frühmorgens auf dem knarzenden Dielenboden ihrer Zimmer Stepptanz üben, was durch das ganze Hotel schallt, oder weil ich zum zweiten Mal von meiner Traumfrau verlassen wurde und sie seit gestern nicht mehr gesehen habe. Außerdem hat Anne nach unserem seltsamen Moment gestern plötzlich die Taktik gewechselt und gibt sich jetzt reservierter als je zuvor. Am liebsten würde ich den Job hinschmeißen, meine Wut auf diesen ganzen Familienquatsch in den Speisesaal schreien und Herrn Béla eine Portion Glückscreme ins Gesicht klatschen.

Aber so etwas dürfen natürlich nur Kinder machen. Wer älter ist als zehn Jahre und in einem Familienhotel die Contenance verliert, wird als überfordert abgestempelt und in eine Selbsthilfegruppe überforderter Eltern abgeschoben.

»Ich bin nicht böse, ich bin besorgt. Wenn ich böse wäre, würde ich schreien«, entgegne ich energisch.

»Sie schreien ja.«

Hinten in der Lobby entdecke ich Anne. Schnellen Schrittes kommt sie durch den Speisesaal auf mich zu. Jetzt kann ich ihre Zornesfalten deutlich erkennen. Warum ist die denn jetzt schon wieder sauer? Weil wir uns gestern zu gut verstanden haben? Und was macht sie überhaupt in der Lobby? Ich dachte, sie wäre im Speisesaal und würde Leonies drittes Frühstück vom Boden aufwischen. Die Kleine wäre doch nie so zielstrebig losmarschiert, wenn sie nicht gewusst hätte, wohin. Anne mustert mich von oben bis unten. Ihre Lippen werden schmal und blutleer.

»Wo ist meine Tochter?« fragt sie leise drohend.

Das Geklimper der Messer und Gabeln verstummt. Totenstille legt sich über den Speisesaal. Niemand wagt zu kauen. Alle Augen sind auf mich gerichtet. Der Psychologe hat seine Stirn in professionelle Sorgenfalten gelegt und schüttelt den Kopf. Sogar Oma Eisenstein hat ihre gütigen Augen zusammengekniffen.

Ich blicke in die Richtung, in die Leonie davongedackelt ist. Die meisten Hotelgäste haben jetzt ihr Frühstück beendet. Nur einer der irischen Väter sitzt noch vor dem verwüsteten Tisch, die Augen geschlossen, seine Brust hebt und senkt sich gleichmäßig. Hat wohl heute Morgen zu viel gesteppt.

Knappe zehn Meter entfernt hockt Archibald von der Sommerwiese, der grau melierte Dackel der Eisensteins, zur Hälfte von der bodenlangen Tischdecke verdeckt. Er hält Leonies Glückscreme zwischen den Pfoten und schleckt selig. Ich schaue ihn an und denke: Hund? Wauwau. Keine Spur von Leonie.

»Ich dachte, sie wäre bei dir.«

Annes Miene versteinert. Der erste Ansatz von Entspannung, den ich gestern auf ihrem Gesicht entdeckt habe, weicht dem Ausdruck absoluter Panik.

»Du Idiot!«, ruft sie.

Wir stürmen in die Lobby des Familienhotels: keine Leonie weit und breit. In den Ledersesseln trinken die Architekten und der irische Clan Kaffee, Psychologe Ainberger blättert in der »Psychologie Heute«, die offenbar nur für ihn abonniert wurde. Alle sind zutiefst beschäftigt mit inneren Angelegenheiten.

Wie auf ein geheimes Zeichen drehen sie ihre Köpfe simultan in unsere Richtung und starren uns an. Nein, sie blicken hinter uns in den Speisesaal. Von dort dringt ein Schrei in die Lobby: Leonie.

Wenig später knien Anne und ich vor der Kleinen, die das Brotmesser wie zum Ritterschlag ausstreckt – oder zur Enthauptung. So unauffällig wie möglich halte ich nach Hilfe Ausschau.

Aus dem Augenwinkel sehe ich, wie sich Stanley Fröhlich jetzt direkt neben uns im Schneidersitz niederlässt, unbeeindruckt wie ein Unterhändler, der Glasperlen gegen das Kriegsbeil eintauschen will. Er hält einen Glitzerflummi in der Hand. Jetzt wirft er ihn leicht auf den Boden, der Ball federt zurück, Stanley fängt ihn auf. Der Flummi hat zwei Seiten: eine goldglitzernde und eine silberne. Leonies Augen werden größer, sie öffnet vor Staunen den Mund. Stanley fängt den Flummi mit einer Hand auf und hält ihn Leonie auffordernd hin.

»Gibst du mir dafür das Messer?«, fragt er lockend.

»Nein!«, entgegnet Leonie brüsk. Ihr Unterton ist eindeutig bedrohlich, wenn nicht sogar despotisch. Hätte ich ihm gleich sagen können. Die Kleine ist doch nicht doof.

»Bei drei stürzen wir uns auf sie«, zischt Stanley jetzt im Flüsterton, aber Anne schüttelt den Kopf.

»Papa!«, befiehlt Leonie. »Bitte!« Das Messer wandert von der Höhe meiner Kehle zu meiner Hose und deutet nun auf meine Tasche. Mir geht ein Licht auf. Langsam nehme ich eine Hand herunter und greife in die Tasche. Wie in Zeitlupe ziehe ich eine silbrige Minipackung Gummimannles aus der Hosentasche.

Anne sieht mich bestürzt an. »Meine Tochter bekommt noch keine Süßigkeiten.«

Aber da habe ich schon die Packung geöffnet und Leonie eines der deformierten Gummibärchen in den offenen Mund gesteckt.

»Danke, Papa«, sagt Leonie und lässt das Brotmesser fallen, um sich schnell die ganze Tüte zu greifen. Ohne hinzusehen, fängt Stanley das Messer am Griff auf und schlittert es über den Boden aus der Gefahrenzone.

Das Messer erwischt Dackel Archibald von der Sommerwiese von hinten zwischen den Pfoten. Der Arme jault auf und springt mit allen vier Pfoten gleichzeitig in die Luft. Kaum ist er wieder unten, beginnt er völlig schamlos, sich im Intimbereich zu lecken.

Herr Fröhlich zieht ein Minikinderbuch aus dem Ärmel. Wie selbstverständlich lässt sich Leonie jetzt auf seine überkreuzten Beine fallen und deutet auf die bunten Illustrationen.

»Du gibst meiner Tochter diese ekligen Gummidinger?«, fragt Anne fassungslos.

»Hat doch funktioniert«, halte ich dagegen.

Anne schluckt ihren Ärger hinunter und klemmt ihrer fröhlich kauenden Tochter eine Haarspange in die Locken.

»Mehr Gummis, bitte!«, fordert Leonie. Aus dem Augenwinkel sehe ich, wie der Psychologe etwas in sein Lederbüchlein notiert.

Während Anne Leonie akribisch über gesunde Ernährung und die Verwendung von langen Messern aufklärt, wenden sich die anderen Gäste wieder beruhigt ihren Getränken zu.

Hinter der Lobby tänzelt Mr. Perfect frisch geduscht die Treppe herunter, vorbei am Psychologen. Wie soll ich es mit dem noch die restlichen Tage aushalten? Vielleicht hole ich mir einfach Nachschub an Psychopharmaka.

Er bleibt direkt vor mir stehen. Ich rieche Eukalyptus, Moschus und »Le Male« von Gaultier, vielleicht diesmal mit einem Schuss Babyöl.

»Hier können wir unser Duell nicht austragen«, flüstert er. »Sonst kriegen wir beide Ärger mit Du-weißt-schon-wem.«

Oje! Unseren Saunawettstreit hatte ich mittlerweile völlig verdrängt. »Ist schon okay«, entgegne ich und atme erleichtert auf.

Mr. Perfect deutet mit dem Kopf in Richtung Jeannie. »Deshalb habe ich uns für die Furten-Therme angemeldet: neutraler Boden. Da kommen nur Kinder mit. Wir suchen eine Sauna und klären die Sache ein für alle Mal.« Der Kerl ist tasächlich regelrecht versessen auf Wettkämpfe. Hätte ich doch nur auf Anne gehört!

»Worum duellieren wir uns eigentlich?«

Mr. Perfect überlegt, dann grinst er schließlich breit und deutet mit dem Kopf in Richtung Anne. »Der Sieger kriegt die Frau.«

Ich traue meinen Ohren nicht.

»Ich will die gar nicht haben. Außerdem heiratest du sie eh bald. Man wettet nicht um seine Frau.«

Er verdreht die Augen. »Natürlich nicht für immer, du Idiot. Nur für den Urlaub. Wenn ich gewinne, reist du ab. Wenn du gewinnst, reise ich ab.«

»Aber ich muss diese Geschichte schreiben. Das ist mein Job.«

»Und das ist meine Frau. Oder hast du etwa Angst?«

Ich schüttele den Kopf. Mir wird schon noch einfallen, wie ich aus dieser Sache wieder herauskomme. »Wann geht es los?«

»In einer Stunde.«

Verdammt.

Anne kommt mit Leonie an der Hand auf uns zu.

»Na, ihr beiden, vertragt ihr euch wieder?«

Wir nicken. Mr. Perfect legt mir seine Pranke auf die Schulter. Ich spüre, wie sich sein Daumen unter mein Schlüsselbein bohrt: der Mr.-Spock-Griff. Anne hält mein schmerzverzerrtes Gesicht für einen Ausdruck von Freude und lächelt.

»Das ist gut, ich wollte euch nämlich fragen, ob wir heute noch mal einen Ausflug wagen wollen.« Sie schaut zu mir herüber. »Wenn es dein Magen erlaubt.«

Ich nicke. Wenn wir einen Ausflug machen, können wir nicht in die Therme fahren, und das Duell fällt ins Wasser. Mit einer kreisförmigen Verbeugung winde ich mich aus Mr. Perfects Griff. »Eine super Idee. Wo soll es denn hingehen?«

Anne klatscht vor Freude in die Hände. »In die Therme.« Sie deutet mit dem Daumen zu Stanley, dessen Kinder sich gerade mit der irischen Rasselbande anfreunden. »Familie Fröhlich kommt auch mit.«

Das war es dann wohl. Na ja, mit etwas Glück sehe ich vielleicht wenigstens Frau Fröhlich nackt, bevor ich umkippe. Ein schöner Tod. Hoffentlich bleibt Oma Eisenstein im Hotel.

Anne, Leonie und die anderen Familien verschwinden nach und nach auf die Zimmer, um ihre Schwimmsachen zu packen. Mr. Perfect genehmigt sich noch ein zweites Frühstück »für die Herausforderungen des Tages«. So habe ich Zeit für ein kurzes Gespräch mit dem Psychologen – rein hypothetisch, versteht sich.

Ich erkläre ihm, dass ein Freund von mir zu einem Saunaduell herausgefordert wurde und jetzt befürchtet, in Ohnmacht zu fallen, weil ihm das schon mal passiert sei.

»Daraus wacht er schon wieder auf.« Na, das ist mir ja ein toller Psychologe.

»Vielleicht kriegt er einen Herzinfarkt«, meine ich.

Er schaut mich an wie ein Kind, das Angst vor dem schwarzen Mann unter seinem Bett hat. »Normalerweise würde ich Ihnen nun fünfundvierzig Minuten lang diese Idee ausreden und Ihrer Kasse dafür hundert Euro berechnen, aber da es ja nicht um Sie geht, mache ich es kurz: Er soll sich nicht so anstellen!«

Mir fehlen die Worte. Ihm nicht.

»Ich finde es gut, dass er so ein fürsorglicher Vater ist, und seine Tochter liebt ihn dafür ja auch innig – sie ist ihm übrigens wie aus dem Gesicht geschnitten –, aber dieser Freund von Ihnen soll bei seiner starken weiblichen Seite nicht vergessen, dass er ein Mann ist.«

Ich soll eine starke weibliche Seite haben? Genau darum geht es doch. Die habe ich eben nicht. Deshalb bin ich doch hier. Das ist ja zum Wahnsinnigwerden!

Der Psychologe fährt fort: »Wahrscheinlich gehört jener Freund zu dieser neuen Generation von völlig verweichlichten Vätern. Er sollte etwas mehr Rückgrat zeigen, dieser junge Mann. Herz hat er schon genug – und zwar ein gesundes, kräftiges, um das er sich keine Sorgen zu machen braucht.«

Der Typ hat offenbar überhaupt keine Ahnung, mit wem er hier redet. Oder über wen. Wenn der wüsste, dass ich eben kein verweichlichter Vater bin, sondern auf einer geheimen Mission für die echten Kerle, die Bauchspeck grillen statt Tofuspieße, dann würde er mir sofort eine Art Antibubsi verleihen und mir Hausverbot erteilen.

»Dieser Freund ist schon mit ganz anderen Sachen fertig geworden«, entgegne ich störrisch.

Er nickt, klappt seine Zeitschrift zusammen und steht auf. »Dann nehmen Sie sich mal ein Beispiel an ihm.« Dass Psychologen immer das letzte Wort haben müssen!

»Okay!«, rufe ich ihm hinterher. »Danke!«


Ziemlich genau eine Stunde später sitzen wir mit den anderen Gästen des Hotels in einem Bus, der so vollgestopft ist mit Schwimmflügeln, Badetieren und Luftmatratzen, dass es aussieht, als wäre die italienische Nationalmannschaft auf dem Weg zum Strand von Rimini. Der Coach ist Herr Béla. Wegen des Personalmangels konnte uns Frau Sommer keine weiteren Kinderbetreuer mitgeben.

»Was soll in einer Therme passieren?«, fragte sie. »Da wird schon keiner ertrinken.« Wahrscheinlich sind deshalb alle Eltern mitgekommen. Adoré kann ich leider nirgends entdecken.

Die Furten-Therme besteht aus einer riesigen Kuppel mit drei großen Arealen: einem Badebereich für alle, einem Kinderparadies und einer riesigen Saunalandschaft. Drei Bademeister, die in ihrer weißen Montur aus Shorts und Poloshirts aussehen wie das Team der Schwarzwaldklinik im Badeurlaub, patrouillieren zwischen den Becken, Pools und Saunen. Dabei schwingen sie ihre Trillerpfeifen wie Schlagstöcke. Wahrscheinlich sind sie auf der Jagd nach kriminellen Elementen, die ohne Badekappe schwimmen oder ins Becken pinkeln. Trotzdem lasse ich mich auf einen Arschbombencontest mit Herrn Béla und dem Architekten ein, der selbst bei seinem Siegsprung vom Fünfer keine Miene verzieht.

Danach setze ich mich ans Kinderbecken und schaue Leonie zu, die, mit Schwimmflügeln ausgerüstet, versucht, einen kleinen Wasserlauf mit ihren Förmchen zu stauen. Stanley trägt einen Bademantel, der seine Tätowierungen völlig verdeckt. Er liest ein pädagogisches Fachbuch mit dem Titel »Nein! Der unfreie Wille des Kindes«. Auch ich stöbere ein bisschen in einem seiner Elternratgeber, kann mich aber kaum konzentrieren, weil ich vor dem Duell doch ein wenig aufgeregt bin.

Um uns herum hat sich der laute irische Clan ausgebreitet. Anne ist mit Mr. Perfect in Richtung Saunalandschaft verschwunden, »zum Vorglühen«, wie er augenzwinkernd meinte. Dabei ließ er seinen linken Brustmuskel hüpfen. »Schau mal, ich kriege auch schon Herzklopfen.«

Ein irischer Junge kommt auf Leonie zu, die gerade Wasser in ihre kleine rote Gießkanne schöpft und es ins Becken schüttet, um den künstlichen Bach darin anschwellen zu lassen. Der Junge, der etwas älter als Leonie sein mag, stellt sich direkt vor sie. Leonie mustert ihn neugierig. Ehe ich reagieren kann, streckt er seine Hand aus, greift nach der Gießkanne und versucht, sie Leonie wegzunehmen. Was soll denn das? Ich sehe in Richtung der Iren, aber die scheinen vollauf mit sich selbst beschäftigt zu sein. Nur eine etwa vierzigjährige Frau mit wallender roter Mähne sitzt ohne Badekappe am Becken und trällert die Arie der Königin der Nacht aus Mozarts »Zauberflöte«. Klingt, als wäre sie eine ausgebildete Opernsängerin. Sie schaut zu uns herüber und nickt.

»It's okay!«, ruft sie und singt weiter. Ist wahrscheinlich ihr Sohn. Offenbar macht klassische Musik doch aggressiv. Abgesehen davon, finde ich sein Verhalten überhaupt nicht okay!

Der Junge zieht heftiger an der Gießkanne, Leonie wankt schon. Aber darf ich einschreiten? Ich kann nicht einfach so ein anderes Kind anfassen, da mache ich mich doch strafbar. Hilfe suchend sehe ich mich nach Anne um, aber die ist nirgends zu sehen. Der Junge nimmt die zweite Hand zur Hilfe, aber Leonie lässt nicht los, im Gegenteil: Sie zieht die Kanne zu sich zurück und schreit den Jungen so laut an, dass nun alle Eltern zu den beiden Streithähnen hinübersehen. Der kleine Ire schaut erstaunt. Jetzt ballt Leonie ihre kleine Faust und hält sie dem Jungen direkt unter die Nase.

»Weg!«, schreit sie. »Meins!«

Obwohl er wahrscheinlich kein Deutsch versteht, lässt der Junge die Kanne los und geht einen Schritt zurück. Leonie setzt nach, der kleine Kerl ergreift die Flucht. Ich schaue zu der Irin herüber. Seiner Mutter ist das Lächeln vergangen.

»It's okay«, rufe ich und recke den Daumen hoch.

»Was ist okay?« Leonhardt und Anne setzen sich auf die Liegestühle neben uns. Ihre Körper haben eine gesunde rote Färbung.

»Nichts Besonderes«, behaupte ich.

Mr. Perfect nickt mir zu. »Also, ich könnte noch eine Saunarunde drehen – bist du dabei?«

Das Saunaparadies der Furten-Therme ist laut Werbeplakat »eine der größten Saunalandschaften Österreichs«. Trotzdem finden wir keine freie Sauna. Die Finnische ist so voll besetzt wie die im Hotel, Warmluft- und Kräuterbad haben Föntemperatur, die Eukalyptussauna ist voll, in der russischen Sauna machen irgendwelche osteuropäischen Immobilienmakler Geschäfte, im Original-Dampfbad ist es Mr. Perfect zu nass, und das Softdampfbad ist uns mit fünfzig Grad zu soft, da sitzen wir ja bis morgen.

Mr. Perfect wird immer ungeduldiger. In der Rauchsauna sieht man die Hand vor den Augen nicht. Im irisch-römischen Dampfbad haben wir Glück, weil gerade alle Iren herausströmen, als gäbe es an der Bar einen Guinnessaufguss. Doch leider füllt sich diese Sauna nach unserer Ankunft so schnell, dass wir wieder aufbrechen müssen.

»Kann man sich denn nirgendwo mehr in Ruhe duellieren?«, fragt Mr. Perfect genervt.

Mein Blick fällt auf die japanische Schwitzkammer, in der höchstens vier Leute Platz haben. Das Thermometer an der Tür zeigt fünfundneunzig Grad. Mr. Perfect lässt mir den Vortritt. Ich atme tief ein und aus, denke an Leonie und die Gießkanne.

Als wir eintreten, verlässt ein lederhäutiger Mann dampfend den winzigen Raum, knickt kurz in den Knien ein und rettet sich mit letzter Kraft auf eine Liege. Seine Frau harrt noch mit geschlossenen Augen auf der oberen Bankreihe liegend aus.

»Du hast deine Alte vergessen!«, brüllt Mr. Perfect dem Mann hinterher. »Nimm die bloß mit.« Daraufhin verlässt auch die Frau die Sauna.

Mein Gegner dreht mir den Aufgusseimer zu. Auf dem Etikett steht »Lindenblüten«. Ich nicke schicksalsergeben.

Doch bevor er eine Kelle Wasser auf die heißen Steine kippen kann, öffnet sich die Tür erneut. Ein japanisch aussehendes Paar schaut herein.

»Sayonara!«, brüllt Mr. Perfect. »Und Tür zu!«

Erschrocken gehorchen die beiden. Doch sie sind nicht die letzten Störer: Immer wieder kommen Leute herein, mal junge, mal alte, mal Pärchen, mal Männer, mal Frauen. Offenbar sitzen wir in einer Touristenattraktion. Ich fühle mich wie ein Soldat der Buckingham-Palace-Wache in seinem Häuschen. Nur dass ich mich mehr bewege, denn einer muss ja die Tür schließen.

Mr. Perfect dagegen ist kurz davor, den Störern die Köpfe abzureißen. Als gerade zwei Frauen in den Vierzigern die Tür öffnen, schreit er ihnen so üble Schimpfwörter zu, dass ich verstehe, warum Anne die Reißverschlussgeste eingeführt hat.

Leonhardt hat schon einen ganz roten Kopf, allerdings vor Wut, nicht vor Hitze. Denn die entsteht bei so viel Luftzug einfach nicht.

»Ist hier noch Platz?«, fragt gerade ein schlacksiger Grunge-Teenie mit langen Haaren, der im Türrahmen steht und in aller Seelenruhe ins Halbdunkel späht.

»Verpiss dich, du Homo!«, knurrt Mr. Perfect. »Tür zu! Von außen!«

Noch während die Tür wieder zufällt, höre ich einen Schrei. Es ist Anne, und sie klingt verdammt wütend. Ich sehe zu Mr. Perfect hinüber. Das wäre eine gute Chance für uns beide, die ganze Sache abzublasen. Aber Mr. Perfect winkt ab.

»Ich habe nichts gehört, du etwa?«

Ein erneuter Schrei. Diesmal eindeutig härter und böser und so laut, dass er sogar durch die geschlossene Tür hereindringt. Ich springe auf.

Mr. Perfect zieht die Augenbrauen hoch. »Wenn du rausgehst, kannst du gleich abreisen. Wir haben gerade erst angefangen.«

»Aber vielleicht ist Anne etwas passiert?«

Er zuckt mit den Schultern. »Wir haben einen Deal.«

Jetzt reißt jemand die Tür mit voller Wucht auf: der Architekt, das erkenne ich am schwarzen Bademantel.

»Verzieh dich!«, brüllt Mr. Perfect. »Und Tür zu, verdammt noch mal! Checkt ihr das alle nicht?«

Aber der Architekt macht keine Anstalten zu gehorchen. »Herr Hartmann, Herr Vogtlinger, bitte kommen Sie schnell.« Ich nicke, aber Mr. Perfect wehrt ab.

»Ich gehe nirgendwohin. Sehen Sie nicht, dass Sie stören?«

Der Architekt schaut erstaunt von Mr. Perfect zu mir. »Sie können Ihren Saunagang bestimmt später beenden.«

»Mann, es geht hier um viel mehr!«

Jetzt höre ich auch Leonie schreien und renne los.

Vom Erholungsraum aus sehe ich das Kinderbecken weiter unten. Am Rand stehen Anne und die rothaarige Opernsängerin. Um die beiden Frauen hat sich ein Halbkreis aus Iren gebildet, ganz in der Nähe haben sich die anderen Gäste aus dem »Wilden Mannle« aufgebaut. Offensichtlich wollen sie den Iren jetzt die morgendliche Stepptanzerei und die tägliche Büfettplünderung heimzahlen. Leonie versteckt sich hinter Annes Oberschenkel, der kleine irische Junge weint jetzt. Weit und breit ist kein Bademeister zu sehen. Die Iren schreien gälische Schimpfwörter. So stelle ich mir einen Hexenaufstand im Mittelalter vor.

Ich renne die Treppen zum Kinderparadies hinunter. Der Architekt ruft mir zu, dass sich der kleine Ire und Leonie um ein Quietscheentchen gestritten hätten. Irgendwie sei das Ganze dann ausgeartet.

Kurz bevor ich unten ankomme, sehe ich, wie Anne die große Irin ins Kinderbecken schubst. Dann stürzt sie sich mit einem Schrei hinterher. Wenige Sekunden später stehe ich am Becken dem dickbäuchigen Vater gegenüber, der heute Morgen noch friedlich am Büfett geschlafen hat.

Ansatzlos haut er mir seine Faust auf die Nase. Ich höre mein Nasenbein knacken, Tränen schießen mir in die Augen. Kann nichts mehr sehen. Instinktiv ramme ich ihm das Knie zwischen die Beine. Er fällt nach vorn, ich umklammere ihn, und wir stürzen gemeinsam ins Becken.

Als ich hochkomme, sehe ich wieder ein bisschen besser: Der Architekt wird gerade von einer dicken rothaarigen Mutter mit einem Handtuchknoten vermöbelt, während Stanley seinen Bademantel abstreift, seine Tattoos entblößt, den Kopf in den Nacken wirft und so laut brüllt, dass Tarzan vor Schreck von der Liane gefallen wäre. Er sieht jetzt eher aus wie ein Serienmörder als wie der Gewinner des wichtigsten Ötztaler Pädagogikpreises. Mit Anlauf stürzt er sich mitten unter die Iren. Seine Frau steht ihm in nichts nach, schickt die Kinder zu Herrn Béla, knotet die Haare zusammen und folgt ihrem Mann in die Schlacht.

Einzig unser ungarischer Betreuer bewahrt Ruhe, holt die kleinen Kinder eins nach dem anderen aus dem Becken und versammelt sie hinter sich. Der Nichtschwimmerbereich ist in Sekundenbruchteilen zur Arena geworden: Frauen ziehen sich an den Haaren, Männer boxen und ringen, mittlerweile ist überhaupt nicht mehr auszumachen, wer hier zu wem gehört.

Momentan kann ich Mr. Perfect nirgends entdecken. Dabei mischt ein Muskelpaket wie er bestimmt ordentlich mit. Könnte mir gut vorstellen, dass er gerade mitten im Irenkessel steckt. Oder er greift unsichtbar unter der Wasseroberfläche an, wie der Weiße Hai. Wahrscheinlich wird er dafür heute Abend wieder als Gast der Woche gefeiert.

Plötzlich höre ich laute Kinderstimmen. Sie streiten nicht, sie singen. Hinter Herrn Béla stehen die etwa zwanzig Kinder des Ausflugs Hand in Hand, gleich, welcher Nationalität, Haut- oder Haarfarbe. Sie halten sich alle an den Händen und singen:

»Der Kuckuck und der Esel, die hatten einen Streit.

Wer wohl am besten sänge, wer wohl am besten sänge,

zur schönen Maienzeit, zur schönen Maienzeit.«

Vielleicht kennen nicht alle Kinder den Text ganz perfekt, aber ihre Stimmen und ihr Anblick ernüchtern uns Raufbolde sofort. Wir verharren wie in Schockstarre. Männer lassen die Fäuste sinken, Frauen geben einander aus Schwitzkästen frei. Alle hören auf zu prügeln und schauen sich betreten an.

Als die letzte Liedstrophe verklungen ist, schickt Herr Béla ein Kind nach dem anderen zu seinen Eltern zurück. Der Spuk hat vielleicht eine, höchstens zwei Minuten gedauert. Ich nehme Leonie auf den Arm.

»Caspar aua!«, stellt sie fest und kneift mir besorgt in die geschwollene Nase.

Jetzt kommen auch die drei Bademeister die Treppen aus der Saunalandschaft heruntergelaufen. Passend zu ihren weißen Uniformen tragen sie knallrote Köpfe, wodurch sie noch österreichischer wirken. Sie schwingen ihre Pfeifen, als wollten sie uns damit verdreschen. Ich presse mir ein nasses Handtuch auf die Nase, die gerade auf Boxergröße anschwillt.

Wahrscheinlich kriegen wir jetzt alle zusammen Hausverbot.

Der Chefbademeister baut sich vor Herrn Béla auf, mustert

uns alle kurz, lässt dann seinen Blick suchend zwischen Liege-
stühlen und Handtüchern umherwandern. Dass hier gerade eine
Massenschlägerei stattfand, haben die drei offenbar gar nicht
mitgekriegt. Auch die Blutflecken und blauen Augen irritieren sie
nicht.

»Alles okay?«, fragt mich ein Bademeister.

»Ja, äh, klar. Habe einen Kopfsprung gemacht, Becken zu
flach.«

Der Bademeister nickt abwesend und murmelt: »Springen
vom Rand verboten.«

»Wo waren Sie eigentlich?«, will Herr Béla wissen.

Der Bademeister nickt in Richtung Saunalandschaft, als würde
ihm seine Abwesenheit erst jetzt bewusst. Er winkt Herrn Béla
und mich näher zu sich heran.

»Nicht weitersagen, aber hier treiben sich zwei Schwule herum.
Hat uns einer unserer jüngeren Gäste angezeigt – und der sah so
aus, als müsste er es wissen. Die Typen haben gerade oben alle
Gäste aus der japanischen Sauna vertrieben. Offenbar sind sie bei
ihren perversen Spielen gestört worden.« Er bewegt sein Becken
ein paarmal ruckartig vor und zurück.

Ich kann es nicht fassen. Wie doof ist der denn?

In diesem Moment stolziert Mr. Perfect die Treppe von der
Saunalandschaft herunter wie Grace Kelly. In der Hand hält er
ein hellrotes Getränk, am Glas klemmt eine Ananasscheibe. Er
nuckelt genüsslich an seinem Strohhalm. Sein Gesicht zeigt kei-
nerlei Beulen, Kratzer oder sonstige Blessuren. Die Bademeister
mustern ihn argwöhnisch.

»Wo warst du?«, frage ich ihn ungläubig. »Anne hatte gerade
echt Probleme.«

»Kurz an der frischen Luft und dann an der Bar«, antwortet er.

»Das Beste nach einem Saunagang«, bestätigt ein jüngerer
Bademeister. »Nach dem Saunagang braucht der Körper frische
Luft, Obstsäfte und vor allem eines: Ruhe.«

Mr. Perfect sieht mich ernst an und saugt wieder an seinem
Strohhalm. »Dieses Gesicht ist das Aushängeschild eines Fami-
lienfitness-Unternehmens. Blessuren machen sich darin nicht so

gut.« Er sieht zu Anne. »Außerdem kann eine emanzipierte Frau ihre Streitereien allein austragen. «

Anne nickt widerwillig. Wäre der Psychologe hier, er würde meinem Erzfeind zu Ehren gleich ein neues Lederbüchlein eröffnen.

Als die Bademeister abgezogen sind, erzählt mir Anne, dass ihre Gegnerin bei der Prügelei Enya Sullivan heiße, eine berühmte Opernsängerin sei und sie alle ihre CDs besitze. Das habe sie aber erst eben festgestellt, als sich die beiden ausgesprochen hätten. Enya sei einfach frustriert gewesen, weil sie heute Morgen eine E-Mail vom Intendanten bekommen habe, der ihr Engagement an der Oper von Dublin gekündigt habe. Das findet Anne »skandalös«.

»Bla, bla, bla«, murmelt Mr. Perfect in sich hinein. Ich geselle mich zu Stanley Fröhlich.

»Das war ja wie früher zu Hooliganzeiten«, schwärmt er. Auf seinem Hotelbademantel entdecke ich ein paar Blutflecken. »Nicht von mir«, grinst er fröhlich und deutet zu einem tätowierten Iren hinüber, der aussieht wie ein Anhänger von West Ham United und sich das lädierte Auge reibt. Stanley grinst. Erst jetzt sehe ich, dass ihm ein halber Schneidezahn fehlt.

Die Männer kommen zusammen, es wird gescherzt, gekühlt, Hotelhandtücher werden ausgetauscht, die wackelnden Zähne der Großen ebenso bewundert wie die der kleinen Kinder. Es ist, als ob diese Schlägerei endlich die Distanz unter den zerstrittenen Gästen aufgehoben hätte. Klar, der sommersprossige Kerl hat mir wahrscheinlich die Nase gebrochen, und ich habe ihn in die Familienjuwelen getreten, aber wir alle sind uns einig: Es war doch eine richtig schöne Prügelei, wie man sie aus den alten Western kennt – oder aus dem Kindergarten.

»So etwas gibt es ja heute gar nicht mehr«, meint Stanley wehmütig, nachdem er mein Nasenbein sicherheitshalber mit Klebeband fixiert hat.

Beim Abkühlen im Außenbereich des Spas gerate ich in eine Gruppe russischer Oligarchen, die hier zu Gast sind, weil sie ein Hotel kaufen wollen. Ich kann nicht verstehen, warum. Spreche ja kein Russisch. Ein dickbäuchiger Mann, der offenbar Makler oder Fremdenführer ist, wird nicht müde, den Russen auf Deutsch die Vorzüge des Hotels »Zum Wilden Mannle« anzupreisen. Wusste gar nicht, dass es zum Verkauf steht. Muss ich nachher mal recherchieren.

Auf der Rückfahrt scherzen und erzählen alle miteinander, als hätten wir uns nicht geprügelt, sondern eine Art Verbrüderungsritual erlebt. Ich erfahre, dass das Wort Hooligan von der irischen Familie O'Hoolihan abstammt, die in direkter Blutlinie mit unserem irischen Clan verwandt ist. Überrascht mich nicht.

Herr Béla hat seine Hundemaske im Handgepäck und unterhält die Kinder während der Fahrt damit, dass er auf sich deutet und »Hund?« fragt. Die Kleinen antworten: »Wauwau«. Seltsamerweise empfindet der Ungar bei diesem Dialog einen ähnlich diebischen Spaß wie die Kinder. Auch Leonie scheint ihren Schock in der Kinderbetreuung längst vergessen zu haben und will die ganze Fahrt über auf Herrn Bélas Schoß sitzen.

»Sie ist so süß, ich könnte sie glatt behalten«, schwärmt er. Daraufhin hält ihm die Architektengattin einen Vortrag über die Tücken eines Adoptionsantrags, den Herr Béla nach seinem beherzten Einsatz wirklich nicht verdient hat.

Doch im Moment kann nichts meine gute Laune trüben – nicht mal Mr. Perfect, der mich im Windfang des Hotels am Arm packt und raunt: »Die Sache ist noch nicht ausgestanden.«

Beim Abendessen wechseln die Gäste fröhlich durch, als wäre das hier die »Reise nach Jerusalem« oder das postabenteuerliche Festessen bei Asterix und Obelix.

Ich erkundige mich beim Ehepaar Eisenstein nach dem Befinden ihres Dackels. Schlecht scheint es ihm nicht zu gehen, denn er liegt schon wieder scheintot zu Füßen von Herrchen und Frauchen.

»Das ist die Narkose«, erklärt Opa Eisenstein.

»Wurde er operiert?«, frage ich erstaunt.

Opa Eisenstein nickt. »Kastriert«, sagt er so traurig, als hätte ihn selbst jenes Schicksal ereilt. Mit leiser Stimme erzählt er mir, dass Stanley bei der Brotmesseraktion ihren Archibald von der

Sommerwiese so unglücklich erwischt habe, dass man während der Operation mit seinen Genitalien kurzen Prozess gemacht habe.

Opa Eisenstein fixiert mich zornig. »Das hat man übrigens früher auch mit Leuten gemacht, die anderen die Frau ausspannen wollen«, sagt er nachdrücklich. Aber ich habe keine Lust auf eine weitere Schlägerei und lächle nur diplomatisch.

»Dackel aua?«, fragt Leonie.

»Das erkläre ich dir später«, entgegne ich. »Viel später.«

Direktorin Sommer, die auf der Flucht vor den ausgelassenen Iren ihre Runden durch den Speisesaal dreht, bringt mir persönlich ein Expresspaket aus meiner Heimat. Es stammt von meiner Mutter, mein alter Karateanzug. Wie passend. Am liebsten würde ich ihn sofort auspacken, aber erst mal erkundige ich mich bei Frau Sommer nach ihrer Pressefrau, schließlich habe ich gehört, das Hotel stehe zum Verkauf. Leider kann mir Frau Sommer nicht weiterhelfen, denn Adoré ist abgereist. Sie muss das »Wilde Mannle« bei irgendeinem PR-Event vertreten.

»In ein paar Tagen ist sie wieder da«, verspricht die Direktorin. »Sie hat auch nur leichtes Gepäck mitgenommen.«

Ich nicke, denn ich weiß ja genau, was Adoré eingesteckt hat: mein Herz.

Schon wieder wache ich auf, und die Frau ist weg – diesmal Anne. Nicht, dass mich das stören würde, aber in den vergangenen Tagen haben wir uns irgendwie arrangiert – was vielleicht auch daran liegt, dass sich Leonie an den schrulligen Herrn Béla und die Kinderbetreuung gewöhnt hat. Nicht nur das: Seit dem Eklat in der Therme versteht sie sich bestens mit dem kleinen Jungen, der ihr die Gießkanne klauen wollte – und mit seinen zig Geschwistern. Natürlich sind auch Obi, Paula und Paul in die neue Kindergang aufgenommen, sehr zur Freude aller Eltern.

So haben Anne und ich jetzt auch Zeit für uns – jeder für sich. Wie es sich für eine gute falsche Beziehung gehört, lassen wir dem anderen seine Freiheiten. Mein Einsatz bei der Schlägerei hat Anne offenbar doch ein bisschen imponiert, denn sie hat mir zum Dank gestattet, bei offenem Fenster zu rauchen. Nachdem ich dreimal an der Kippe gezogen hatte, musste ich sie ausdrücken. Nicht wegen der Feuermelder – sie hat mir einfach nicht mehr geschmeckt. Außerdem wollte ich auch Leonie nicht mit nach Rauch stinkenden Fingern über den Kopf streichen.

Anne wollte unbedingt ein paar Familienausflüge unternehmen, und ich habe mich darauf eingelassen. Biathlon mit ihr war ein Reinfall, weil ihre Kondition zu wünschen übrig ließ, Gletscherski war ihr zu gefährlich, und beim Paragliding hat sie so geschrien, dass der Lehrer sie abstürzen lassen wollte. Beim Familienkurs »Ein besserer Mensch durch afrikanisches Trommeln« bin ich vielleicht kein besserer Mensch geworden, aber auf jeden Fall ein besserer Trommler.

Langsam begreife ich auch das Prinzip der weiblichen Kriegsführung: Während das Weiche nachgibt, bricht das Harte. Anschließend geht das Weiche dem Harten wieder derart auf den

Keks, bis das Harte, nun ja, selbst weich wird. Oder so. Oh nein, jetzt denke ich schon wie eine Spa-Broschüre.

Meinen Artikel habe ich trotzdem schon so gut wie fertig geschrieben. Ja, er ist böse. Ja, er wird Annes und meine Harmonie zerstören, die frisch erblühte Freundschaft zunichtemachen und Anne auf lange Sicht traumatisieren. So ist das Leben.

Deshalb werde ich ihr heute die Wahrheit sagen, über die Halbtagsstelle, die »betriebsbedingt gekündigt« wird, und über meinen Geheimauftrag – auch wenn das am Ende bedeutet, dass ich ein Einzelzimmer »Bei Anton« nehmen muss.

Ein Klopfen reißt mich aus meinen morgendlichen Gedankenspielen. Verschlafen öffne ich. Vor mir steht Jeannie. Sie wirkt hektisch.

»Wo ist denn Ihre …« Sie sucht nach den richtigen Worten. »Ihre Begleiterin. Wo ist Ihre Begleiterin?«

»Wahrscheinlich mit der Kleinen in dem tollen Schrankklo.« Ich werfe einen vielsagenden Blick auf das leere Kinderbett.

Jeannie verliert keine Sekunde und zieht mich aus dem Zimmer.

»Das ist ein Notfall, kommen Sie mit!«

Oh nein. Hoffentlich hat Anne nicht wieder eine Schlägerei angefangen.

Wenig später stehe ich in der Lobby vor einer Menschentraube, die sich um das neongelbe Ledersofa drängt. Der Architekt, der weiter außen steht, wirft mir einen Blick zu, der mich das Schlimmste erahnen lässt. Wie ein Sanitäter dränge ich mich durch die Gäste. Tatsächlich: Auf dem Sofa liegt Leonie. Sie hat die Augen und den Mund weit aufgerissen. Der Schock fährt mir in die Glieder, mein Mund wird trocken, die Knie weich.

Oma Eisenstein sieht mich bedrückt an. »Ihre Frau hat gesagt, ich soll auf die Kleine aufpassen – sie mag doch die Gummimannle so gern und wollte immer weiteressen. Auf einmal ist sie ganz still geworden.«

»Vielleicht ein Zuckerschock«, vermutet ein Gast, als wäre das Ganze nur eine Art Erste-Hilfe-Übung. Auch die anderen Eltern und Kinder stehen apathisch herum, keiner kommt auf die Idee, Leonie hochzuheben.

»Warum tut denn keiner was?«, rufe ich.

Leonie streckt mir die Arme entgegen, scheint etwas sagen zu wollen. Ich nehme sie auf den Arm. Sie versucht Luft zu schnappen, aber ihrer Kehle entringt sich nur ein fiependes Keuchen.

»Wir können doch kein fremdes Kind anfassen, so ohne offizielle Genehmigung«, höre ich eine empörte Stimme in meinem Rücken. Leonies Gesicht färbt sich jetzt leicht lila. Keine Zeit zu diskutieren.

»Ihr steckt so ein Gummiteil in der Luftröhre!«, rufe ich.

Oma Eisenstein winkt ab. »Ich habe ihr schon auf den Rücken geklopft, aber das hat auch nichts gebracht.«

Hilflos starren mich die Mütter und Väter an. Geklopft? Bin ich denn nur von Idioten umgeben? Hat denn hier niemand Zivildienst gemacht? Leonie ringt nach Luft. Ich erinnere mich an meinen Erste-Hilfe-Kurs: Wenn einem etwas in der Kehle steckt, soll man ihn einfach richtig auf den Rücken hauen. Nicht klopfen.

Leonie sieht mich Hilfe suchend an, sie kriegt aber keinen Laut heraus. Ohne zu zögern, lege ich sie übers Knie, sodass ihr Kopf nach unten zeigt, und haue ihr kräftig mit der flachen Hand auf den Rücken, einmal, zweimal, relativ hart hintereinander, dreimal. Die anderen Gäste starren mich an, als würde ich in ihrer Mitte mein Kind verprügeln. Aber Erste Hilfe muss auch von zärtlichen Eltern konsequent durchgeführt werden. Es ist nur zu Leonies Bestem.

Beim vierten Schlag hustet sie einen glänzenden murmelgroßen Gummiklumpen auf den Teppich. Sie holt tief Luft und fängt sofort an zu husten, bevor ihr die Tränen aus den erschrockenen Augen kullern.

Ihre Gesichtsfarbe ändert sich schlagartig von lila zu rot, während ich in Boxershorts und Schlaf-T-Shirt auf dem Sofa sitze und die Kleine ganz vorsichtig in den Arm nehme. Ohne dass ich etwas dagegen tun kann, schießen auch mir die Tränen in die Augen. Ich stecke meine Nase in Leonies Löckchen. Okay, vielleicht muss Anne ihr demnächst die Haare waschen, aber für mich riecht selbst die leichte Magginote vertrauter, als jemals ein Wesen zuvor gerochen hat: ein bisschen wie ich, nur süßer.

Als ich die Augen wieder öffne, sehe ich Mr. Perfect durch den Windfang gehen. Er schaut von Leonie zu mir, sein Blick wechselt ins Spöttische.

»Hat sie dich gehauen, oder warum heulst du?«

Ich wische mir verschämt die Tränen aus den Augen. »Blödsinn. Wo ist Anne?«

»Keine Ahnung, sie läuft ihr Tempo, ich laufe meines – wie in jeder guten Beziehung.« Was für ein Idiot! Ich lache abfällig. Er schaut mich und Leonie an, die sich an meine Schulter drückt.

»Sei bloß lieb zu *deiner* Tochter.«

»Sei du vielleicht mal für die Kleine da!«

Aber Mr. Perfect dreht sich um und lässt uns in der Lobby sitzen. Ich sehe ihm kopfschüttelnd hinterher.

»Keine Sorge«, flüstert jemand hinter mir. Ich drehe mich um. Dort steht der Architekt. Seit der Schlägerei in der Therme habe ich kaum mit ihm gesprochen. »Ich kann schweigen wie ein Grab«, raunt er mir zu.

Ich sehe ihn überrascht an. Ist meine Tarnung aufgeflogen? Was weiß er? Und woher? Der Architekt sieht mir nicht in die Augen, sondern starrt verlegen auf meine Brust.

»Eines würde mich aber interessieren«, fährt er fort.

Ich drehe neugierig meinen Kopf zur Seite.

»Aber natürlich geht mich das nichts an. Ich will ja auch gar nicht indiskret sein.«

Verdammt, er weiß es. Aber woher? Hat Leonie ihr Geheimnis Obi anvertraut? Hat Anne im Schönheitsschlaf auf der Spa-Liege geplaudert? Ist ja auch egal. Wenn er weiß, was ich vorhabe, können Anne und ich eh unsere Koffer packen. Irgendwie bin ich sogar ein bisschen erleichtert, dass die ganze Sache endlich vorbei ist.

»Fragen Sie nur.«

»Wer von Ihnen beiden ist … nun ja?« Ich sehe ihm in die Augen. Darin erkenne ich einen Funken Unsicherheit.

»Wer ist was?«, frage ich.

Jetzt reißt sich der Architekt zusammen. Er deutet in die Richtung, in die Mr. Perfect verschwunden ist. »Wer von Ihnen beiden ist der Mann?« Er macht eine Pause, sammelt all seinen Mut zusammen: »Und wer ist die Frau?«

Mir entgleisen die Gesichtszüge. Das kann doch nicht wahr sein: Der Kerl glaubt, Mr. Perfect und ich wären ein Paar! Während mein Gegenüber durch meinen offenen Mund die Architektur meines Rachens analysiert, erinnere ich mich an unseren Saunatag. Der Bademeister hat davon gesprochen, dass sich »zwei Schwule« in einer Sauna vergnügt hätten. Als der Architekt kam, um uns zur Schlägerei zu holen, muss er Mr. Perfect und mich schwer beschäftigt und atemlos in der engen Sauna gesehen haben.

»Sie irren sich«, entgegne ich erleichtert.

Der Architekt lächelt. »Ist schon okay. Und, na ja, der *Bruder* Ihrer Frau sieht auch wirklich sehr gut aus, für einen Mann.«

Zum Glück kommt in diesem Moment Anne durch die Tür. Leonie rennt ihr mit ausgestreckten Armen entgegen, um gleich noch mal getröstet zu werden. Anne ist mächtig verschwitzt, die Haare hat sie zu einem Pferdeschwanz nach hinten gebunden. Sieht gar nicht so schlecht aus.

Sie trägt Leonie, die sich an ihren Hals presst, zu uns, aber die Kleine will sich gar nicht beruhigen lassen.

»Ist irgendwas passiert?«, will Anne wissen.

Ich schüttele den Kopf. »Sie hatte sich verschluckt, und zwar richtig.«

Anne sieht ihre Tochter verwundert an.

»Schwuli!«, fordert Leonie mit Babystimme.

Der Architekt grinst. Sein Blick sagt: Hab ich es doch gewusst!

Den Schnuller habe ich vorhin natürlich nicht eingesteckt. Ich deute mit dem Zeigefinger nach oben.

Anne nickt.

»Wir müssen mal eben den Schwuli holen, sonst beruhigt sie sich gar nicht mehr.« Mir bleibt nichts anderes übrig, als ebenfalls zu nicken.

Als Anne weg ist, stehe ich plötzlich ganz allein mit dem

Architekten in der Lobby. Er schlägt mir kumpelhaft auf die Schulter.

»Machen Sie sich keine Sorgen. Einige meiner besten Freunde sind schwul.«

Dann lässt er mich so schnell wie möglich wieder los und flieht zum Essen. Am besten, ich betreibe beim Oberjuror erst mal Schadensbegrenzung. Vielleicht hat der Psychologe ja auch eine Idee, wie ich dieses Gerücht aus der Welt schaffen kann.

»Wie geht es dem Freund, von dem Sie neulich erzählt hatten?«, will Ainberger wissen.

»Die Leute denken, er sei schwul.«

Er sieht mich über seine Brille hinweg an. »So ein spätes Outing kommt öfter vor«, erklärt er mir. »Manche Männer führen jahrelang Scheinehen, und irgendwann werden sie mit einem Kumpel in der Sauna erwischt. Da denkt niemand an die Spätfolgen für unsere Kinder.« Er schaut mich eindringlich an.

»Aber er ist nicht schwul!«, insistiere ich.

Der Psychologe nickt nachdenklich und schaut wieder über seine Gläser ins Leere. »Natürlich ist er das nicht.«

Beim Frühstück setze ich mich zwischendurch zu Stanley Fröhlich und seiner Familie. Als die Kinder und seine Frau Nachschub am Büfett holen, befrage ich ihn zum neuesten Hotelflurfunk. Stanley ist sogar richtig erleichtert, dass ich ihn darauf anspreche.

»Es geht das Gerücht um, dass Anne bloß eine Leihmutter sei.« Seit der Schlägerei in der Therme gelten Mr. Perfect und ich als heimliches Männerpaar. Aber da moderne Eltern ja generell tolerant sind, hat mich bisher niemand darauf angesprochen.

Die große Langeweile mit Kind führt zu Verleumdungen und Rufmord. Ein weiterer Punkt für meine Reportage: Vielleicht unterstelle ich den Familien auch noch Schwulenfeindlichkeit – wegen nicht auf Zeugung ausgerichteten Geschlechtsverkehrs oder so. Klingt fies katholisch.

»Und was denkst du?«, frage ich Stanley.

»Mir ist das so egal wie zweisprachige Elterninitiativen. Es gab mal eine Zeit, da habe ich in einem Klub gearbeitet, wo Männer sich gegenseitig ...« Ich winke ab, so genau wollte ich das auch wieder nicht wissen.

Anne scheint nach dem Joggen bester Laune zu sein. Als wir gefrühstückt haben, bitte ich sie, noch einen Moment sitzen zu bleiben. Wenn ich ihr hier in aller Öffentlichkeit von Dr. Schades teuflischen Plänen berichte, flippt sie hoffentlich nicht ganz so schlimm aus. Leonie sitzt da und rührt versonnen in ihrem Kindermüsli.

»Ich muss da noch etwas mit dir besprechen.«

Anne schaut überrascht. »Hast du Leonie nach dem Wickeln mit Rheumasalbe eingecremt?«

Ich schüttele den Kopf.

»Ins Bidet gepinkelt?«

Die hat ja eine Phantasie – was denkt die denn von mir?

Jetzt schüttelt sie entsetzt den Kopf und schaut mich voller Abscheu an. »Du hast nicht mit einer der hoteleigenen Milchpumpen masturbiert und dich dabei verletzt?«

»Nein!«, entgegne ich entrüstet.

»Wenn es schon wieder um Leonhardt geht, dann regelt eure Angelegenheiten bitte allein.«

Ich schüttele den Kopf, schaue auf meinen Teller, auf die Eierschalenreste, die Marmelade, die Obstschalen. Aber die helfen mir auch nicht. Also nehme ich all meinen Mut zusammen und sehe Anne an. Sie erbleicht.

»Herr Dr. Schade!«, stellt sie fest.

Ich nicke. »Genau.«

Doch Anne starrt nur über meine Schulter in Richtung Nachbartisch.

»Mein Auftrag ...«, beginne ich, aber ihrem erschrockenen Gesichtsausdruck nach zu urteilen, hat Anne hinter mir soeben einen Yeti erblickt. Ich drehe mich um. Da steht mein Chef und schaut so erfreut, als hätte er mir seit zehn Minuten mit Zeige- und Mittelfinger unbemerkt Hasenohren an den Hinterkopf gehalten.

»Haben Sie mich erwartet?«, fragt er mit jovialem Grinsen

und wuschelt Leonie durch die Löckchen. Die zieht Sicherheitshalber ihr Kindermüsli zu sich heran und legt die Arme darüber.

Anne bringt ihre entgleisten Gesichtszüge wieder unter Kontrolle, indem sie in ein Schokocroissant beißt.

»Wir denken ständig an Sie«, lügt sie mit vollem Mund. Schade ist entweder zu gut gelaunt oder zu abgebrüht, um ironische Zwischentöne herauszuhören.

»Entschuldigen Sie bitte: Was machen Sie hier?«, will ich wissen. »Wir haben alles im Griff!«

»Darf ich mich setzen?«, fragt Schade und nimmt Platz. Leonie zieht ihr Kindermüsli noch näher an sich heran und mustert Schade argwöhnisch.

»Ich habe Sie telefonisch nicht erreicht«, sagt mein Chef, während er Anne und mich vorwurfsvoll ansieht. »Nach meinen letzten Informationen wollen Sie, Caspar, sich um das Familienthema drücken.« Anne verschluckt sich. Ich haue ihr gern auf den Rücken.

Schade fährt fort: »Da habe ich beschlossen, Sie nach besten Kräften zu unterstützen.«

Ich glaube ihm kein Wort. Wahrscheinlich will der mich einfach kontrollieren. »Wollen Sie die Geschichte jetzt selbst schreiben? Dazu gibt es keinen Anlass, unsere Recherche geht gut voran, das sehen Sie ja.«

Ich erzähle meinem Chef von unseren Abenteuern und dem Ziel, den Bubsi in Platin zu gewinnen. Dabei wische ich Leonie wie zum Beweis mit meiner Serviette über den Mund. Sie streckt die Arme aus.

»Bitte Schoß.« Den Wunsch erfülle ich ihr nur zu gern. Kaum sitzt sie auf meinen Oberschenkeln, pupst Leonie so laut, dass wir alle überrascht auf das kleine Kind schauen, aus dem so große Töne kommen. Von Leonies Windel zieht ein Gestank nach oben, der mir augenblicklich den Appetit verdirbt. Herr Schade schaut angeekelt. Leonie seufzt erleichtert. Ich tätschele ihr den Kopf.

»Hast du ein großes Konzert gemacht?«

Leonie nickt schüchtern und lehnt ihren Kopf an meine Schulter. Ich sehe zu meinem Chef hinüber. Der starrt mich so irritiert an, als hätte ich soeben mein Haar aus der Stirn gestrichen und dort ein drittes Auge präsentiert.

Anne dagegen platzt vor Stolz über ihre bisherige Missionierungsarbeit.

»Die Leonie macht ihr großes Konzert jetzt nur noch, wenn Caspar dabei ist.«

Schade schüttelt den Kopf, als wollte er das alles nicht wahrhaben.

Anne nimmt die stinkende Leonie von mir herunter und verschwindet zum Wickeln aufs Zimmer. Nun bin ich allein mit meinem Chef.

»Haben Sie sich etwa einlullen lassen?«, will er im Verschwörerton wissen.

Ich schaue ihn so entsetzt wie möglich an und lache so laut, dass alle Gäste zu mir herübersehen.

Herr Schade nimmt sich die letzte Minirosinenschnecke aus dem Brotkorb. »Ich habe Verstärkung mitgebracht!« Er deutet hinter sich.

Zwei Tische weiter sitzt Redaktionspraktikantin Nadine, meine Stalkerin. Sie winkt, ich nicke ihr zu. So ausgebucht, wie das Hotel ist, kann ich mir nicht vorstellen, dass Nadine ein Einzelzimmer hat.

Schade murmelt mit vollem Mund: »Ich habe hier in der Gegend beruflich zu tun. Da habe ich gedacht, wir könnten Ihnen zuarbeiten. Acht Augen sehen mehr als vier.«

»Leonie hat auch Augen.«

Schade fegt den Einwand mit einer wegwerfenden Handbewegung zur Seite. »Aber das hier haben Sie offenbar nicht gesehen«, stellt er fest und legt einen Flyer auf den Tisch. Darauf sehe ich einen Steinzeitmenschen und den Schriftzug »Ötzi-Paleo-Cup«. Das Plakat dazu ist mir doch gleich am ersten Tag aufgefallen. Aber dann habe ich mich wohl irgendwie daran gewöhnt.

»Ich glaube, Sie müssen nach so langer Zeit in diesem Familienzoo mal wieder raus in die freie Wildbahn.« Schade nimmt sich meinen Cappuccino und spült damit den Rest der Rosinenschnecke hinunter. »Ich habe genau das Richtige für Sie, um nicht in diesem Wellnessplüsch zu versinken.«

Oh nein. Nicht schon wieder so ein Überraschungsauftrag vom Chef. »Das ist wirklich nicht nötig. Außerdem kann ich gerade nicht weg, ich muss heute Abend einen Karatekurs geben. Recherche!«

»Da bin ich dabei«, erklärt Herr Schade. »Ich habe früher auch mal Karate gemacht.«

Ich schaue meinen Chef fragend an. Das wird ja immer wilder! Er ballt die linke Hand zur Faust und streckt seinen Arm in einem Schlag, der erst wenige Zentimeter vor meiner Nase zum Stehen kommt. »Die Sache ist bloß: Es gibt nur eine Ganztagsstelle. Für drei Bewerber.«

Der will mich wohl auf den Arm nehmen? Ich hätte Lust, ihm hier und jetzt ein bisschen Karate beizubringen. Stattdessen beuge ich mich vor, um ihm meine Wut entgegenzuflüstern: »Sie hatten gesagt, ich bekomme diese Stelle. Deshalb mache ich das alles doch überhaupt nur.«

Schade schaut durch mich hindurch. »Entscheidung auf Verlagsebene: Medienkrise, Einsparungen, auch wir sind davon betroffen. Ich bin selbst nur Befehlsempfänger.«

»Und wer sind die drei Bewerber?«

»Sie als Nachtlebenkolumnist, Anne als Frauenspezialistin.« Er deutet wieder mit dem Daumen hinter sich. »Die besten Karten hat gerade Nadine als Jungredakteurin. Die käme uns nämlich am günstigsten.«

»Aber das ist doch meine Stelle?«

Schade ignoriert den Einwand und erzählt mir, dass er schon eine Idee hat, die mich wieder ganz vorn ins Rennen um die begehrte Stelle bringt.

Ich mustere ihn. »Egal, was Sie hier im Hotel gehört haben, ich gehe nicht mit Ihnen ins Bett.«

Er schaut verwundert und winkt angeekelt ab. Ich atme auf.

»Folgendes!«, beginnt Schade und erzählt, dass der »Münchner« als einzige deutsche Zeitschrift einem neuen Trend auf der Spur sei: »Paleo« kommt aus Amerika und nimmt den Zurückzu-den-Wurzeln-Gedanken sehr wörtlich. In New York robben Manager halb nackt durch den Central Park, essen Beeren und Käfer, schleppen Baumstämme und rennen, als wäre ein Mammut hinter ihnen her.

Ursprünglich war »Paleo« als Diät- und Ernährungskonzept gedacht: rohes Fleisch und Gemüse. Eine bekannte PR-Managerin griff den Trend im Ötztal auf, kombinierte »Paleo« mit Lokalhistorie und erfand den »Ötzi-Paleo-Cup«. Dessen Teilnehmer sollen in Tierfellen durch die Ötztaler Alpen zum Tisenjoch laufen, wo Ötzi gefunden wurde. Von dort geht es zurück bis zum Fuß des Niederjochferners, in die Nähe der Ortschaft Vent, wo das Hotel »Zum Wilden Mannle« liegt, das als Sponsor fungiert. Am Ziel stehen die Erkenntnis, dass wir auch mit weniger auskommen, und eine Gratiswoche im »Wilden Mannle«. Die will ich auf gar keinen Fall gewinnen.

»Der Job ist wie gemacht für Sie, Hartmann«, schließt mein Chef. »So erleben Sie noch mal ein richtig männliches Kontrastprogramm zu diesem Rosa-Wolken-Mist hier.«

»Ötzi ist erfroren«, gebe ich zu bedenken.

Doch Schade schüttelt nur den Kopf. »Er starb an gebrochenem Herzen.«

Ich schaue ihn überrascht an.

»Späßle!« Herr Dr. Schade grinst über beide Ohren. »Aber immerhin Pfeilschuss.«

Er ist jetzt derart in Motivationslaune, dass seine Wangen leuchten. Wie die von Leonie, wenn sie ein Gummimannle kriegt.

»Danach werden Sie sofort wieder der Alte sein – kein Kerl, dem sich Kinder auf den Schoß setzen, wenn sie kacken müssen.«

»Und was ist mit Anne?«, will ich wissen.

»Die kommt doch sowieso bald unter die Haube. Dann kriegt sie ihr zweites Kind, geht in Elternzeit und kommt nicht mehr zurück. Die Halbtagsstelle ist dann eh vergessen. Habe ich schon tausendmal erlebt.«

Ich schaue mich nach Anne um. Sie ist nirgends zu sehen. Wahrscheinlich sperrt sie gerade Mr. Perfect in seine Suite ein.

Ich mustere meinen Chef ausgiebig. Er trägt die Schuld daran, dass ich überhaupt hier bin. Wenn er wollte, hätte er mir die Nachtlebenkolumne längst geben können. Stattdessen hat er Anne hintergangen, mich verraten und mir die Stalkerin ausgespannt. Als ich das letzte Mal einen Job von ihm angenommen habe, bin ich hier gelandet.

Ich schüttele den Kopf. »Tut mir leid, ich kann hier nicht weg. Sobald mein Artikel fertig ist vielleicht.« Ich lege eine rhetorische Pause ein, um dann mit einem Zitat von ihm fortzufahren: »Bis dahin gilt: First comes first.«

»Sure«, entgegnet Schade. »Aber der Ausflug passt thematisch gut zu dieser Geschichte hier.« Er macht eine allumfassende Handbewegung. »Schließlich hat die Pressefrau des Hauses die Wanderung organisiert. Das heißt, Sie kriegen für Ihre Teilnahme bestimmt wieder Fleißsternchen, die auf Ihren Pupsi angerechnet werden.«

»Bubsi«, korrigiere ich automatisch, horche aber innerlich auf.

Endlich ein Lebenszeichen von Adoré. Sie ist gar nicht vor mir geflüchtet, sondern musste einfach arbeiten. Auf dem Event könnte ich sie endlich wiedersehen und die ganze Sache mit Anne aufklären. Wenn ich dazu noch gewinne, wird sie mir bestimmt eine Medaille umhängen. Dabei muss sie ihre Hände um meinen Kopf legen, dann wird sie mich zu sich heranziehen, und wenn wir uns erst küssen, wird sie erkennen, dass wir einfach zusammengehören. Die große Versöhnung, das Happy End.

Vor lauter Träumerei habe ich gar nicht mitbekommen, dass Mr. Perfect und Anne jetzt neben uns am Tisch stehen. Offenbar hat Anne versucht, ihn davon abzuhalten, aber er ist, nun ja, stärker.

»Ich kenne den Begründer der Paleo-Bewegung«, rückt er sich ins Gespräch. »Unsere Kette ›Mr. & Mrs. Perfect‹ hat eine Ernährungskooperation mit seinem Unternehmen. Ich kann euch alles darüber erzählen.« Er setzt sich an den Tisch und stellt sich als Leonies Patenonkel vor, der hier »zufällig gerade Urlaub macht«. Seltsamerweise scheint Herr Schade das zu schlucken, vielleicht weil Mr. Perfect gleich fortfährt: »Die Idee, Paleo im Ötztal zu platzieren, ist genial. So können die Themen Nachhaltigkeit,

Familie und Gesundheit mit historischem Lokalkolorit aufgeladen werden. Und Paleo bekommt endlich ein bekanntes Gesicht.«

Herr Dr. Schade wirkt interessiert. »Die Teilnehmer laufen in Dreierteams«, liest er vom Flyer ab.

Mr. Perfects Blick hellt sich auf.

»Vielleicht sollten Sie Caspar begleiten«, schlägt Schade vor.

Mein Erzfeind grinst noch etwas breiter. »Dann kann ich ihn tragen, falls er umfällt.«

Herr Schade schaut überrascht, fragt aber nicht nach.

»Jetzt müssen wir nur noch einen dritten Mann finden, und schon ist die Sache geritzt.« Anne hebt zaghaft den Finger.

»Einen dritten *Mann*«, erklärt Dr. Schade. »Die Tour wird kein Kinderspiel, auch wenn das nicht die Originalstrecke ist: Gewandert wird zwei Tage – im Originaloutfit von Ötzi: also Felle, Leder und Ranken statt Schnürsenkel. Das ist nichts für Frauen.«

Mr. Perfect wendet sich an Anne. »Bleib du besser mit der Kleinen hier, Schat... äh ... Schwester. Ist sicherer.« Auch Herr Schade besteht darauf, dass Anne und Leonie im Hotel bleiben – schon aus Versicherungsgründen.

»Aber ich brauche Caspar doch für unsere Geschichte«, wendet meine Kollegin ein. »Er ist gerade auf dem Weg, sich zu öffnen, da sollte er bei seiner Familie sein.«

»Lass die Männer mal auf Heldenreise gehen«, säuselt Nadine, die nun auch an unseren Tisch gekommen ist. »Wir bleiben einfach hier und machen uns mit Leonie einen richtig schönen Mädelsabend. Muss auch mal sein.«

Anne schaut sie an, als hätte Nadine ihr gerade vorgeschlagen, Leonie mit dem stumpfesten Zacken der Kindergabel Piercings zu stechen.

»Uns wird bestimmt nicht langweilig«, verkündet Nadine mit einem Seitenblick zu mir. »Ich kann dir ein paar Dinge über deinen Ehemann verraten, die dich bestimmt interessieren.« Sie schaut mich an, als wäre ich ein Mafiaboss, der ihr Leben ruiniert hat. »Ach ja, neuerdings ruft mich immer so ein Kerl an und will sich unbedingt mit mir treffen. Er redet von nichts anderem als seinem zweiten Kind, das in einem halben Jahr auf die Welt kommt. Ich frage mich, woher der meine Handynummer hat.«

Ich schüttele erstaunt den Kopf. »Da musst du echt aufpassen. Dort draußen laufen jede Menge Verrückte herum.«

Leonie, die unterdessen immer unruhiger geworden ist, fängt jetzt an zu weinen. Anne steckt ihr einen Schnuller in den Mund und steht auf. »Was wolltest du mir eigentlich vorhin erzählen?«, fragt sie.

»Ach«, winke ich ab. »Ist nicht so wichtig. Das erkläre ich dir, wenn wir wieder da sind.« Kaum habe ich den letzten Satz beendet, wünschte ich, jemand hätte mir rechtzeitig einen Schnuller in den Mund gestopft.

Anne geht demonstrativ zum Büfett, um sich noch »ein bisschen Familienglück« zu holen, Nadine läuft hinterher, weil sie wahrscheinlich noch nicht weiß, dass es nur ein Dessert ist.

»Frauen!«, schnauft Mr. Perfect, als die beiden außer Hörweite sind.

Kaum haben wir wieder etwas mehr Platz am Tisch, kommt Stanley vorbei. Er wirkt ganz aufgeregt, will sich nicht wegschicken lassen und breitet ungefragt ein Blatt Papier auf dem Tisch aus. Darauf hat er Zeichnungen und Symbole gemalt, die mich an Höhlenmalereien erinnern. Er hat endlich seine neuen Tatoos entworfen: »Neusteinzeitliche Glyphen, die mich immer an das Ursprüngliche und Wilde in meinem Leben erinnern«, schwärmt er mit leuchtenden Augen.

Mit einem Mal wird ihm bewusst, dass wir nicht allein am Tisch sitzen. Ich stelle ihm Herrn Dr. Schade vor, aber Stanley ist in seinem Eifer nicht mehr zu bremsen.

Er erzählt mir, dass er neben seiner Beamtentätigkeit immer noch genug Zeit hat, um auf LARPs zu fahren, Live Action Role Playings: Offenbar ist er einer von den Jungs, die den Sommer über von Mittelaltermarkt zu Mittelaltermarkt ziehen, um mit der Familie in Fellzelten zu schlafen, in authentischer Kleidung am Lagerfeuer über die korrekte Form von Gürtelschnallen zu fachsimpeln und abends im Waschzuber die Frauen mit Minnegesang zu betören.

Mr. Perfect, Schade und ich wechseln einen Blick. Stanley ist genau der richtige dritte Mann für unsere Tour. Wir bestellen ihm erst mal einen Tee zur Beruhigung und erklären ihm den Plan. Stanley sagt sofort zu. Er kennt »Paleo«, allerdings »eher vom kulturhistorischen als vom sportlichen Aspekt«. Nach seinem Einsatz in der Therme mache ich mir um seine Widerstandsfähigkeit aber keine Sorgen.

Aus dem Flyer liest uns Schade die Details der Wanderung vor: »1552 Höhenmeter, zunächst leichter Alpinweg, Kletterei, gute Kondition und Ausdauer sowie Bergerfahrung erforderlich, in 3600 Meter Höhe erwartet uns der Similaun mit seiner eisigen Nordflanke. Fünf Stunden hin – drei Stunden zurück.«

Weil Mr. Perfect und Stanley nicken, schließe ich mich an.

»Tierfelle und authentische Ausrüstung bekommt ihr vor Ort vom Veranstalter«, erklärt mein Chef und empfiehlt dazu dicke Socken, gute Schuhe und Thermounterwäsche. »Die Felle sind nur für das Ötzi-Feeling.«

Worum ich mir viel mehr Gedanken mache, ist das Feeling zwischen Mr. Perfect und mir. Wahrscheinlich werden wir in den Bergen bei jeder Gelegenheit versuchen, uns gegenseitig von den Gipfeln zu schubsen.

Oder wir erledigen die Sache jetzt gleich, bei meinem Karatekurs.

Damit die Teilnehmer auch wissen, worauf sie sich einlassen, habe ich in der Frühstückspostille ein Bekenntnis zur Männlichkeit verfasst, gespickt mit Zitaten aus meinem Artikel. Es prangert die Verweichlichung des neuen Mannes an und fordert die ganzen Kerle heraus – in diesen Trainingsraum. Selbst Anne und Leonie habe ich gebeten, nicht zu stören. Schließlich möchte ich nicht, dass Leonie Angst kriegt, falls mir beim Bruchtest ein Kampfschrei herausrutscht.

Mit dem Päckchen meiner Mutter verschwinde ich um halb drei im Materiallager hinter dem Yogaraum und ziehe mich im Halbdunkel zwischen Gesundheitsbällen, Schaumstoffklötzen, Gurten und Decken um. Das Gefühl der schweren Baumwolle des Gi auf meiner Haut erinnert mich an die Kämpfe, die ich in diesem Anzug ausgefochten habe – vor allem mit mir selbst.

Noch ist allerdings keiner da. Um Viertel vor drei öffnet sich die holzverkleidete Tür einen Spalt. Endlich! Der Architekt steckt seinen Kopf herein, gehüllt in einen schwarzen Trainingsanzug mit hochgeklapptem Kragen. Er sieht mich musternd an. Ich winke ihm zu – nur keine Scheu.

Anstatt hereinzukommen, schaut mich der Architekt skeptisch an, schüttelt den Kopf und verschwindet wieder. Von nun an öffnet sich die Tür erst im Zweiminuten-, dann im Minutentakt, und schließlich stecken alle dreißig Sekunden potenzielle Teilnehmer den Kopf herein. Um kurz nach drei höre ich aufgeregtes Kichern vor der Tür. Ich öffne.

Dort stehen etwa zwanzig Männer, Frauen und Kinder, die bei meinem Anblick erschrocken »Huch!« rufen, um dann in schallendes Gelächter auszubrechen. Unter ihnen erkenne ich Stanley, den Architekten und sogar meinen Chefredakteur. Sie alle tragen Trainingskleidung, aber keiner von ihnen scheint den letzten Schritt in den Raum wagen zu wollen. Meine meditative Grundstimmung ist mit einem Mal dahin wie ein Ziegelstein nach der Begegnung mit Bruce Lee. Die Leute fangen an, sich im Scherz zu hauen. Dabei rufen sie mit tuckig verstellten Stimmen: »Aua!« oder: »Hallöchen, Popöchen!« Frauen hauen ihren Männern affektiert mit der Handkante auf den Hintern, und selbst die Kleinen, die noch weit entfernt sind von Aufklärungslektüre und noch weiter weg vom Christopher Street Day, geben sich tuntig. Nichts gegen Schwulenwitze, aber der ganze Zauber nur wegen eines Gerüchts in der Therme?

»Was soll denn das?«, schimpfe ich, werde aber einfach weiterhin ausgelacht.

Mein Chef kommt auf mich zu. Endlich ein seriöses Gesicht. Mit ausgestreckten Armen und der natürlichen Autorität einer Respektsperson gebietet er Ruhe. In seinem Gesicht allerdings zucken die Mundwinkel. Als endlich Stille eingekehrt ist, fragt er mich mit hoher Stimme und gespieltem Lispeln: »Kann ich pei Ihnen lernen, wie man Purchen zu Poden chleudert?«

Eine Lachsalve überrollt mich, die Leute keuchen, japsen nach Luft. Sogar der Architekt wälzt sich in einer Art epileptischem Lachanfall am Boden.

Am Ende des Flurs sehe ich Anne und Mr. Perfect mit Leonie in ihrer Mitte in Richtung Spa-Bereich flanieren. Hätte mir ja denken können, dass er nicht in einen Kurs kommt, den ich leite.

Als sie das Lachen hören, drehen sie sich zu mir um, stutzen und kommen näher. Mr. Perfect schaut mich an wie einen Außerirdischen und bricht ebenfalls in brüllendes Gelächter aus. Leonie stimmt ein, selbst Anne kann sich ein Grinsen nicht verkneifen. Sie kommt auf mich zu, stellt sich neben mich und rückt uns direkt unter einen Scheinwerfer. Dann legt sie mir einen Arm um die Schultern. Ihr Bademantel strahlt deutlich weißer als mein Karateanzug. Wenn ich meinen Baumwollstoff so direkt neben ihrem Frottee sehe, schimmert mein Anzug eindeutig rosa. Offenbar hat meine Mutter ihn verwaschen, sich aber gedacht, dass der leichte Rosétouch entweder modern rüberkommt oder gar nicht auffällt.

Anne pfeift auf zwei Fingern so laut, dass es das Gegacker im Flur übertönt. »Alle mal herhören«, kommandiert sie mit lauter Stimme. Das Lachen verstummt. »Caspar hat versehentlich Leonies rote Socken mit in die weiße Wäsche getan und seinen Karateanzug verwaschen.« Erstaunte Gesichter. Anne räuspert sich. »Ich finde es schade, dass ihr einen emanzipierten Mann auslacht, der seiner Frau die Hausarbeit abnehmen möchte.« Die Gesichter der anderen Frauen auf dem Flur werden sofort ernst. Ein paar stupsen ihre feixenden Männer vorwurfsvoll an.

»Was glaubt ihr, wie das für mich ist, wenn ich eure blöden Sprüche höre, ich sei nur eine Leihmutter oder so? Glaubt ihr, ich kriege das nicht mit?« Sie macht eine kurze Pause und schluckt. Wusste gar nicht, dass Anne so eine gute Schauspielerin ist. Jetzt rettet sie uns zumindest die Tarnung. Denn die eben noch so hämischen Gäste schauen nun betreten aus der Wäsche. Ein paar murmeln verlegen: »Stimmt.« oder »Ist ja gut.«

»Wollt ihr nun trainieren oder nicht?«, fragt Mr. Perfect, und man hört ihm an, dass er diese Frage nicht zum ersten Mal stellt.

Ich deute mit dem Arm einladend in Richtung Trainingsraum. Mr. Perfect macht den Anfang, die anderen Männer folgen, und die Mütter und Kinder verabschieden sich. Anne nimmt Leonie an die Hand und winkt zum Abschied.

»Bis heute Abend, Schatz«, sagt sie mit kokettem Grinsen. Dann verschwinden die beiden um die Kurve hinter einer bunten Glastür mit der Aufschrift »Familienparadies«.

Als ich den Trainingsraum betrete, hält mir mein Chef eine dunkle Trainingshose und ein weißes T-Shirt hin. Wenig später schleudere ich den Burschen zu Boden.

Nach diesem Befreiungsschlag läuft der Kurs besser, als ich gedacht habe. Klar, das sind keine Profis, aber ich kann ihnen ein paar Schläge und Tritte beibringen, wir kommen alle ordentlich ins Schwitzen, und selbst Mr. Perfect ist eifrig bei der Sache. Vielleicht ist er doch kein so schlechter Kerl, wenn er auch manchmal den Abstand nicht richtig einschätzt und mir den einen oder anderen Schlag verpasst. Die beste Figur aber macht mein Chef, der offenbar nur ein paar Gürtelstufen unter mir liegt. Er kann auch ein paar Schläge in die Bauchgegend locker wegstecken.

In den Verschnaufpausen fragen wir gemeinsam nach den Nöten und Ängsten der anderen Männer. Sie schütten uns genauso rücksichtslos ihr Herz aus, wie ich mir das gewünscht habe. Einer der Iren unternimmt zum ersten Mal seit zwei Jahren wieder etwas allein, ein anderer ist froh, endlich mal seine Energie loszuwerden, weil er seit einem halben Jahr keinen Sex mehr hatte. Der Architekt reißt plötzlich Frauenwitze, Stanley Fröhlich zeigt seine Tattoos, ein rothaariger Mittdreißiger schlägt vor, »so was regelmäßig zu machen«, und sein Kumpel, ein Brillenträger, gesteht mir mitten im schönsten Sparring, dass er jede Nacht von seiner Jugendliebe träumt: eine Gala der verpassten Lebensentwürfe. Eigentlich sollte man all diesen Männern zur Scheidung raten. Das werde ich auch machen – in meinem Artikel.

Nach dem Training sind alle Vorbehalte gegenüber mir oder Mr. Perfect wie weggeblasen. Mein Chef bietet mir sogar das Du an. Die Nachtlebenkolumne rückt wieder näher.

Abends im Bett bittet mich Anne, Leonie etwas von der Reise mitzubringen, nur eine Kleinigkeit. »Ein guter Vater macht so etwas.«

Die ist ja lustig. Ich glaube nicht, dass ich zwischen Geröllfeldern und Bergseen einen Kinderladen entdecke. Trotzdem gebe ich Anne mein Wort. Ich höre Leonie ganz leicht im Schlaf seufzen. Meine Mutter hat mir mal erzählt, dass ich das auch immer gemacht habe und sie es »total putzig« fand. Gerade kann ich sie verstehen.

»Was denkst du?«, will Anne wissen. »Mal ganz ehrlich.«

Ich fasse mir ein Herz. Mein Mund wird trocken, aber diese Frage muss noch raus.

»Ist Leonie meine Tochter?«

Annes Lächeln erstirbt. Hinter ihren Augen schließen sich Türen, Tore fallen herab und verriegeln alle Zugänge.

»Nein«, sagt sie mit fester Stimme, die so eisklar ist, dass sie Diamanten schneiden könnte.

»Ich dachte nur, weil wir damals …«, rudere ich verlegen im freien Fall herum.

Anne lässt mich abstürzen. »Sie ist nicht deine Tochter.«

»Aber woher weißt du das so genau? Hast du jemals einen Test gemacht? Oder ist das wieder diese weibliche Intuition?«

Die eben noch ganz angenehme Atmosphäre hat sich mit einem Mal ins Gegenteil verwandelt. Annes Miene ist wie aus Marmor, aus schwarzem Marmor.

»Ich brauche keinen Test, Caspar Hartmann. Eine Mutter weiß solche Dinge«, zischt sie. »Und ein Mensch, der noch einen Funken Anstand in seinem offenbar völlig verdorbenen Gehirn hat, sollte das gefälligst akzeptieren!«

Was habe ich denn jetzt schon wieder falsch gemacht? Verstehe einer die Frauen – ich kann es nicht.

»Gute Nacht, Anne.«

Wortlos macht sie das Licht aus.

## Über den Berg

Kurz nach Sonnenaufgang sieht das Paleo-Camp aus, als wäre hier ein prähistorisches Liverollenspiel in vollem Gange: Neandertaler und Steinzeitmenschen tummeln sich in Felljacken, Lederhosen, Leinenhemden, mit wuchernden Bärten und verfilzten Haaren. Leonie, die auf Mr. Perfects Schultern sitzt, kriegt ganz große Augen – obwohl sie bis eben noch friedlich im Auto geschlafen hat. Es war ein Vergnügen, zur Abwechslung mal sie zu wecken.

Ein paar Teilnehmer des »Ötzi-Paleo-Cups« haben eine Ziege dabei, einige ihrer Begleiter tragen riesige Schwerter und funkelnde Streitäxte. Wahrscheinlich wollen sie die Ziege mittags zu original Paleo-Hackfleisch verarbeiten.

»Die gehen bestimmt auf Bärenjagd«, vermutet Mr. Perfect.

»Oder sie jagen Gore-Tex-Rentner, die sind leichter zu kriegen«, glaubt Anne.

»Aber an diesen Rentnern ist doch nichts dran«, stellt Stanley sachlich fest. Alle Blicke wenden sich zu mir, als wäre ich jetzt Seniorenspezialist – nur weil ich mal auf eine nackte Oma gefallen bin.

Einige Neoneandertaler backen auf heißen Steinen Fladenbrot, ich sehe dampfende Lehmöfen und entdecke ein paar Rollenspieler, die versuchen, mit Feuerstein und Zunderschwamm Holz anzuzünden. Schräg gegenüber hat der Veranstalter ein paar Sponsoring-Stände aufgebaut, die so deplatziert wirken wie ein Wet-T-Shirt-Contest auf einem iranischen Markt: Ein österreichischer Limonadenhersteller verschenkt koffeinhaltige Brause, ein Männermagazin umwirbt neue Abonnenten, und ein paar Tierschützer protestieren gegen das Tragen von Fellen. Wahrscheinlich werden die armen Studenten bei der nächsten Gelegenheit selbst gehäutet.

Stanley hat für Mr. Perfect und mich aus dem Fundus, den Adoré zur Verfügung gestellt hat, die passenden Outfits herausgesucht: echte Germanenkostüme aus Kunstfell und -leder. Stanley selbst trägt einen Mantel aus Ziegenfell, ein Kupferbeil, eine Menge Lederriemen und am Gürtel eine halbierte Kokosnuss »als Tragegefäß für Feuersteine«. Er erinnert mich schwer an Robinson Crusoe. Mr. Perfect sieht dagegen aus wie Conan, der Barbar, wohingegen ich an Lady Gaga erinnere.

Dabei hat Stanley extra darauf geachtet, dass alle Teile »aus einer Epoche stammen«. Sein neues Lieblingswort ist nämlich »Authentizität«. Im Gegensatz zu ihm tragen Mr. Perfect und ich unter unseren Fellen allerdings Thermounterwäsche.

Mitten im Gewusel entdecke ich Adoré am Anmeldestand. Anscheinend freut sie sich wirklich, dass wir an ihrem »großen Coup« teilnehmen. Sie stupst die kleine Leonie mit dem Finger in den Bauch und fragt sie, wie ihr der große Trubel gefällt. Doch Leonie schaut nur suchend in der Gegend herum. Schließlich sieht sie Adoré fragend an: »Wo sind Pinguine?«

Adoré verzieht pikiert ihr schönes Gesicht, aber als die Journalisten um sie herum lachen, stimmt sie ein.

Kumpelhaft knufft sie mich gegen den Oberarm. Ich hätte lieber einen Kuss oder eine Umarmung bekommen. Dann müssen wir ein paar Formulare ausfüllen, auf denen steht, dass wir »auf eigene Verantwortung handeln« und unsere Handys abgeben – »wegen der Authentizität«. Kein Fotograf soll Bilder von telefonierenden Steinzeitmenschen veröffentlichen.

»Außerdem hättet ihr da oben eh keinen Empfang«, behauptet Adoré und kassiert die Geräte ein. Dass ich in meinem Bauchgürtel eine Schachtel Zigaretten und einen Flachmann mit Papa Ice Tea verstecke, verschweige ich lieber. Kleine Geheimnisse erhalten die Liebe.

Genau darüber würde ich übrigens gern mal mit Adoré unter vier Augen sprechen und ihr die Wahrheit über Anne und mich erzählen. Wenn sie weiß, dass unsere Zuneigung keine echte Beziehung zerstört, gibt sie mir vielleicht noch eine Chance.

Doch Adoré ist voll und ganz mit den offiziellen Journalisten beschäftigt. Als ich ihr mein großes Geständnis mit einem »Adoré, hör mal bitte ganz kurz zu« eröffnen will, dreht sie sich einfach zu einem jungen Kerl um, der ihr einen abgewetzten quietschgelben Mikrofonaufsatz mit dem Schriftzug seines Schulsenders unter die schöne Nase hält.

Mr. Perfect und Stanley schauen mich mitleidig an. Nur in Annes Blick erkenne ich seltsame Genugtuung.

Abseits der Sponsorenstände haben einige der Steinzeitleute Zelte aus Tierfellen aufgeschlagen. In achtzehnhundert Meter Höhe! Am Eingang qualmen erloschene Holzkohlen hinter leeren Tonkrügen. Die Kerle, die aus den Zelten kriechen, sehen aus, als hätten sie fünftausenddreihundert Jahre Tiefschlaf im Eis hinter sich. Herr Schade hatte recht: archaische Urbilder des echten Mannes. Die waren bestimmt noch nie aus Liebe an einem Samstagnachmittag mit ihrer Frau bei H&M.

An der Startlinie notiert sich ein als Ötzi verkleideter Student die genauen Startzeiten der Dreierteams. Dazwischen liegen jeweils zwanzig Minuten, um Gerempel auf der Strecke zu verhindern. Aber eigentlich scheinen selbst die finstersten Gesellen hier ganz friedlich – im Gegensatz zu Anne.

Die ist nämlich immer noch sauer auf mich.

»Wenn du glaubst, dass du Leonies Vater bist, stellst du meine Familie infrage, mein ganzes Leben. Dazu hast du kein Recht«, hat sie mir gleich nach dem Weckerklingeln an den Kopf geworfen. Dann ist sie schwerst beleidigt mit Leonie zu Mr. Perfect abgedüst. So hatte ich ein bisschen Zeit, im Internet zu stöbern.

Dort habe ich schnell ein Labor gefunden, das sich auf Vaterschaftstests spezialisiert hat. Man braucht bloß zwei DNA-Proben einzuschicken, Blut, Haare oder Hautpartikel. Bevor ich mich jetzt weiter mit Unsicherheit quäle, habe ich mir ein Tröpfchen Blut aus meiner desolaten Nase abgezapft und auch von Leonie eine DNA-Probe genommen. Ja, ich weiß, so etwas macht man nicht. Aber Anne hat es nicht mitgekriegt und Leonie auch nicht. Natürlich habe ich der Kleinen keine Haare abgeschnitten und keine Babyhaut abgeschabt. Ich habe ihr einfach eine volle Windel geklaut. Die habe ich nicht in den Müll, sondern heute

Morgen in einem wattierten DIN-A4-Umschlag in den Briefkasten gesteckt. Das Ergebnis soll innerhalb von achtundvierzig Stunden per Kurier eintreffen – persönlich, damit der Test in keine falschen Hände gerät.

Es ist ja auch nur, um ganz sicherzugehen. An dem Wort des Oberarztes, der vor zwanzig Jahren im Krankenhaus traurig meine jägerzaungeschädigten Testikel betrachtete, habe ich nie gezweifelt. Und wenn ich mal aus irgendwelchen Gründen mehrwöchige Affären hatte und alles passte, haben wir einfach das Kondom weggelassen – und nie ist eine schwanger geworden. Bisher fand ich das eher praktisch als traurig.

Aber was, wenn Leonie trotz aller medizinischen Gutachten tatsächlich meine Tochter ist? Soll ich dann mit Anne zusammenziehen? Oder mit ihr um das Sorgerecht für Leonie prozessieren? Als alleinerziehender Vater auf das Nachtleben und meine Kolumne verzichten? Auf keinen Fall.

Es ist zehn Uhr. Anne küsst Mr. Perfect zum Abschied – mich würdigt sie keines Blickes. Dann laufen wir los. Die Pausen eingerechnet, sollten wir gegen drei Uhr die Similaunhütte erreichen. Stanley legt mir mitleidig eine Hand auf die Schulter. »Eines hat sich seit der Steinzeit nicht geändert: Am meisten lieben wir Männer die Frauen, wenn sie uns wie Dreck behandeln.«

Ich schaue betreten auf meine Füße und konzentriere mich auf meine Schritte. Im Gegensatz zu Mr. Perfect und mir trägt Stanley keine Wanderschuhe an den Füßen, sondern ein mit Hirschfell überzogenes und mit Stroh ausgestopftes Bastgerüst – die »Moonboots der Steinzeit«, wie er selbstbewusst verkündet. Hirschfell? Hoffentlich werden wir unterwegs nicht wegen Wilderei verhaftet. Als Stanley meinen skeptischen Blick bemerkt, erklärt er stolz, die Schuhe seien exakt die gleichen, mit denen Ötzi einst auf Wanderung ging: Jetzt kann er endlich in einem »authentischen Outfit eine authentische Tour« absolvieren.

Die Wanderer, die uns in bunter Funktionskleidung entgegenkommen, sind von seinem Look begeistert. Viele bitten uns um ein Foto, einige setzen sich ungefragt Stanleys Fellmütze auf oder schnippen ihre Asche in den Kokosnussbehälter, woraufhin Stanley ihnen einen Vortrag über die leichte Entzündbarkeit von Zunderschwamm und den Sittenverfall der Postmoderne hält.

Ich schnappe nur Fetzen auf wie: »Früher ging es auch ohne Softshell« oder: »Da hat einen keiner blöd angeschaut, wenn man mal in Leder mit nichts drunter rausging.«

Auch Mr. Perfect und ich geben uns mittlerweile authentisch: Wir meiden uns, wo wir können. Er geht voran, Stanley in der Mitte, ich bilde den Schluss. So marschieren wir über sommerliche Wiesen, durch schattige Waldstücke, an Bergbächen entlang, durch karge Landschaften und über gewundene Wege voller Schafköttel.

Nach zwei Stunden haben Stanleys Steinzeit-Moonboots die ersten Löcher. Außerdem sind die Raulederlappen seiner Sohlen klatschnass vom feuchten Gras. Das Heu im Schuh speichert offenbar Wasser, das Leder scheuert auf der dünnen Beamtenhaut.

Bei der nächsten Pause zeigt uns Stanley widerwillig zwei riesige Blasen an seinen Fersen. Da es in der Steinzeit keine Blasenpflaster gab, will er von nun an barfuß weiterlaufen. Mr. Perfect und ich werfen uns einen zweifelnden Blick zu, während wir aus unseren Schweinsblasen Wasser trinken. Aber was soll's? Stanley ist alt genug. Und früher ging es auch ohne Softshell. Tatsächlich streift er die Lederlappen ab und hängt sie zum Trocknen an seine Kraxe.

Anfangs rutscht er noch gelegentlich auf glatten Stellen aus, aber schnell fängt er sich und läuft bald wieder sein altes Tempo.

Nach der Mittagspause frischt das Wetter auf, und ich bin froh über meine lange Unterhose. Wie kalt Stanleys nackte Fußsohlen sein müssen, will ich gar nicht wissen – von anderen Körperteilen ganz zu schweigen. Wer so etwas tut, hat sich den Bubsi in Platin wirklich verdient. Wie selbstverständlich hat Stanley gleich nach dem Start die Karte übernommen, die wir von Adoré bekommen haben. Sie hat den Plan als eine Art prähistorische Schatzkarte layouten lassen, mit seltsamen Zeichnungen von Totenköpfen, Yetis und Mammuts.

Oberhalb der Waldgrenze, auf etwa zweitausenddreihundert

Metern, kommen wir an zwei Steinruinen vorbei, die laut Stanley früher als Hirtenbehausungen gedient haben.

»Eine der Ruinen ist das Labyrinth«, erklärt Stanley. »Darin gibt es einen Gang, der spiralförmig zu einem kleinen Raum führt. Wahrscheinlich für unartige Kinder.«

»Oder für nervige Ehefrauen«, schlägt Mr. Perfect vor.

Ich überlege kurz, ob ich mich einfach da verstecken könnte, bis diese elende Bergsteigerei vorbei ist. Wir haben nicht einmal die Hälfte des Weges zurückgelegt, und je dünner die Luft wird, desto mehr gerate ich aus der Puste. Laut Stanleys Schatzkarte führt unser Weg jetzt direkt auf das Tiesenjoch zu, auf dem im Jahr 1991 die berühmte Gletscherleiche gefunden wurde.

»Der letzte Abschnitt vor der Similaunhütte ist etwas felsig«, erklärt Stanley und deutet auf die Karte. »Ihr habt doch kein Problem mit einem Klettersteig… aaaah!«

Ich höre ein trockenes, helles Knacken, wie wenn jemand Feuerholz zertritt. Stanley liegt am Boden und hält sich den nackten Fuß. Seine Augen sind vor Erstaunen weit aufgerissen.

»Ausgerutscht!«, erklärt er und deutet auf einen vor Feuchtigkeit glänzenden Stein. Dabei ringt er sich ein gequältes Lächeln ab. Auf einmal sieht er ziemlich käsig aus. Ich reiche Stanley die Hand. Er greift sie und zieht sich hoch, während er den umgeknickten Fuß vorsichtig in der Luft hält.

»Kannst du auftreten?«, erkundige ich mich.

Stanley, der noch weniger Schmerz kennt als alle indigenen Völker zusammen, tippt vorsichtig mit dem großen Zeh auf. Im nächsten Moment brüllt er wie ein angeschossenes Mammut und lässt sich wieder auf den Boden fallen. Sein Knöchel ist jetzt schon so dick wie eine kleine Melone.

Mr. Perfect, der ein Stück vorgelaufen ist, schaut nach oben. Er wirkt unzufrieden.

»Bestimmt schneit es heute noch«, meint er und dreht sich zu uns um. »Vielleicht solltet ihr euer kleines Päuschen nicht zu lang ausdehnen.« Dann fällt sein Blick auf Stanleys Knöchel. Er kommt näher, fasst das verletzte Bein an der Wade und hebt den Unterschenkel hoch.

»Kannst du ihn bewegen?«

Stanley beißt die Zähne zusammen und schüttelt den Kopf.
»Hat böse geknackt«, erklärt er. »Habe nicht hingeschaut, bin weggerutscht und mit dem ganzen Gewicht auf die Fußkante gefallen.«

Mr. Perfect zieht die Augenbrauen hoch. »Der Fuß ist im Arsch. Wenn du jetzt einen Bergschuh anhättest, würde ich sagen, der ist höchstens verstaucht, aber so …« Er schüttelt den Kopf. »Glückwunsch. Wir haben hier einen selbst verschuldeten Knöchelbruch in den Bergen. Und mit etwas Glück fängt es heute noch an zu schneien. Den Klettersteig können wir vergessen.«

Stanley sitzt da wie ein verletzter Fußballspieler, der im WM-Finale ausgewechselt werden soll. Den dicken Fuß hat er auf einen Felsen gelegt.

»Du Weichei hast doch bestimmt Schmerztabletten dabei«, höhnt Mr. Perfect in meine Richtung.

Ich schüttele den Kopf und zücke stattdessen meinen Flachmann. Stanley nimmt einen tiefen Schluck. Dann beißt er die Zähne zusammen und stützt sich hoch. Kurz versucht er, mithilfe seines prähistorischen Wanderstocks zu hüpfen, knickt dabei aber um ein Haar nochmals um. Es gibt nur eine Möglichkeit, ihn heil oder wenigstens halbwegs heil vom Berg zu bekommen.

Mr. Perfect stöhnt. Dabei hat er eindeutig viel mehr Erfahrung beim Tragen von Männern gesammelt als ich. Er schultert Stanley, während ich die Karte übernehme. Dann trägt er mir auf, einfach den schnellsten Weg zurück zum Hotel zu suchen und mich dabei »an der Mittagssonne zu orientieren«. Blöderweise ist die mittlerweile hinter dicken grauen Wolken verschwunden.

Nach einer halben Stunde kommen die ersten Schneeflocken. Als wäre dies ein Wettbewerb, fallen direkt danach die zweiten, und ehe wir uns versehen, liegt eine dünne Schneeschicht über den Wegmarkierungen. Nässe und Kälte kriechen durch unsere Fellmäntel, während wir uns schweigend Schritt für Schritt vorankämpfen. Vielleicht stimmt Adorés Karte ja doch, und wir sehen tatsächlich noch Yetis. Oder überhaupt irgendjemanden.

Seit längerer Zeit sind uns keine Wanderer mehr entgegengekommen, schon gar keine Steinzeitmenschen.

Mr. Perfect trägt den verletzten Stanley mal auf dem Rücken, mal vor dem Bauch und mal wie ein Baby in beiden Armen. Er stapft mit zusammengebissenen Zähnen durch den Schnee, ächzt nur ab und an: »Wo entlang jetzt?«

Dann deute ich in irgendeine Richtung, in der es nicht weiter bergauf geht. Mittlerweile haben auch wir beide angefangen, aus dem Flachmann zu trinken, was zwar einigermaßen gegen die Kälte hilft, aber meinen Orientierungssinn nicht gerade schärft.

Obwohl ich die Karte trage, geht Mr. Perfect vor. Irgendwie scheint er den Weg zu kennen. Zwar müssten wir die Baumgrenze längst hinter uns gelassen haben, trotzdem laufen wir seit einiger Zeit durch einen Tannenwald.

Nach einer Kurve eröffnet sich vor uns ein Geröllfeld, das wir auf dem Hinweg definitiv nicht überquert haben. Mr. Perfect bleibt stehen und setzt Stanley behutsam unter einer Tanne ab. Der hat während der letzten halben Stunde nur gewimmert. Seit der Schnee fällt, zittert er wie Espenlaub, beharrt aber darauf, dass es ihm gut gehe. Doch auch wenn die Sonne nirgends zu sehen ist, kann ich erkennen, dass er schon dunkelblaue Lippen hat.

»Wir müssen eine Schutzhütte suchen und ihn aufwärmen, sonst erfriert er noch«, stellt Mr. Perfect fest. »Wie weit ist es bis zur nächsten?«

Ich werfe einen suchenden Blick auf das Papier. Leider hat Adoré von ihrer abenteuerlichen Karte auch die Schutzhütten entfernt. Ist aber auch egal, ich weiß schon seit Längerem nicht mehr, wo wir entlanglaufen.

»Tut mir leid, wir haben uns verirrt«, gestehe ich Mr. Perfect. Der schaut mich so verdutzt an, als hätte ich ihm gerade verkündet, dass ihn eine Klage wegen sexistischer Belästigung aller Frauen dieser Erde erwarte.

»Das ist nicht dein Ernst!«

»Ich wollte es dir früher sagen, aber ich habe gedacht, vielleicht finden wir den Weg noch.«

Mr. Perfect hebt die Faust und holt aus. Seine Stirnader ist angeschwollen. »Hier geht es um mein Leben, du Journalistenarsch! Nur weil du zu blöd bist, dich zurechtzufinden, können wir hier draußen erfrieren. Aber vorher würde ich dir gern noch die Fresse polieren.«

Sofort sind wir wieder in Duellstimmung. Ich weiß nicht, ob es am Karate liegt, am Alkohol, an der Wildnis oder einfach daran, dass mir der Typ gehörig auf die Eier geht. Vielleicht macht mich auch dieser Familienurlaub allmählich wahnsinnig, und ich werde genauso wie Mr. Perfect. Ich schaue mein Gegenüber spöttisch an und hebe die Fäuste. »Versuch's doch!«

Wenn er mit rechts schlägt, werde ich ausweichen und ihm einen Schlag auf den Solarplexus verpassen. Er ist stark, da darf ich nicht in den Infight gehen.

»Hey!«, höre ich Stanley von der Seite rufen. Wir drehen unsere Köpfe. »Wenn ihr euch gegenseitig genug Respekt verschafft habt, könnt ihr eure Schwänze wieder einrollen und mich vielleicht etwas weiter da rübertragen?« Er deutet zu einer Felswand, wo sich ein paar Meter rechts von ihm eine Höhle abzeichnet. »Wenn ihr Glück habt, findet ihr darin bestimmt ein paar Bären, mit denen ihr euch prügeln könnt.«

Ich sehe Mr. Perfect an. Stanley hat recht. Hier geht es ums nackte Überleben, da ist kein Platz für männliche Eitelkeiten. Ich strecke Mr. Perfect die Hand entgegen. Er schaut mich verächtlich an, seine Augen funkeln so böse, dass ich selbst überrascht bin. Lag darin echte Mordlust? Mr. Perfect spuckt auf den Boden.

»Wasser sparen«, zische ich ihm zu, woraufhin er wütend gegen einen Zapfen tritt. Der fliegt direkt gegen Stanleys kaputten Fuß und löst einen Schmerzensschrei aus.

Während wir die Höhle von Zweigen und Gestrüpp befreien, hebt sich Stanleys Stimmung zusehends. Oder ist das schon der Fieberwahn? Nach dem ersten Blick ins Dunkel hat er anscheinend schon vergessen, dass er sich den Fuß gebrochen hat, denn er stürmt hüpfend voran, knickt natürlich gleich wieder um und wälzt sich wimmernd am Boden. Trotzdem liegt ein seltsames Lächeln auf seinen Lippen.

»Sieht aus wie ein steinzeitliches Jägerlager«, meint Stanley.

Mich erinnert es eher an die Höhlen im Horrorfilm, in die stets perfekt geschminkte Collegeschönheiten mit ihren stets glatt rasierten Modelfreunden von hässlichen Hinterwäldlern gelockt werden – meist entpuppt sich die Höhle als Speisekammer.

Drinnen ist es nicht gerade warm, aber immerhin tobt hier kein Schneesturm, im Gegensatz zu da draußen. Wahrscheinlich enden wir alle als Gletschermumien, bis uns in fünftausend Jahren Forscher finden und über die Bedeutung von Stanleys Tattoos rätseln.

»Da habt ihr euer Paleo«, stänkert Mr. Perfect, während wir Zweige und Blätter zusammensuchen. Offenbar hat hier schon mal jemand übernachtet, denn am Boden liegen angekokelte Holzscheite.

»Wieso denn *unser* Paleo?«, brause ich auf. Instinktiv warten wir beide darauf, dass sich Stanley mit beschwichtigenden Worten einmischt, aber er bleibt ruhig. Zu ruhig. Der Dritte im Bunde ist weg, offenbar tiefer in die Höhle gekrabbelt. Mr. Perfect zaubert eine winzige Taschenlampe aus seinem Fell hervor. Wahrscheinlich hätte Adoré bei einer Leibesvisitation auch noch einen elektrischen Rasierer und Bräunungscreme gefunden. Er knipst die Lampe an und geht voran. Ich habe nichts dagegen. Den Ersten beißen die Bären.

Nach ein paar Schritten haben wir Stanley gefunden. Er sitzt an einem Feuer – oder besser gesagt, an den Resten eines erloschenen Feuers. Von irgendwo dort oben fällt gedämpftes Licht in die Höhle, wahrscheinlich ein improvisierter Rauchabzug. Offenbar sind wir wirklich nicht die Ersten, die hier Schutz suchen. Jemand hat dickere und dünnere Äste zu einem kleinen Haufen gestapelt – vielleicht illegale italienische Einwanderer in der Zeit vor der Europäischen Union?

»Die Holzscheite liegen hier bestimmt seit Hunderten von Jahren«, murmelt Stanley, während er Feuersteine aufeinanderhaut, dass die Funken fliegen. Er deutet mit dem Kopf zu seiner Kokosnussschale: »Feuerstein, Pyrit und einen Zunderschwamm – das hatten die Wanderer der Steinzeit immer dabei.« Mr. Perfect und ich schauen ihm kurz zu, wie er vergebens versucht, die Funken mit diesem Schwamm aufzufangen. Dann zücke ich mein Feuerzeug, das ich aus alter Gewohnheit vor dem Weggehen eingesteckt habe. Einen Moment lang sieht mich Stanley so echauffiert an, als hätte ich behauptet, es habe nie einen Ötzi gegeben. Dann nimmt er mir das Feuerzeug aus der Hand.

Wenig später hat er aufgehört zu bibbern. Der Rauch zieht nach oben ab, ist eine echte Profihöhle, ein Hoch auf Tirol.

Keine Ahnung, wie lange wir hier drin hocken werden, das Holz reicht auf jeden Fall für die nächsten Stunden. Unser Wasser ist alle, aber wir können Schnee schmelzen. Außerdem trinken wir eh aus dem Flachmann. Viel schlimmer sind die Kälte und die Tatsache, dass wir nichts mehr zu essen haben. Theoretisch könnten Mr. Perfect und ich hier übernachten – wenn wir vertraglich vereinbaren, uns nicht im Schlaf die Kehle durchzuschneiden. Das Problem ist Stanley.

»Er hat Fieber«, stellt Mr. Perfect fest. In der Tat liegt unser Verletzter merkwürdig entrückt da, starrt an die Wände und stammelt etwas von Höhlenmalereien. Seine Hände fahren suchend an den kalten Wänden entlang. Einmal hält er triumphierend ein Stück Horn in die Höhe und behauptet, er hätte Steinzeitspielzeug gefunden.

»Ein kleiner Hund«, flüstert er. Seine Augenlider fallen langsam zu.

»Irgendwann werden sie uns holen«, behaupte ich. »Wenn wir nicht in der Similaunhütte ankommen, schicken die Suchtrupps los. Bis dahin müssen wir warten.«

Ein paar Minuten, die mir vorkommen wie Stunden, sitzen wir schweigend am Feuer, nur unterbrochen durch gelegentliches Schniefen oder Niesen. Wer hätte gedacht, dass dieser Familienurlaub so enden würde?

»Falls wir hier drin erfrieren und es nur einer von uns nach draußen schafft, sollten wir uns noch unsere Geheimnisse anvertrauen«, schlage ich vor. »Erstens machen Männer das immer so, und zweitens halten wir Stanley noch eine Weile davon ab einzuschlafen.«

»Unter einer Bedingung!« Mr. Perfect streckt die Hand aus. »Wenn wir es hier lebend rausschaffen, darf keiner sie verraten. Wir schwören bei unserer Mannesehre, alles, was wir hören, mit ins Grab zu nehmen.« Dann sieht mich Mr. Perfect auffordernd an.

»Ich bin gar kein echter Vater«, bekenne ich leise. Stanley schaut überrascht, Mr. Perfect nicht.

»What's the news?«, pöbelt er.

Ich seufze. Vielleicht liegt es an dieser Extremsituation, vielleicht muss das alles auch einfach mal aus mir raus, jedenfalls erzähle ich von meinem Geheimauftrag – die ganze Geschichte, sogar, dass es nur eine Redakteursstelle gibt und Anne wahrscheinlich kurz nach Erreichen ihrer Halbtagsstelle gefeuert werden wird. Es tut gut, mein Geheimnis loszuwerden, auch wenn ich nicht gerade im allerbesten Licht dastehe.

»Arschloch«, stellt Stanley fest, der nun wieder aufzuwachen scheint. Mr. Perfect stimmt verächtlich zu.

»Jetzt bist du dran!«, fordere ich ihn auf.

Als er hochblickt, hat er wieder diesen fiesen Blick drauf. »Ihr wollt die Wahrheit hören?«, fragt er wie ein Ausbilder im Army-Camp. Die Flammen werfen gefährlich flackernde Schatten auf sein Gesicht. Wir nicken. Er nimmt ein paar Schlucke aus dem Flachmann.

Mit schwerer Zunge packt Leonhardt ein Geheimnis nach dem anderen aus: Er verrät uns, dass er seit der Geburt seiner Tochter keinen Sex mehr mit seiner Frau hat und deshalb ständig fremdgeht.

»Auch mit Adoré?«, frage ich leise. Schließlich war sie in unserer gemeinsamen Nacht eigentlich mit Mr. Perfect in der Reicher-Onkel-Suite verabredet.

»Bis jetzt noch nicht. Sie ist mit einem Kumpel von mir zusammen.« Er wirft mir einen bedeutungsschweren Blick zu. »Echte Männer wildern nicht im Revier von anderen.«

Schon verstanden – auch wenn ich die Liebe nicht unbedingt mit Jägerei vergleichen würde. Eines will ich trotzdem wissen: »Wie kommt ein Mann wie du zu einer Frau wie Anne?«

Er verdreht die Augen. »Ich war ihr Fitnesstrainer, damals voll auf Anabolika, hatte ein paar Wettbewerbe gewonnen und die Nebenwirkungen der Pillen unterschätzt. Sie hat mich aus der Depression geholt.« Daraufhin hat er ihr »im Rausch« einen Heiratsantrag gemacht.

»Sie ist genau die Frau, die sich meine Eltern immer für mich gewünscht haben: stark, intellektuell, eigensinnig. Wenn ich die nicht geheiratet hätte, dann hätte ich mein Erbe nicht bekommen, das Grundkapital für die Fitnesskette. Aber im Bett ist sie kalt wie ein Fisch«, erklärt er mit rauem Lachen. »Man kann nicht alles haben.«

Er nimmt den letzten Schluck aus meinem Flachmann und spuckt den kostbaren Schnaps ins Feuer, wo er in einer idiotischen Stichflamme verpufft.

»Riesenarschloch«, folgere ich, aber Mr. Perfect zuckt nur mit den Schultern. Stanley zaubert trotz aller Authentizität mit entschuldigendem Blick auch eine kleine Metallflasche Papa Ice Tea hervor. Offenbar hat Herr Béla uns allen das gleiche Carepaket geschnürt.

»Trinkt, das braucht ihr, wenn ihr meine Geschichte hört.«

Ich gehorche. Wahrscheinlich folgen jetzt die allerhärtesten Storys aus seinen Swinger- , Rocker- oder Hooliganzeiten. Unter Umständen mache ich mich schon durchs Zuhören strafbar. Am Ende stellt Stanley vermutlich eine größere Gefahr dar als Bären und Minusgrade zusammen.

Während wir den Flachmann herumreichen, beichtet unser Verletzter, dass er beim Kreisverwaltungsreferat München eine Liste mit Kita- und Kindergartenplätzen verwaltet. Wer diese Plätze erhält, bestimmt ein Gremium aus einflussreichen Persönlichkeiten, Promis und Geldgebern. Stanley hält die Liste geheim, lässt aber gern mal einen Platz springen – wenn die entsprechende finanzielle Gegenleistung stimmt. Als Mitarbeiter des Jugendamts kennt er sich bestens mit Supervisionen aus – kein Wunder, dass Stanley beim Bubsi so gut abschneidet.

Kurz überlege ich, ihn für sein Geständnis einfach erfrieren zu lassen. Dann hätte sich auch unser blöder Wettbewerb erledigt.

Aber das ist wahrscheinlich gar nicht mehr nötig, denn Stanley dreht sich jetzt zur Wand und brabbelt etwas von Höhlenmalereien, auf denen kleine Kinder seine Liste mit Buntstiften übermalen. Offenbar quält ihn sein Job mehr als der gebrochene Knöchel.

»Das Fieber steigt«, stellt Mr. Perfect mit der Hand auf Stanleys Stirn fest. »Unsere Körper werden schwächer.«

»Wir wollten doch hier ausharren?«

»Aber wie lange? In der Hütte werden die Veranstalter bis zum Einbruch der Dunkelheit auf die Teams warten. Und im Dunkeln finden die Suchmannschaften uns hier bestimmt nicht. Morgen ist es für Stanley zu spät. Wir müssen Hilfe holen, solange wir noch können«, fordert er.

»Wir? Und wer bleibt dann bei ihm?«

»Du. Ich bin der Stärkere, ich kann es zurück zum Hotel schaffen – selbst bei diesem Wetter.« Bevor mein Kopf anfängt zu überlegen, weiß mein Bauch bereits, dass Mr. Perfect recht hat.

Bevor wir in den Wald abgebogen sind, also etwa eine halbe Stunde von unserer Höhle entfernt, habe ich ein Schild gesehen, auf dem der Name einer Hütte stand und dahinter die Zeitangabe »¾ Stunde«. Das wäre ein Fußmarsch von rund anderthalb Stunden – für einen kräftigen Mann ohne viel Gepäck. Wir haben noch Holz für drei bis vier Stunden. Dann bricht die Nacht herein. Bis dahin sollten die Retter hier eintreffen, sonst erfrieren wir.

Ich nehme Stanley den Flachmann aus den klammen Händen. Darauf hat er ein Bild geklebt, das eine Familie als Strichmännchen zeigt: Mutter, Vater und zwei Kinder. Wahrscheinlich hilft ihm der Alkohol mitunter, seine Liebsten überhaupt zu ertragen. Trotzdem müssen wir ihn so schnell wie möglich zu ihnen zurückbringen.

Vielleicht bin ich sonst kein Held, aber heute bringe ich das größte Opfer, das ein Mann für einen anderen bringen kann. Zuerst ziehe ich mein Fell aus. Mr. Perfect schaut mich beunruhigt an. Als Nächstes schlüpfe ich aus meiner Hose.

»Was hast du denn jetzt vor?«, will er wissen. »Wenn du mich vor dem sicheren Tod noch einmal richtig aufwärmen willst, muss ich dich enttäuschen.«

Ich verdrehe die Augen und deute auf meine lange Unterhose. »Die kriegst du von mir. Je wärmer du angezogen bist, desto besser kommst du durch den Schnee. Zwei Schichten halten mehr Kälte ab als eine.«

Er schüttelt den Kopf. »Nee, nee, mein Lieber, ist nett gemeint, aber das Angebot muss ich ablehnen.«

»Es geht hier um unser Überleben, da fressen manche Menschen die anderen. Hier ist kein Platz für Eitelkeiten.«

Mr. Perfect mustert mich.

»Das mit dem Fressen war kein Vorschlag«, stelle ich klar. Für einen Moment flackert in seinem Blick wieder jene abfällige Brutalität auf, die ich schon vorhin darin gesehen habe. Schließlich streckt Mr. Perfect die Hand aus. Ich gebe ihm meine lange Unterhose, hülle mich schnell wieder in meine Kunstfelle und lege noch einen dicken Ast aufs Feuer. Während er sich umzieht, erzähle ich ihm von dem Wegweiser. Er hat ihn auch gesehen und verspricht, sich zu beeilen.

»Viel Glück«, wünsche ich.

»Wenn ich in einer Stunde nicht wieder zurück bin, ruft die Polizei«, antwortet er und verschwindet gackernd im Schnee.

Jetzt habe ich ausreichend Zeit, um über Familie nachzudenken. Also lehne ich mich zurück und überlege, ob ich mit Adoré Kinder haben wollen würde. Die Antwort kommt erschreckend schnell: Ja.

Ich stelle mir vor, wie wir zu dritt in den Zoo gehen, im Herbstlaub toben, im Biergarten sitzen oder einfach nur den ganzen Tag kuscheln. Das Kind in meiner Vorstellung sieht aus wie Leonie.

Kalt.

Das Feuer ist fast erloschen. Muss eingenickt sein. Wie spät es wohl ist? So verkühlt, wie ich mich fühle, habe ich bestimmt zwei Stunden geschlafen. Viel länger sollte Mr. Perfect für den Weg zur nächsten Hütte eigentlich nicht gebraucht haben. Er müsste längst wieder hier sein – oder zumindest die versprochenen Retter. Ich lege meine Hand auf Stanleys Stirn. Sie glüht, obwohl sie schweißnass ist. Sein Atem geht flach.

In Actionfilmen sterben Leute mit solchen Symptomen ein paar Minuten später. Ich rüttele an seiner Schulter. »Stanley«, rufe ich. Er reagiert nicht. Aus meiner Schweinsblasenflasche flöße ich ihm den letzten Schluck getautes Schneewasser ein. Kurz öffnet er die Augen, erkennt mich aber nicht. Er bäumt sich auf und sackt dann wieder in sich zusammen. Sein Fuß ist trotz der Kälte noch stärker angeschwollen – so viel zum Thema »Kühlen hilft«. Die Zehen sind jetzt an beiden Füßen blau angelaufen. Ich lege den Rest Holz auf das Feuer, bis die Flammen lodern.

Als mir wieder etwas wärmer geworden ist, gehe ich zum Höhleneingang und halte nach unseren Rettern Ausschau. Aber draußen kann ich außer Schneegestöber gar nichts mehr erkennen. Der Wind hat Mr. Perfects Fußspuren längst verweht. Zu kalt da draußen.

Stanley hustet immer häufiger, auch ich spüre langsam ein Kratzen in der Lunge, obwohl das neue Feuer uns eigentlich gut wärmt. Stanley murmelt etwas. Weil ich ihn nicht verstehe, halte ich mein Ohr direkt vor seinen Mund.

»Der Rauch zieht nicht ab«, flüstert er keuchend und deutet nach oben. »Wir ersticken.«

Mein Blick folgt seinem Finger. In der Tat scheint sich über den natürlichen Schornstein eine dicke Schneeschicht gelegt zu haben. Der weiße Rauch steht oben in der Höhle und wabert bedrohlich nach unten. Ich spüre bereits das Brennen in den Augen.

»Raus!«, rufe ich hustend, schultere Stanley und schleppe ihn zum Eingang.

Mit einem schneefeuchten Kunstfellstück vor dem Mund, renne ich zurück in die Höhle. Ich greife mir zwei große, warme Steine, die nah am Feuer liegen, und laufe zurück zu Stanley. Für einen Moment gelingt es mir, ihn wach zu rütteln. Ich erkläre ihm, dass ich ihn zurück zu seiner Familie trage, er müsse sich bitte nur die beiden warmen Steine vor Brust und Bauch halten. Stanley öffnet kurz die Augen und nickt schwach. Sicherheitshalber klemme ich die Steine unter den Lederriemen auf seiner Brust fest.

Es dauert ein paar Minuten, bis ich ihn auf meinen Rücken gewuchtet habe. Die Steine machen die Sache nicht gerade leichter. Als ich mich aufrichte, knackt meine Wirbelsäule. Egal, mein Kreuz ist eh hinüber. Der Gedanke an Leonie, die vor Tagen auf meinem Rücken auf und ab gehüpft ist, macht mir Mut. Ich gehe los. Etwa hundert Meter vor mir müsste der Weg liegen. Dann rechts, zur Kreuzung.

Während ich durch den Schnee stapfe, ist das Mantra, das mich vorantreibt, nicht: »Ich muss es für meine Nachtlebenkolumne schaffen«, sondern: »Leonie braucht einen anständigen Vater.« Ich falle in eine Art Trance, spüre keine Kälte, nur ab und an die Wärme der aufgeheizten Steine an meinen Nieren.

Irgendwann komme ich zu dem Wegweiser. Mit letzter Kraft biege ich in Richtung Hütte ab. Wenig später höre ich hinter mir jemanden rufen: »Wohlan! Wandersmann!«

Ich drehe mich um und sehe etwa hundert Meter entfernt zwei Berggorillas. Nein, das kann nicht sein. Yetis! Der eine will wissen, ob bei uns alles okay ist. Es sind Paleo-Wanderer, mit mehr Fell ausgestattet als wir – und mit jeder Menge Herz und Muskeln.

Anderthalb Stunden später sitze ich im Wartezimmer der Notaufnahme. Im Gegensatz zu Stanley bin ich mit »leichten Verkühlungen« davongekommen. Die Ärzte haben mir eine Decke umgelegt und einen heißen Jagertee spendiert. Ich musste nicht einmal die zehn Euro Aufnahmegebühr bezahlen, weil ich in diesem Quartal schon in der Notaufnahme war.

Stanley dagegen liegt noch in einer Art Brutkasten für Erwachsene. Er hat starke Unterkühlungen, doch entgegen meinen ersten Befürchtungen müssen ihm keine Zehen amputiert werden.

Als wir in der Hütte angekommen waren, erzählte ich dem Wirt, dass Mr. Perfect wahrscheinlich irgendwo im Schnee liegt. Er hat sofort die Bergwacht alarmiert. Aber die konnte ihn bisher nicht finden. Sowenig ich den Kerl auch leiden kann, den Tod wünsche ich ihm nicht.

Jetzt warte ich noch auf Familie Fröhlich, die mich an Stanleys Krankenbett ablösen soll. Herr Béla wird sie herbringen und mich auf dem Rückweg mit ins Hotel nehmen. Vielleicht begleiten ihn ja Anne und Leonie. Keine Ahnung, wie ich ihnen die traurige Nachricht vom Verschwinden ihres Vaters und Verlobten überbringen soll.

Selbst Stanleys schöne Frau, die wenig später mit ihren Kindern im Krankenhaus eintrifft, kann mich nicht aufheitern. Vor lauter Dankbarkeit will sie mich auf irgendein Getränk einladen, »gern auch später, wenn die Kinder im Bett sind«, aber für heute haben bereits genug Ehen ihre Bedeutung verloren. Herr Béla ist allein gekommen, wahrscheinlich war das Auto einfach voll. Er stützt mich auf dem Weg zum Parkplatz. Dieser Urlaub schafft mich echt. So bin ich noch aus keinem Klub gehumpelt.

Vor dem Hotel »Zum Wilden Mannle« steht ein Krankenwagen. Die meisten Gäste haben sich vor dem Haus versammelt und starren das Blaulicht an. Herr Béla parkt den Hoteltransporter direkt daneben. Als ich aussteige, schieben zwei Sanitäter gerade eine Trage in den Wagen. Wer unter der Sauerstoffmaske liegt, kann ich nicht erkennen. Hoffentlich nicht Mr. Perfect. Dann geht mir eine weitaus schlimmere Möglichkeit durch den Kopf. Ich springe aus dem Auto und renne zu den Sanitätern.

»Entschuldigung«, stammele ich atemlos und werfe einen Blick in den Wagen, in dem eine zweite Trage steht. Sie ist mit einem weißen Laken bedeckt, unter dem sich die Silhouette eines menschlichen Körpers abzeichnet.

Hoffentlich liegt da nicht Anne, der meine verrückte Stalkerin etwas angetan hat! Und wo ist Leonie? Die Umrisse des Körpers gehören eindeutig einem Erwachsenen. Aber wem?

Ich kann nicht anders, springe blitzschnell in den Wagen und ziehe das Laken am Kopfende hoch. Das Gesicht darunter ist tot. Die Züge sind eingefroren, fahl, blass. Ich kenne dieses Gesicht gut. Es gehört nicht Mr. Perfect und zum Glück auch nicht Anne –

dafür hat die Tote zu viele Falten und ein zu gütiges Lächeln. Vor mir liegt Oma Eisenstein.

»Was machen Sie da?«, fragt mich der Sanitäter wütend und greift meinen Arm. »Gehören Sie zur Familie?«

Der Patient unter der Sauerstoffmaske funkelt mich böse an. Jetzt erkenne ich ihn auch: Opa Eisenstein. Unter seiner Trage liegt bewegungslos der greise Dackel. Der hätte auch eine Sauerstoffmaske verdient.

»Nein«, entgegne ich. »Nur ein flüchtiger Bekannter. Details wollen Sie nicht wissen.«

»Dann halten Sie uns nicht auf!«, befiehlt der Sani und zieht das Laken wieder über Oma Eisensteins Gesicht. Er schiebt mich rüde aus dem Krankenwagen. Ich stolpere dem Architekten direkt in die Arme. Seine schwarze Kleidung erscheint mir heute ausnahmsweise einmal angebracht.

»Alles klar?«, will er wissen.

Ich nicke und deute mit dem Kopf zum Krankenwagen.

Der Architekt folgt meinem Blick. »Als seine Frau gestorben ist, hat der alte Mann einen Herzinfarkt erlitten.« Sein Mund deutet ein Lächeln an, das erste, das ich von ihm sehe. »Wahre Liebe.«

Jetzt kommt auch Anne mit Leonie auf dem Arm die Treppe herunter. Würden jetzt Pamela Anderson, Megan Fox oder die echte Reese Witherspoon in voller Abendgarderobe die Stufen herunterschreiten, sie könnten mich nicht so umhauen wie Anne. Dabei trägt die bloß einen Bademantel und ein Handtuch um den Kopf. Aber in ihrem Blick liegt etwas, das ich bisher noch nicht gesehen habe. Die Art, wie sie geht, keine Ahnung, ihre breiten Hüften, ihr Mund, das alles müsste mich kaltlassen. Tut es aber nicht.

Anne setzt ihre Tochter auf den Boden. Sofort rennt Leonie in ihrem tapsig-unsicheren Laufschritt mit ausgebreiteten Armen auf mich zu. Ich hebe sie hoch und drücke sie an mich. Sie presst ihren Kopf an meine Schulter. Nachdem wir uns kurz geknuddelt haben, will ich auch Anne in den Arm nehmen, aber die weicht mir aus. In ihren Augen blitzt Wut auf.

»Was bist du nur für ein Mensch?«, schleudert sie mir entgegen.

Das kann doch wohl nicht wahr sein. Da rette ich ein Leben, leihe ihrem Verlobten meine Unterhose, und sie macht mir auch noch Vorwürfe? Ich schließe die Augen und reibe mit Daumen und Zeigefinger meine Nasenwurzel. Als ich die Augen wieder öffne, sehe ich den grinsenden Mr. Perfect hinter Anne. Er trägt ebenfalls einen Bademantel, offenbar kommt er auch aus dem Spa. Seinem Blick nach ist er genauso verwundert, mich zu sehen, wie ich überrascht bin, dass er hier ist. Hinter Annes Rücken deutet er mit einer Hand die Reißverschlussgeste an.

Jetzt reicht es. Ich schiebe Anne beiseite und greife Mr. Perfect am Revers des Bademantels. Er macht keine Anstalten, sich zu wehren, sondern schaut mich nur mit leerem Grinsen an.

»Du hast keine Hilfe geholt«, keuche ich. »Du wolltest uns erfrieren lassen!«

Mr. Perfect schlingt seine Arme um mich und drückt zu.

»Wie schön, dass du wieder da bist!«, ruft er laut und flüstert in mein Ohr: »Du hast keine Ahnung, worum es hier geht. Ein Wort zu Anne, und ich mache dich fertig.«

Um seinen Worten Nachdruck zu verleihen, drückt er fester zu. Kriege kaum noch Luft, meine Wirbelsäule ächzt.

»Wir haben dich so vermisst!«, ruft er, mehr zu den umstehenden Gästen als zu mir.

Anne stellt sich hinter ihn. »Vergiss nicht, dass Caspar dich im Stich gelassen hat«, ergänzt sie böse und wendet sich zu mir. »Das hätte ich nie von dir gedacht – nicht nach all den Tagen hier.«

Ich sehe sie traurig an. Was soll ich ihr erzählen? Die Wahrheit glaubt sie mir sowieso nicht, außerdem hat Mr. Perfect wahrscheinlich schon von meiner geheimen Mission geplaudert.

»Anne, ich bin um fünf Uhr aufgestanden, habe einen Berg erklettert, wäre fast erfroren und habe Stanley das Leben gerettet. Keine Ahnung, was dieser Typ dir erzählt hat, aber es ist eine Lüge.«

Sie stemmt ihre Fäuste in die Hüften und zischt: »Jetzt reicht es! Erst willst du mir nicht glauben, dass Leonhardt der Vater meiner Tochter ist, und jetzt ist er auch noch ein Lügner? Du hast ihn einfach im Stich gelassen! Ihm hätte sonst was passieren können!« Bei den letzten Worten fuchtelt Anne mit den Armen in Richtung Krankenwagen. Sie hat Tränen in den Augen.

Leonie fängt an zu weinen. Und auch mir ist ehrlich gesagt zum Heulen zumute.

Ich stecke meine Hände tief ins Fell. Darin fühle ich etwas Raues, Hartes – ein Stück Holzkohle vielleicht. Ich ziehe es aus der Tasche und betrachte es genauer. Stanley hatte recht: ein offenbar aus Horn geschnitztes Tier. Von den vier Beinen ist eines abgebrochen, aber man kann noch deutlich die Umrisse erkennen. Ich drücke Leonie das Urzeitspielzeug in die Hand. Sie schaut es an und grinst.

»Hund?«, fragt sie.

»Wauwau«, antworte ich. Die Feindseligkeit verschwindet aus Annes Blick.

»Können wir bitte kurz unter vier Augen miteinander reden?«, frage ich leise. »Ich kann dir alles erklären.«

Mr. Perfect nimmt mir Leonie weg und marschiert ins Hotel zurück. Anne nickt. »Fünf Minuten. Wenn Leonie eingeschlafen ist.« Dann folgt sie ihrem Verlobten und ihrer Tochter.

Eine halbe Stunde später treffe ich im Ruheraum Herrn Schade, der mit Nadine auf einem sockelartigen Wärmestein liegt. Während Nadine ihn massiert, berichte ich Schade von meinem Abenteuer. Er öffnet nicht mal die Augen, sondern murmelt nur: »Da haben Sie ja eine Menge spannende Sachen zum Aufschreiben. Verlieren Sie nur nicht den Fokus aus den Augen.«

»Herr Eisenstein liegt im Krankenwagen«, stammle ich verdattert.

Schade zieht die Augenbrauen hoch. »Wahrscheinlich eine Überdosis Viagra.« Er wiehert vor Lachen. »Aus Angst, dass *Sie* mit seiner Alten abhauen, Sie Hengst.« Nadine sieht mich an und verdreht die Augen. Ich überlasse die beiden ihren eigenen Umgangsformen.

Nach einer Stunde im Whirlpool, einem von Herrn Béla improvisierten deftigen Abendessen und einer Massage habe ich wieder genug Energie für einen kleinen Streit mit Anne.

Besser, als sie heute gar nicht mehr zu sehen. Außerdem mag ich irgendetwas an der Art, wie sie schimpft. Sie ist dann immer so leidenschaftlich.

Leonies Schlaflicht taucht unser Zimmer in ein seltsames Halbdunkel. »Leonhardt ist in seiner Suite, er muss noch arbeiten«, erklärt Anne. Es klingt sowohl nachsichtig als auch erleichtert. Mr. Perfect hat ihr eine dubiose Geschichte aufgetischt: Als es anfing zu schneien, habe er langsamer gehen wollen, weil er befürchtete, dass sich jemand verletzen könnte. Aber ich sei einfach immer schneller vorangelaufen. Als Mr. Perfect mal kurz hinter einen Busch verschwand, sei ich mit Stanley Fröhlich einfach abgehauen – wobei Mr. Perfect bezweifelte, dass »der gute Herr Fröhlich freiwillig mitgegangen« ist.

»So ein Lügner!«, ereifere ich mich und berichte von Stanleys wahrer Verletzung und meiner Rettungsaktion. Anne glaubt mir kein Wort. Sie bezeichnet mich im Flüsterton als »verantwortungslos«, »unverbesserlich machomäßig« und als »moralisch fragwürdig«.

Ich wehre mich nicht, weil sie mir eh nicht glauben würde. Außerdem schläft Leonie schon friedlich in ihrem Kinderbett. Dabei sollte ich Anne wirklich von Mr. Perfects Betrügereien erzählen. Andererseits haben wir bei unserer Männerehre geschworen, den anderen nicht zu verraten. Das zählt. Also widerspreche ich einfach nicht, als mir Anne so viele schlechte Eigenschaften attestiert, dass ich mich in Afrika als Diktator bewerben könnte.

Kurz bevor sie mich aus dem Zimmer wirft, bitte ich sie, bei Stanleys Frau anzurufen.

»Dann gehst du?«, will Anne wissen. Ich nicke – auch wenn ich nicht weiß, wohin ich eigentlich gehen sollte.

Wenig später hält Anne den Hörer in der Hand. Sie sagt nicht viel, offenbar strömt es nur so aus Frau Fröhlich heraus. Als sie auflegt, scheint Anne hin- und hergerissen. Ihre Augen suchen einen Fixpunkt im Zimmer, an dem sie sich festhalten können.

»Wem soll ich denn jetzt glauben?«, fragt sie. »Leonhardt hat mich noch nie belogen.«

»Anne, ich…«, beginne ich, versehentlich in Zimmerlautstärke.

»Scht!«, macht sie und deutet auf Leonie. Wir ziehen den schützenden Trennvorhang vor ihr Kinderbett – auch wenn der nicht halb so schalldicht ist wie das Schrankklo.

»Warum kann denn nicht alles einmal ganz einfach sein?«, fragt sie mit leiser Verzweiflung in der Stimme. Wir stehen mitten im Raum und wissen nicht, wohin mit unseren Händen.

»Das Herz von Herrn Eisenstein ist einfach stehen geblieben, als seine Frau gestorben ist«, flüstere ich.

Plötzlich spüre ich Annes Lippen auf meinen. Mein Herz klopft, nein springt, will raus aus meiner Brust und zu Annes Herz.

»Scht«, macht sie wieder und wieder, als wollte sie sich selbst beruhigen. Diesmal fühle ich die Reißverschlussgeste an meinem Hosenbund. Ich versuche, nicht so laut zu atmen. Wir fallen auf das Bett, ich rückwärts, sie auf mich drauf. Dann lieben wir uns so leise wie möglich. Trotzdem wacht Leonie in dieser Nacht noch dreimal auf.

Sonst lag ich immer mit dem Rücken zu den Frauen, mit denen ich zuvor Sex gehabt hatte. War gar nicht persönlich gemeint, aber es hat eben jeder Mensch so seine Gewohnheiten. Diesmal nicht. Wir liegen auf der Seite, ich hinter ihr, mein Arm auf ihrer Hüfte. Ich will ja nicht übertreiben, aber das war wirklich die schönste Nacht meines Lebens. Es hat sich etwas verändert zwischen uns. Wir sind uns näher, körperlich, menschlich. Ich muss Anne endlich beichten, dass es nur eine Redakteursstelle gibt. Wir werden niemals Konkurrenten sein, sondern gemeinsam eine Lösung für mein Dilemma finden. Gemeinsam. Klingt gar nicht schlecht.

Ich rolle mich auf die andere Seite, sodass wir einander zugewandt auf dem Bett liegen. Anne hat die Augen schon geöffnet. Sie sieht glücklich aus. Hinter dem Vorhang zu Leonies Kinderbett höre ich gleichmäßiges Atmen. Auch ich schlafe ja am liebsten lang.

»Anne«, beginne ich und versuche meinen Morgenatem nicht in Richtung ihrer Nase zu lenken. So kann ich ihr zwar nicht in die Augen sehen, aber sie starrt eh an die Decke. »Ich muss dir etwas sagen.«

Ein Lächeln zieht über ihren Mund. Es ist ein trauriges Lächeln, ergeben, fast schon erleichtert. Wie bei Angehörigen von lang verschollenen Verwandten, wenn ihnen die Polizei endlich die schlimmste aller Nachrichten überbringt.

»Ist schon okay«, sagt Anne leise und stiert weiter nach oben. »Ich weiß, Beziehungen machen für dich keinen Sinn«, zitiert sie. »Das Überleben der Menschheit hängt davon ab, dass wir unsere Sexualpartner wechseln.«

Das wollte ich doch gar nicht sagen. Diesmal nicht.

»Es war sehr schön«, flüstere ich.

Annes Augen schimmern mit einem Mal ein wenig glasig, das ist ja manchmal so, morgens, wenn man gegähnt hat.

»Caspar, ich heirate in zwei Wochen den Vater meiner Tochter.«

»Ja, dazu muss ich dir auch noch etwas sagen.«

Ihre Gesichtszüge verhärten sich. »Bitte fang nicht wieder damit an.«

»Das wollte ich doch gar nicht.«

Sie setzt sich im Bett auf. »Wolltest du mir erzählen, dass Leonhardt ein Lügner ist und mich nicht verdient hat? Wolltest du mich bitten, ihn nicht zu heiraten?« Ihr Ton klingt jetzt fast verzweifelt, ungläubig. »Wolltest *du* mir einen Heiratsantrag machen?«

Ich schüttele ehrlich den Kopf. Aber Anne hat längst die emotionale Lawine losgetreten.

»Was wolltest du dann? Mir sagen, dass die letzte Nacht ein Fehler war? Dass du so durcheinander gewesen bist nach der langen, kalten Wanderung? Dass du auch nicht weißt, was da über dich gekommen ist? Oder wolltest du irgendwas anderes sagen, was du in solchen Situationen immer zu den Frauen sagst? Du kennst dich da besser aus. Verdammt, ich habe gerade zum ersten Mal meinen Verlobten betrogen!« Man könnte die Sache auch so auslegen, dass Anne mich mit ihrem Verlobten betrogen hat, bedenkt man, dass wir zuerst Sex hatten, aber den Gedanken behalte ich besser für mich.

Leonie, die während Annes Wutausbruch schon im Halbschlaf ein bisschen gemeckert hat, fängt an, richtig zu weinen. Anne steht auf, nimmt sie auf den Arm und schmiegt sie an sich – oder sich an sie.

Jetzt kullern auch Anne die Tränen über die Wangen.

»Ich habe echt geglaubt, du könntest dich ändern, ich könnte dich ändern. Weil ich es beim letzten Mal gar nicht versucht habe.« Während sie Leonie wickelt, erzählt sie mir, dass sie gestern mit Nadine im Spa war. Den ganzen Tag über habe ihre Kollegin versucht, mich schlechtzumachen.

»Sie sagte, du bist kein Familienmensch und würdest auch nie einer werden. Du seist jemand, der Frauen belügt, auch sie. Und mich. Stimmt das?«

Sie sieht mich herausfordernd an. Jetzt oder nie – auch wenn es nicht der beste Zeitpunkt ist.

»Anne, nur einer von uns kriegt den Job.«

Anne setzt sich aufs Bett. Jede Farbe, selbst die Zornesröte, ist aus ihrem Gesicht gewichen.

»Du verarschst mich.« Sie rückt von mir ab. Ich schließe die Augen. Aber die Wahrheit bleibt. Es ist Zeit, reinen Tisch zu machen.

»Herr Schade hat mir gestern erzählt, dass er nur eine Stelle zur Verfügung hat – ganz gleich, ob halbtags oder nicht. Die Anwärter darauf sind Nadine, du und ich.«

Anne sieht mich fassungslos an. »Seit wann weißt du das?«

Ich mache eine Pause, vielleicht weil mir das alles ein bisschen viel am Stück erscheint. Aber in zwei Teilen wird die Botschaft auch nicht leichter erträglich.

»Seit gestern. Aber schon direkt nach der Themenkonferenz vor zwei Wochen hat mir Schade erzählt, er wolle dich gar nicht wirklich einstellen. Selbst wenn du diese Halbtagsstelle kriegst – nach einem halben Jahr würde dir betriebsbedingt gekündigt werden.«

Anne starrt mich an, als hätte ich mir gerade das Gesicht wie eine Latexmaske vom Kopf gezogen und darunter wäre eine Mischung aus Predator und Hugh Hefner zum Vorschein gekommen.

»Das Doppelbett, das Schrankklo, der Familiencontest, das Tanzen, die Therme – die ganze Zeit über hast du gewusst, dass ich das umsonst mache? Für nichts?«

Leonie will zu mir kommen. Ich strecke meine Hände aus, aber Anne hält ihre Tochter zurück. Sie deutet mit dem Zeigefinger auf mich und dann zur Tür. »Raus aus meinem Zimmer!«

»Das ist auch mein Zimmer. Bitte beruhige dich.«

Denn um ganz ehrlich zueinander zu sein, muss ich ihr noch von meinem Verriss erzählen. Doch anstatt einen Gang herunterzuschalten, stürmt sie an mir vorbei zur Tür, reißt sie auf und deutet mit der Hand nach draußen.

Dort steht Jeannie mit einem schwitzenden, dicken Kerl, den ich hier noch nie gesehen habe. Wahrscheinlich will er sich wegen gestern Nacht beschweren. Unter seinen Arm hat er ein Kuvert geklemmt.

»Ein Kurier für Herrn Hartmann«, stellt Jeannie vor, macht auf dem Absatz kehrt und eilt mit schnellen Schritten zu den Aufzügen. Der Mann vor uns starrt die zornige Anne an. Ich versuche, mich zur Tür durchzudrängen, denn ich ahne schon, was in dem Umschlag steckt.

»Was?«, faucht Anne den Mann an.

»Kuriersendung. Für Caspar Hartmann persönlich«, stammelt er.

Mit einem Ruck reißt ihm Anne das Kuvert aus der Hand und wirft einen Blick darauf. »V. T. Labs, München? Vielleicht Post von einer deiner Verehrerinnen?«

Der Kurier schaut verlegen zu mir. Weil ich ihn jetzt auch böse anstarre, richtet er seinen Blick auf Leonie, die vorsichtig hinter dem Sessel hervorschaut.

»Sie hat genau Ihre Augen«, versucht er, Schönwetter zu machen, während ich das Papier auf seinem Klemmbrett unterschreibe. Als ihm klar wird, was er da gesagt hat, beißt er sich auf die Unterlippe, nimmt die Unterschrift entgegen, schlägt die Fersen zusammen wie ein Soldat und rennt davon.

»Anne, der Brief ist für mich«, versuche ich es vorsichtig.

Aber sie funkelt mich nur böse an. »Hast du Angst, ich würde ihn lesen? Was steht drin? Geheime Anweisungen von Schade – wie du dich verhalten sollst, nachdem du mich gevögelt hast?«

»Bitte gib mir den Umschlag!«

Sie reißt ihn auf und nimmt ein paar aneinandergeheftete Bögen Papier heraus. Voller Verachtung beginnt sie zu lesen, als wäre das genau der Brief, den sie erwartet hätte. Ist er aber wohl nicht. Anne erblasst. Ihr Oberkörper wankt, ihr rechtes Bein knickt etwas ein, sie muss sich gegen eine Wand lehnen. Seite für Seite blättert sie um. Ich erkenne Tabellen, Ziffern, Grafiken, Laborwerte. Ade, du schöner Traum von einem gemeinsamen Neuanfang.

Schließlich faltet sie das Schreiben in der Mitte und versucht, es zurück in den Umschlag zu stecken. Das gelingt ihr nicht sofort, weil ihre Hände zu stark zittern. Sie atmet ein, atmet aus und hält mir Brief und Umschlag hin. Ich nehme ihr beides aus der Hand. Ihre Stimme ist ganz leise – wie die einer Rächerin, die weiß, dass sie die Moral auf ihrer Seite hat.

»Du hast gegen meinen Willen einen Vaterschaftstest machen lassen?«

Leonie läuft zu Anne und schmiegt sich an das Bein ihrer Mutter. Die hebt ihre Tochter hoch. Da stehen die beiden, noch immer in ihren Nachthemden, auf dem Teppichboden des Hotelflurs. Leonie streckt mir die Arme entgegen.

»Papa Arm!«, fordert sie. Offenbar merkt sie, dass ihre Mutter gerade nicht so stabil ist.

Anne sieht sie ernst an. »Nein, Leonie. Das hier ist nicht dein Papa. Und er wird es auch nie sein.«

Dann rauscht sie an mir vorbei und knallt die Tür zu.

Ich stelle mich unter das kalte Licht eines Spots im Flur und schlage den Brief des Labors auf. Die wichtigste Info finde ich ganz hinten: Mit einer Wahrscheinlichkeit von einhundert Prozent bin ich nicht Leonies Erzeuger.

Keine Ahnung, wie lange ich auf dem Flur stehe. Irgendwann kommt Stanley Fröhlich auf Krücken angehumpelt und nimmt mich mit in den Speisesaal. Dabei habe ich keinen Hunger. Ich habe gar nichts mehr.

Zum Frühstücken setzen wir uns auf die Sonnenterrasse, da kann ich wenigstens rauchen.

Stanley Fröhlich erklärt mir, dass er sich auf eigenen Wunsch entlassen hat. Der Knöchel sei glatt gebrochen und wurde eingegipst: »Heutzutage wird eh nicht mehr operiert.« Der Arzt hat ihm Ruhe verordnet, Stanley soll sein Bein hochlegen, am besten im Bett. Deshalb will er abreisen.

»Können wir die Herausforderung vielleicht um ein Jahr verschieben?«, fragt er. Nichts lieber als das – wenn ich bis dahin eine neue Familie gefunden habe. Dieser Contest liegt gefühlt gerade weiter entfernt als die Teilnahme an einer Castingshow mit Dieter Bohlen.

Stanley hat mir ein Dossier aus seinen Erfahrungen vom vergangenen Familiencontest zusammengestellt: alle Fragen, alle Kniffe, dazu ein paar Erziehungs- und Beziehungstipps. Er zwinkert wie Peter Lustig. »Du hast noch zwei Tage Zeit – wenn du alles machst, was hier drinsteht, dann kriegst du den Platinbubsi hinterhergeschmissen.«

Ich starre die Mappe an und erzähle Stanley von meinem Streit mit Anne.

»Liebst du sie?«, fragt er.

Ich schüttele den Kopf. »Sie ist gar nicht mein Typ. Wir verstehen uns nur gut im Bett.«

Stanley sieht mich an, als hätte ich gerade behauptet, dass die Sonne jeden Abend ins Meer fällt. »Ihr harmoniert doch gut.«

»Du spinnst wohl! Sie hat mich rausgeschmissen.«

»Kann dir doch egal sein. Du machst das hier ja nur, weil du einen Verriss darüber schreiben musst, um noch mehr Frauen ins Bett zu kriegen.«

»Um Nachtlebenkolumnist zu werden«, stelle ich richtig.

Er lächelt wie ein sehr dünner Buddha. »Du hast zwei Möglichkeiten: Du entscheidest dich entweder für die Familie oder gegen sie. Muss eh jeder irgendwann mal machen. Ist ganz einfach.«

»Aber Anne hört mir nicht mehr zu. Das kann ich ihr nicht einmal übel nehmen.«

»Dann schreib ihr halt. Du hast mir doch erzählt, dass du eigentlich Journalist bist.«

In diesem Moment kommt Frau Fröhlich mit den Kindern auf die Terrasse. Sie hat die Sachen ins Auto geladen. Stanley und ich verabschieden uns mit Handschlag. Er drückt mir seine Mappe in die Hand und besteht darauf, dass ich sie annehme. Eines will ich aber noch wissen.

»Stanley, hast du mir den kleinen Steinzeithund für Leonie ins Fell gesteckt? Wenn er wirklich so alt ist, gehört er in ein Museum.«

Stanley zieht mich zu sich heran und flüstert mir ins Ohr: »Spielzeug gehört in Kinderhände, nicht ins Museum.«

Wir umarmen uns, wie echte Freunde es tun – ohne Abstand zwischen den Herzen. Ich sehe ihm hinterher, wie er, gestützt von seiner Frau, zum blauen Touran humpelt. Die Kinder winken vom Rücksitz. Am Heck des Wagens lese ich »Immer Fröhlich bleiben« und werde noch trauriger.

An der Rezeption stehen Anne, Mr. Perfect und Leonie.

»Möchten Sie auch auschecken?«, fragt mich Jeannie.

»Nein, warum?«

»Weil Ihre Familie gerade auscheckt. Aber Sie können natürlich gern noch bleiben – wäre nicht das erste Mal, dass Familien gemeinsam an- und getrennt abreisen.«

Ich sehe die drei fragend an. Mr. Perfect trägt Leonie auf dem Arm, Anne füllt hoch konzentriert eine Hotelgastumfrage aus. In die Rubrik »persönliche Stimmung beim Verlassen des Hotels« schreibt sie: »Fuck off and die!«

Ich stelle mich neben sie.

»Anne, egal, was war – wir haben Herrn Schade unser Wort gegeben, dass wir diese Sache durchziehen. Wenn du jetzt abreist, war alles umsonst.«

Anne malt noch ein paar Totenköpfe in das Formular.

Mr. Perfect legt den freien Arm um seine Frau. »Vielleicht hat er recht. Wenn du vorzeitig abreist, gibst du deinem Chef doch nur einen Grund, dich rauszuschmeißen. Dann war der ganze Zirkus hier umsonst. Denk an deine Halbtagsstelle.«

Nanu? Ist der jetzt plötzlich auf meiner Seite? Ich dachte eher, er hätte Anne zu guter Letzt noch von meinem Geheimauftrag erzählt. Wahrscheinlich ist das einfach die Arroganz des Siegers. Anne schüttelt seinen Arm ab.

»Ich glaube, du hast dir in den Bergen irgendwie das Hirn verkühlt. Schade wollte mir nie die Halbtagsstelle geben, und das wird er auch nicht, egal, was ich mache. Es sei denn …« Sie legt den Kopf schräg und kreuzt die Arme vor der Brust. »… ich steche Caspar Hartmann aus. Genau so, wie er mich ausstechen wollte. Ich grätsche ihm rein, mache ihn fertig, schreibe den besseren Artikel und hole mir auf ganz legalem Weg seinen Job – so, wie es ein Mann machen würde.«

»Schade wird da nicht mitspielen«, bemerke ich.

Aber Anne würdigt mich keines Blickes. Stattdessen wendet sie sich an Jeannie. »Oh doch, das wird er. Weil ich Betriebsrätin bin, studierte Journalistin und kein Nightlife-Jungredakteur.« Bei den letzten Worten verzieht sie ihr Gesicht, als würde sie den Internetverlauf des einzigen Computers einer Bohrinsel lesen. Dann wendet sie sich wieder an ihren Verlobten.

»Mit dem ganzen Theater ist jetzt Schluss. Zimmertausch! Caspar zieht in die Onkel-Suite, und ich bleibe die letzten Tage bei meiner *echten* Familie.«

Jeannie lächelt. Anne grinst sie offensiv an.

»Ja, Sie haben richtig gehört: Dieser große, starke, gut aussehende Typ und ich, wir heiraten in zwei Wochen!«

»Na, da gratuliere ich aber«, entgegnet Jeannie.

»Deshalb werde ich mir auch mit ihm den Platinbubsi holen und nicht mit Herrn Hartmann.« Sie überlegt kurz. »Wenn Sie den sehen – richten Sie ihm bitte aus, dass er sofort seine Sachen aus dem Zimmer holen soll. Wir beide sind nämlich ab sofort Konkurrenten. Er weiß dann schon, worum es geht. Danke.«

Nach dieser Ansage verschwindet sie mit ihrer Familie in Richtung Fahrstühle – wahrscheinlich um Herrn Schade zu suchen. Wenn ich er wäre, würde ich Anne nicht widersprechen.

Anne will den Kampf, sie soll ihn bekommen. Möge der Bessere gewinnen – und nicht die Bessere.

Jeannie lächelt weiterhin wie ein Roboter. Ich stütze mich auf den Empfangstresen, als wäre er Teil einer Bar.

»Was kostet es mich, wenn Sie die ganzen Verwandtschaftsprobleme ausblenden und uns einfach die Zimmer wechseln lassen?«

Jeannie zückt einen kleinen Taschenrechner und tippt munter drauflos. »Das wären dann insgesamt fünfhundert Euro, ohne Steuern, nur Barzahlung.«

Ich nicke und lasse mir den Weg zum nächsten Geldautomaten beschreiben.

»Heute um acht findet übrigens die Siegerehrung vom ›Paleo-Cup‹ statt«, ruft mir Jeannie hinterher. »Sie sollten unbedingt hingehen.«

Der Psychologe sitzt wieder einmal mit seiner Zeitschrift in der Lobby und beobachtet die Gäste. Ich grüße ihn mit Kopfnicken. Er klappt die Zeitschrift zu und will mich zu sich winken, aber ich nicke nur und gehe schnell weiter. Noch jemanden, der in meinem Kopf herumpfuscht, kann ich jetzt beim besten Willen nicht gebrauchen.

Bis zur Siegerehrung räume ich meine Sachen aus dem Zimmer in Mr. Perfects riesige Suite. Eigentlich ist doch alles perfect: Hier stinkt es nicht nach Windeln, nirgendwo liegt Spielzeug herum, keine Kindersicherungen in den Steckdosen, die Lautstärke der Stereoanlage ist nicht reguliert, und vor allem bin ich ganz allein. Zu guter Letzt erinnert mich alles an meine heiße Nacht mit Adoré. Aber genau das fühlt sich seltsam belanglos an.

Ich lege mich auf das zwei mal zwei Meter große Bett und zappe mich durch die neuesten Actionfilme – sie erscheinen mir seelenlos. Vielleicht sollte ich mal auf den Kinderkanal schalten?

Noch einmal lese ich meinen Artikel. Viel zu korrigieren gibt es nicht, er ist genau so, wie ihn Herr Schade bestellt hat. Am besten, ich gebe ihm den Text gleich heute Abend auf der Paleo-Verleihung. So steche ich Anne noch aus. Klar, vielleicht hat sie schon mit Schade geredet, über weibliche Leser, ihre Qualifikationen und all das, aber wenn ich dem Chef einfach genau den Text in die Hand drücke, den er bestellt hat, kann Anne einpacken. Blöderweise macht mich dieser Gedanke nicht so glücklich, wie er sollte.

Um mich abzulenken, vertiefe ich mich in Stanleys Dossier. Eigentlich gar nicht so uninteressant, was er da zusammengestellt hat: die wichtigsten Fragen und Antworten zur Erziehung, von A wie Aufstehen bis Z wie Zuhören. Könnte man glatt ein Buch draus machen.

Für die Siegerehrung des »Ötzi-Paleo-Cups« hat Adoré den Speisesaal in eine Art multihistorischen Bankettsaal verwandeln lassen. Zum Glück dürfen die Gäste auch in Anzug oder Kleid kommen – allein der Gedanke daran, noch einmal ein Fell überzuziehen, lässt mich frösteln.

Zur Pressekonferenz sind jede Menge Journalisten angereist.

Anstatt sich unter die Gäste und Paleos zu mischen, sitzen sie mit redaktioneller Distanz hinten rechts oder links – je nach Ausrichtung ihres Mediums. Aber diesmal haben offenbar nicht nur die Lokalblattschreiber ihre freien Mitarbeiter zur Hofberichterstattung geschickt, ich erkenne auch die kritischen Kollegen der bundesweiten Münchner Medienhäuser, zum Beispiel einen glatzköpfigen Meinungsmacher der »Allgemeinen Nachrichten«. Sogar ein paar Kamerateams von öffentlich-rechtlichen und Privatsendern haben ihre Stative direkt vor Adoré aufgebaut.

Allerdings sind viele der bekannten Gäste nicht anwesend: Stanley Fröhlich weg, die Eisensteins sowieso, die Architekten essen heute auswärts. Leonie und Anne kann ich nirgends entdecken, doch Mr. Perfect sitzt vorne, links neben meinem Chef. Auf dessen rechter Seite ist noch ein Platz frei. Trifft sich gut, dann kann ich ihm endlich den Speicherstick mit meinem Text geben und die Sache abhaken. Zu meiner anderen Seite setzt sich der Psychologe. Für ihn muss dieser Auflauf an Tierfellträgern ein Analyseparadies sein.

»Sie haben Ihrem Konkurrenten das Leben gerettet«, lobt er mich. »Sehr gut gemacht: Wahrscheinlich wird es in diesem Jahr zum ersten Mal einen Bubsi aus Platin geben.« Ich danke ihm aufrichtig und wende mich nach links zu Herrn Dr. Schade.

»Ich habe noch etwas für Sie!«

Schade nickt. »Ihre Kollegin hat mir heute Morgen im Spa-Bereich eine ziemliche Szene gemacht.«

»Ja, so ist sie«, entgegne ich vertrauensheischend.

Mein Chef kann sich ein Grinsen nicht verkneifen. »Sie will die Stelle und ist bereit, dafür sogar auf die Hälfte ihres Gehalts zu verzichten. Offenbar ist es ihr wichtiger, Ihnen eins auszuwischen.«

Ich stutze. Das hätte ich Anne nicht zugetraut. »Wollen Sie jetzt also einen Text drucken, der sich für die Familie ausspricht?«, will ich wissen.

Schade schüttelt den Kopf. »Ich habe ihr gesagt, sie soll einen Verriss schreiben – aber einen qualifizierten Verriss aus der Sicht einer Mutter, der genau erklärt, warum sich solche Familienhotels nicht mit einer pädagogischen Betreuung in Einklang bringen lassen. Keine schlechte Idee, oder?« Mein Chef dreht sich zu mir. »Wissen Sie, Caspar, mir ist es, ehrlich gesagt, völlig egal, wer die Stelle bekommt. Wer den besseren Artikel schreibt, gewinnt.«

»Haben Sie ihr von meinem Geheimauftrag erzählt?«

»Nein, sie glaubt immer noch, dass Sie sich dem Thema Familie öffnen sollten. Aber mittlerweile hat sich das für Sie endgültig erledigt, nehme ich an.« Er öffnet die Hand und streckt sie aus. »Ihren Artikel, bitte.«

Ich greife in die Tasche und fühle das Plastik des Speichersticks. Da höre ich, wie Adoré die Pressekonferenz für eröffnet erklärt. Herr Schades Aufmerksamkeit richtet sich wieder nach vorn.

Pflichtschuldig lichten ein paar Fotografen die schöne Pressesprecherin ab, während Adoré sich mit leuchtenden Augen bei allen Teilnehmern und Kooperationspartnern bedankt. Danach zeichnet Frau Sommer die Sieger des »Ötzi-Paleo-Cups« aus: drei blonde, langhaarige Bergburschen, die in ihrer Dankesrede beweisen, dass sie sich auch rhetorisch an der Jungsteinzeit orientieren. Doch keiner der Kollegen gerät in die übliche Hektik. Stattdessen starren alle auf die Bühne, als würden sie darauf warten, dass Frau Sommer irgendein schmutziges oder gesellschaftlich relevantes Geheimnis gesteht.

Zu guter Letzt erwähnt die Hoteldirektorin, dass es noch einen »wahren Helden des ›Ötzi-Paleo-Cups‹« gibt. Plötzlich wirkt sie bedrückt, fast traurig. Sie schluckt, bevor sie noch einmal ans Mikrofon tritt.

»Einer unserer Stammgäste hat sich beim ›Paleo-Cup‹ den Knöchel gebrochen. Wie in solchen Notsituationen üblich, ist einer aus seinem Dreierteam bei dem Verletzten geblieben. Der andere ist aufgebrochen, um Hilfe zu holen. Aber auch er hat sich im Schneesturm verlaufen.«

Aha – das ist nun also die offizielle Sprachregelung: Verlaufen klingt besser als verraten oder im Stich gelassen. Ich sehe Frau Sommer an und schüttele den Kopf. Klar, ich könnte jetzt einen

Aufstand machen und vor der versammelten Presse Mr. Perfect bloßstellen. Aber damit schade ich nur Anne. Meine Rache an dem Hotel trage ich in der Tasche.

»Also hat unser Gast den Verletzten zurück auf den Weg getragen, dafür gesorgt, dass er medizinisch versorgt wird, und ihm damit das Leben gerettet. Ein wahres Vorbild für Groß und Klein. Deshalb zeichnen wir ihn heute als Gast der Woche aus: Caspar Hartmann.«

Die ersten Gäste fangen an zu klatschen, die Steinzeitfans imitieren Hundegebell.

Mr. Perfect tritt ans Mikrofon, offenbar ist der Arsch nicht nur mein Vorgänger in dem Amt, sondern auch noch mein Laudator. Ausführlich erzählt er von meinem Ohnmachtsanfall letzte Woche. Einige meiner Kollegen grinsen und machen sich Notizen. Wie schön, morgen weiß ganz München, dass ich in der Sauna umgekippt bin.

Dann ruft er mich auf die Bühne. Dort nimmt er seinen bescheuerten Anstecker vom Revers, klappt die Nadel aus und versucht, sie mir ans Hemd zu stecken. Dabei piekst er mir in die Brust.

»Halt still«, zischt er mir zu. »So ist es für alle am besten.«

»Wo sind Anne und Leonie?«, frage ich.

»Anne arbeitet, Leonie ist bei dem verrückten Ungar in der Kinderbetreuung.«

Jetzt bin ich es, der stichelt. »Machst du dir da keine Sorgen?« Mr. Perfect klappt die Nadel zu und schüttelt mir die Hand.

»Du bist jetzt der neue Gast der Woche.«

Ich fühle mich eher wie der Arsch der Woche.

Herr Schade deutet mit der rechten Hand auf meinen freien Platz neben ihm. Gerade will ich losgehen, da hält mich Adoré am Arm zurück. In ihrer Hand baumelt eine Medaille.

»Und weil er den Geist des Paleo im wahrsten Sinne des Wortes in die Neuzeit getragen hat, ernenne ich Caspar Hartmann zum Sonderbotschafter des ersten ›Ötzi-Paleo-Cups‹.«

Ich sehe in ihre schönen grünen Augen. Sie lächelt. Genau so hatte ich mir die Preisverleihung doch gewünscht! Adoré hängt mir langsam und stolz die Medaille um, sie freut sich noch viel mehr als ich über die Auszeichnung und klatscht mädchenhaft in die Hände. Klar, sie hat sich all das ausgedacht, ist ja ihr Job. Wie eine Ehefrau die Krawatte ihres Mannes, so zupft Adoré jetzt das Band der Medaille an meinem Hals zurecht. Sie sieht mich mit diesem Blick an, den ich immer so sehr an ihr gemocht habe. Aber in meinem Bauch fliegen keine Schmetterlinge umher, nicht mal Fruchtfliegen. Nichts. Als hätte die Nato dort ein Embargo verhängt.

Ich sehe Adoré distanziert an. Die scheint erstaunt, dass ich diesmal nicht wie Wachs dahinschmelze. Sie nimmt mein Gesicht in beide Hände, sieht mich noch einmal so an, wie sie es in Mr. Perfects Suite getan hat, und küsst mich auf den Mund.

Die Gäste klatschen. Adoré schmeckt nach Rauch. Auch der Kuss fühlt sich kalt an. Will gar nicht weiterküssen. Erstaunt löse ich meine Lippen von ihren. Ich will Adoré nicht, ich will auch diese Nachtlebenstelle nicht. Ich will Anne.

»Soll das ein Witz sein?«, höre ich die laute Stimme des glatzköpfigen Kollegen von der Reporterseite. Adoré weicht von mir zurück und stellt sich neben Frau Sommer. »Sie zeichnen hier Kostümierte aus, knutschen mit einem Kollegen von zweifelhaftem Ruf und denken, wir schreiben darüber auch noch?«

Mein Gott, immer diese auf Krawall gebürsteten Journalisten. Ich habe gerade echt andere Probleme.

Adoré schaut verwirrt, Frau Sommer ebenfalls. Wie auf ein geheimes Zeichen schubsen sich die Fotografen direkt vor mir in der ersten Reihe um den besten Platz. Der Glatzkopf schaut auf seinen Zettel.

»Vierzehn Männer und Frauen wurden gestern mit zum Teil erheblichen Erfrierungen nach diesem Paleo-Contest ins Krankenhaus eingeliefert. Ein Wunder, dass keine Menschen gestorben sind.« Er sieht mich direkt an.

»Was sagen Sie denn dazu, Herr Sonderbotschafter?«

Die Kameras blitzen los, als wären sie die Pfeile einer mittelalterlichen Exekution. Ich stehe zwischen Frau Sommer und Adoré, Mr. Perfect hat sich bereits von der Bühne geschlichen. Ich will es ihm gleichtun, aber Frau Sommer hält mich fest: »Sie bleiben schön hier.«

So werde ich aus nächster Nähe Zeuge eines Pressetribunals. Adoré und Frau Sommer werden von den Fragen der Kollegen zerpflückt.

»Hilf mir doch«, flüstert mir Adoré zu. Aber was soll ich sagen? Die Kollegen haben ja recht. Ich stehe einfach nur wie auf Standby im Blitzlichtgewitter. Vielleicht ist das hier ja meine Strafe dafür, dass ich Anne hintergangen habe.

Adoré und Frau Sommer argumentieren sich immer abstruser um Kopf und Kragen, ziehen Verknüpfungen zwischen Familienhotel und Paleo, verweisen auf die Häufigkeit von Schneestürmen in den Bergen, schieben mich als Helden vor, aber das alles hilft nichts. An den Gesichtern der Kollegen sehe ich, dass sie morgen die Verrisse ihres Lebens schreiben werden. Übermorgen kann das »Wilde Mannle« dichtmachen.

Herr Schade ist längst aufgestanden und hat sich diskutierend unter die Kollegen gemischt. Er schüttelt den Kopf, schwimmt diensteifrig wie ein kleiner Fisch im Presseschwarm. Als die Journalistenmeute den Saal verlässt, kommt er auf mich zu.

»Herr Hartmann, die Lage hat sich geändert. Ihre Kollegen tippen jetzt ihre Artikel über dieses Hotel. Wenn Sie mit Ihrer großen Geschichte noch eine Rolle spielen wollen, sollten Sie mir jetzt den Text geben. Wenn wir ihn heute noch ins Layout einfließen lassen, sind wir die Ersten. Und Sie wären noch vor Ihrer Kollegin dran, denn Annes Text ist noch nicht fertig. Wenn Sie also jetzt so freundlich wären?« Er streckt seine Hand aus.

Ich greife in meine Hosentasche. Anne oder Schade – das ist hier die Frage.

Nein, ist es nicht.

»Tut mir leid, ich dachte, ich hätte den Artikel eingesteckt, aber ich muss ihn wohl vergessen haben«, lüge ich meinem Chef ins Gesicht.

Er sieht mich länger an als gewöhnlich. »Wollen Sie ihn denn noch holen?«, fragt er mit väterlicher Stimme.

Ich lächle ihn erleichtert an. »Nein, das will ich nicht.«

Mein Chef ist zu sehr Profi, um in diesem Ambiente herumzuschreien, dass ich ihm verdammt noch mal einen Text schulde.

Stattdessen sagt er ruhig: »Sie wurden gerade auf der Bühne mit der Besitzerin des Hotels fotografiert. Wahrscheinlich stehen Sie übermorgen in allen Zeitungen als Botschafter eines obskuren Trends, der möglicherweise eine Katastrophe für den regionalen Tourismus nach sich ziehen wird. Was glauben Sie, wie es um Ihre Glaubwürdigkeit als Journalist steht?«

Dann macht er auf dem Absatz kehrt und lässt mich stehen. Ein paar Kollegen versuchen noch, mich zu interviewen, aber mir hat es endgültig die Sprache verschlagen.

Wahrscheinlich sollte ich es so machen wie Anne damals: einfach ins Spa gehen. Allerdings werde ich das erst spätabends machen, wenn die Kinder und Eltern aus dem Nassbereich in den Bettenbereich verschwunden sind.

Ich muss mich zusammenreißen. Vielleicht ist das alles ja Schicksal: Ein Familienhotel und ich – das konnte gar nicht gut gehen, ebenso wenig wie die Sache zwischen Anne und mir. Es würde mich nicht wundern, wenn heute Abend Adoré an meine Tür klopft – reinlassen werde ich sie diesmal allerdings nicht.

Ab zehn Uhr abends hat der Bademeister das Spa zu einer »freien Zone« erklärt. »Ich habe keine Lust, Gäste, die sich entspannen, aus dem Spa zu vertreiben. Wer auf der Liege einschläft, soll aufwachen, wenn er ausgeschlafen hat«, hat er mir anvertraut. »Die meisten Pärchen versuchen in Hotels eh früher oder später, nackt schwimmen zu gehen, deshalb lasse ich die Tür einfach offen.«

Mein erstes Ziel ist die finnische Holzsauna, mit der habe ich noch eine Rechnung offen. Wahrscheinlich bin ich diesmal ganz allein darin, ohne jemanden, der mich raustragen kann, wenn ich umfallen sollte. Ich werfe einen Blick durch die verschwommene Glastür. In der Sauna hocken noch zwei Gäste: Mr. Perfect und mein Chef, Herr Schade. Seltsam.

Was die beiden wohl zu besprechen haben? Vielleicht will Mr. Perfect meinen Chef davon überzeugen, mal ein Sonderheft über seine Fitnesskette herauszubringen. Jetzt stehen sie auf. Instinktiv ducke ich mich hinter einen Handtuchständer in der Nähe der Liegen. Nicht, dass ich mich verstecken will oder so – ich habe bloß keine Lust, mit den beiden zu reden. Außerdem scheinen sie mir eh schon erstaunlich vertraut.

Nachdem sie sich kurz und schnaufend abgeduscht haben, begeben sie sich auf zwei Liegen direkt vor meinem Versteck.

Das Grinsen, das sich während der Pressekonferenz heute Nachmittag auf ihren Gesichtern angedeutet hat, liegt immer noch in den Mundwinkeln.

»Du hättest Hartmanns Augen sehen sollen, als der gemerkt hat, was los ist«, freut sich mein Chef grinsend. Mr. Perfect haut sich auf den mit einem Frotteehandtuch bedeckten Schenkel, was den erwarteten Klatscher ein wenig dämpft.

»Die habe ich gesehen«, steigt er ein. »Deshalb musste ich mich ja hinsetzen – sonst hätte ich noch laut losgeprustet. Hartmann hat geschaut, als würde er gleich von der Bühne kippen.«

»Dann hättest du ihn wohl noch mal tragen müssen!«, gackert mein Chef.

Mr. Perfect steht auf und tut so, als ob er jemanden hochheben und ihn kurz darauf versehentlich fallen lassen würde. Schade bekommt vor Lachen kaum noch Luft. Aber was ich hören muss, als sich Mr. Perfect wieder gesetzt hat, haut mich tatsächlich fast aus den Frotteelatschen.

Die beiden haben Übles vor: Mein Chef plant, das Hotel zu übernehmen und vom Familienressort in eine »Männerbastion« umzubauen. Mr. Perfect soll Teilhaber und neues Gesicht des Hauses werden. Sein Hauptaufgabenbiet ist die Fitness der Kunden. Dafür sorgt eine Kooperation mit seiner Kette »Mr. & Mrs. Perfect«. Neben der Leibesertüchtigung will er Seminare für »Manager und Macher« anbieten, um die »verweichlichten Typen von heute wieder in die Spur zu bringen«. Den Plan haben sie schon vor einem Jahr geschmiedet, als mein Chef Mr. Perfect auf einem Managementseminar kennenlernte. Seitdem haben sie nur auf die richtige Gelegenheit gewartet, das »Wilde Mannle« in Misskredit zu bringen. Dass ein Taugenichts wie ich in diesem Hotel für Unruhe sorgen würde, war für meinen Chef abzusehen, vor allem wenn er dazu noch Anne auf mich ansetzt. Dieses Hotel stellt für die beiden ein Versuchsobjekt dar. Wenn die Umwandlung zur Männerbastion gut funktioniert, sollen weitere Filialen hinzukommen.

»Das ›Wilde Mannle‹ ist eben mehr als ein Hotel, es ist ein Symbol für Maskulinität«, schlussfolgert Mr. Perfect. Klingt eher wie der Club der toten Chauvinisten.

»Ich dachte schon, Hartmanns Artikel reicht vielleicht nicht, um das Hotel in den Ruin zu treiben, aber jetzt bringen die ganzen Kollegen ihre Verrisse. Die können den Laden hier dichtmachen. Dann werden sie uns die Bude hinterherschmeißen.« Schade lächelt zufrieden, zieht eine Packung Zigarillos aus der Tasche seines Bademantels und steckt sich einen an. Mr. Perfect schaut kurz überrascht, aber Schade winkt ab.

»Bald gehört der Laden hier eh mir. Wenn du erst mal das neue Gesicht unserer Kette bist, dann rauchst du hier auch.« Er macht eine ausholende Geste. »Männerbastion – daheim ist, wo der Herr der Mann ist.« Er hält Mr. Perfect die Zigarillos hin, der nimmt sich einen und schießt wenig später mit wippendem Unterkiefer genüsslich ein paar Rauchringe durchs Spa.

»Wo ist eigentlich diese scharfe Praktikantin, die du dabeihattest?«, will er wissen.

Mein Chef grinst. »Ach, die kannst du vergessen, die quatscht den ganzen Tag. Außerdem hatte die was mit Hartmann. Du willst doch nicht sein Lochschwager werden!«

Beide brechen in prustendes Gelächter aus. Ich verspüre das starke Bedürfnis, sie mit dem Handtuchständer zu erschlagen.

»Als ich Nadine erklärt habe, dass die Stelle bereits vergeben ist, hat sie ihre Sachen gepackt und das Zimmer gewechselt.« Schade drückt seinen Zigarillo in der Hydrokultur einer grünen Schlingpflanze aus.

Ich spüre, wie mir die Wut die Kehle zuschnürt. Schade und Mr. Perfect haben das alles geplant: Mein Verriss soll den Wert des Hotels drücken. Aber das hieße ja …

»Adoré spielt in einer ganz anderen Liga«, behauptet mein Chef und bläst Rauch auf die glühende Spitze seines Zigarillos. »Auf die Idee mit dieser bescheuerten Paleo-Wanderung wäre ich nie gekommen. Von wegen jede PR ist gute PR. Schlechte Presse bringt viel mehr! Die Kleine ist genial!«

Schade raucht zufrieden vor sich hin. Offenbar steckt Adoré mit meinem Chef unter einer Decke – im wahrsten Sinne des Wortes.

»Sie kommt übrigens gleich noch und bringt ein Fläschchen Schlampampus mit.« Schade zwinkert Mr. Perfect anzüglich zu. »Zum Anstoßen.«

Ich kann nicht fassen, was ich da höre.

»Na, dann steck mal einen Gruß mit rein«, blökt Mr. Perfect. Das ist hier ja wie in der schlimmsten Chauvi-Sitcom!

»Nächste Runde?«, fragt Schade und deutet auf die Sauna vor ihnen, aber Mr. Perfect winkt ab.

»Nee, nee, ich bin noch immer wettkampfgeschwächt. Außerdem muss ich rauf, bin doch jetzt im Zimmer mit Leonie und Anne. Du weißt ja, wie die ist.«

Schade nickt mitleidig.

Mr. Perfect stützt sich an der Plastiklehne des Liegestuhls in die Höhe, Herr Schade erhebt sich ebenfalls. Die beiden schütteln sich die Hand.

»Ich liebe es, mit Profis zu arbeiten«, sagt mein Chef grinsend.

»Dito«, entgegnet Mr. Perfect und wendet sich zum Gehen.

Kaum ist er verschwunden, erscheint Adoré aus einer Tür, die eigentlich dem Personal vorbehalten ist. Oben ohne. Sie trägt ein Handtuch um die Hüften geschlungen, einen Champagnerkübel in der freien Hand und begrüßt meinen Chef mit einem langen Kuss. Wie in der Parodie eines James-Bond-Films.

Bei dem Gedanken daran, dass meine ehemalige große Liebe mit meinem Chef schläft, wird mir jetzt doch übel. Keine Ahnung, was ich alles in Adoré hineininterpretiert habe, aber offenbar macht Liebe nicht nur blind, sondern auch doof.

Zu meinem Glück beschließen die beiden, ihr Geturtel in der Sauna fortzusetzen, wo Schade Adoré einen »besonderen Aufguss« verspricht. Daraufhin kichert sie, als hätte mein Chef den besten Witz aller Zeiten gerissen. Als die Saunatür zugefallen ist, überlege ich kurz, von außen einen Riegel vorzuschieben, aber dann fällt mir etwas Besseres ein.

Anne werde ich nicht davon überzeugen können, dass Schade und ihr Verlobter ein Komplott gegen die Familien dieser Welt ersonnen haben – vor allem nicht, solange Mr. Perfect bei ihr im Zimmer schläft. Da muss ich einen anderen Weg wählen.

Von meiner Suite aus rufe ich Jeannie an und frage sie, ob sie immer noch daran interessiert sei, dass ich einen Artikel für ihre Broschüre »Familienurlaub« schreibe.

»Ich dachte, Sie sind Legastheniker.«

»Das war gelogen. Wie alles andere auch.«

Sie seufzt. Leider sei die morgige Ausgabe bereits mit Infos über den »Ötzi-Paleo-Cup« gefüllt. In der Broschüre für übermorgen gehe es um die Sieger des Familiencontests. Nur die Gutenachtgeschichte auf der Rückseite sei noch frei. Eigentlich wolle sie die aber selbst schreiben.

Ich muss lächeln. Dann stelle ich ihr eine Frage, die sie von mir nicht zum ersten Mal hört. Wenig später ziehe ich meine Jacke über und mache mich auf den Weg zum örtlichen Geldautomaten.

Konnte die ganze Nacht nicht schlafen, weil ich etwas Neues geschrieben habe. Mein alter Verriss starrt mich vom aufgeklappten Notebook aus über den Hotelschreibtisch mahnend an. Habe den Artikel gerade noch mal gelesen: totaler Müll. Alle Argumente gegen die Familie sind brutal konstruiert und zurechtgebogen. Was ist da bloß in mich gefahren? Das Problem liegt doch ganz woanders – bei Typen wie Herrn Schade, wie Mr. Perfect oder mir. Ich wollte keine Beziehung, aus Angst, wieder verlassen zu werden. Wer keine Gefühle wagt, kann nicht enttäuscht werden – aber eben auch nicht glücklich.

Klar, die Sache mit Adoré war eine klassische Amour fou – wobei es Amour fight besser treffen würde, denn ich musste immer um sie kämpfen. Sie hat mich nicht einfach mal zurückgeliebt. Durch dieses ewige Auf und Ab, das Verletzen und Verletztwerden fühlte sich alles sehr intensiv an – aber ist das Liebe?

Nein.

Wenn man sich liebt, muss man den anderen nicht ablehnen, wegstoßen, dann muss nicht immer gekämpft und erobert werden, dann kann man sich doch auch einfach mal nur lieben, oder? Ist das so schwer?

Ja.

Ich werde noch mal neu anfangen – nicht mit dem Rauchen, dem Familienurlaub oder meinem Verriss, sondern mit der Liebe. Anne soll alles erfahren: von meinem Geheimauftrag, von Schades Affäre mit Adoré, von Mr. Perfects Businessplan und vor allem auch, dass ihr Verlobter sie betrügt. Scheiß auf die Mannesehre. Was sind das für Männer, die ihre Frauen betrügen? Ein echter Mann sollte aufrecht und wahrhaftig sein. Klingt nach Glückskeks, aber die sind schließlich die Urform der Ratgeberlektüre.

Morgen früh wird meine Gutenachtgeschichte im »Familienurlaub« erscheinen. Keine Ahnung, ob das etwas ändern wird. Die Sache mit Anne habe ich eh vergeigt. Schade, denn offen gesagt, das Gefühl hat gestimmt, nur der Rest war kompliziert.

Sie soll ihren Artikel schreiben und Mr. Perfect heiraten, Adoré wird Herrn Schade das Herz brechen und weiterziehen. Und ich? Vielleicht versuche ich es zur Abwechslung mal mit Nadine und erkläre ihr, dass es doch nicht ihre Schuld war, dass wir nie eine Beziehung geführt haben.

Ich rufe bei der Rezeption an, um ihre neue Zimmernummer herauszukriegen, aber niemand nimmt ab. Höchste Zeit, sich anzuziehen und die Dinge persönlich zu regeln.

Bei Jeannie geht es drunter und drüber. Die Gäste verlassen fluchtartig das Hotel, als würde eine riesige Lawine anrollen. Und Jeannie rotiert ganz allein an der Rezeption.

Vor mir steht der Architekt mit seiner Familie. Offenbar wollen sie ebenfalls auschecken – und das, obwohl heute Abend die finale Bewertung des Familiencontests stattfindet. Muss wohl an den ersten Artikeln über den Paleo-Wettbewerb liegen. Adoré hatte anscheinend recht: Die Macht der schlechten Presse kann vielleicht keine Berge versetzen, aber immerhin welche umstürzen lassen. Die dann auf dieses Hotel fallen.

Draußen auf dem Parkplatz haben ein paar Boulevardreporter ihre Stative aufgebaut und bestürmen mit bunten Mikrofonen jeden Gast, der auf der Veranda einen Tee trinken oder joggen gehen will. Kein Wunder, dass die Gäste fliehen.

»Außerdem ist der Service hier neuerdings unter aller Sau«, mäkelt die Architektin. »Auf unserem Stockwerk ist das Wasser ausgefallen, der Hausmeister ist nirgends zu finden.« Sie tippt auf die Schlagzeile einer Boulevardzeitung in ihrer Hand. »Wir wollen nicht länger in einem Hotel bleiben, das zu Werbezwecken Menschenleben aufs Spiel setzt. *Sie* verstehen das sicher am allerbesten.«

Ich drücke Jeannie meinen Text für die Frühstücksbroschüre in die Hand und frage nach Nadines Zimmernummer. Wenn die sich nun nicht mehr ein Doppelzimmer mit Schade teilt, kann sie auch bei mir unterkommen. Ein paar gemeinsame Tage in einer großen Suite waren schon immer ihr Traum.

»Die Dame hat leider schon ausgecheckt«, informiert mich Jeannie müde, als ich an der Reihe bin. Na super, alle laufen davon. Ich zücke mein Portemonnaie, aber sie winkt ab.

»Da kann ich ausnahmsweise nichts machen. Aber sie hat Ihnen eine Nachricht hinterlassen.« Jeannie überreicht mir einen Briefumschlag, auf dem in weiblich-geschwungener Schrift mein Name steht. Ich nehme ihn entgegen und will mich schon zum Gehen wenden, da fällt ihr noch etwas ein: »Haben *Sie* vielleicht Herrn Béla gesehen?«

Ich schüttele den Kopf. »Schauen Sie doch mal hinter dem Schrank im Betreuungszimmer nach.«

Das Frühstücksbüfett ähnelt heute dem letzten Mahl auf einem sinkenden Schiff. Statt frischem Brot gibt es alten Toast, »Familienglück« steht nicht mal mehr auf der Karte, geschweige denn auf dem Tisch, die Eier sind hartgekocht, der Bacon pappig.

Die Einzigen, denen die miese Stimmung nichts ausmacht, sind die Iren. Sie toben, lachen und benehmen sich nun endgültig wie Häftlinge, deren Wärter entlassen wurden. Zwei Väter spielen sogar mit den gehäkelten Kindereierbechern Hacky-Sack. Doch auch ihre Zeit ist gezählt, die grünen Hartschalenkoffer mit Kleeblatt- und Harfenaufklebern habe ich vorhin schon in der Lobby gesehen.

Während ich auf meinen Kaffee warte, schlendere ich noch einmal zum Zeitschriftentisch. Dort liegen wie immer die aktuellen Tageszeitungen und ein paar Magazine. Zum Glück nimmt die Trennung eines österreichischen Promipaares den Großteil der Titelseiten ein. Das Ötzi-Cup-Fiasko ist eher ein Thema im Lokalteil. So brauche ich wenigstens kein Foto von Adoré und mir in irgendeinem Boulevardblatt zu sehen. Sicherheitshalber nehme ich mir trotzdem eine Frauenzeitschrift. Kann nicht schaden.

»Gefällt Ihnen unser Magazin?«, fragt mich die Chefredakteurin, die am ersten Tag bei uns am Tisch saß. Die hatte ich schon völlig vergessen. Sie lächelt mich freundlich an: der erste gut gelaunte Mensch, dem ich heute begegne.

»Um ehrlich zu sein, wollte ich gerade mal anfangen, die Frauen zu verstehen«, sage ich geradeheraus. »Vor allem die Mütter.«

Sie lacht. »Viel Glück.«

Von einer halben Packung Dinkeltoast halbwegs gestärkt, schlendere ich etwas später wieder auf mein Zimmer, um meinen Bademantel anzuziehen und den Rest des Tages im Spa zu vertrödeln. Heute werde ich mich auf Spesen durch die gesamte Wellnesskarte massieren lassen.

Meine Zimmertür steht offen, ein Staubsauger lehnt gegen den Rahmen. Doch nirgendwo ist ein Zimmermädchen zu sehen. Stattdessen sitzen Anne und Frau Sommer vor meinem Schreibtisch. Die Direktorin trägt den Kittel der Putzfrauen. Die beiden Frauen starren auf den Bildschirm des aufgeklappten MacBooks: Sie lesen meinen Verriss.

Jetzt drehen sie mir die Köpfe zu. In ihren Augen blitzt fassungsloser Zorn. Aber was haben sie überhaupt in meinem Zimmer zu suchen?

»Das ist Hausfriedensbruch«, schimpfe ich leise und deute hilflos im Raum umher. »Ihr könnt doch nicht einfach in mein Zimmer ...«

Frau Sommer zieht die Augenbrauen hoch. »Ich *muss* sogar Ihr Zimmer betreten, da ich heute Putzdienst habe – Personalmangel«, erklärt sie und fügt bissig hinzu: »Herr Journalist.« Drohend hebt sie den Zeigefinger. »Sie dagegen sollten schlechte Artikel über das Hotel, in dem Sie logieren, nicht für jedermann lesbar herumstehen lassen.«

Von wegen. Ich könnte schwören, dass ich das Notebook zugeklappt hatte. Ein Blick zu Anne, die sich wieder meinem Text zugewendet hat.

»Ihre Kollegin habe ich angerufen, weil ich dachte, dass sie vielleicht auch interessiert, was Sie so über sie und ihre Familie schreiben«, erklärt Frau Sommer.

Anne ist während des Lesens immer blasser geworden. Jetzt dreht sie sich um. »Du Verräter!«, schreit sie. »Du hast mich verarscht. Der Mann, mit dem ich das Zimmer geteilt habe, der sollte sich einer Familie öffnen.«

Mein neues Leben erinnert mich gerade erstaunlich stark an mein altes. Dabei wollte ich Anne doch mit meiner Geschichte im »Familienurlaub« überraschen und nicht wie ein dummer Junge von ihr erwischt werden.

»Anne, ich habe mich verändert. Du hast mich verändert. Ich bin ein neuer Mensch geworden. Bitte beruhige dich! Da ist noch ein zweiter Text.«

Aber Anne scheint gerade nicht einmal den ersten bis zum Ende lesen zu wollen. »Du hattest nie vor, ein Familienmensch zu werden, oder?«

Ich sehe Hilfe suchend zu Frau Sommer hinüber. Aber die läuft jetzt wie ein Tiger im Käfig hin und her. Sicher würde der Psychologe einen akuten Fall von Hospitalismus diagnostizieren. Hätte mir schon denken können, dass die Krankheit nicht nur in Zoos oder in Gefängnissen vorkommt, sondern auch in Familienhotels.

»Das Doppelbett, das Schrankklo, der Familiencontest, das Tanzen, die Therme – das hast du alles nur auf dich genommen, um dich hinterher darüber lustig zu machen? Du hast von Anfang an jede meiner Schwächen für Pointen in deinem Pamphlet gegen die Familie benutzt? Wie mies ist das denn?«, brüllt Anne.

Wieder sieht sie zu meinem Computer und zitiert einzelne Passagen.

»Du hast über Leonies ersten Klogang gewitzelt.« Ihre Stimme wird leiser. »Sogar über unseren Tanz. ›Das mangelnde Rhythmusgefühl von Müttern wie Anne steht in krassem Gegensatz zu ihrem exakt durchgeplanten Alltag. Außerdem wollen sie immer führen.‹« Anne legt sich eine Hand auf die Brust. »Ich habe das ganz anders empfunden«, sagt sie, und ich höre, wie ihr tiefe Enttäuschung die Kehle zudrückt.

Frau Sommer sieht sie überrascht an. Liegt da plötzlich ein Grinsen auf ihrem Gesicht?

Anne liest weiter. »Du hast Leonie mit Gummibärchen erzogen?«, ruft sie. »Hast ihr ›Leckerli gegeben‹? Wie einem Hund?«

Na gut, das Fazit war überzogen, aber man hätte es ja noch kürzen können.

Sie klappt das MacBook so wütend zu, dass es knirscht.

»Es geht niemanden etwas an, dass ich schnarche. Und wie ich mir die Zähne putze, ist meine Privatsache. Ich lästere doch auch nicht darüber, dass du am liebsten kurze Gespräche führst, weil du ständig deinen Bauch einziehst.«

Traurig sitzen wir voreinander wie ein Ehepaar vor der Scheidungsrichterin. Nur dass die weiterhin ihre Runden durch meine geräumige Suite dreht.

»Das ist leider noch nicht alles«, sage ich leise und sehe Anne in die Augen. Sie schüttelt den Kopf, als könnte sie nicht noch mehr schlechte Nachrichten ertragen.

»Leonhardt betrügt dich. Seine Eltern wollten eine kluge, vorzeigbare Frau. Ohne dich hätte er sein Erbe nicht bekommen. Er hat dich nie geliebt. In den Bergen hat er mir gesagt, im Bett seist du kalt wie ein Fisch.«

Anne holt aus und scheuert mir eine. Blut schießt in meine Wange. Fast bin ich dankbar für den Schmerz. Anne holt noch einmal aus, hält aber inne.

»Du musst Familien wirklich hassen.«

Aus der Mitte des Raumes höre ich ein leises Kichern. Frau Sommer ist stehen geblieben. Sie sieht uns fasziniert an. Ihr Brustkorb hebt und senkt sich. Das Kichern wird lauter, fast schon hysterisch – nein, erleichtert. Jetzt lacht sie aus vollem Herzen. Die Iren, der Personalmangel, der misslungene »Ötzi-Cup« – offenbar war das alles ein bisschen zu viel für sie.

»Wie kann man nur so selbstgerecht sein!« Frau Sommer baut sich jetzt direkt vor uns auf.

»Erstens: Sie beide sind keinen Deut besser als der andere. Die eine verkauft ihre Tochter für einen Job, der andere seine Seele.«

Sie nimmt ihre Brille ab und wendet sich an Anne.

»Haben Sie Herrn Hartmann schon berichtet, dass Sie vor drei Wochen angefragt haben, ob diese Suite noch frei ist? Und ob Sie zur Not die Zimmer wechseln können?«

Jetzt schaut Anne betreten. Ich spüre Wut in mir aufwallen.

»Sie beide haben sich wirklich verdient!« Frau Sommer setzt sich auf das große Bett. »Glauben Sie wirklich, ich habe nicht mitgekriegt, was hier läuft? Dass Herr Schade eine Affäre mit unserer Pressefrau hat, weiß ich seit Monaten. Wegen ihrer guten Kontakte habe ich sie doch überhaupt eingestellt. Dieses Jahr hat sich zwischen den beiden offenbar etwas Ernsteres entwickelt. Vielleicht hat Frau Baroudel Torschlusspanik bekommen, vielleicht hat Herr Schade die Nase voll vom Journalismus – jedenfalls hat sich Ihr Chef immer wieder unsere Räume angesehen, als wäre er auf einer Wohnungsbesichtigung. Adorés Browserverlauf war voll von Schlagworten wie ›Sofortkredit‹, ›Immobilienanwalt‹ oder ›Hotelpreise‹. Dass Schade aber ausgerechnet zwei Vögel wie euch schickt, um den Hotelpreis zu drücken, darauf bin ich eben erst gekommen.«

»Um den Hotelpreis zu drücken?«, fragt Anne.

Ich nicke und erzähle ihr, was ich in der Sauna gehört habe. Natürlich glaubt sie mir kein Wort.

»Das ist von all deinen Lügengeschichten mit Abstand die abstruseste.«

»Frag doch deinen Verlobten nach der neuen Männerbastion«, schlage ich vor.

Anne sieht mich böse an, doch auf einmal scheint ihr etwas einzufallen, und sie rennt aus dem Zimmer, als hätte sie vergessen, den Gasherd auszumachen. Frau Sommer sieht ihr hinterher.

»Da haben Sie eine tolle Frau verloren.«

»Und Sie einen tollen Job.«

Frau Sommer macht eine wegwerfende Handbewegung. »Er hat mir nie sonderlich Spaß gemacht. Um ehrlich zu sein: Ich mag keine Kinder. Es ist nicht so schlimm wie bei Ihnen, aber Sie haben schon recht.« Die Direktorin dreht sich zum Rechner und zitiert: »›Kinder sind laut, gehorchen nicht und machen nur Blödsinn.‹« Sie lacht. »Wenn ich an meinem Job hängen würde, hätte ich doch nie solche schwachsinnigen Ideen wie eine Paleo-Wanderung oder diesen Katzentanzkurs zugelassen. Um mich sollten Sie sich keine Sorgen machen. Im Gegensatz zu den meisten Gästen hier bin ich alt genug, um auf mich selbst aufzupassen.« Sie lächelt glücklich.

Allmählich muss ich wieder mit dem Rauchen anfangen. Von

mir aus kann die Direktorin in der Zwischenzeit mein Zimmer auf den Kopf stellen, ich habe nichts mehr zu verbergen – außer vielleicht den Brief von Nadine. Den nehme ich sicherheitshalber mit nach draußen.

Nach dem ersten Zug an meiner Zigarette reiße ich auf dem Hotelparkplatz das Kuvert auf.

*Lieber Caspar,*
*wenn Du das hier liest, bin ich bereits in Ungarn. Bitte folge mir nicht, es hätte keinen Sinn, denn ich werde nicht zu Dir zurückkehren. Es gibt einen neuen Mann in meinem Leben: Zsolt Béla.*

Nadine schreibt, die beiden hätten sich kennengelernt, als sie aus dem Hotel gestürmt und in die erste und einzige Bar in der Nähe geflüchtet sei. »Bei Anton« hätten sie ein paar Gläser Papa Ice Tea getrunken, dann habe Herr Béla in ihr die Frau seiner Träume erkannt.

*Ich habe es satt, ewig auf Dich zu warten, Caspar. Zsolt ist der beste Mann, den ich je getroffen habe. Wir haben uns verliebt und wollen in Ungarn ein neues Leben anfangen. Herr Schade hat mir gezeigt, dass ich beim »Münchner« keine Zukunft habe. Zsolt dagegen hat mir eine Perspektive eröffnet – als Mutter einer großen internationalen Familie. Und bevor Du es denkst: Nein, es stört mich nicht, dass sein Name mit zwei Konsonanten beginnt. Wahrscheinlich ist es tatsächlich Liebe. Aber die ist Dir leider fremd.*
*Herzlich, Nadine*

*PS: Ich habe mir eine Kleinigkeit von Dir mitgenommen, um dich nicht völlig zu vergessen, denn ich weiß, dass Du im tiefsten Innern ein guter Mensch bist.*

Seltsamerweise überkommt mich das Gefühl, hier sei irgendetwas fürchterlich faul. Ich lese den Brief noch einmal. Beim Postskriptum murmele ich leise: »Scheiße«, wodurch mir die Zigarette aus dem Mund fällt.

Während ich die Treppen hochsprinte, hoffe ich aus ganzem Herzen, dass ich mich irre. »Bittebittebittebittenicht«, flüstere ich in mich hinein.

An Annes Zimmertür klebt ein Zettel aus dem Hotelnotizblock: *Bin Joggen. XXX, L.*

Aus dem Zimmer höre ich stakkatoartiges Schluchzen. Die Tür steht offen.

Der »Holzplatz« sieht aus, als wäre er von einer sehr ambitionierten Spezialeinheit auf den Kopf gestellt worden: Kindersachen liegen im ganzen Zimmer verstreut, die Schranktüren sind aufgerissen, die Matratze steht aufrecht neben dem Bett.

»Anne?«, frage ich in den Raum.

Aus dem geöffneten Schrank höre ich lautes Hämmern. Annes Beine ragen aus der Tür und strampeln hin und her, als wollte meine Kollegin dort hineinkriechen.

»Anne?«, frage ich wieder und spähe vorsichtig ins Dunkel des Schranks. Dort wühlt meine Exfrau wie wild zwischen Latzhosen, Strickpullis und Schlaf-T-Shirts. Sie schlägt schluchzend mit der Hand gegen die Innenseite des Schranks. Ihre Augen sind verheult, das Haar zerwühlt.

»Sie-muss-doch-irgendwo-sein-sie-kann-doch-nicht-einfach-verschwinden!«, schluchzt sie. Ich zwinge meine Stimme zur Ruhe, dabei spüre ich das Zittern von meinen Knien über den Bauch bis in den Kiefer.

»Wo ist Leonie?«, frage ich.

Anne schüttelt den Kopf. Ein heftiger Schluchzer, wie er kleine Kinder nach bitteren Heulanfällen heimsucht, schüttelt ihren Körper.

»Wo ist Leonie?«, brülle ich.

»Ich weiß es nicht!«, brüllt Anne zurück.

Sie erzählt mir, dass sie gerade an ihrem Artikel schrieb, als Frau Sommer sie in die Reicher-Onkel-Suite bestellte.

»Dauert nur fünf Minuten«, hatte sie Mr. Perfect versprochen, woraufhin der sich bereiterklärt hatte, genau so lange zu warten. Als sie wiederkam, stand die Tür offen, das Zimmer war durchwühlt und Leonie verschwunden. Also rief sie Leonhardt auf dem

Handy an. Der sagte ihr, er habe fünf Minuten ausgeharrt und dann Leonie das Versprechen abgenommen, »ganz brav auf die Mama zu warten«, die jeden Moment zurückkommen müsse. Dann sei der Empfang abgebrochen.

»Das Zimmer ist kindersicher, und Leonie kommt ja noch gar nicht an die Türklinke!«, schluchzt Anne. Sie ist schon durch das ganze Hotel gelaufen, hat gerufen und gesucht – vergeblich.

Ich nehme sie in den Arm. Aus dem Tissue-Halter hole ich ein Tuch und putze ihr die Nase. Dann zeige ich ihr Nadines Brief.

Aber Anne ist offenbar immer noch zu durcheinander, um einen klaren Gedanken zu fassen.

»Die haben deine Tochter entführt«, erkläre ich mit zitternder Stimme. »Herr Béla hat doch gesagt, er würde Leonie am liebsten adoptieren! Der war ganz versessen auf sie. Außerdem hat er die Schlüssel zu allen Zimmern. Und Nadine hat in Ungarn studiert. Sie schreibt, sie hätte ein kleines ›Andenken‹ mitgenommen.« Ich zeige Anne das Postskriptum in Nadines Brief.

Anne reißt mir das Blatt aus der Hand.

»Das kann nicht sein. Nadine war meine Kollegin. Wir waren fast so etwas wie Freundinnen.«

»Sie ist eine wahnsinnige Stalkerin. Als ich auf der Paleo-Wanderung war, wie hat sie auf Leonie reagiert? Worüber habt ihr bei eurem Mädelsabend geredet?« Am liebsten würde ich Anne schütteln. »Denk nach!«

Annes Blick richtet sich nach innen.

»Sie hat gesagt, wenn sie jemals eine Tochter bekommen würde, dann sollte die genau so sein wie Leonie.«

»Siehste!«

Wir laufen in meine Suite und erklären Frau Sommer, dass Leonie verschwunden ist. Alarmstufe dunkelrot. Wenn es um verlorene Kinder geht, funktioniert die Solidarität anscheinend noch: Das restliche Personal und die verbliebenen Gäste schwärmen sofort aus und suchen. Auch ein paar von den Klatschreportern helfen tatkräftig mit – wobei nicht ganz klar ist, ob sie das für Leonie oder für eine neue Skandalmeldung machen.

Doch Annes Tochter ist nirgends zu finden, weder auf dem

Parkplatz, wo jetzt die ersten Kollegen ihre Live-Einschätzungen der Lage proben, noch im Spa, wo sich der Psychologe im Whirlpool auf seinen nächsten Auftritt als Experte vorbereitet.

»So ein Hallodri!«, flucht Frau Sommer in ihrem Büro und greift zum Telefon. »Herr Béla war die vielseitigste Servicekraft, die ich je hatte. Aber der Laden wird ja eh verkauft. Ich rufe jetzt die Polizei.«

Anne kommt ihr zuvor. »Die ermitteln doch erst nach vierundzwanzig Stunden.« Sehnsüchtig sieht sie zur Tür. Aber Leonhardt joggt heute offenbar die große Runde. Oder er wartet mal wieder ab, bis sich Annes Probleme von selbst erledigt haben. Ich treffe einen Entschluss.

»So, ich fahre jetzt nach Ungarn und finde Leonie. Außerdem habe ich heute Abend eh nichts vor«, lüge ich. Denn eigentlich wollte ich natürlich in der finalen Befragung zum Familiencontest zeigen, dass ich kein kompletter Arsch bin, sondern etwas über das Miteinander gelernt habe. Aber warum eigentlich? Ich muss hier niemandem etwas beweisen. Anne hat sich für Mr. Perfect entschieden und ich mich, wenn auch zwangsweise, für die Lonesome-Cowboy-Nummer. Hier geht es um Leonie. Auf den Familienwettbewerb kann ich verzichten. Ich bin schon Ehrengast und Paleo-Sonderbotschafter. Klar, das Triple mit dem Platinbubsi wäre reizvoll, aber Leonie ist mir wichtiger. Ich werfe Anne einen langen Blick zu: einen Abschiedsblick.

»Den Bubsi gewinnst du mit deiner echten Familie. Ihr habt ihn euch wirklich verdient.«

Györgiyszkopapázentlászló, das Dorf, aus dem Herr Béla stammt, liegt an der Grenze zwischen Ungarn und Rumänien. Zum Glück stand eine Adresse auf seinem Arbeitsvertrag. Laut Routenplaner fährt man dorthin sieben Stunden und fünfundvierzig Minuten – zuzüglich der Zeit, die man braucht, um den Namen des Dorfs korrekt ins Navigationsgerät einzutippen.

Nach zehn Stunden komme ich völlig erschöpft im Heimatdorf des Kindesentführers an. Die Adresse auf meinem Zettel führt zum einzigen Gasthof weit und breit. Besitzer ist die Familie Béla. War klar: einmal Gastro, immer Gastro.

Eine hübsche Ungarin namens Zsófia, die praktischerweise ein wenig Deutsch spricht, begrüßt mich an einer kleinen Rezeption zwischen der Gaststube und der Treppe zu den Zimmern. An den Wänden entlang der Stufen ziehen sich Regale bis zur Decke, auf denen rote Gulaschkessel aus verschiedenen Jahrzehnten wie Trophäen aufgereiht sind. Zsófia stellt sich als kleine Schwester von Herrn Béla vor, sie mag ein paar Jahre jünger sein als ich. Mit einem hübschen Lächeln drückt sie mir den Schlüssel für »das letzte Zimmer« in die Hand. Sie erzählt mir, dass etwa in einer Stunde im Hotel eine Familienfeier steigen soll, weil gestern der »verlorene Sohn heimgekehrt« sei.

»Der *verlogene* Sohn wäre treffender«, bemerke ich sauer.

Sie sieht mich erstaunt an.

»Ach, vergessen Sie es. Hatte er meine verlorene Tochter dabei?« Wieder dieser verwunderte Blick. Aber sie wird ihren Bruder eh nicht verraten.

Wahrscheinlich hat Nadine Leonie nichts angetan. Wer die ganze Zeit von eigenen Kindern spricht, gibt bestimmt auch gut auf entführte Kinder acht.

Ich erkläre Zsófia, dies sei eine persönliche Angelegenheit

zwischen mir und Herrn Béla. Sie nickt und drückt mir einen Schlüssel in die Hand. Vielleicht sollte ich besser gleich die örtliche Polizei verständigen – hoffentlich spricht da jemand Englisch.

Nachdem ich heute bis zum Nachmittag etwa vierzigmal mit Anne telefoniert habe, ohne gute oder schlechte Neuigkeiten, ist mein Akku leer. Das Handy hat sich einfach selbst abgeschaltet. Klar, ich hätte auch von der Tankstelle aus anrufen können, aber zum einen wollte ich so schnell wie möglich Herrn Béla finden, und zum anderen hatte ich auch ein wenig Angst vor schlechten Nachrichten über Leonies Schicksal.

Jetzt stöpsele ich das Ladegerät ein, mein Display leuchtet wieder: einundzwanzig Anrufe in Abwesenheit – die Hälfte von Anne, die andere von der Rezeption des »Wilden Mannle«. Leider bricht auf dem Zimmer immer wieder das Netz weg – kein Wunder, hier in der ungarischen Wildnis. Also nichts wie runter zu Zsófia, die besitzt bestimmt ein richtiges Telefon. Ich poltere die Treppen hinab, ohne die Zimmertür abzuschließen.

Unten staut sich bereits die ungarische Großfamilie: Bestimmt dreißig bis vierzig Männer, Frauen, Jungs, Mädchen, Omas und Opas in farbenfroher Festgala mit Flaschen und Blumen in den Händen strömen an der Rezeption vorbei in den Gastraum.

Zsófia schaut mich über die Köpfe hinweg an, deutet mit dem Finger auf mich und ruft etwas auf Ungarisch. Augenblicklich bleiben alle stehen.

Die Blicke der versammelten Familie Béla richten sich mit einem Schlag auf mich. Ein paar Jungs wollen auf mich losstürmen, zum Glück werden sie von älteren Männern zurückgehalten. Sonst hätte ich mir wohl auf der Rückfahrt in einer der Grenzstädte neue Zähne kaufen müssen. Die sollen dort ja viel billiger sein als in Deutschland.

Herr Béla drängelt sich aus dem Schankraum durch die Tür, schiebt sich durch Brüder, Schwestern und Neffen, bis er an der Rezeption ankommt. Ich stehe über ihm auf der Treppe. Er sieht aus wie immer, hat sogar dieses vertrauenerweckende Lächeln auf dem Gesicht. Aber wer jemals »Aktenzeichen XY« gesehen hat, weiß, dass Kindesentführer genau so aussehen. Wenn er mich attackiert, kann ich diese Position bestimmt eine Weile verteidigen – auch gegen die Überzahl seiner Familie. Vielleicht nicht so lange wie die Spartaner damals die Thermopylen, aber zumindest länger als die ungarischen Grenzer bei der Wiedervereinigung. Muss überlegt handeln.

»Du hast sie entführt!«, schreie ich ihm entgegen. Gut, vielleicht reagiere ich ein wenig über, aber es war ein langer Tag. Ich bin zig Stunden Auto gefahren, habe mit ziemlicher Sicherheit meinen Job verloren, mein Chef betrügt mich mit meiner großen Liebe und wahrscheinlich auch umgekehrt. Den Familiencontest habe ich verpasst, und jetzt belegen all diese Erziehungsregeln wichtigen Platz in meinem Kopf – aber das ändert nichts daran, dass dieser Kerl Leonie entführt hat!

Herr Béla hebt die Hände.

»Sie ist freiwillig mitgekommen«, behauptet er. Der hat sie wohl nicht alle!

»Natürlich ist sie freiwillig mitgekommen! Sie ist doch erst zwei Jahre alt!«

Ein paar der Ungarn schauen sich ratlos an. Die Jungs, die mich gerade noch verprügeln wollten, zeigen mir die selbst auf Ungarisch leicht verständliche Vogelgeste. Das bringt mich noch mehr in Fahrt. Ich reiße einen der roten Gulaschkessel vom Regal und hebe ihn wie ein Wurfgeschoss über den Kopf – genau wie Leonie vor ein paar Tagen das Brotmesser. Gern hätte ich mir natürlich einen Husarensäbel geschnappt oder eine harte ungarische Salami – aber man muss nehmen, was man kriegen kann.

Stufe um Stufe gehe ich auf Herrn Béla zu.

»Wo ist sie?«, knurre ich drohend.

Vielleicht sollte ich mir einen zweiten Kessel als Schutzhelm aufsetzen? Vor meinem inneren Auge sehe ich mich schon, wie ich in Gulaschkesselrüstung wild um mich schlage und schließlich in der Übermacht meiner Feinde untergehe. Wenn ich schon nicht für eine Familie gelebt habe, kann ich wenigstens für eine sterben.

Herr Béla starrt mich an, als wäre ich völlig verrückt. Dann deutet er in Richtung Schankraum. Im Türrahmen steht Nadine. Sie sieht mich mit einer Mischung aus Kummer und Mitleid an.

»Hör auf mit dem Theater, Caspar. Es bringt nichts, um mich zu kämpfen, ich gehöre jetzt zu ihm.« Wie zum Beweis sieht sie Herrn Béla schwerstverliebt an. Wahrscheinlich hat sie sich das während ihrer Studienzeit aus einer ungarischen Telenovela abgeschaut.

»Ich habe sie nicht gezwungen«, wiederholt Herr Béla. Offenbar haben sie dieselben Serien gesehen. »Wir wollen heiraten.«

Jetzt reicht's. Ich hole tief Luft. »Leonie – wo ist Leonie, verdammt noch mal?«

Nadine zuckt mit den Achseln. »Keine Ahnung, wahrscheinlich bei ihrer Mutter, oder? Müsstest du doch am besten wissen.«

»Du hast geschrieben, dass du dir ein Andenken mitgenommen hast.« Nadine schaut nachdenklich. Plötzlich haut sie sich mit der flachen Hand vor die hohe Stirn, dass es nur so klatscht. Dann zieht sie ein blaues Einwegfeuerzeug aus der Tasche.

»Damit hast du mir zum ersten Mal Feuer gegeben. Es erinnert mich daran, dass du auch zuvorkommend sein kannst.«

Könnte schwören, dass ich das Feuerzeug noch nie gesehen habe. Nadine sieht verlegen zu Herrn Béla hinüber.

»Sorry«, sagt sie.

Ihr zukünftiger Mann lässt die Fäuste sinken. In seinem Gesicht steht deutlich die Sorge des engagierten Betreuers. Er sagt ein paar Worte auf Ungarisch, und schon schaut auch seine Verwandtschaft plötzlich eher mitleidig statt lynchwütig.

»Darf ich bitte mal kurz telefonieren?«, frage ich. Zsófia reicht mir das Telefon. Wenig später habe ich Jeannie am Apparat.

Sie ist offenbar ein bisschen beschwipst.

»Ich wurde in die Jury des Familiencontests gewählt, und stellen Sie sich vor: Ihre Familie hat den Bubsi in Platin gewonnen!«, erklärt sie mir ungefragt. »Also die Familie Ihrer Kollegin, meine ich. Anne, ihr toller Typ und Leonie. Gestern und heute haben die beiden so viele Pluspunkte gesammelt, das war ein glatter Durchmarsch ...«

Den Rest ihres Sermons höre ich nicht mehr. Leonie ist wieder da. Ich schließe die Augen. Leider kann mich Jeannie nicht zu ihr durchstellen, weil die Familie Vogtlinger ausdrücklich darum gebeten habe, nicht mehr gestört zu werden. Vor allem nicht von mir. Egal. Hauptsache, der Kleinen geht es gut.

Als die Iren ausgecheckt hatten, wollten sich die Kinder noch von Leonie verabschieden. Im Gegensatz zu ihr waren sie sowohl groß genug, um an die Klinke zu kommen, als auch stark genug, um die schwere Tür zu öffnen. Sie fanden Leonie allein in unserem Zimmer. Die Abwesenheit von Anne, Mr. Perfect und mir nutzten sie für eine Kissenschlacht, bei der endlich einmal auch Kleidung, Gegenstände und alles, was sich sonst noch gut werfen lässt, erlaubt waren. Da sie aber trotz aller Flausen im Kopf wussten, dass man ein zweieinhalbjähriges Mädchen nicht allein im Zimmer lässt, haben sie Leonie anschließend einfach mitgenommen, bevor ihr etwas passiert. Außerdem hatten sie die Kleine mittlerweile lieb gewonnen und waren sowieso nicht recht glücklich mit dem Gedanken, sich von ihr verabschieden zu müssen. Auch Leonie hat sich nicht beschwert. Dass die Iren jetzt ein neues Familienmitglied hatten, fiel erst beim Durchzählen am Flughafen auf. Daraufhin ließ der gesamte Clan kollektiv seinen Flug verfallen und brachte Leonie zurück.

»Die Kleine sucht wahrscheinlich auch eine intakte Familie«, folgert Jeannie.

Sie will noch wissen, ob ich wirklich in Ungarn sei und ob es Herrn Béla gut gehe. Falls ja, solle ich schleunigst nach Tirol zurückzukommen, denn meine Geschichte, für deren Abdruck ich ihr so viel Geld bezahlt habe, werde morgen in der »aktuellen und wahrscheinlich letzten Ausgabe des ›Familienurlaubs‹« erscheinen. Außerdem werde meine »Fake-Frau« morgen abreisen, was Jeannie mich »nur mal so nebenbei« wissen lassen wollte. Alles klar.

Während meines Telefonats haben sich die Ungarn in den Schankraum zurückgezogen. Nur Herr Béla ist bei mir auf der Treppe geblieben. Als ich aufgelegt habe, fragt er mit besorgtem Gesicht: »Geht es Leonie gut?«

Ich nicke. Seine Anteilnahme rührt mich. Herr Béla nimmt

mir sachte den Hörer aus der Hand und reicht mir ein Glas Papa Ice Tea.

»Der ist nach diesem Dorf benannt«, erklärt er. »Die Abkürzung von Györgiyszkopapázentlászló ist Papá.« Er hebt sein Glas. »Auf die Familie!«

Meine Kehle wird etwas eng, aber ich bin mir sicher, der Drink wird sie freiräumen. »Auf die Familie«, sage ich.

Herr Béla streckt die Hand aus, ich ergreife sie.

»Zsolt!«, sagt er.

»Caspar!«

Kurz darauf erlebe ich das erste Familienfest, gegen das meine Großstadtevents so zahm erscheinen wie After-Work-Partys für Halbtagsstellen.

Herr Béla und Nadine sind tatsächlich total verknallt, turteln und knutschen. Ich bin einfach nur erleichtert, dass Leonie wiederaufgetaucht ist, und kippe einen Papa Ice Tea nach dem anderen, bis alle aufstehen, um zu tanzen. Auch wenn ich sonst lieber an der Bar mit dem Kopf nicke – dies ist die erste Gelegenheit, den ganzen angestauten Frust der letzten Tage herauszulassen: Ich gebe inmitten der Familie Béla auf den Tischen das wilde Mannle – mit Originalbewegungen, die ich mir vom Männchen auf dem Holzschild abgeschaut habe. Zwischendurch werfe ich den Kopf in den Nacken und rufe laut: »Hussa!«, weil ich nicht weiß, was ich sonst rufen soll.

In einer Verschnaufpause beichte ich Herrn Béla meine Mission. Er hat schon von Frau Sommer gehört, dass Anne, Leonie und ich wohl keine echte Familie seien, und war ziemlich enttäuscht.

»So ein schönes Paar. Leonie ist euch beiden wie aus dem Gesicht geschnitten. Anne ist wirklich eine tolle Frau. Dumm, dass du alles kaputt gemacht hast.«

Ohne zu überlegen, nicke ich. Vielleicht ist das wirklich so. Man trifft seine Amour fou irgendwann, wenn man jung und empfänglich dafür ist. Die wahre Liebe, die tiefer geht, reifer ist und länger hält, erkennt man nicht sofort. Weil man sie nicht erkennen will – und weil man sich dafür vielleicht ein bisschen verändern muss. Und wer einmal auf dem selbst gewählten Weg zur Einsamkeit ist, der kommt da nur schwer wieder runter.

Herr Béla, den ich einfach nicht beim Vornamen nennen kann, stellt mich seinem Bruder János vor, der versucht, mit seinem Abschleppdienst genug Geld zu verdienen, um sich »eine gute Frau zu kaufen«. Herr Béla versucht ihm das seit seiner Rückkehr auszureden.

»Das ist der Mann, der mir gesagt hat, dass ich auf mein Herz hören soll«, erklärt Herr Béla stolz und deutet auf mich. »Sonst hätte ich mich nie getraut, Nadine anzusprechen.«

»Und für welche Frau schlägt dein Herz?«, will János wissen. Herr Béla sieht mich an und nickt.

»Für eine Frau, die bald einen anderen Mann heiratet«, erkläre ich. »Einen, der sie betrügt.«

János zieht die Stirn in Falten. »Warum bist du noch hier? Fahr zurück, und hol sie dir wieder.«

»Aber ich bin total betrunken. Ich kann doch jetzt kein Auto mehr fahren.«

»Das war Steve McQueen auch, so wie der in ›Bull it‹ gefahren ist.« Wahrscheinlich hat er recht. Echte Männer handeln auch mal unvernünftig. Echte Frauen tun das andauernd.

»Okay, ich mache es.«

Er schaut mich entgeistert an. »Bist du bescheuert? Ich dachte, ihr Deutschen seid immer so korrekt.« Er haut sich lachend auf die Schenkel. »Habe dich nur verarscht. Wir bringen unsere Gäste immer heil nach Hause – egal, wie viel sie getrunken haben und wo sie hinmüssen. Ist eine alte Familientradition.«

Wir stoßen an und sehen zur lachenden Zsófia hinüber.

»Sie ist das einzige Mädchen unter fünf Brüdern«, erklärt János stolz. Zsófia merkt, dass wir sie ansehen, tänzelt zu uns herüber, greift meine Hand und zieht mich hoch auf die Tanzfläche.

»Keine Zeit, zu denken!«, ruft sie. »Fühlen!«

Recht hat sie. Alles ist prima, alle Paare zusammen und ich endlich wieder Single: Hussa!

Nachdem ich auch zur nächsten Schnulze mit Zsófia getanzt

habe, knutschen wir aus Versehen. Sofort sehe ich mich von ein paar aufgebrachten Brüdern umringt und tanze lieber mal eine Runde allein, während sich Zsófia einen Bruder nach dem anderen vorknöpft und zur Sau macht. Als sie fertig ist, kommt sie wieder zu mir zurück. Ich gratuliere ihr von ganzem Herzen zu ihrer großen, tollen Familie, die so gut auf sich aufpasst und Konflikte gleich austrägt.

Wegen der Knutscherei mit Zsófia soll ich János ein paar Stunden später versprechen, dass ich seine Schwester heirate, »wegen der Ehre und so«. In meinem Zustand hätte ich ihm auch versprochen, dass ich mein ganzes Geld der ungarischen Zweigstelle von Pro Familia spende.

Bevor ich János mein Wort geben kann, erklärt er mir, dass ich vorab mit ihm und den anderen Geschwistern von Zsófia um die Wette trinken müsse, eine ungarische Tradition, »wegen der Ehre und so«. Ich komme bis zum zweiten Bruder. Danach liege ich plötzlich auf dem Boden. Jetzt tanzen auch die Wände. Ich sehe Nadines besorgtes Gesicht und fühle, wie mich starke Hände packen und in mein Auto tragen. Langsam gewöhne ich mich an diese Art der Fortbewegung und öffne nur kurz die Augen, um sicherzugehen, dass es nicht Mr. Perfect ist, der mich da trägt. Nein, es sind Herr Béla und sein Bruder János. Als ich mich bei Zsófia darüber beschweren möchte, dass ich nicht in mein Zimmer gebracht werde, drückt sie mir ein Bier in die Hand (»Für den Durst!«) und wünscht mir eine gute Reise.

Alles Weitere erlebe ich wie im Traum. Herr Béla und János setzen mich auf die Beifahrerseite, kurbeln den Sitz ganz nach hinten und werfen eine Wasserflasche auf den Rücksitz. Herr Béla sagt mir, dass ich abgeschleppt werde. János lacht schallend. Wie durch eine dicke Suffmauer höre ich Fragmente, die keinen echten Sinn ergeben, wie »Budapest«, »Autozug«, »zwölf Stunden«, »Innsbruck« und »nicht aussteigen«. Aber die Béla-Männer lächeln die ganze Zeit vertrauensvoll. Mein Mund ist zu trocken, die Spucke besteht nur aus Schaum, ich trinke noch einen Schluck Bier.

Dabei fällt mir ein, dass ich mich gar nicht von Nadine verabschiedet habe. Ich will noch einmal aussteigen, aber ich habe keinen Schlüssel, und der Wagen ist schon abgesperrt. Vor mir parkt jetzt auch ein Auto, es steht etwas schräg mit angehobenem Heck auf einem Autolaster, genau wie ich. Die Landschaft fährt draußen vorbei. Erschöpft von dem langen Tag und der anstrengenden Fahrt, lehne ich mich zurück und schließe die Augen. Ich träume, dass mein Wagen Zug fährt. Bis Innsbruck.

# Wie neu geboren

Irgendjemand hat dem verrückten Männchen auf dem Hotelschild einen Ziegenbart ans Kinn und einen Speer in die Hand
gezeichnet. Jetzt sieht es aus wie ein bekiffter Medizinmann bei
seinem letzten Tanz. Auf dem Weg hierher habe ich nur eine
Pause eingelegt, um zu tanken und mir den »Münchner« mit
Annes Titelgeschichte zu holen. Seitdem liegt er auf dem Beifah-
rersitz und erinnert mich an den Tiefpunkt meiner Karriere und
meines Junggesellendaseins.

Der Parkplatz des Familienhotels »Zum Wilden Mannle« ist so
gut wie verwaist, die Lobby auch: Disneyland nach dem Super-
gau. Jeannie räumt gerade Ordner in Umzugskartons.

»Wie schön, Sie zu sehen. Sie müssen unbedingt auschecken!«
Mit so einer Begrüßung hatte ich, offen gesagt, nicht gerechnet.
Jetzt kommt auch Frau Sommer aus dem kleinen Büro, das an
die Rezeption anschließt. Sie erzählt mir, dass sich Herr Schade
bereits mit dem Management der Wellnesskette »Relaxation de
luxe« auf einen Verkaufspreis für das »Wilde Mannle« geeinigt
hat und das Hotel nun so schnell wie möglich von allem befreien
will, was auch nur im Entferntesten an Familie erinnert – Gäste
inbegriffen. Wer vorgebucht hat, wird wahlweise ausbezahlt oder
mit einem Aufenthalt in einem der anderen Häuser der Kette ent-
schädigt.

»Ach ja!« Frau Sommer gebietet mir mit ausgestrecktem Zeigefinger, zu warten und verschwindet in ihr Büro. Sekunden später kommt sie mit einer Art Schlumpf wieder. Erst als ich genauer hinsehe, erkenne ich ein winziges Plastikbaby, das die
Arme ausstreckt.

»Hier, Ihr Teilnahmebubsi«, verkündet sie. »Für Platin hat es
nicht gereicht. Für die anderen Metalle auch nicht.« Sie streckt
die Hand aus, ich schüttele sie. Dann übergibt sie mir die kleine

Figur. Frau Sommers Blick fällt auf die Ausgabe des »Münchners« mit Annes Titelgeschichte, die unter meinem Arm klemmt.

»Wie gefällt Ihnen der Artikel?«

»Habe ihn noch nicht gelesen. Mache ich gleich beim Kaffee.« Ich deute fragend in Richtung Speisesaal.

Jeannie nickt. »Sie haben bis heute bezahlt.«

»Frau Vogtlinger, oder wie Ihre Kollegin nun heißt, ist mitsamt Familie heute Morgen sehr früh abgereist«, ergänzt Frau Sommer.

Jeannie sieht mich traurig an. »Als wollte sie vermeiden, Sie zu sehen.« In ihrem Blick lese ich aufrechte Anteilnahme. »Dabei finde ich Ihre Gutenachtgeschichte so bezaubernd. Wenn ich Frau Vogtlinger wäre, ich würde mich für Sie entscheiden.«

Frau Sommer wirft ihr einen verächtlichen Blick zu, der darauf schließen lässt, dass sie Jeannie und deren romantische Kommentare in ihrem nächsten Job garantiert nicht vermissen wird.

»Leider hat Ihnen Ihre Kollegin keine Nachricht hinterlassen«, sagt die Direktorin. »Aber hier ist ein Brief von Ihrem Chef.«

Ich nehme den Umschlag entgegen und reiße ihn auf. Wenig später weiß ich, dass ich tatsächlich gefeuert bin, weil ich mich einer direkten Anweisung widersetzt habe. Außerdem hat mein Chef beziehungsweise Exchef aus verschiedenen Zeitungen erfahren müssen, dass ich »ernsthafte psychische Probleme« habe. Deshalb sieht er sich gezwungen, meinen Vertrag mit sofortiger Wirkung aufzulösen, »im Interesse der Leser«, versteht sich. Schade lässt mich noch wissen, dass Anne die Stelle kriegt. Offenbar hat sie nicht mich weicher gemacht, sondern ich sie härter. Ob ich wohl in ihrem Artikel vorkomme?

Eigentlich müssten mir die schlechten Nachrichten auf den Magen schlagen, aber der ist noch ziemlich leer. Deshalb würde ich mich gern setzen und ein paar Kohlenhydrate zu mir nehmen, am besten mit Kaffee.

»Viel Spaß beim letzten Morgenmahl«, wünscht Frau Sommer und verschwindet in ihr Büro.

Jetzt traut sich auch Jeannie, mir zum Bubsi in Plastik zu gratulieren. Sie erklärt, dass meine unter vier Augen besprochenen

Angelegenheiten selbstverständlich nicht in die Endwertung eingeflossen sind. Die Rettung von Herrn Fröhlich wurde mir hoch angerechnet, aber trotzdem habe es am Ende nicht gereicht.

»Ihnen hat zum Schluss einfach die echte Familie gefehlt.«

»Ja, ich weiß. Danke trotzdem.«

Auf dem Weg zum Frühstück rennen mich die Iren über den Haufen. Sie gröhlen: »It's coming home, it's coming home, it's coming, family is coming home.« Der kleine Rotschopf, der Leonie in der Therme die Gießkanne klauen wollte, hält stolz einen goldenen Bubsi hoch.

»Für den Familienzusammenhalt«, erklärt Jeannie von der Theke aus.

Als ich versuche, die Iren aufzuhalten, um mich bei ihnen für Leonies Rückkehr zu bedanken, schubsen sie mich nur ausgelassen zur Seite. Etwas wehmütig winke ich ihnen hinterher.

Der Frühstückssaal liegt da wie der Saloon einer fast verlassenen Goldgräberstadt. Ein Paar mit Kind, das ich hier noch nie gesehen habe, schaufelt eilig sein Frühstück hinunter. Der Junge hat gar nichts mehr zu trinken in seinem Becher, aber das ist nicht mein Problem. Wahrscheinlich sind die eh nur für eine Nacht gekommen.

Der irische Oberhooligan mampft noch im Stehen die letzten Baconstreifen vom Büfett, um dann seiner Familie hinterherzueilen. Ich bedanke mich im Vorübergehen für Leonies Unterstützung, aber der Mann hat es eilig. Mr. Perfect hat den Iren als Dank Karten für das Champions-League-Spiel Manchester gegen Bayern in der Allianz Arena besorgt: der Klassiker. Die ganze Familie freut sich schon, denn sie hat viel Gutes von der Münchner Polizei gehört. Wahrscheinlich liegt die Stadt bis zu meiner Rückkehr in Schutt und Asche.

Allein die Chefredakteurin des Frauenmagazins sitzt noch seelenruhig an ihrem Frühstückstisch und liest die neue Ausgabe des »Familienurlaub« mit einer Vorlesegeschichte, die eigentlich für Anne und Leonie bestimmt ist. Das Ende kennt die Kleine ja noch nicht.

Mit dem Bubsi in der Hand und dem »Münchner« unter den

Arm geklemmt gehe ich von Tisch zu Tisch und suche das kleine Pappschild mit meinem Namen. Als ich an der Chefredakteurin vorbeikomme, nicke ich ihr zu. Sie sieht hoch.

»Schöne Geschichte«, meint sie.

Ich halte den »Münchner« hoch. »Leider nicht von mir. Hat meine Kollegin geschrieben. Habe sie selbst noch nicht gelesen.«

»Nicht der Verriss. Ich meine Ihr Märchen: irgendwie putzig. Der Verriss ist so lala. Ein Lob der Familie mit der Forderung nach noch mehr und besseren Betreuungsmöglichkeiten, als sie ein Hotel bieten kann.«

Sie schaut an die Decke, als stünde dort die aktuelle Ausgabe des »Münchners« angeschlagen.

»Wie war das? ›Zeitgemäße Familienhotels erfordern zeitgemäße Betreuungsmöglichkeiten.‹ Oder: ›In keiner Kita liegen Brotmesser in Kinderhöhe – warum in einem Familienhotel?‹ Keine Ahnung, wie man auf solche Ideen kommt. Ist eher so ein Expertenkommentar: sehr familienpolitisch aufgeladen.«

Ich verabschiede mich lächelnd und halte nach meinem Platz Ausschau.

Auf einem ziemlich entlegenen Einzeltisch entdecke ich ein Kärtchen mit meiner Zimmernummer. Dort ist nur für eine Person gedeckt. Ich lege das Magazin mit Annes Verriss zur Seite und stelle den Bubsi darauf. Dann schlage ich die letzte Seite der letzten Ausgabe der Hotelbroschüre auf.

### Prinz Julio sucht sein Königreich
Eine Gutenachtgeschichte
von unserem Gast Caspar Hartmann

Es war einmal, vor ziemlich kurzer Zeit, ein Prinz namens Julio, ein sogenannter Partyprinz. In seinem Königreich nannte er eine riesige Party sein Eigen. Dort lebten alle Menschen glücklich und ausgelassen, feierten, lachten, sangen und tanzten den ganzen Tag. Wörter wie Weinen oder Depression hatte er frühzeitig verbieten lassen, nachdem seine wunderschöne Prinzessin von einem bösen Drachen entführt worden war. Jeden Tag suchte er mal hier, mal dort ein wenig, kehrte aber immer wieder abends nach Hause ins verwaiste Ehebett zurück – mal allein, mal zu zweit, nie zu dritt, auch wenn die Minnesänger anderes behaupteten.

Eines Tages wagte er sich bei seiner Suche über die Grenzen seiner Party hinaus und verlor sein Königreich – erst aus den Augen, dann aus dem Sinn. Richtig traurig war er nicht darüber, denn Traurigsein war ja nicht seine Art.

Direkt dort, wo seine Party aufhörte, begann ein Königreich namens Problemchen, an dessen Grenzen er die Problemprinzessin Anne Mosität traf. Die war von einem Terrorgnom besessen, der ständig auf ihrem von Migräne geplagten Kopf herumhüpfte. Die Prinzessin hatte, weil es die Tradition so verlangt, und ein bisschen auch aus Tierliebe, vor ein paar Tagen einen Frosch geküsst. Der hatte sich daraufhin in einen Königssohn verwandelt, der so stark war, dass er alles kaputt machte, was ihm in die Hände fiel. Sein Vater regierte das allergrößte Königreich der Erde, und wenn der Prinz eine kluge Prinzessin fände, würde er dieses Königreich erben. All das verriet der starke Königssohn natürlich niemandem, sondern sang Anne wunderschöne Lieder vor und erlegte mit dem kleinen Finger der linken Hand ein paar Drachen, woraufhin sie ihn heiratete. Schließlich sahen sie beide zusammen auch echt gut auf den Gemälden aus. Neun Monate nach der Hochzeit gebar die Prinzessin kein Baby, sondern den Terrorgnom.

Weil sie und Prinz Julio zufällig denselben Weg hatten und er nicht wusste, dass er eine waschechte, wenn auch unglückliche Prinzessin vor sich hatte, begleitete sie ihn ein Stück. Je weiter die beiden zusammen gingen, desto öfter versuchte der Terrorgnom auch auf den Kopf von Prinz Julio zu hüpfen, was ihm immer häufiger gelang.

Aber weil Prinz Julio sich für seine Partys eine Prinzentolle mit jeder Menge Pomade frisiert hatte, rutschte der Terrorgnom bisweilen von seinem Kopf herunter und landete auf den Schultern des Prinzen. Dort gefiel es ihm so gut, dass er immer seltener auf Anne Mositäts migränegeplagtes Haupt zurückkehren wollte. Und weil es sich so schön frei ohne Kopfschmerzen ging, begleitete die Prinzessin den Prinzen Julio immer weiter durch die Welt.

Durch ihre Klugheit und Julios an Dummheit grenzende Tapferkeit besiegten sie die Vorhut des bösen Drachen: Der Grinsehexe klauten sie die Brille, woraufhin sie blindlings ins Feuer stolperte, die Räuberfamilie Fröhlich besiegten sie im Wettessen und -trinken. Bei ihren Abenteuern näherten sie sich einander trotz aller Streitereien immer mehr an.

Doch gerade als Prinz Julio sein Königreich und den Grund für seine Wanderung fast vergessen hatte, kamen sie vor der Höhle des bösen Drachen an. Der Drache stürmte heraus und spuckte Feuer, aber Prinzessin Anne und der Terrorgnom lenkten ihn ab, sodass Prinz Julio ihn mit seinem Schweizer Taschenmesser enthaupten konnte.

Darunter kam die verlorene Prinzessin zum Vorschein. Sie war gar nicht entführt worden, sondern die ganze Zeit über ein Drache im Körper eines Menschen gewesen.

Ohne Prinzessin Anne Mositäts Hilfe und die Unterstützung vom Terrorgnom hätte Prinz Julio das nie erkannt.

Nachdem die drei also den ärgsten Feind besiegt hatten, kehrte Prinz Julio in sein Partykönigreich und Prinzessin Anne Mosität zu ihrem Mann zurück. Und wenn sie nicht gestorben sind, dann leben sie noch heute gar nicht so weit voneinander entfernt und wünschen sich Tag für Tag, sie hätten einander nie verlassen.

Seltsam, ich werde losgeschickt, einen Verriss zu schreiben, und verfasse ein metaphernschwangeres Kindermärchen. Aber im Gegensatz zum beabsichtigten Artikel kam dieser Text aus meinem Herzen.

»Kein Happy End?« Am Nachbartisch sitzt der Psychologe.

Ich schüttele den Kopf. »Das Leben ist eben keine romantische Komödie.«

Er nimmt die Brille ab und putzt sie mit seinem Karohemd. Dann zückt er eine Visitenkarte aus der Brusttasche und reicht sie mir. »Falls Sie mal einen Experten für Ihre Reportagen brauchen.«

Ich bedeute ihm, doch noch neben mir Platz zu nehmen, aber er lehnt ab. »Haben Sie Ihre größte Angst eigentlich jetzt besiegt?«, will er noch wissen.

Ich muss lächeln. »Es war nicht die finnische Holzsauna.«

»Die ist es nie.«

Jeannie betritt den Speisesaal und beginnt, das Büfett abzuräumen. Der Psychologe ist gegangen, der Ire und die dreiköpfige Familie sind längst verschwunden, die Architekten habe ich auch nicht mehr gesehen. Dabei hätte ich mich gern noch von Obi verabschiedet. Wahrscheinlich sitzen sie längst wieder mit städtischen Baubehörden in irgendwelchen Meetings und fühlen sich dabei genauso angespannt wie in ihrem Urlaub. Anne und Mr. Perfect suchen bestimmt schon die Tischdekoration für ihre Hochzeit aus oder stoßen mit Sekt auf den geglückten Coup an.

Nur die Chefredakteurin des Frauenmagazins und ich sind noch hier. Wahrscheinlich weiß sie auch nicht, wohin. Mit ihrer kleinen Lesebrille auf der Nase ist sie ganz vertieft in die Frühstücksbroschüre. Ich gehe zu ihr an den Tisch und bleibe ein Weilchen stehen, bis sie aufblickt und mich fragend ansieht. Ich räuspere mich.

»Entschuldigen Sie die Frage, aber was machen Sie eigentlich hier?«

»Das Gleiche wie Sie: recherchieren – nur nicht ganz so auffällig.«

»Haben Sie denn keine Familie?«, frage ich.

Die Chefredakteurin sieht mich an. Kurz huscht ein Anflug von Röte unter ihrem Make-up über ihr Gesicht. »Nein, ich habe mich für die Karriere entschieden – gegen die Familie.«

»Das habe ich auch mal getan«, seufze ich.

Die Chefredakteurin nimmt ihre Lesebrille ab und deutet auf den freien Platz. »Im Gegensatz zur Familiengründung ist es für die Karriere allerdings nie zu spät.«

# Epilog

## Wenn du dich wieder beruhigt hast

Der seriöse Journalismus liegt hinter mir. Genau wie Adoré, meine große Liebe, und Anne, meine wahre Liebe. Ihren Verriss über das »Wilde Mannle« habe ich bis heute nicht gelesen. Und auch den »Münchner« habe ich nie wieder in die Hand genommen – nur ins Impressum habe ich neulich mal geschaut. So etwas machen Journalisten, wenn sie wissen wollen, ob ihre Kollegen noch in der Stadt wohnen. Herrn Dr. Schades Namen habe ich nicht mehr gefunden. Annes Namen übrigens auch nicht.

Dafür stehe ich erstmals in einem Impressum: als Textchef des Hochglanzmagazins »Ladylike«. Ist vielleicht nicht gerade anspruchsvoll, aber dafür bin ich der Hahn im Korb und lerne ständig Neues über Frauen. Nicht über Mode oder Beauty, sondern über die Kolleginnen, deren Probleme, Problemzonen und Problemkinder. Übrigens habe ich endgültig das Rauchen aufgegeben. Nicht aus Rücksicht auf irgendwelche Kinder, die laufen hier eh nicht herum. Es hat mir einfach keinen Spaß mehr gemacht. Seit meiner Ungarnreise habe ich keine Zigarette mehr angerührt, denn sie erinnern mich an Adorés Kaltrauchkuss. Das alles kommt mir sehr lange her vor.

Der Sommer ist längst vorbei. Von meinem Büro aus kann ich die Berge sehen, weit hinter den seit Wochen schneebedeckten Dächern Münchens. Auf meinem Computer steht der Plastikbubsi.

Mein Telefon klingelt, die Chefin bittet mich ins Büro. Ich arbeite gern für sie, denn sie ist mir gegenüber direkt, unverfälscht und ehrlich. Glaube ich.

Als ich ihr in dem kleinen, aber perfekt eingerichteten Büro gegenübersitze, erklärt sie mir, dass sie gerade von einer Verlegersitzung zurückgekehrt sei.

»Die erste Ausgabe des neuen Familienmagazin, für das ich damals im ›Wilden Mannle‹ recherchiert habe, ist nun beschlossene Sache. Sie erinnern sich?«

Ich verziehe den Mund zu einer Art gut gemeintem Lächeln. Wie könnte ich das Familienhotel vergessen?

»Das Heft soll kein Plagiat von Erfolgstiteln wie ›Nido‹ oder ›Eltern‹ werden, sondern ein Magazin von Familien für Familien.« Weil weder die Chefredakteurin noch ich eine eigene Familie haben und ich zudem noch ein Mann bin, hat meine Vorgesetzte beschlossen, mir eine Kollegin zur Seite zu stellen: eine alleinerziehende Mutter.

»Warum kann sie das Heft nicht selbst machen?«, will ich wissen. Mein Leben läuft gerade mal wieder in einigermaßen geordneten Bahnen, da kann ich keine Frau an meiner Seite gebrauchen – schon gar keine mit Kind. Die würde mich jeden Tag an den vergangenen Sommer erinnern.

»Sie ist nicht nur alleinerziehend, sondern auch schwanger«, erklärt meine Chefin. »Deshalb kann sie nur halbtags arbeiten. In weniger als einem halben Jahr geht sie eh in die Babypause, und dann sind Sie erst mal verantwortlich. Jetzt schauen Sie nicht so traurig! Sie haben selbst gesagt, Sie wollen Karriere machen. Chefredakteur eines Familientitels ist nicht der schlechteste Punkt auf dem Lebenslauf.«

Na ja, warum soll ich mich nicht auch mal den Launen einer Schwangeren stellen? Ist vielleicht meine nächste Herausforderung. Immerhin bin ich schon mit einer so gut wie verheirateten Mutter fertig geworden. Oder auch nicht.

»Einverstanden«, sage ich. Meine Chefin erklärt mir die gewünschten Eckdaten des Hefts, bis ihr Assistent anruft: Die neue Kollegin ist da.

»Soll gleich hereinkommen«, bestimmt sie.

Ich richte mich auf, wende mich zur Tür und setze das beste Lächeln auf, das ich hinkriege. Die Tür öffnet sich langsam, und das Lächeln rutscht mir einfach aus dem Gesicht. Mein Mund klappt auf, wahrscheinlich um kühlende Luft für mein Herz hereinzulassen, das plötzlich heiß zu laufen droht.

Vor mir steht Anne. Und sie hat Leonie dabei. Als mich die Kleine sieht, lässt sie sofort die Hand ihrer Mutter los und rennt mir in die Arme. Ich hebe sie hoch und wirbele sie in der Luft herum. Sie kiekst vor Freude – und ehrlich gesagt, ich auch. Meine Güte, ist die groß geworden!

»Bist du wieder mein Papa?«, fragt Leonie.

Ich sehe Anne an. Die ist auch groß geworden, zumindest ihr Bauch – sechster Monat, schätze ich. Offenbar hat sie sich wieder mit Mr. Perfect vertragen. Sex hilft ja über Herzschmerz hinweg, das haben wir in der vergangenen Ausgabe geschrieben. Da habe ich es nicht geglaubt.

Anne strahlt so wunderschön, wie es nur Schwangere vermögen – das wiederum habe ich von den Kolleginnen gehört. Ich sehe genauer hin: Nein, sie hat sich tatsächlich ein wenig geschminkt. Mit all meinem neu gewonnenen Wissen auf diesem Gebiet kann ich nur sagen: absolut stilsicher.

Meine Chefin sieht uns mit jenem mütterlichen Blick an, den ich im Hotel zum ersten Mal und seitdem bei vielen meiner Nachfragen zu Frauenthemen gesehen habe.

»Ich glaube, Sie beide haben sich einiges zu erzählen.«

In meinem Büro malt Leonie auf der Schreibtischunterlage und dem Tisch darunter herum. Von mir aus kann sie auch noch den Boden und die Wände bemalen – Hauptsache, sie ist wieder da.

Annes Blick fällt auf die kleine Plastikfigur auf meinem Computer. »Welcher Platz?«, fragt sie.

»Nur für die Teilnahme«, antworte ich verlegen und zwinge mich zu einem Lächeln. »Die anderen waren einfach besser.«

Nach einem kurzen Räuspern gratuliere ich ihr wehmütig zum zweiten Mal zu einem Kind von einem anderen Mann.

Anne sieht mich an und schüttelt den Kopf. »Nein«, sagt sie.

Ich stehe auf dem Schlauch. Bis mir einfällt, dass Mr. Perfect und sie seit Leonies Geburt keinen Sex mehr hatten – im Gegensatz zu Anne und mir. Eine Erkenntnis bahnt sich irgendwo in meinem Kopf den Weg durch die Gehirnwindungen, rutscht an meinem Rücken runter und wirbelt mich von meiner Mitte aus durcheinander. Hat die Chefin nicht auch von einer »alleinerziehenden« Mutter gesprochen?

»Aber das kann doch nicht sein«, stammele ich und gehe vorsichtig auf Anne zu. »Ich bin unfruchtbar.«

Auch Anne kommt näher. »Dann habe ich noch eine gute Nachricht für dich: Deine Spermien funktionieren offenbar besser als dein Verstand. Den Vaterschaftstest hat diesmal Leonhardt gemacht.«

Leonie springt vom Schreibtischstuhl und nimmt meine Hand. Es fühlt sich richtig an.

»Caspar, bitte fühlen, okay?«, fordert sie. Anne nickt und legt meine Hand auf ihren Bauch. Sekunden später spüre ich, dass etwas von innen gegen meine Handfläche drückt.

»Da will wohl noch jemand mit Papa Händchen halten«, folgert Anne grinsend. »Oder Füßchen.«

»Caspar nicht weinen«, flüstert Leonie. Anne reicht mir ein Feuchttuch, und ich putze mir die Nase. Dann hebe ich Leonie hoch und nehme Anne ganz vorsichtig in den anderen Arm, ihren Babybauch zwischen uns, mit uns, in uns.


In den nächsten Tagen erzählt mir Anne, dass ihr Leben auch nach der Abreise aus dem »Wilden Mannle« nicht ärmer an Abenteuern geworden ist. Nachdem ihr Schmähartikel erschien, hat sie ihre Halbtagsstelle bekommen, da Nadine und ich ja nun weg vom Fenster waren.

Dr. Schade hat das »Wilde Mannle« gekauft – kein Schnäppchen, aber auch nicht überteuert. Leider war das Haus im buchstäblichen Sinne auf Sand gebaut. Deshalb hatte sich Frau Sommer auch nicht bemüht, die gefährliche Paleo-Tour, die Pressekonferenz oder die Verrisse zu verhindern. Solange Herr Schade dachte, er habe alles in der Hand, und sich in Sicherheit wähnte, solange wollte er das Hotel so schnell wie möglich kaufen.

»Typisch«, meint Anne. Bezweifelt noch irgendjemand, dass Frauen schlauer sind als Männer?

Als mein Exchef nach den ersten Gutachten erkannte, dass seinen Herren Gästen die Männerbastion früher oder später unter dem Hintern wegrutschen würde, zerstritt er sich mit seinem Geschäftspartner Mr. Perfect und begann, auch Anne das Leben in der Redaktion zur Hölle zu machen. Daraufhin kündigte Anne endlich, was sie schon längst hätte machen sollen.

Mr. Perfect erbrachte einen weiteren unschlagbaren Beweis seiner Dummheit: Als er von Annes Schwangerschaft erfuhr, warf er sie aus dem Einfamilienhäuschen. Mitsamt Leonie. Anne glaubt, dass auch diese Trennung »längst überfällig« war.

Jetzt wohnt sie mit Leonie bei einer Freundin. Sie hat sich nicht bei mir gemeldet, weil sie ihre Sachen allein regeln wollte. Außerdem wusste sie ja, dass ich »kein Familienmensch« bin. Bis vergangene Woche zur Weihnachtszeit ein großformatiger Brief bei ihr ankam. Von Jeannie. Er enthielt die letzte Ausgabe der Hotelbroschüre »Familienurlaub«.

Mir fehlen die Worte, Leonie seltsamerweise auch. Aber das kriegen wir schon wieder hin – das alles.

In den nächsten Wochen entwerfen Anne und ich tagsüber ein Familienmagazin und abends unsere Familie. Den Bereich Erziehungsratgeber übernehmen wir einfach aus Stanleys Dossier für den Familiencontest. Vielleicht kriegen wir ihn ja sogar dazu, über seinen geheimen Job und die Kitaplatzliste zu sprechen. So eine Titelstory könnte aus der ersten Auflage einen Renner machen.

Und wenn er nicht reden will? Auch gut. Wir nehmen nämlich ebenso gern einen erpressten Kitaplatz in München.

Oder zwei.

## Dank

Elena Senft, Johannes Waechter und meiner Lektorin Annika Krummacher danke ich für ihre Zeit, ihre Ergänzungen, Korrekturen, ihre stets ehrliche Meinung, ihre erstklassige Kritik, ihre Professionalität und ihren wunderbaren Humor.

Am meisten Dank gebührt meiner Frau Uli, die immer bereit ist, mich dramaturgisch zu beraten, mit mir über Ideen zu sprechen und Geschichten notfalls selbst zu erleben. Nur durch sie kann ich so schreiben, wie ich möchte. Tausend Dank dafür.

Liebe Fritzi, wie schön, dass du immer so »luslig« bist und dieses Buch einfach magst, weil Katzen vorn drauf sind.

## Ralph Martin
### *Papanoia*

*Roman. Aus dem Amerikanischen von Sophie Zeitz. 240 Seiten.*
*Piper Taschenbuch*

Vater werden ist nicht schwer, Vater sein dagegen sehr. Vor allem für einen Ex-New-Yorker Schriftsteller mitten in Prenzlauer Berg. Seine Freundin erklimmt gerade die nächste Stufe der Karriereleiter als TV-Journalistin, also muss er sich zu Hause um den Nachwuchs kümmern. Er taucht ein in einen völlig fremden Kosmos aus Yogamüttern und Fahrradfanatikern. Doch was tun, wenn das Töchterchen die Bio-Brause verweigert und auch in der pädagogisch wertvollen Kita nicht auf ihre Barbie verzichten will? Während Papa sich den Kopf zerbricht, muss er irgendwann verblüfft einsehen: die kleine Lulu geht weitaus gelassener mit den allzu feindlichen Bedingungen um als der paranoide Papa ...

## Samantha Wilde
### *Das kommt davon*

*Roman. Aus dem Amerikanischen von Hanna Klimesch. 432 Seiten.*
*Piper Taschenbuch*

Schlanker Single war gestern ... heute findet sich Joy als verheiratete Frau und frischgebackene Mama wieder und weiß plötzlich nicht mehr, was schlimmer ist: postnatal oder postmortal? Denn seit der Geburt ihres Babys spielt sich ihr Alltag nur noch zwischen Wickeltisch und Waschmaschine ab. Ihr Mann, ihre Schwiegermama und selbst die eigene Mutter rauben ihr – gemeinsam mit dem chronischen Schlafentzug – den letzten Nerv. Was für ein Glück, dass es beste Freundinnen und Schokolade gibt! Als plötzlich ihr umwerfend aussehender Exfreund und der charmante neue Yogalehrer auftauchen, spielen ihre Gefühle verrückt. Oder sind es nur die Hormone?

»Wilde, Yoga-Lehrerin und selbst Mutter von zwei Kleinkindern, schreibt erfrischend und authentisch.«
Publishers Weekly

05/2701/01/L          05/2661/01/R